Susanne Mischke
Zärtlich ist der Tod

AF201809

PIPER

Zu diesem Buch

Als Hauptkommissar Bodo Völxen ins Revier kommt, wird er schon ungeduldig von seiner Sekretärin erwartet. Sie ist außer sich, denn ihr neuer Freund Viktor Füssli ist spurlos verschwunden. Völxen ist das Gespräch ziemlich peinlich. Zudem ist Viktor Füssli eindeutig ein Fall für die Vermisstenstelle. Doch als Frau Cebulla alle Einzelheiten berichtet und wenig später die Leiche einer Frau geborgen wird, der Füssli ebenfalls das Blaue vom Himmel versprochen hat, deutet alles darauf hin, dass Frau Cebulla mit einem Kriminellen liiert war. Muss sie nun auch um ihr Leben fürchten?

Susanne Mischke wurde 1960 in Kempten geboren und lebt heute in Wertach. Sie war mehrere Jahre Präsidentin der »Sisters in Crime« und erschrieb sich mit ihren fesselnden Kriminalromanen eine große Fangemeinde. Für das Buch »Wer nicht hören will, muss fühlen« erhielt sie die »Agathe«, den Frauen-Krimi-Preis der Stadt Wiesbaden. Ihre Hannover-Krimis haben über die Grenzen Niedersachsens hinaus großen Erfolg.

Susanne Mischke

ZÄRTLICH
IST DER
TOD

Kriminalroman

PIPER

Von Susanne Mischke liegen im Piper Verlag vor:

Hannover-Krimis:	*weitere Kriminalromane:*
Band 1: Der Tote vom Maschsee	Töte, wenn du kannst!
Band 2: Tod an der Leine	Mordskind
Band 3: Totenfeuer	Wer nicht hören will, muss fühlen
Band 4: Todesspur	Wölfe und Lämmer
Band 5: Einen Tod musst du sterben	Die Eisheilige
Band 6: Warte nur ein Weilchen	Liebeslänglich
Band 7: Alte Sünden	Die Mörder, die ich rief
Band 8: Zärtlich ist der Tod	Schwarz ist die Nacht
Band 9: Hättest du geschwiegen	Kalte Fährte
Band 10: Fürchte dich vor morgen	Der Muttertagsmörder
Band 11: Eiskalt tanzt der Tod	
Band 12: Alle sehen dich	

Ungekürzte Taschenbuchausgabe
ISBN 978-3-492-31463-3
1. Auflage Januar 2020
3. Auflage Juni 2023
© Piper Verlag GmbH, München 2019,
erschienen im Verlagsprogramm Paperback
Umschlaggestaltung: FAVORITBUERO, München
Umschlagabbildung: Getty Images/Ed Spratt/EyeEm
Satz: Eberl & Kœsel Studio GmbH, Krugzell
Gesetzt aus der Goudy Old Style
Druck und Bindung: CPI books GmbH, Leck
Printed in the EU

Prolog

Morgennebel liegt auf den Wiesen, als sie vor dem Gutshof Drei Eichen parkt und aussteigt. Sie holt die Reitstiefel aus dem Kofferraum und schlüpft hinein. Es ist ein wunderschöner Tag für einen Ausritt. Boxers entzündetes Sprunggelenk ist endlich wieder ganz in Ordnung, das hat ihr der Tierarzt gestern bestätigt. Drei Wochen lang hat sie ihn nur spazieren geführt, aber heute spricht nichts gegen eine kleine Runde. Im Gegenteil, der Junge muss mal wieder richtig bewegt werden.

Die Stalltür steht einen Spalt offen. Eigenartig. Normalerweise ist sie morgens die Erste, die im Stall noch vor Elsa Hemme, der Gutsbesitzerin.

Der achtjährige Wallach, sonst eher von ruhigem Temperament, stampft schon ungeduldig mit den Hufen, als sie den Stall betritt. »Ist ja gut, Boxer!«, ruft sie fröhlich. »Hier bin ich, gleich geht's ...«

Sie stockt mitten im Satz und erstarrt. Der Streifen Sonnenlicht, der durch das Stallfenster in die Box fällt, beleuchtet den Hals des Apfelschimmels wie ein Scheinwerfer. Von einer Halsseite zur anderen zieht sich ein breiter, roter Streifen. Als hätte jemand dem Pferd die Kehle durchgeschnitten. Aber wieso steht Boxer dann aufrecht da, nickt mit dem Kopf und scharrt mit den Hufen?

»Boxer, mein Gott, was ist denn mit dir?« Sie öffnet die Tür, wankt vor Angst keuchend auf ihr Pferd zu und tastet mit fliegenden Händen dessen Hals ab. Nichts, keine Verletzung, nirgendwo. Nur dieses feuchte, klebrige Zeug auf dem Fell, das nun auch an ihren Händen haftet.

Was, zum Teufel ...?

Den stechenden Geruch nimmt sie jetzt erst wahr. Sie riecht an ihren Fingern. Nein, das ist kein Blut, wie sie im ersten Moment gedacht hat, das ist ... Farbe.

Mit der Erleichterung kommt die Wut. Wer, um Himmels willen, macht so etwas? Wer findet das lustig?

Na, wer schon! Der Sohn der Hemmes, Benny, diese pubertierende Landplage.

»Warte, du kleines Aas, dir werde ich die Ohren lang ziehen!«

Rasend vor Zorn verlässt sie den Stall und geht mit weit ausgreifenden Schritten auf das danebenliegende Haus zu. Sie hämmert mit der Faust gegen die Tür. »Benny! Komm raus, ich weiß, dass du es warst!«

Nichts rührt sich. Sie kommt zur Besinnung und studiert die Umgebung. Sie bemerkt, dass der Volvo der Hemme nicht in der Einfahrt steht. Wahrscheinlich fährt Mami ihren missratenen Bengel gerade zur Schule. Als könnte man mit zwölf nicht selbst dorthin radeln. Glück für ihn. Aber der wird heute Nachmittag was zu hören kriegen!

Die Farbe. Wie kriegt man das Zeug wieder weg, ohne dass Haut und Fell Schaden nehmen?

Ihr Handy piept. Eine SMS, unbekannte Nummer. Als sie den Text liest, wird ihr flau im Magen.

Nettes Pferd. ☺ Was immer auch passiert, du hältst besser den Mund.

Samstag, 28. April

Edeltraut Cebulla ist abfahrbereit. Der Haaransatz ist frisch gefärbt, die Nägel sind lackiert, die Augenbrauen gezupft, sie hat ihre Wimpern mit der Zange hochgebogen, und die hochhackigen Schuhe stehen vor der Tür bereit. *Spieglein, Spieglein, an der Wand …*

Ist dieser Ausschnitt nicht ein bisschen zu gewagt? Und durchsichtig ist die elfenbeinfarbene Bluse auch. Was hat sie sich nur beim Kauf dieses teuren Fetzens gedacht, dass sie noch knusprige dreißig ist? Andererseits kann sich ihr Dekolleté durchaus noch sehen lassen, das hat Viktor erst neulich bemerkt, freilich ohne das Wort *noch* zu benutzen, denn ein derartiger Fauxpas würde ihm niemals über die Lippen kommen.

Beim Gedanken an ihn huscht ein Lächeln über ihr Gesicht. So viele Komplimente wie in den vergangenen drei Monaten hat sie in den gesamten sechsundfünfzig Jahren ihres Lebens nicht bekommen. Ihr vor elf Jahren verstorbener Ehemann Paul war in dieser Hinsicht eher nüchtern und knauserig gewesen, genau wie sonst auch.

Sie zieht die Bluse wieder aus und schlüpft in das legere Kleid, das sie gleich während der Autofahrt tragen wird. Es ist blaugrau, so wie ihre Augen, die ihr jetzt aus dem Spiegel entgegenstrahlen. Die Bluse ist für das Candle-Light-Dinner am Abend vorgesehen.

Hat sie die Perlenkette eingepackt? Für den Fall, dass sie der Mut zur Lücke doch noch verlässt, legt sie rasch noch ein seidenes Halstuch in den Koffer. Nun ist sie startklar, muss nur noch den Koffer zumachen.

Leichter gesagt als getan, das Ding ist übervoll, obwohl sie nur vier Tage verreist sein wird. Aber sie will für alles gerüstet sein – sie braucht Elegantes und Sportliches, denn wer weiß, was Viktor mit ihr vorhat. Und eine warme Jacke. Anfang Mai kann es an der Ostsee noch kühl werden.

Nach minutenlangem, vergeblichem Kampf gibt sie es auf. Den Bademantel wird sie doch gar nicht brauchen, oder? Im Kempinski Heiligendamm wird es doch wohl Bademäntel auf dem Hotelzimmer geben. Ja, natürlich, wie dumm von ihr! Sie würde sich ohnehin nur lächerlich machen mit dem ollen rosaroten Ding. Also raus damit, am besten gleich in die Tüte für den Altkleidercontainer.

Jetzt könnte sie vielleicht doch die Reisetasche nehmen. Die sieht nämlich wesentlich eleganter aus als der alte Koffer, der dreißig Jahre Pauschalreisen mit der TUI auf dem Buckel hat.

Fünf vor drei, sie hat also noch fünf Minuten zum Umpacken. Das schafft sie locker. Ganz pünktlich ist Viktor sowieso nie, das ist ihr schon ein paarmal aufgefallen. Und das als Schweizer, so viel zu Klischees. Doch die Unpünktlichkeit ist bisher sein einziges Manko. Abgesehen davon, dass er ein bisschen schnarcht und länger im Bad braucht als sie, weil er so sehr auf sein Äußeres bedacht ist. Aber Letzteres ist bei einem Mann ja nicht verkehrt. Besser jedenfalls so als einer, der sich gehen lässt. Nein, bei Viktor ist vom Scheitel bis zur Sohle immer alles tipptopp.

Um mit seiner blendenden Erscheinung einigermaßen mithalten zu können, war bei ihr erst einmal ein Rundumschlag in den oberen Etagen von Mäntelhaus Kaiser angesagt gewesen. Fast zwei Monatsgehälter waren dabei draufgegangen, wobei sie sich eingeredet hat, dass die Erneuerung ihrer Garderobe schon seit Langem einmal fällig gewesen war. Tatsächlich fühlte sie sich in den neuen Sachen wie ein neuer Mensch. Sogar auf der Arbeit gab es das eine oder andere Kompliment. Nur ihr Chef, dieser Büffel, hatte mal wieder nichts bemerkt.

Die Kosmetikerin, die sie sich zum ersten Mal in ihrem Leben gegönnt hatte, konnte natürlich auf die Schnelle nicht so viel bewirken wie die neuen Klamotten. Das Rad der Zeit ließ sich nicht zurückdrehen, aber ein paar wertvolle Schminktipps und dazu das gute Gefühl, etwas für sich getan zu haben, waren das Geld wert.

Vorsichtig schichtet sie ihr Gepäck um. Na also, wer sagt's denn, mit der Reisetasche sieht das doch gleich viel lässiger aus. Den schäbigen Koffer verbannt sie in die Abstellkammer, damit Viktor ihn erst gar nicht zu sehen bekommt.

Ein klein wenig außer Atem sinkt sie auf die Sofakante.

Fünf nach drei, jetzt könnte er langsam auftauchen.

Vorsichtshalber geht sie aber noch mal auf die Toilette.

Neben dem Waschbecken liegt der dünne, zweisprachige Kriminalroman, der ihre eingerosteten Französischkenntnisse wiederaufleben lassen soll. Für einen Moment überlegt sie, ihn einzupacken. Quatsch! Sie wird mit Sicherheit nicht zum Lesen kommen. Tagsüber werden Viktor und sie das Wellnessangebot nutzen, oder sie wird ihn auf den Golfplatz begleiten, und nachts ... Der Gedanke an seine Berührungen bringt ihre Wangen zum Glühen.

Für alle Fälle entfernt sie die Lektüre aus der Toilette, denn er soll nichts mitbekommen von ihrer Unart, auf dem WC zu lesen. Wenn sie erst einmal zusammenwohnen, wird sie einige Gewohnheiten aufgeben müssen, die sich mit den Jahren eingeschliffen haben. Aber bei ihm wird das sicherlich genauso sein. So ist das eben, man muss in einer Partnerschaft Kompromisse eingehen, und Viktor zuliebe wird sie das gerne tun. Es grenzt ohnehin an ein Wunder, dass sie in ihrem Alter und mit ihrer nicht gerade elfenhaften Figur noch einen so wunderbaren Mann erobert hat. Noch dazu einen, der es ernst meint und der gemeinsame Zukunftspläne mit ihr hat. Das kommt ihr in manchen Augenblicken noch immer so unwirklich vor wie ein Traum.

Viertel nach drei. Sie steht hinter der Gardine und beobachtet die Straße. Da es sonst nichts zu sehen gibt, sieht sie dem Einparkversuch eines älteren Herrn zu, der nach zwei ungeschickten Anläufen entnervt aufgibt und weiterfährt. Und dem Hundebesitzer, der verstohlen in alle Richtungen schielt und dann so tut, als wäre der frisch gesetzte Haufen neben dem Laternenpfahl seiner Aufmerksamkeit entgangen.

Ab und zu fährt ein Auto vorbei, aber nicht Viktors. Diese Un-pünktlichkeit muss sie ihm noch abgewöhnen, die nervt.

Herrgott, wo bleibt er denn so lange? Sie will sich doch vor dem Candle-Light-Dinner noch frisch machen. Ob er vielleicht keinen Parkplatz findet? Es sieht schon wieder ziemlich voll aus da unten. Wenigstens könnte er anrufen.

Ob sie schon mal runtergehen soll? Nein, wie sieht das denn aus? *Contenance, Madame!*

Sie macht noch einen Kontrollgang durch die Wohnung, bevor sie das Handy aus der Handtasche fischt. Keine Nachricht von ihm, also wird er wohl jeden Moment hier sein.

Auf der Strecke Hamburg-Hannover ist am Samstagnachmittag des ersten Maiwochenendes bestimmt die Hölle los. Dafür muss er keine SMS schicken, das kann sie sich auch so denken.

Zwanzig nach. Vor lauter nervöser Unruhe fängt sie nun auch noch an zu schwitzen. Sie läuft ins Bad und bemüht sich mit feuchten Tüchern und einem Deodorant um Schadensbegrenzung.

Okay, wenn er um halb vier noch nicht da ist, wird sie ihn an-rufen. Das ist dann eine halbe Stunde Verspätung, da kann man schon mal nachfragen, ohne dass es hysterisch oder allzu besitz-ergreifend wirkt. Oder?

Ja, doch.

In einem Akt von schier übermenschlicher Beherrschung bekommt sie es sogar hin, bis zwanzig vor vier zu warten, ehe sie seine Num-mer wählt. Sie zwingt sich zu einem Lächeln, damit auch ihre Stimme freundlich klingt und keinesfalls vorwurfsvoll oder gar wei-nerlich – so wie ihr inzwischen längst zumute ist.

Dann hört sie seine schöne, sonore Stimme, aber es ist nur der Ansagetext seiner Mailbox. Schnell legt sie auf und lässt das Tele-fon aufs Sofa fallen, als hätte sie sich daran verbrannt.

Wenn er gerade am Steuer sitzt, kann er wohl nicht rangehen. Obwohl – hat sein Mercedes denn keine Freisprechanlage? Wenn er mit ihr im Auto gefahren ist, hat er nie telefoniert, aber es würde sie wundern, wenn ein Wagen, der sogar über Massagesitze verfügt, so etwas nicht besäße.

Und jetzt?

Vor allen Dingen ruhig bleiben. Das sagt sie sich, während sie die Erkenntnis zu ignorieren versucht, die unaufhaltsam in ihr Bewusstsein sickert: *Etwas stimmt da nicht.*

Aber noch will sie es nicht wahrhaben. Stattdessen entwirft sie ein alternatives Szenario: Viktor weiß jetzt, dass sie angerufen hat, also wird er sich so rasch wie möglich zurückmelden. Sie wird seine Stimme hören, sein Lachen, und die Welt wird von einer Sekunde auf die andere wieder in Ordnung sein.

Sie hypnotisiert das Handy und hofft gleichzeitig auf den Türgong.

Schon vier Uhr. Er ist nun eine ganze Stunde zu spät. Die Nerven liegen blank: *Er versetzt dich. Er hat eine Jüngere kennengelernt und ist gerade mit ihr auf dem Weg ins Kempinski.*

Unsinn!

Ihr Gemütszustand schwankt zwischen Verärgerung und Besorgnis. Doch je mehr Zeit verstreicht, desto größer wird die Angst, und die steigert sich allmählich zur Verzweiflung. Sie keucht und wedelt sich Luft zu, während sie vergeblich versucht, die Tränen am Aufsteigen zu hindern.

Nein, nein, nein, nicht heulen, bloß nicht heulen, willst du mit verquollenen Augen dastehen, wenn er doch noch kommt?

Hektisch kramt sie nach einem Taschentuch.

Er wird sehen, dass sie geweint hat. Ihre Augen werden noch stundenlang dick und gerötet sein. Sie ist raus aus dem Alter, wo man danach gleich wieder präsentabel aussieht.

Inzwischen ist sie sicher: Es muss etwas passiert sein, sonst hätte er angerufen. Viktor ist unpünktlich, aber nicht unzuverlässig, er hat immer angerufen, wenn es länger gedauert hat oder wenn etwas dazwischengekommen ist.

Schreckensszenarien wandern ihr durch den Kopf, von Geisterfahrern und Lastwagen, die auf Stau-Enden auffahren.

Vielleicht hat er aber auch einen Herzinfarkt erlitten oder einen Schlaganfall, während sie sich die Beine epiliert hat. Und liegt jetzt auf irgendeiner Intensivstation im Koma oder hilflos in seiner Wohnung.

Noch eine halbe Stunde, dann telefoniere ich die Krankenhäuser durch!

Montag, 30. April

»Du hättest nicht extra aufstehen müssen, einen Kaffee kann ich mir gerade noch selber kochen.« Hauptkommissar Bodo Völxen platziert einen Kuss auf die vom Kopfkissen leicht zerknitterte Wange seiner Frau.

»Du hättest dir den Brückentag ruhig freinehmen können, so wie andere Leute auch.« Schmollend und etwas unsanft stellt Sabine Völxen die Butterdose auf den Frühstückstisch.

»Wollte ich ja, aber die anderen waren schneller.«

»Wer ist noch gleich der Chef bei euch?«

»Das frage ich mich auch manchmal.«

»Lüg mich nicht an, Bodo, und hör auf, Oscar vom Tisch zu füttern.«

Der Terriermischling spitzt die Ohren, als er seinen Namen hört. Zwei dünne Speichelfäden ziehen sich von seiner Schnauze bis zum Fußboden.

»Okay, ich gestehe. Ich wollte mir nicht freinehmen. An solchen Tagen ist es immer so wunderbar ruhig im Büro, da kann man einen Haufen Verwaltungskram abarbeiten. Nicht mal die Cebulla ist da und nervt mich mit ihren Kräutertees, es ist das reinste Paradies.«

»Beneidenswert, wie du dich auf die Arbeit freust«, spöttelt Sabine. »Hier gibt es auch eine Menge zu tun, falls dir das entgangen sein sollte. Die hintere Dachrinne ist seit Wochen verstopft, und du wolltest mit Köpcke zusammen den Hof pflastern. Die Steine dafür liegen seit zwei Jahren hinter der Garage. Außerdem ist es allerhöchste Zeit, die Schafe zu scheren. Die armen Dinger ...«

»Dass du dich neuerdings so um das Wohl der Schafe sorgst.« Völxen lächelt vielsagend und verspricht, die Tiere am nächsten Tag zu scheren. »Wo wir schon davon sprechen ...« Er leert seine

Kaffeetasse und streicht über sein stoppeliges Kinn. »Ich bin ja auch noch nicht rasiert.«

»Wozu, wenn dich heute eh keiner sieht?«, murmelt Sabine.

»Man weiß nie.«

Sabine Völxen sieht ihrem Mann nach, der in Pantoffeln und seinem zerschlissenen gestreiften Bademantel die Treppe hinaufschlappt. Oscar nimmt derweil auf dem gerade frei gewordenen Küchenstuhl Platz und leckt ein paar Brötchenkrümel und Eigelbreste vom Teller seines Herrchens.

»Oscar, runter vom Stuhl! Was fällt dir ein? Sind das die Manieren, die sie dir bei der Polizei beibringen?«

Der Hund gehorcht widerstrebend, und Sabine macht es sich mit der Zeitung bequem. Weil der erste Mai dieses Jahr auf einen Dienstag fällt, hat ihr Arbeitgeber, die Hochschule für Musik, Theater und Medien Hannover, den Montag zum unterrichtsfreien Tag erklärt. Und sie weiß auch schon, womit sie ihn ausfüllen wird.

»SABINE!«

Sie legt die Zeitung weg und eilt die Treppe hinauf, dem Gebrüll ihres Ehemannes hinterher.

Völxen steht im Bad und deutet anklagend auf eine braune, haarige Masse in einer mit Wasser gefüllten Plastikwanne, die in der Badewanne steht. »Was, zum Teufel, ist das? Es stinkt erbärmlich!«

»Hab ich vergessen, dir zu sagen. Die Tierärztin hat doch zwei Briards …«

»Was sind Briards?«, fällt Völxen seiner Frau ins Wort.

»Hütehunde. So groß wie Zwergponys und sehr, sehr haarig.«

»Was macht ein toter Hund in unserer Badewanne?«

»Sei nicht albern. Sie hat sie geschoren, und ich soll ihr die Wolle verspinnen, für einen Pullover.«

»Einen Pullover aus … Hund?« Seine Kinnlade fällt herunter.

»Für mich ist das eine tolle Herausforderung, und da du mit der Schafschur ja nicht in die Gänge kommst …«, verteidigt sich Sabine.

»Aber weil die Haare wirklich ein bisschen müffeln, dachte ich, ich wasche sie lieber mal.«

»Alles, was recht ist, Sabine, aber deine Spinnerei nimmt langsam bedenkliche Formen an.«

Angefangen hatte es mit einem Mitbringsel ihrer Tochter Wanda, das sich als das reinste Danaergeschenk erwies. *Damit ihr eure Schafwolle selbst verspinnen könnt, das ist voll im Trend*, hat Wanda erklärt, als sie mit einer einfachen Handspindel von irgendeinem Kunsthandwerkermarkt ankam. Ihre Mutter fand sofort Gefallen an der Idee, und nachdem Familie und Freunde mit dicken, kratzigen Socken aus heimischer Schafwolle versorgt worden waren, erwähnte die Nachbarin Hanne Köpcke ein altes Spinnrad, das auf ihrem Dachboden stünde und das Sabine ihr sofort abschwatzte. Seither gab es kein Halten mehr. Wandas ehemaliges Kinderzimmer wurde kurzerhand zur Spinnerei umfunktioniert, und sogar andere Frauen aus dem Dorf ließen sich vom Spinnfieber anstecken, sodass ein regelrechter Wettbewerb ausgebrochen war. Den Winter über hat Sabine mit dem Wollvlies von der letzten Schafschur geübt, jetzt wartet sie ungeduldig auf Nachschub.

»Sei froh, so haben deine Schafe endlich mal einen Nutzen«, meint Sabine.

»Sie mähen seit Jahren die Obstwiese.«

»Teilweise. Was ihnen halt so schmeckt.«

Völxen muss zugeben, dass die heiklen Biester wirklich sehr selektiv fressen und er regelmäßig mit der Sense nachmähen muss.

»Trotzdem, Hundehaare in der Wanne ... Was kommt als Nächstes? Nur, dass ich mich nicht wieder so erschrecke.«

»Wir könnten uns Alpakas anschaffen«, antwortet Sabine prompt. »Die sind niedlich, und die Wolle ist sehr kostbar. Wir könnten sogar Geld damit verdienen.«

Nein, er wird ihr nicht auf den Leim gehen, garantiert will sie ihn nur veräppeln. Aber ganz sicher kann man nicht sein, erkennt Völxen mit einem misstrauischen Blick auf die Hundehaare, während Sabine wieder hinabgeht, um ihr Frühstück zu beenden.

Hundehaarpullover! Die Welt wird immer verrückter, und nun ist der Irrsinn auch in sein trautes Heim eingezogen.

Noch während er diesem Gedanken nachhängt, dringt von unten Gezeter an sein Ohr, bei dem es um Oscar und ein verschwundenes Brötchen geht.

*

»Heiliger Strohsack!«, bemerkt Sabine Völxen eine halbe Stunde später, als ihr Gatte die Treppe wieder herunterkommt. Er ist sorgfältig rasiert, eine Wolke aus Rasierwasser eilt ihm voraus, und er trägt den neuen Anzug, den er sich kürzlich für die Hochzeit von Jule Wedekin und Fernando Rodriguez zugelegt hat. Sein Resthaar ist nach hinten gekämmt wie bei einem Gigolo. Hat er sich an dem Haargel vergriffen, das Wanda hier noch herumstehen hat?

»Wie sehe ich aus?«

»George Clooney kann einpacken.« Sabine runzelt die Stirn. »Hast du ein Rendezvous?«

»So was Ähnliches. Der Vizepräsident der Polizeidirektion *himself* hat mich zum Mittagessen eingeladen.«

»Oha.«

»Ich will's nicht verschreien, aber ich denke, es geht um meine längst überfällige Beförderung zum EKHK.«

»Was immer das heißt …«

»Erster Kriminalhauptkommissar. Besoldungsgruppe A13 – mehr Gehalt und mehr Rente.«

»Was musst du dafür tun?«

»Nur ein bisschen schleimen und arschkriechen.«

»So siehst du auch aus«, bemerkt Sabine. »Und was kommt dann, noch mehr Überstunden?«

»Mein Job bleibt derselbe.«

»Wirklich? Beamter müsste man sein.«

»Noch besser: Beamtenehefrau. Die haben es doch von allen Geschöpfen dieser Erde am besten getroffen, nicht wahr, mein Schatz?«, flötet Völxen.

»Ja, mein Gönner.«

»Ich verspreche dir, wenn die Beförderung durch ist, dann lasse ich den Hof von richtigen Profis pflastern. Für mein Kreuz wäre das sowieso Gift.«

»Kann ich das schriftlich haben?«

»Du hast mein Ehrenwort, das ist viel mehr wert. – Nein, Oscar, du bleibst hier, du musst Frau und Schafe bewachen.«

Oscar, der schon aufgesprungen war, legt sich wieder in seinen Korb. Wenn Sabine ebenfalls arbeiten ist, muss sein Herrchen ihn mit zum Dienst nehmen, da der Hund bei längerer Abwesenheit seiner Besitzer dazu neigt, aus Langeweile, Frust oder blankem Übermut Einrichtungsgegenstände zu beschädigen.

»Meinst du, du schaffst es, dass der tote Hund bis heute Abend aus der Wanne verschwindet?«, fragt Völxen im Hinausgehen.

»Mal sehen, was sich machen lässt«, entgegnet Sabine. »Denk daran, heute Abend ist Tanz in den Mai von der Freiwilligen Feuerwehr im Dorfgemeinschaftshaus.«

Völxen dreht sich auf der Türschwelle um und verzieht das Gesicht. »Müssen wir da hin?«

»Wenn man mit *Frau und Schafen* auf dem Land lebt, ist das Pflicht.«

Obgleich sie nun schon seit dreißig Jahren in einem ehemaligen Bauernhof am Dorfrand wohnen, kann Sabine es dennoch nicht lassen, ihn gelegentlich darauf hinzuweisen, dass er es war, der aufs Land ziehen wollte, während sie lieber in der Stadt geblieben wäre. Dabei ist sie im Gegensatz zu ihm selbst geradezu ein Paradebeispiel gelungener Integration. Sie ist in zig Vereinen aktiv, etliche ihrer privaten Klarinettenschüler kommen aus dem Neubaugebiet, und jetzt hat sie auch noch den Spinnkreis ins Leben gerufen.

»Du kannst den Anzug dann gleich anlassen!«, ruft sie ihm nach. »Oder lieber doch nicht. Sonst erkennt dich keiner, und es gibt am Ende noch Gerüchte, ich hätte einen Lover.«

*

Auf den Fluren der Dienststelle herrscht tatsächlich Stille wie sonst nur an den Wochenenden. Lediglich die Tür zu Erwin Raukels Büro steht ein Stück offen. Völxen späht hinein.

Offensichtlich steht der Kollege Raukel kurz vorm Burn-out. Sein Kopf ruht auf dem Polster seines Doppelkinns, die Augen sind geschlossen, die Arme hat er über seiner Bauchkugel verschränkt. Zwischen seinen Lippen, die aussehen wie ein fettes Herz, entweicht in rhythmischen Ph-Lauten die Luft. Vorsichtig macht Völxen die Tür zu. Hoffentlich kann er Raukel heute aus dem Weg gehen, es hagelt sonst nur saudumme Bemerkungen wegen seines Anzugs.

In seinem eigenen Reich angekommen hängt der Hauptkommissar das Jackett über die Lehne seines Schreibtischsessels und fährt den Computer hoch. Die Sonne scheint durch die Jalousien und wirft ein Streifenmuster auf den Boden. Viel Lust hat er wirklich nicht, sich dem Wust an lästigen Aufgaben zu widmen, der sich seit Längerem aufgestaut hat. Eigentlich gar keine. Der Hundekorb unter dem Gummibaum erinnert ihn an sein daheimgebliebenes Haustier, das er im Stillen nun doch beneidet, von der Ehefrau ganz zu schweigen. Wer konnte auch ahnen, dass der letzte Apriltag so strahlend schön sein würde?

Statistiken, Reports, idiotische Umfragen und Erlasse des Ministeriums ... mit der fortschreitenden Digitalisierung nimmt all der Ballast überhand, der mit Ermittlungsarbeit nicht das Geringste zu tun hat. Es grenzt an ein Wunder, dass neben der ganzen Bürokratie überhaupt noch Zeit bleibt, um Delikte aufzuklären. Zudem drängt sich Völxen der leise Verdacht auf, dass das nach seiner Beförderung zum EKHK nicht besser werden wird. Nichts im Leben bekommt man geschenkt. Diese Lektion hat er längst gelernt. Andererseits ist es bis zur Pensionierung nicht mehr gar so lang hin. Zwei, drei Jährchen etwa, da kann ein kleiner Karrierekick nicht schaden.

Vielleicht sollte er sich erst einmal einen Kaffee machen.

Er öffnet die Tür und fährt zusammen, denn vor ihm auf dem

Flur steht, wie aus dem Boden gewachsen, Frau Cebulla, die Sekretärin des Dezernats für Tötungsdelikte, und blickt ihn ebenso entgeistert an wie er sie.

»Himmel! Haben Sie mir einen Schrecken eingejagt!«, keucht der Hauptkommissar.

»Ich wollte gerade anklopfen.«

»Und ich wollte gerade in Ihr Büro gehen und mir einen Kaffee machen. Aber wo Sie schon einmal da sind ... Dürfte ich Sie darum bitten? Ich komme mit dieser neuen Maschine nämlich immer noch nicht zurecht.«

Frau Cebullas Mund klappt auf und wieder zu, dann dreht sie sich auf dem Absatz um und verschwindet in ihrem Büro.

Völxen blickt ihr verwundert nach. Warum schaut sie ihn an, als hätte er von ihr verlangt, durch einen brennenden Reifen zu springen? Sie ist sich doch sonst auch nicht zu fein dazu, sich um sein leibliches Wohl zu kümmern. Oder liegt es an seiner blendenden Erscheinung? Er sollte wirklich öfter mal im Anzug hier auflaufen, damit sich das Personal daran gewöhnt und nicht gleich in Schockstarre verfällt.

»Ich dachte, Sie hätten den Brückentag frei, aber anscheinend habe ich da etwas durcheinandergebracht«, sagt er wenig später zu Frau Cebulla, als diese mit der Schafstasse voll Kaffee in sein Büro kommt.

»Es stimmt schon, ich habe heute eigentlich Urlaub.«

»Oje. Entschuldigen Sie bitte, warum haben Sie denn nichts gesagt?«

Sie winkt müde ab. »Das macht doch nichts.«

Warum ist sie dann hier, wenn sie frei hat? Er will sie schon fragen, ob sie sich gar nicht von ihm losreißen kann, aber etwas Angespanntes in ihrer Miene hält ihn davon ab.

»Herr Hauptkommissar, kann ich kurz mit Ihnen sprechen?«

Was ist denn jetzt? Will sie eine Gehaltserhöhung?

»Natürlich«, sagt er, innerlich widerstrebend. »Möchten Sie sich setzen?«

Sie sinkt auf einen der zwei Besucherstühle, als hätte man ihr die Luft rausgelassen. Ihr Gesicht ist bleich, aber auf den Wangen zeichnen sich unregelmäßige rote Flecken ab. Das Weiß ihrer Augen sieht entzündet aus, und die Tränensäcke sind angeschwollen. Ist Frau Cebulla krank? Was macht sie dann hier? Hoffentlich ist es nichts Ansteckendes! Unwillkürlich rollt Völxen in seinem orthopädischen Stuhl ein paar Zentimeter zurück.

»Ich möchte eine Person als vermisst melden«, sagt Frau Cebulla mit aufgesetzter Förmlichkeit und verknotet dabei nervös ihre Finger. Ihre Nägel sind lackiert, was wiederum Völxen aus der Fassung bringt. Frau Cebulla und ferrarirote Fingernägel, das ist ein Novum und geht in seinem Kopf nur schwer zusammen.

»Und wen?«, fragt er.

»Sein Name ist Viktor Füssli. Er ist mein ...«, sie scheint nach dem passenden Wort zu suchen, »... mein Freund. Wir wollten am Samstagnachmittag zusammen wegfahren, aber er ist nicht gekommen, und wenn ich ihn anrufe, meldet sich nur die Mailbox. Und ehe Sie fragen: Nein, wir hatten keinen Streit. Alles war in bester Ordnung.«

Plötzlich ist es für einige Sekunden mucksmäuschenstill im Büro.

Die Cebulla hat einen Liebhaber! Wer hätte das gedacht?

»Wann haben Sie das letzte Mal mit Ihrem ... äh ... *Freund* gesprochen?«, fragt der Hauptkommissar, nachdem er sich geräuspert und seiner Verblüffung wieder einigermaßen Herr geworden ist.

»Am Donnerstag haben wir telefoniert, etwa um die Mittagszeit. Er wollte mich am Samstag um drei Uhr abholen für ein verlängertes Wochenende im Kempinski Heiligendamm. Aber er kam nicht.« Sie nestelt am Ärmel ihrer Strickjacke, über die sich Wildrosen ranken, zieht ein zerknülltes Taschentuch heraus und tupft sich damit eine Träne weg.

Kempinski Heiligendamm. Geht's noch?

Völxen weiß beim besten Willen nicht, wie er darauf reagieren soll. Davon abgesehen drängt ihn aber auch die Neugier: »Seit wann kennen Sie den Herrn ...«

»Füssli, Viktor Füssli. Er ist Schweizer, lebt aber seit Kurzem in Hamburg. Wir kennen uns seit drei Monaten. Wir waren ... wir wollten ...« Ein Ruck geht durch ihre Gestalt, sie reckt das Kinn und sagt: »Wir hatten gemeinsame Zukunftspläne.«

Völxen kippt zum zweiten Mal an diesem Tag die Kinnlade runter.

Zukunftspläne. Nach drei Monaten!

Er überlegt, ob es in letzter Zeit eine Veränderung an seiner Sekretärin gegeben hat, die ihm hätte auffallen müssen. Irgendein inneres Leuchten oder etwas in der Art. Er kann es beim besten Willen nicht sagen, aber er hat ja auch viel um die Ohren. Jedenfalls trug sie im Dienst bisher keine roten Fingernägel, da ist er sicher. Sie war meistens recht gut gelaunt, aber Frau Cebulla ist ohnehin selten verstimmt, und wenn, dann nicht ihm gegenüber. Ihr Haar ist ein bisschen kürzer und ein bisschen blonder, das bemerkt er jetzt. Aber sonst ... Doch, da ist noch etwas: die Schuhe. Jahraus, jahrein quietschten die Sohlen ihrer Birkenstocks über den Flur, seit Kurzem aber hört man stattdessen ein Tack-tack-tack. Sie hat ihre Gesundheitsschlappen gegen halbhohe Pumps getauscht. Aber deswegen denkt man doch nicht gleich an *so was*.

Völxen ist die Situation höchst unangenehm. Was geht ihn Frau Cebullas Privatleben an? Nicht das Geringste! Dabei hätte er es nur allzu gern belassen. Allein die Vorstellung, dass seine langjährige Sekretärin, eine Frau im gesetzten Alter von ... wie alt ist sie eigentlich? Mitte fünfzig in etwa. Dass sich diese Frau Hals über Kopf verliebt wie ein Teenager, bereitet ihm Unbehagen und setzt ein Kopfkino in Gang, auf das er gern verzichtet hätte.

Am liebsten würde er Frau Cebulla mit ihrem Anliegen zur Vermisstenstelle schicken, aber er ahnt, wie man dort mit der Sache umgehen würde: Ein erwachsener Mann, der von einer Dame, die keine Angehörige ist, als vermisst gemeldet wird ... Da denken die sich bloß ihren Teil und machen ein paar anzügliche Witze, sobald Frau Cebulla zur Tür hinausgegangen ist. Und danach passiert erst mal gar nichts.

Also wird er sich wohl oder übel der Sache annehmen müssen.

In all den Jahren hat sie ihn nie um etwas gebeten, er kann sie jetzt unmöglich einfach abbügeln. Doch das Ganze ist ihm ziemlich peinlich, und sollte dieser besagte Herr in den nächsten Tagen doch wieder auftauchen - wovon der Hauptkommissar aufgrund einschlägiger Erfahrungen ausgeht -, dann wird es Frau Cebulla noch viel peinlicher sein als ihm, so viel steht fest.

Darum ist nun Fingerspitzengefühl gefragt, damit alle Beteiligten ohne größere Blessuren wieder aus dieser heiklen Situation herauskommen.

»Hat der Herr Füssli denn auch ein Festnetztelefon?«, fragt Völxen.

Sie verneint. »Er ist Weinhändler und viel unterwegs, daher hat er nur das Handy. Ich habe bereits sämtliche Krankenhäuser in der Nähe seiner Wohnung angerufen, aber er ist nirgendwo eingeliefert worden«, berichtet Frau Cebulla. »Es gab am Samstag keinen schweren Unfall auf der Strecke Hamburg–Hannover, das habe ich ebenfalls recherchiert.«

»Was ist, wenn er von woanders hergekommen ist? Sie sagten, er sei viel unterwegs ...«

»Nein, er wollte von Hamburg aus zu mir kommen, er sagte, er hätte am Freitag noch dort in der Nähe zu tun.«

»Sein Wohnsitz ...«, beginnt Völxen.

»Ich war schon einmal dort«, unterbricht ihn Frau Cebulla. »Vor zwei Wochen, wir waren zusammen in einem Musical und danach bei ihm zu Hause. Es ist das Dachgeschoss eines wunderschönen älteren Hauses, es liegt nur eine Straße hinter der Elbchaussee.«

Für einen Moment blitzt so etwas wie Stolz in ihren Augen auf, und Völxen hängt unweigerlich dem Macho-Gedanken nach, dass Frau Cebulla auf ihre alten Tage noch einen ganz schön fetten Fang gemacht hat. Aber Völxen ist auch Realist. Deshalb beginnt in seinem Hirn eine kleine Alarmglocke zu schrillen.

»Um ehrlich zu sein, war ich sogar gestern noch einmal dort«, hört er Frau Cebulla sagen.

»In Hamburg?«, fragt er erstaunt zurück. »Und?«

»Es war keiner da. Im ganzen Haus war nur eine alte Dame, und die erschien mir ein bisschen wirr, sie konnte mir keine vernünftige Auskunft geben.«

»War wirklich keiner da, oder hat nur keiner aufgemacht?«

»Wie meinen Sie das?«, fragt Frau Cebulla entrüstet.

Und schon wieder wird's peinlich ...

Völxen gibt sich einen Ruck. »Nun ... Männer sind ja manchmal richtige Feiglinge, wenn es darum geht, eine Beziehung zu beenden. Manche sind sogar nicht mal so fair, wenigstens anzurufen oder eine SMS zu schicken, die tauchen einfach ab.«

»Aber ich sagte doch schon, dass wir keinen Streit hatten!«

»Manchmal braucht es den gar nicht für einen ... äh ... Meinungsumschwung«, gibt Völxen zu bedenken.

»Sein Wagen war auch nirgends zu sehen, ich bin alle Seitenstraßen abgegangen«, trumpft Frau Cebulla auf.

»Tiefgarage?«, kontert Völxen.

»Wie? Nein. Ich weiß nicht ...« Sie gerät ins Stocken.

»Können Sie Angaben zu seinem Fahrzeug machen?«, fragt Völxen, froh, erst einmal auf dieses sachliche Terrain ausweichen zu können.

»Ein Mercedes.«

»Typ?«

Frau Cebulla sieht ihn verzweifelt an. »Silbergrau und eher flach, also ich meine, niedrig, mehr so wie ein Sportwagen.«

»Ein Coupé.«

»Ja, ich glaube. Er roch ziemlich neu und hatte helle Ledersitze mit einer Massagefunktion.«

Völxen stöhnt innerlich auf. »Kennzeichen?«

»Hamburg ... mehr weiß ich nicht.«

»Ist Ihr ... Freund eigentlich ledig?«

»Was?« Sie schaut ihn verblüfft an.

»Ist er ledig oder geschieden? Oder könnte es sein, dass er Ihnen verschwiegen hat, dass er verheiratet ist? Seine Frau hat möglicherweise etwas gemerkt, und er hat kalte Füße bekommen ...«

»Nein«, schnaubt Frau Cebulla erbost. »Das glaube ich nicht. In seiner Wohnung sieht nichts nach einer Frau aus, das ist eine typische Junggesellenwohnung.«

»Was verstehen Sie darunter?«

»Im Bad waren nur Pflegeartikel für Männer. Die Wohnung ist sehr schön eingerichtet, aber etwas nüchtern. Es fehlen zum Beispiel Pflanzen und die kleinen Accessoires, die ein Zimmer wohnlich machen. Die meisten Männer haben dafür wenig Sinn.«

Völxens Gefühl, dass da etwas ganz und gar nicht stimmt, verdichtet sich. »Könnte es sein, dass es sich dabei um eine Zweitwohnung handelt?«

»Das ist schon möglich. Er sagte, er hätte noch eine Wohnung in Zürich. Ich habe ihn nicht gefragt, wo er seinen Erst- oder Zweitwohnsitz angemeldet hat.« Frau Cebulla klingt nun etwas ungehalten. »Aber er ist ganz bestimmt nicht verheiratet. Er wollte ein Weingut in Südfrankreich kaufen und sich in Kürze dort zur Ruhe setzen.«

»Zusammen mit Ihnen?« Völxen lauscht seinen eigenen Worten nach und hofft, dass er das *Ihnen* nicht allzu zweifelnd hervorgehoben hat.

Sie nickt. Ihr Lächeln ist eine Mischung aus Stolz und Verunsicherung.

Sie war also drauf und dran, ihn, Völxen, schmählich im Stich zu lassen! Nach all den Jahren. Das schmerzt. Aber dann ermahnt er sich, sich zusammenzureißen. Schließlich geht es jetzt nicht um ihn.

»Wie alt ist Herr Füssli, wenn ich fragen darf?«

»Vierundfünfzig.«

»Bisschen früh, um sich zur Ruhe zu setzen.«

»Ein Weingut zu haben bedeutet ja nicht, dass man gar nichts mehr tut. Aber er wollte nicht mehr die ganze Woche beruflich unterwegs sein.«

»Verstehe«, behauptet Völxen, dem die ganze Geschichte immer spanischer vorkommt. »Sagen Sie, Frau Cebulla, wie haben Sie Herrn Füssli eigentlich kennengelernt?«

Sie senkt verlegen den Blick.

»Schon gut, Sie müssen nicht antworten, wenn Ihnen die Frage zu persönlich ist.«

»Nein, nein, es ist ja keine Schande. Über eine Kontaktanzeige in der *Hannoverschen Allgemeinen*.«

»Hat er eine aufgegeben?«

Sie schüttelt den Kopf. »Nein, ich. Eine Chiffre-Anzeige. Meine Freundin hat vor einem Jahr auf diesem Weg jemanden kennengelernt, und sie hat mich gedrängt, es auch zu versuchen, und da habe ich es schließlich getan. Kostet ja nicht viel, habe ich mir gedacht. Er hat einen sehr netten Brief geschrieben ... Wir haben uns getroffen und uns sofort gut verstanden.«

Völxen schielt auf die Zeitangabe auf seinem Bildschirm. Schon halb zwölf, er muss zusehen, dass er Frau Cebulla los wird.

»Gut, Frau Cebulla, ich lasse mir die Polizeiberichte vom Samstag kommen. Mal sehen, ob es irgendwo einen Unfall mit einem Mercedes gab«, sagt er, um ihr sein Entgegenkommen zu signalisieren. »Für eine offizielle Vermisstenmeldung scheint es mir noch etwas früh.«

»Herr Hauptkommissar, können Sie bitte dafür sorgen, dass eine Streife zu seiner Wohnung fährt und die Tür öffnen lässt? Ich mache mir wirklich große Sorgen.«

Völxen ist klar, dass sie keine Ruhe geben wird. Wer weiß, vielleicht liegt der Mann ja wirklich tot oder hilflos in seiner Wohnung. Das soll ja schon vorgekommen sein, auch wenn sein Gefühl ihm etwas anderes sagt.

»Ich werde sehen, was ich tun kann.«

»Danke, Herr Hauptkommissar, vielen Dank«, sagt sie und erhebt sich vom Stuhl.

»Ach, eine Frage noch, Frau Cebulla. Sie haben diesem Herrn Füssli nicht etwa aus irgendeinem Grund Geld gegeben?«

*

Das Mittagessen beim Nobelitaliener in der List ist köstlich, aber es zieht sich. Völxen hat Mühe, sich auf das Gespräch mit seinem

Vorgesetzten zu konzentrieren, weil ihm noch immer Frau Cebulla im Kopf herumgeistert. Seine Sekretärin und ihr Liebhaber. Völxen hat Frau Cebulla bisher mehr oder weniger als ein geschlechtsloses Wesen wahrgenommen. Sie hat schon immer in etwa so ausgesehen wie jetzt; ein bisschen bieder und tantenhaft, und so mancher hat zuweilen einen Witz gerissen, wenn sie sich nach Dienstschluss auf ihr Hollandrad schwang, auf dessen Rahmen *Gazelle* steht.

Zu seiner Schande muss Völxen gestehen, dass er von jedem seiner langjährigen Mitarbeiter etwas über dessen Privatleben weiß – von einigen sogar mehr, als ihm lieb ist –, nur nicht von Frau Cebulla. Wie heißt sie noch gleich mit Vornamen? Edelgard ... nein Edeltraut! Selten hat ein Name so gut zu einer Person gepasst, findet der Hauptkommissar. Edeltraut Cebulla war einfach immer da, ein treues Faktotum, das seine Launen ertragen, seine Diätpläne überwacht und ihm gnadenlos gesunde Kräutertees zubereitet hat. Wie verbringt sie ihre Freizeit, was sind ihre Hobbys, was macht sie im Urlaub? Vor zwei Jahren hat sie eine Kreuzfahrt gemacht, aber er hat recht ungnädig reagiert, als sie ihm die Fotos zeigen wollte.

Auch jetzt muss er Frau Cebulla im Geist beiseiteschieben, denn es ist höchste Vorsicht angesagt, sonst findet er sich binnen Kurzem als Sesselfurzer im Innenministerium wieder. Der Vize versucht nämlich gerade, ihm dort einen Job schönzureden.

Immer wieder mal kommt von dort ein Jobangebot, was Völxen als höchst lästig empfindet. Er scheint dort Fans zu besitzen, die ihn unbedingt haben wollen. Oder jemand versucht, ihn von seinem jetzigen Posten wegzuloben, weil er oder sie selbst scharf darauf ist. Wer könnte dahinterstecken?

Oda Kristensen? Sie wäre im Grunde seine natürliche Nachfolgerin als Dezernatsleiterin, aber er schätzt Oda so ein, dass sie die paar Jährchen bis zu seiner Pensionierung gelassen abwartet. Fernando Rodriguez? Der ist durchschaubar, das hätte Völxen gemerkt, und für einen so perfiden Plan fehlt ihm schlichtweg die Raffinesse. Erwin Raukel? Raukel, das *Enfant terrible* des Dezernats, hat zwar selbst eine sehr hohe Meinung von sich, aber er hat aufgrund seiner lebhaften Vergangenheit so viel auf dem Kerbholz, dass er froh sein darf, dass Völxen ihn vor zwei Jahren in sein Dezernat geholt hat, obwohl das seinerzeit keiner verstanden hat. Nein, Raukel wird bis zu seiner Pensionierung brav in seinem Büro sitzen und seine Sudokus lösen, und ab und zu mal einen Fall, weil er trotz zahlreicher Macken doch auch einen guten Riecher hat. Elena Rifkin ist klug und ehrgeizig, aber mit nicht einmal dreißig Jahren noch viel zu jung für derlei Ambitionen. Jule Wedekin hat nach ihrer Heirat mit Fernando Rodriguez zu Völxens Bedauern eine Stelle beim LKA angenommen. Sie musste das tun, denn eine Vorschrift lautet, dass Ehepaare nicht in derselben Dienststelle arbeiten dürfen. Was nicht heißt, dass sie nicht für einen Führungsposten in die Polizeidirektion zurückkommen würde. Sie müsste dann halt ihren Ehemann in eine andere Abteilung versetzen, aber wie er Jule kennt, würde sie ihm das schon irgendwie beibringen. Oder ... Jule möchte ihrem Fernando zum Aufstieg verhelfen und zieht im Hintergrund die Fäden. Traut er ihr das zu? Intellektuell durchaus, moralisch eigentlich nicht. Aber wer weiß?

»... Sie hätten dann zwar weniger Personalverantwortung als jetzt, aber dafür ein beachtliches Budget, mit dem sich eine Menge bewirken lässt, wenn man es klug einsetzt, was ich bei Ihnen, einem Mann der Praxis, absolut nicht bezweifle«, dringt die Stimme seines Vorgesetzten an sein Ohr.

Mist, verdammter! Völxen hat wirklich gedacht, seine Beförderung zum EKHK wäre ein Selbstläufer.

Der Kellner serviert den Espresso, und Völxen nutzt das kurze Innehalten des Vizepräsidenten und fragt geradeheraus: »Sagen Sie mir bitte ehrlich: Sägt jemand an meinem Stuhl?«

»Wie meinen Sie das?«

»Will mich jemand wegloben? Hat es jemand auf meinen Posten abgesehen, möchte der Polizeipräsident einen Jüngeren als Leiter des Dezernats für Todesermittlungen und Delikte?«

Der Vize schüttelt den Kopf. »Aber nein, durchaus nicht!«

»Und Sie? Sind Sie zufrieden mit der Aufklärungsquote meines Teams und mit meinen Qualitäten als Führungskraft?«

»Aber absolut, Herr Völxen, absolut. Ihre Quote ist exzellent, und Ihre Mitarbeiter sind hochzufrieden, wie mir zu Ohren gekommen ist. Ich dachte nur, dass Sie vielleicht nach all den Jahren genug Leichen gesehen haben und nichts gegen einen geregelten Feierabend einzuwenden hätten.«

»Das allerdings schon«, räumt Völxen ein und fährt fort: »Wissen Sie, ich überlege schon die ganze Zeit, wie ich Ihnen das diplomatisch vermitteln soll: Für manchen mag ein bequemer Posten im Innenministerium für die letzten Dienstjahre erstrebenswert sein, und ich fühle mich auch sehr geschmeichelt, dass Sie mich als Kandidaten ins Spiel bringen möchten, aber eigentlich würde ich meinen jetzigen Posten gerne behalten. Ich bin nun mal ein Mann der Praxis, wie Sie schon festgestellt haben. Notfalls verzichte ich lieber auf A 13. Ich hoffe, es fühlt sich jetzt keiner auf den Schlips getreten, respektive Sie nicht, aber selbst wenn es so ist, kann ich es nicht ändern.«

So, jetzt ist es raus.

Der Vizepräsident blinzelt, als hätte er etwas im Auge, dann winkt er dem Kellner. »Zwei Grappa, bitte!«

Völxen wartet gespannt und mit wachsendem Unbehagen auf die Antwort seines Vorgesetzten. Ihm fällt ein, dass er vor ein paar Jahren schon mal einen Ministeriumsposten abgelehnt hat. Zu seiner Verwunderung hat man es ihm ohne Konsequenzen durchgehen lassen. Aber noch einmal?

Der Vize macht es spannend, lässt erst den Grappa kommen, riecht daran und fragt dann: »Und das ist wirklich Ihr letztes Wort, Herr Hauptkommissar?«

»Ist es«, sagt Völxen im Brustton der Überzeugung und denkt: Scheiße, das war's, als Nächstes werde ich verräumt auf eine *Koordinationsstelle für Hirnfürze und Schnapsideen*, irgendeinen wohlklingenden Posten, den sie extra für mich einrichten, denn was das angeht, sind sie kreativ. Ein Pöstchen, bequem und stressfrei, vielleicht mit einer knackigen Assistentin, bei dem ich nichts zu melden habe und keinen Schaden anrichten kann und niemand es merkt, wenn ich hinter dem Schreibtisch langsam vermodere.

Der Vize hebt sein Glas gegen das Licht. Der Grappa ist leicht gelblich, weil im Fass gelagert, wie der Kellner erklärt hat.

»Ach, Völxen, ich kann Ihnen gar nicht sagen, wie froh ich bin, dass Sie das so sehen. Das ist nämlich auch meine Meinung, und ehrlich gesagt, genau so habe ich Sie auch eingeschätzt. Also, Herr Hauptkommissar, Sie bleiben wo Sie sind, und ich sorge dafür, dass Sie in Zukunft vom Ministeriumsposten und derlei Ungemach verschont bleiben.«

»Danke«, stößt Völxen hervor. Ihm fällt eine ganze Felswand vom Herzen.

»Und das mit der Beförderung winke ich durch. *Salute!*«

»Zum Wohl.«

*

Oda Kristensen wühlt sich durch einen Kleiderständer im Kaufhaus, als ihr Handy klingelt. »*Merde*«, murmelt sie, denn sie hat Bereitschaft, und tatsächlich, der Schafbock auf dem Display verheißt nichts Gutes.

»Sag bloß, ich muss mir jetzt irgendwo eine halb vergammelte Leiche ansehen«, begrüßt Oda ihren Chef, während sie amüsiert beobachtet, wie die Kundin neben ihr auf Abstand geht.

»Nein, nein, keine Sorge ...«

»Eine frische also?«

»Sag mal, was machst du gerade?«

»Shoppen, wie man heute so sagt.«

»Noch mehr schwarze Klamotten? Probier's doch mal mit ein bisschen Farbe!«

»Bist du jetzt mein neuer Stilberater, Völxen? Was gibt's?«

»Du bist also in der Stadt ...«

»Ja-a?«

»Das trifft sich gut, ich bin in der List. Sag mal, könnten wir uns auf einen Kaffee treffen?«

»Scheiße, ja, du warst mit dem Vize essen«, dämmert es Oda.

»Woher weißt du denn das schon wieder? Na, egal ...«

»Völxen, falls du vorhast, dich auf deine alten Tage ins Ministerium zu verdrücken, dann kannst du mir das auch am Telefon sagen, denn in dem Fall will ich dich lieber gar nicht sehen, jedenfalls nicht, bevor ich mich abreagiert habe.«

»Darum geht es nicht. Ich brauche deine Hilfe in einer wirklich heiklen Angelegenheit.«

»Hat Raukel im Suff wieder was angestellt?«

»Nein. Wo bist du denn?«

»Bei Kaufhof. Die Luisenpassage kann ich mir nicht leisten.«

»In zehn Minuten im Mövenpick am Kröpcke?«

»Bin ich eingeladen?«

»Sicher.«

»Jetzt bin ich aber wirklich neugierig.«

*

Völxen lässt seine Blicke suchend über die Tische vor dem Mövenpick schweifen. Oda wird sicher draußen sitzen wollen, damit sie eine Zigarette nach der anderen qualmen kann. Allerdings sind schon alle Tische besetzt. Die Sonnenstrahlen sind anscheinend zu verlockend, auch wenn noch ein frischer Wind über den Platz fegt. Der Deutsche an sich, philosophiert Völxen vor sich hin, ist ein notorischer Draußen-Sitzer, es nimmt zuweilen schon groteske Züge an. Heute kauern sie wenigstens nicht schlotternd und in Decken eingehüllt vor dem Lokal.

Wie ein Geier umkreist er ein älteres Paar, das der Bedienung schon signalisiert hat, dass sie zahlen wollen, als ihn ein dezenter Pfiff herumfahren lässt.

»Oda! Beinahe hätte ich dich nicht erkannt, so verkleidet!«

Ausnahmsweise trägt Oda heute mal keine schwarzen Klamotten, wie sonst immer im Dienst, sondern ein grün gemustertes Kleid, das gut zu ihren halblangen hellblonden Haaren passt.

»Schau dich doch mal selber an!«

»Ich weiß, George Clooney ist nichts gegen mich.«

»Du glänzt wie ein Otter.«

Odas Lästerei ignorierend lässt er sich an ihrem ergatterten Tisch nieder, bestellt eine Apfelschorle und fragt: »Bist du ganz allein unterwegs? Wo ist denn dein Wunderheiler?«

»In Peking, frisches Nashornpulver besorgen. War'n Witz, schau nicht so konsterniert. Also, was gibt es?«

»Sieh an, die Cebulla! Ich wusste, dass da was im Busch ist!«, meint Oda, nachdem Völxen sie aufgeklärt hat.

»Wirklich? Woher?«, fragt Völxen.

»Ich bitte dich, das konnte doch ein Blinder sehen. Sie hat abgenommen, sich neue Klamotten gekauft, die Haare sind anders, und vor allen Dingen hat sie seit Kurzem so eine strahlende Aura.«

Aura. So ein Wort hätte Oda früher nur gewürzt mit viel Ironie in den Mund genommen. Das kommt vom Umgang mit diesem undurchsichtigen Chinesen, mit dem sie seit etlichen Jahren liiert ist. Eigentlich hat Tian Tang eine Praxis für Naturheilkunde und chinesische Medizin, aber Völxen nennt ihn stets den Wunderheiler, was je nach Laune mal mehr, mal weniger abfällig klingt.

»Ich hab nur gemerkt, dass sie diese grässlichen Schuhe nicht mehr trägt, die immer so quietschten. Aber deshalb dachte ich noch lange nicht, dass sie ... du weißt schon.«

»Dass sie sich einen Geliebten zugelegt hat, mit dem sie ungezügelten Sex hat, ist es das, was du sagen wolltest?«

»Mäßige dich, wir müssen das jetzt nicht breittreten«, mahnt Völxen.

»Was ist daran so skandalös? Weil sie eine Frau jenseits der fünfzig ist? Haben solche Frauen kein Recht mehr auf ein Geschlechtsleben, ist ein Körper, der nicht perfekt ist, automatisch eine verkehrsberuhigte Zone? Also wirklich, Völxen, wenn Raukel so daherredet, okay, aber von dir hätte ich das nicht erwartet.« Sie schnaubt ihm eine Rauchwolke entgegen wie ein wütender Drache.

»Schon gut. Kein Grund, sich gleich so aufzuregen.«

»Doch! Ich gehe schließlich auch stramm auf die fünfzig zu.«

»Dass dir das passiert«, grinst Völxen. »Aber ich finde, du hast dich ganz passabel gehalten. Bemerkenswert, bei deiner Raucherei.«

»Dein Charme ist heute wieder umwerfend.«

»Ja, ich gebe es zu, ich bin ein borniertter alter Sack. Aber zurück zu Frau Cebulla ... Es geht nicht um ihr ... ihr ...«

»Sexleben«, souffliert Oda. »Ihre *Amour fou*.«

»Was auch immer. Ich befürchte, dass sie auf einen Heirats-schwindler hereingefallen ist.«

»Er hat ihr die Ehe versprochen?«

»Das weiß ich nicht. Aber sie erwähnte etwas von gemeinsamen Zukunftsplänen.« Er schüttelt den Kopf, noch immer fassungslos. »Der Kerl hat ihr was von einem Weingut in Südfrankreich vorge-gaukelt, das er kaufen will. Dort wollte er angeblich mit ihr leben. Wie naiv kann eine Frau, die seit Jahren für die Polizei arbeitet, denn eigentlich sein?«

»Sie war eben verliebt, da setzt es oft aus im Oberstübchen.« Oda drückt die Zigarette aus, denn die Bedienung stellt einen riesigen Eisbecher vor sie hin und serviert Völxen seine Apfelschorle.

Der reißt sich gewaltsam los vom allzu verführerischen Anblick des Eisbechers und erklärt: »Also, ihr Galan ist ja nun angeblich Weinhändler. Letzte Woche kam er mit der Geschichte an, dass er einen ziemlich großen Posten französischer Spitzenweine bei einem Spediteur auslösen müsse, dem der Konkursverwalter im Nacken sitze. Anderenfalls könnte es passieren, dass seine Ware, die er schon angezahlt hatte, der Konkursmasse zugeschlagen würde und damit auf Nimmerwiedersehen verloren wäre, genau wie sein investiertes Geld. Das alles müsse sehr schnell gehen, und der Spediteur wolle Bargeld sehen. Aber sein Konto sei ja nun mal in der Schweiz ...«

»Klingt verdammt nach Beihilfe zur Insolvenzverschleppung«, wirft Oda ein.

»Falls es wahr ist, aber das glaube ich nicht. Er hat unsere liebe Frau Cebulla um vierzigtausend Euro angehauen. Das war unge-fähr der Betrag, den sie auf ihrem Tagesgeldkonto liegen hatte. Wenn du mich fragst, wusste er das längst.«

»Ach du Scheiße!«

»Sie hat also das Geld auf ihr Girokonto transferiert, und *zu ihrer Sicherheit*, wie er es nannte, hat er vor ihren Augen denselben Betrag von seiner Schweizer Bank auf ihr Konto überwiesen. Sie sagt, er habe extra darauf bestanden, dass sie dabei zusieht. Frau Cebulla dachte also, es wäre alles in bester Ordnung, sie ist am nächsten Tag brav zur Sparkasse gedackelt und hat die vierzigtausend abgehoben und ihm gegeben.«

»Das war natürlich ein Trick«, ergänzt Oda.

»Zumindest war bis heute noch nichts von dem Geld auf ihrem Girokonto zu sehen«, fährt Völxen fort. »Aber sie argumentiert, dass Überweisungen aus Nicht-EU-Ländern ja immer etwas länger dauern.«

»Schon möglich«, räumt Oda ein.

»Aber da der Herr seit der Geldübergabe sang- und klanglos verschwunden ist, hege ich ernsthafte Zweifel, dass da noch was kommt. Frau Cebulla hingegen glaubt, ihm wäre etwas passiert, und verlangt, dass ich die Hamburger Kollegen in die Wohnung schicke.«

»Hast du?«

»Noch nicht. Am liebsten würde ich sie ans Betrugsdezernat verweisen, schließlich sind die dafür zuständig.«

»Aber da sie noch nicht eingesehen hat, dass sie aufs Kreuz gelegt wurde – sowohl metaphorisch als auch praktisch –, haben wir sie an der Backe«, erkennt Oda das Dilemma.

»So ist es«, seufzt Völxen. »Obwohl es ihr inzwischen wohl schon langsam dämmert.«

»Hast du schon seine Meldedaten gecheckt?«, fragt Oda, während sie einen Riesenklecks Sahne vom Löffel leckt.

»Nein, ich musste ja dann weg.«

»Mit dem Vize essen, schon kapiert. Wo ist Frau Cebulla jetzt?«

»Ich habe sie nach Hause geschickt und ihr gesagt, ich melde mich, wenn ich etwas Neues erfahre.«

»Die Ärmste! Sie wird niedergeschmettert sein. Verlassen zu werden ist schon schlimm genug, aber wenn man dazu noch bestohlen wird ...«

»Sie tut mir ja auch leid. Andererseits – wie kann man so gut-gläubig sein?« Völxen schüttelt resigniert mit dem Kopf. »Oda, du als Frau findest die besseren Worte, ich trete nur in lauter Fett-näpfe. Rede mit ihr, sie muss den Kerl anzeigen!«

»Ja, meinetwegen«, seufzt Oda. »Und bei dir?«

»Was meinst du«?

»Alles im Lack mit der Beförderung?«

»Sieht so aus.«

Oda grinst. »*Erster Kriminalhauptkommissar.* Darauf müssen wir anstoßen, du Nummer eins.« Und ehe er es verhindern kann, hat sie schon zwei Gläser Sekt bestellt.

*

Frau Cebullas Wohnung liegt in Döhren. Oda war noch nie bei ihr zu Hause gewesen, warum sollte sie auch?

Obwohl die Sekretärin ein fester Bestandteil des Dezernats ist, war sie doch stets ein bisschen außen vor, erkennt Oda, während sie auf die Klingel drückt und eine Sekunde später Frau Cebullas Stimme aus der Sprechanlage dringt, fast so, als hätte sie daneben gestanden und gewartet.

»Oda Kristensen.«

Der Summer schnurrt, und Oda steigt die Treppe hinauf in den ersten Stock. Gepflegter Sechzigerjahre-Wohnblock, unspektaku-lär, aber die Lage, besonders die Nähe zum Maschsee, ist nicht schlecht.

Frau Cebulla begrüßt sie mit den Worten: »Wissen jetzt schon alle Bescheid?«

Oda schenkt ihr ein aufmunterndes Lächeln. »Nur Völxen und ich. Darf ich reinkommen?«

»Natürlich. Setzen Sie sich.« Sie weist auf das Sofa. »Möchten Sie einen Tee? Kaffee? Was Kaltes? Nur Rauchen dürfen Sie bei mir nicht.«

»Gar nichts«, sagt Oda und schaut sich verstohlen um. Schrank-wand in Eiche hell im Wohnzimmer, Regulator an der Wand, Sofakissen mit Knick, Berichte über die Reichen und Schönen dieser Welt auf dem Couchtisch neben der Fernbedienung, die zu einem alten Sony-Röhrengerät gehört.

»Gibt es etwas Neues?«

Frau Cebulla sieht mitgenommen aus, ihre Augen sind gerötet und glanzlos, die Lippen spröde, die Wangen schlaff. Sie ist auf einen Schlag um Jahre gealtert, und es hätte Oda nicht erstaunt, wenn auch ihr Haar über Nacht ergraut wäre. Aber das ist wohl schon viel früher passiert, und nur die Chemie verhindert, dass man es sieht.

»Ja, gibt es«, sagt Oda. »Aber ich fürchte, es sind keine guten Neuigkeiten.«

»Ist ihm was passiert? Ist er ...«

»Nein, nein«, wehrt Oda ab. »Ich bin sicher, der Scheißkerl ist gesund und munter.«

Frau Cebulla zieht bei diesem Wort die Brauen zusammen, aber Oda fährt ungerührt fort: »Diese Hamburger Wohnung, von der Sie sprachen ... Wir konnten inzwischen herausfinden, dass sie zu dem Zeitpunkt, an dem Sie dort waren, über Airbnb vermietet war.«

Frau Cebulla, die wie ein massiger Klumpen Elend am anderen Ende des Sofas kauert, schaut Oda ungläubig an.

»Airbnb ist eine Internetplattform ...«, beginnt Oda.

»Ich weiß, was das ist. Völlig hinter dem Mond lebe ich nicht.«

Oda überhört den harschen Ton und fährt fort: »Der Name, den der Mieter dem Vermieter genannt hat, ist ebenso erfunden, wie der Name Viktor Füssli vermutlich erfunden ist. Jedenfalls ist er weder in Hamburg noch sonst wo gemeldet. Auf die Antwort der Schweizer Kollegen warte ich noch.«

»Aber diese Seite von der Bank ...«

»Ein Fake. Eine gefälschte Seite. So was kriegt ein talentierter Zwölfjähriger hin.«

Frau Cebulla presst die Hände vor den Mund.

Rot lackierte Nägel, da schau her.

»Sie sagten, er habe auf Ihre Chiffre-Anzeige in der *Hannoverschen Allgemeinen* geantwortet. Hat er ein Foto mitgeschickt?«

»Nein. Er schrieb, er fände es prickelnder, wenn man vorher keine Fotos austauschen würde. Sein Brief war sehr ansprechend. Also habe ich mich mit ihm getroffen, und ich war wirklich positiv überrascht. Von seinem Aussehen, und überhaupt. Es hat gleich gefunkt, wie man so sagt. Zumindest bei mir.« Bei diesen Worten errötet sie, was ihrem fahlen Gesicht ganz guttut.

»Haben Sie denn überhaupt irgendein Foto von ihm?«, insistiert Oda, die nur zu gern wüsste, wie der Wunderknabe aussieht.

Sie schüttelt den Kopf.

»Sie kennen den Mann seit wann?«

»Drei Monaten.«

»Und kein einziges Foto?« Oda kann es kaum glauben.

Frau Cebulla zupft an ihrem Rocksaum. »Ich gehöre nicht zur Selfie-Generation«, verkündet sie schließlich ein wenig trotzig. »Ich habe kein Handy, das Bilder machen kann, und Viktor hat sich immer nur lustig gemacht über diese Leute, die ständig fotografieren, sich selbst und sogar ihr Essen. Ich ... ich dachte, wenn wir zusammen an der Ostsee sind, mache ich ein paar Bilder, da lohnt es sich ja, schon wegen der Landschaft. Ich habe extra meine Kamera eingepackt. Aber daraus wurde dann ja nichts«, bemerkt sie mit Bitterkeit.

»Es gab im Kempinski übrigens keine Reservierung über den ersten Mai auf den Namen Füssli«, versetzt Oda ihr den nächsten Dolchstoß. »Tut mir leid.«

Frau Cebulla sinkt noch ein bisschen mehr in sich zusammen. »Gott, Sie müssen mich für furchtbar dumm halten.«

»Nein, absolut nicht«, versichert Oda. »Die Wohnung über Airbnb, die gefälschte Webseite der Bank ... Das war ein ausgefuchster Betrüger.«

»Aber Hauptkommissar Völxen hält mich für ein Schaf.« Sie muss trotz allem ein ganz klein wenig lächeln über ihren unfreiwilligen Schafswitz.

»Das tut er nicht. Er ist nur ... ein Mann eben. Er sieht die Dinge rationaler. Sagen Sie, haben Sie den Brief noch?«

»Äh ... warum?«

»Sie sollten diesen Füssli auf jeden Fall wegen Betruges anzeigen.«

Frau Cebulla gerät in Wallung. »Was? Damit die ganze Polizeidirektion über mich lacht? Nein, das mache ich auf gar keinen Fall! Es ist doch auch sinnlos. Wenn er so klug ist, wie Sie sagen, hat er seine Spuren doch längst verwischt.«

»Aber Frau Cebulla ...«

Sie presst die Lippen zusammen und schüttelt energisch mit dem Kopf, ehe sie in förmlichem Ton sagt: »Frau Kristensen, ich danke Ihnen und dem Herrn Völxen sehr für Ihre Hilfe, aber ich möchte, dass Sie die Sache damit auf sich beruhen lassen.«

»Wie Sie wollen.« Oda steht auf. Dies ist nicht der richtige Zeitpunkt, um Frau Cebulla umzustimmen, erkennt sie. Der Vorfall ist noch zu frisch, und sicherlich hofft sie im Geheimen, dass das Geld doch noch ankommt oder sie etwas von ihrem Geliebten hört und der Verdacht sich in Wohlgefallen auflöst. Aber diese Hoffnung wird schrumpfen, und irgendwann wird der Zorn überwiegen, und dann wird sie hoffentlich ihre Meinung ändern.

*

»Gut, dann war's das«, sagt Völxen.

»Wie, dann war's das?« Oda lümmelt auf dem Sofa, das in Völxens Büro steht, und schaut Völxen fragend an.

»Wir haben unsere Schuldigkeit getan. Falls sie den Kerl doch noch anzeigen will, soll sie sich ans Betrugsdezernat wenden.«

»Ah, ich verstehe. Du bist eingeschnappt, weil deine treu ergebene Sklavin vorhatte, dich zu verlassen und mit ihrem Liebhaber nach Frankreich durchzubrennen.«

»So ein Unsinn!«, nuschelt Völxen.

»Die Cebulla ist bestimmt nicht die Erste, die er um ihr Erspartes gebracht hat. Das ist ein Profi-Betrüger, dem sollte man das Handwerk legen. Findest du nicht?«

»Aber was soll ich denn machen?«, ereifert sich Völxen. »Du sagst, sie will ihn nicht anzeigen, wir kennen weder seinen richtigen Namen, noch haben wir ein Foto von ihm – und obendrein sind wir nicht zuständig.«

»Aber wir können das arme Ding doch nicht einfach im Stich lassen und zur Tagesordnung übergehen«, protestiert Oda. »Sie hat ja nicht nur den finanziellen Schaden, sondern auch den seelischen. Die Frau ist am Boden zerstört, ihr Selbstbewusstsein ist dahin …«

»Ja, ja, schon gut, ich hab's verstanden«, wehrt Völxen ab. »Ich könnte ja vielleicht mal …« Er unterbricht sich, und beide blicken zur Tür, denn von dort kam gerade ein Geräusch, das wie ein unterdrücktes Husten klang. Zu spät bemerkt der Hauptkommissar, dass die Bürotür nur angelehnt war und Erwin Raukel wahrscheinlich schon länger davor herumgelungert hat, mit Ohren wie Rhabarberblättern.

Sein Grinsen spricht jedenfalls Bände, als Völxen die Tür öffnet, und er bestätigt Völxens Ahnung, indem er augenblicklich lostrompetet: »Ich glaub's nicht, die Cebulla, so ein Feger! Tja, wie heißt es so schön? Wenn alte Scheunen brennen …«

*

»Ratet mal, wer mich heute im Dienst angerufen hat?«, fragt Jule. Wie fast jeden Abend sitzen sie und ihr Ehemann Fernando im Esszimmer ihrer Schwiegermutter Pedra Rodriguez. Die Chili-Hackbällchen verbreiten einen köstlichen Duft, und inzwischen zählt dieses Gericht auch zu Jules Lieblingsspeisen. Allerdings fällt es bei Pedras Kochkünsten schwer, überhaupt eine Auswahl zu treffen. Pedra lässt es sich nicht nehmen, für *ihre Kinder* zu kochen, so überglücklich ist sie, dass ihr Sohn und seine Frau gerade dabei sind, die Wohnung im ersten Stock für sich herzurichten. *Ihr habt so viel Arbeit mit dem Umbau, da kann ich doch wenigstens für euch kochen,* pflegt sie zu sagen, aber Jule ahnt bereits, dass es auch nach der Wohnungsrenovierung so bleiben wird. Ihr macht es nichts aus, im Gegenteil, Kochen war noch nie ihre Leidenschaft, und sie mag es, wenn Pedra zusammen mit ihren köstlichen Gerichten auch den

Klatsch und Tratsch aus der Nachbarschaft auftischt, den sie tags-über in ihrem Laden für spanische Lebensmittel und Weine aufge-schnappt hat. Inzwischen findet Jule auch Gefallen an den Schar-mützeln, die sich regelmäßig zwischen Pedra und Fernando ent-spinnen und bei denen ein Außenstehender leicht auf die Idee kommen könnte, dass die beiden sich streiten. Dabei ist es nichts anderes als ein Ritual, eine Art borstiger Liebesbeweis.

»Ich hoffe, es war dieser gottverdammte Fliesenleger, der sich schon letzte Woche melden wollte«, beantwortet Fernando Jules Frage.

»Nando! An meinem Tisch wird nicht geflucht! Du sollst über-haupt nicht fluchen. Das macht der Umgang mit diesen fürchter-lichen Bauarbeitern, die fluchen den ganzen Tag, wann immer ich dort vorbeigehe, fluchen sie ...«

»Als ob ich früher nie geflucht hätte!«, erwidert Fernando.

»Ja, Gott weiß, das hast du immer schon getan, und ich wünschte, du würdest es lassen.«

»Wer hat dich heute angerufen?«, wendet sich Fernando demons-trativ an Jule.

»Völxen.«

»*El comisario*«, flötet Pedra und bekommt glänzende Augen. »Er lässt sich gar nicht mehr bei mir im Laden sehen. Sag ihm schöne Grüße, *Chule*, wenn er dich wieder anruft. Wenn ich es Fernando sage, dann macht er es ja nicht.«

»Was hat er gewollt?«, fragt Fernando.

»Es war etwas heikel, und du darfst es nicht im Büro rumer-zählen: Frau Cebulla ist auf einen Heiratsschwindler hereingefal-len.«

»Was?« Fernando verschluckt sich an einem Fleischbällchen und bekommt prompt einen Hustenanfall.

»Wer ist Frau Cebulla?«, will Pedra wissen.

»Völxens Sekretärin«, erklärt Jule ihrer Schwiegermutter, wäh-rend sie Fernando einen kräftigen Schlag zwischen die Schulter-blätter versetzt.

»Oh! Diese nette Frau, ich habe sie gesehen.«

»Wann hast du Frau Cebulla denn gesehen?«, keucht Fernando, als er wieder Luft bekommt.

»Als ich einmal beim *comisario* war. Und in seinem Büro war ein Hund!«

»Oscar. Den hat er immer noch«, sagt Fernando.

»Was ist ein Heirat-Dingsda?«

»Heiratsschwindler. Ein Betrüger«, erklärt Jule. »Einer, der die Einsamkeit und die Sehnsüchte von Leuten ausnutzt, um an ihr Geld zu kommen, und wenn er es hat, verschwindet er.«

»Hat der *comisario* ihn schon verhaftet?«

»Mama, wenn du Jule jetzt nicht endlich erzählen lässt, dann fluche ich wieder!«

Pedra wirft ihm einen bösen Blick zu, schweigt aber.

»So, wie der Mann das angestellt hat, sieht es aus, als wäre ein Profi am Werk gewesen. Völxen wollte, dass ich nachforsche, ob vielleicht woanders ähnliche Fälle angezeigt wurden.«

»Worum geht es denn? Hat er das Tafelsilber mitgehen lassen?«

»Kann man so sagen. Er hat Frau Cebulla um vierzigtausend Euro erleichtert.«

Fernando reißt die Augen auf. »Wie hat er das angestellt?«

Jule wiederholt, was Völxen ihr erzählt hat.

»Warum wendet Völxen sich eigentlich nicht selbst ans LKA?«, will Fernando wissen.

»Weil er für Betrug nicht zuständig ist und weil die Cebulla keine Anzeige erstattet hat.«

»Was, wieso? Ist sie bekloppt?«

»Sie schämt sich. Solche Fälle werden oft nicht angezeigt. Das macht es den Typen ja so einfach.« Sie seufzt.«

»Siehst du!«, wendet sich Fernando an seine Mutter. »Die Welt ist schlecht. Man kann als alleinstehende Frau gar nicht vorsichtig genug sein.«

»Warum sagst du mir das?«, entgegnet Pedra. »Ich habe noch nie einem Mann Geld gegeben. Nur dir, für deine Motorräder. Bei mir ist nichts zu holen, ich bin eine arme Ladenbesitzerin und froh, wenn ich meine Lieferanten pünktlich bezahlen kann.«

»Was war das dann mit diesem windigen argentinischen Tango-
tänzer vor ein paar Jahren?«, bohrt Fernando nach.

»Der wollte kein Geld!«, entrüstet sich Pedra.

»Aber er war in Argentinien verheiratet und hat es dir verschwiegen!«

»Was soll das? Das alles ist doch schon ewig lange her!«, fährt
Pedra ihren Sohn an.

»Aber dein Nando ist deswegen immer noch eifersüchtig«, gießt
Jule ein wenig Öl ins Feuer.

»Danke, Jule, fall mir ruhig in den Rücken!«

»Ich finde, Pedra hat recht, die eine Geschichte hat mit der anderen gar nichts zu tun.«

»Richtig!«, trumpft Pedra auf und lässt das R gefährlich rollen.

»Der Typ von der Cebulla hatte es auf ihr Geld abgesehen, dem
Argentinier ging es um Pedras Leidenschaft und Tugend«, legt Jule
noch einen drauf.

»Und? Ist das vielleicht nichts?«, ereifert sich Fernando. »Er hat
ihr das Herz gebrochen!«

Pedra und Jule werfen sich über ihre Weingläser hinweg einen
Blick zu und brechen in Gekicher aus.

Fernando schiebt seinen Teller zurück, obwohl darauf noch ein
Chili-Hackbällchen liegt. »Ihr zwei könnt euch ja noch weiter amü-
sieren und gegen mich verschwören, ich streiche in der Zwischenzeit den Flur fertig.«

Jule legt die Hand auf seinen Arm und zwinkert ihm zu. »Jetzt
sei doch keine Mimose. Bleib sitzen und trink noch ein Gläschen
mit, morgen können wir ausschlafen.«

Fernando gibt nach, greift nach der Weinflasche und sagt zu seiner Mutter: »Warte nur ab, wenn die Wohnung fertig ist, essen Jule
und ich wieder allein zu Abend. Dann kannst du froh sein, wenn
wir uns am Sonntag mal auf einen Sprung zum Kaffee bei dir sehen
lassen. Was? Was gibt es da zu kichern, ich meine es ernst!«

*

Der Apfelbaum trägt Knospen, Mücken tanzen über dem Gras. Völxen und Oscar stehen am Zaun der Schafweide und betrachten die fünfköpfige Herde.

»Morgen bist du dran!«, droht Völxen seinem Schafbock. Als hätte Amadeus die Ansage verstanden, scharrt er mit den Hufen und senkt angriffslustig den Kopf, was ahnen lässt, dass die anstehende Schur mal wieder nicht ohne Blessuren ausgehen wird. Je älter dieses Biest wird, desto aggressiver und abgebrühter wird es auch.

»Na, Kommissar, schönen Tag gehabt?« Nachbar Jens Köpcke schlendert auf ihn zu, die obligaten zwei Flaschen Feierabendbier in der Hand.

»Wie man's nimmt«, meint Völxen, der einsieht, dass der Tag unterm Strich so schlecht gar nicht war: Die Sache mit Frau Cebulla ist zwar nicht schön, aber auf der positiven Seite der Waagschale liegen seine bevorstehende Beförderung und die Tatsache, dass es heute immerhin keine Leiche gab.

»Wolltest du nicht die Schafe scheren?«, fragt Köpcke.

»Jetzt fang du auch noch an. Nein, ich hatte Dienst.«

»Bierchen?«

Völxen schüttelt den Kopf. »Ich musste heute schon Sekt und Grappa trinken.«

»Im Dienst?«

»Sozusagen, ja.«

»Beamte! Ts.«

»Und gleich muss ich noch mit Sabine zum Maitanz von der Feuerwehr.«

»Hanne und ich kommen auch«, verkündet Köpcke, was ihn jedoch nicht daran hindert, das Herrenhäuser an der Zaunlatte zu öffnen und zur Hälfte zu leeren. »Aber ich hab ihr gleich gesagt, dass es mit der Hopserei nichts wird, mit meiner lädierten Hüfte.«

»Und ich hab's im Kreuz«, sagt Völxen. »Die Schafe sind morgen dran. Kannst du mir helfen, mit dem Bock?«

»Klar. Den zwingen wir schon in die Knie. Sag Bescheid. Aber nicht zu früh, damit ich meinen Rausch ausschlafen kann.«

»Das nennt man Vorsatz«, sagt der Kommissar.

»Das nennt man Dorfleben«, versetzt der Hühnerbaron, tippt sich an seine Mütze und schlurft in seinem Blaumann davon.

Völxen ist auf dem Rückweg zum Haus, als sein Handy klingelt.

»Oda?«

»Ich habe eine Idee! Ich könnte doch in der *HAZ* eine Kontaktanzeige aufgeben.«

»Warum nicht? Du hast sicher noch Chancen. Bist du den Chinesen schon losgeworden?«

»Sehr witzig, Völxen. Ich meine, vielleicht beißt unser Heiratsschwindler noch mal an.«

»Zweimal hintereinander in derselben Stadt? Mir an seiner Stelle wäre das zu riskant. Er kann ja nicht wissen, dass Frau Cebulla ihn nicht angezeigt hat.«

»Mag sein, aber ein Versuch kostet ja nicht viel. Allerdings würde ich eine Mailadresse angeben, das geht schneller.«

»Meinetwegen«, brummt Völxen. Er hat sich im Stillen der Illusion hingegeben, die leidige Angelegenheit würde sich irgendwie von selbst erledigen. Andererseits hätte er wissen müssen, dass Oda bei so einer Sache nicht lockerlässt. »Aber eins muss klar sein: Diese ... Nachforschungen sind sozusagen unsere Privatsache.«

Hat er eben *unsere* gesagt?

»Natürlich.«

»Ich muss jetzt auflegen und mich schön machen, ich tanze gleich in den Mai.«

*

»Schreibst du deine Memoiren?« Tochter Veronika beugt sich neugierig über Odas Schulter, die vor einem leeren Notizblock sitzt, in der einen Hand einen Stift, in der anderen eine Zigarette.

»Ich gebe eine Kontaktanzeige auf.«

Veronika stützt die Fäuste in die Hüften und sieht ihre Mutter strafend an. »Ich glaub's nicht! Wie hast du es geschafft, Tian zu vergraulen, den duldsamsten Menschen des gesamten Planeten?«

»Schön, dass du automatisch davon ausgehst, dass ich die Böse bin.«

»Ich kenn dich eben schon länger«, versetzt ihre Tochter. Sie sitzen am Küchentisch zwischen den Resten des Abendessens, das Veronika zubereitet hat. Gemüse und Tofu aus dem Wok, das Ganze ertränkt in Kokosmilch. Tian kocht eindeutig besser, mussten beide erkennen. Aber schließlich zählt der gute Wille.

»Es ist dienstlich«, sagt Oda.

»Hä?«

»Wir wollen einem Heiratsschwindler eine Falle stellen.«

»Hat er die Frauen umgebracht?«

»Wieso umgebracht?«

»Vielleicht arbeitest du für die Mordkommission?«, erwidert Veronika. »Oder habe ich was verpasst? Haben sie dich strafversetzt?«

»Nein, haben sie nicht. Und er ist ein Betrüger, kein Mörder.«

»Aber wieso ...«

»Es ist kompliziert«, wehrt Oda ab. »*Merde*, ich weiß nicht, was ich schreiben soll.«

»Wo soll sie denn stehen, diese Anzeige? Auf *ElitePartner*?«

»In der Zeitung.«

»In der *Zeitung*? Wer macht denn so was heute noch?«

»Zum Beispiel Leute, die nichts mit dem Internet am Hut haben oder ihr Foto nicht auf einer Partnerbörse veröffentlichen wollen. Jedenfalls ist das seine Masche, sein letztes Opfer hat er über eine Zeitungsanzeige gefunden. Jetzt hilf mir lieber mal, wozu lässt man dich eigentlich studieren?«

»Mama, ich fürchte, du hast falsche Vorstellungen von den Inhalten eines Medizinstudiums.«

Veronika ist über das lange Wochenende aus ihrem Studienort Göttingen nach Isernhagen gekommen. *Um meiner einsamen Mutter Gesellschaft zu leisten*, wie sie sagte. Und um einen Berg Klamotten waschen zu lassen.

Oda rauft sich die Haare. »Womit fange ich bloß an?«

»*Suche Mann mit Pferdeschwanz, Frisur egal.*«

»Veronika! *Mon dieu*, ich bin schockiert!«

»Genauso siehst du auch aus«, grinst Veronika. »Okay, dann schreib: *Trotz Kettenrauchens halbwegs junggebliebene Endvierzigerin mit französischen Wurzeln, attraktiv, unsportlich, Haare auf den Zähnen ...*«

»Sei nicht so frech! Komm schon, ernsthaft jetzt.«

»Ich bin ernst.«

»Es ist eine Phantom-Anzeige, ich muss ein paar Jahre älter sein, damit ich ins Beuteschema passe, und es sollte dezent anklingen, dass bei mir was zu holen ist.«

»Warte mal.«

Veronika geht in die Küche und kramt die Zeitung vom Wochenende aus dem Altpapierstapel hervor. »Holen wir uns doch ein paar Anregungen.«

Beide überfliegen die einschlägigen Anzeigen.

»*Gut situierte Mittfünfzigerin sucht humorvollen Partner für Beziehung auf Augenhöhe, der mit beiden Beinen im Leben steht*«, platzt Veronika keine Minute später heraus.

»Das ging ja schnell«, meint Oda verblüfft. »Aber sei mir nicht böse, es klingt ein bisschen stereotyp. *Auf Augenhöhe* ... Ich kann den Ausdruck langsam nicht mehr hören. Und was soll *mit beiden Beinen im Leben* denn eigentlich aussagen?«

»Besser als *mit einem Bein im Grab*.«

Beide schütteln sich vor Lachen.

»Ich habe nur rausgepickt, was in jeder zweiten Anzeige steht«, erklärt Veronika, noch immer kichernd.

»Lieber Himmel, du hast recht«, erkennt Oda. »Sind das Codes? So wie bei den Immobilien, wo *verkehrsgünstige Lage* bedeutet, dass du zwischen Stadtring und Güterbahngleis wohnst?«

»Nein, das ist einfach nur Stuss. Klischees. Den Leuten geht's wie dir, denen fällt nichts ein.«

»*Mittfünfzigerin* hört sich ganz furchtbar an. Selbst für eine Fake-Anzeige«, widmet sich Oda wieder ihrer Aufgabe.

»Schreib ›fünfzig plus‹.«

»*Gut situiert* klingt vielleicht auch ein bisschen zu plump, nicht dass er die Falle wittert.«

»Dann such einen für Kultur, Konzerte, Reisen und zum Golfspielen. Damit kapiert jeder, dass du nicht von Hartz IV lebst.«

»Ja, das ist gut!«

»Vergiss nicht *die schönen Dinge des Lebens,* die du mit ihm genießen willst«, grinst Veronika. »Und schreib bei deinen Anforderungen noch *einfühlsam* und *mit Tiefgang* dazu.«

»Tiefgang? Herrje, ich suche doch kein Schiff.«

Dienstag, 1. Mai

Die neuen Briefkästen glänzen in mattem Edelstahl. Die alten waren braun und verbeult, hatten verbogene Türen und waren mit allen möglichen Aufklebern versehen. Noch dazu waren manche Schlösser kaputt. »Wurde auch Zeit, dass die ausgetauscht wurden«, murmelt Inge Rogall vor sich hin.

»Guten Morgen, Frau Rogall«, hört sie eine Stimme hinter sich.

»Guten *Tag*, Frau Mues«, antwortet Inge Rogall der Frau aus dem Erdgeschoss, denn immerhin ist es schon ein Uhr mittags. Was man auch daran erkennen kann, dass die zwei kleinen Ungeheuer der Mues ausnahmsweise mal nicht herumkrakeelen, weil sie um diese Zeit immer ihr Mittagsschläfchen halten.

»Heute ist Feiertag, heute kommt keine Post«, sagt Frau Mues. Sie hat eine Mülltüte voller Windeln in der Hand, die einen fürchterlichen Geruch verbreiten.

»Das ist mir durchaus bewusst«, antwortet Frau Rogall hoheitsvoll. Die pensionierte Englischlehrerin hasst es, wenn sie aufgrund ihres fortgeschrittenen Alters von vierundachtzig Jahren behandelt wird, als sei sie geistig nicht mehr ganz zurechnungsfähig. Sie mustert Frau Mues mit einem strengen Blick, und ihr liegt auch schon eine scharfe Bemerkung auf der Zunge, aber sie schluckt sie hinunter und fragt stattdessen: »Frau Mues, wissen Sie zufällig, ob Frau Pirlo verreist ist?«

»Sieht jedenfalls so aus«, antwortet Frau Mues und deutet auf den dritten Briefkasten von links, aus dessen Schlitz das Anzeigenblättchen und einige Werbesendungen ragen. Außerdem klebt der neue Briefkastenschlüssel noch an der Tür. Die Monteure, die die Kästen letzte Woche Freitag angebracht haben, haben sie einfach mit Klebeband dort befestigt, wodurch schon die ersten hässlichen Flecken auf dem Edelstahl entstanden sind.

»Jedenfalls habe ich das ganze Wochenende über kein Gefiedel gehört, also ist sie wohl nicht da.«

Frau Rogall beschließt, den abfälligen Ausdruck für das Cellospiel ihrer Nachbarin zu ignorieren.

»Aber wenn *Sie* das nicht wissen ...«, fügt Frau Mues noch leicht süffisant hinzu.

»Das ist es ja gerade«, antwortet Frau Rogall. »Sie sagt mir normalerweise *immer* Bescheid, wenn sie wegfährt. Damit so etwas nicht vorkommt.« Sie deutet auf den übervollen Briefkasten und fügt hinzu: »Ich habe gestern schon merhmals vergeblich bei ihr geklingelt.«

»Tja, dann ist sie wohl tatsächlich verreist und hat ausnahmsweise vergessen, Ihnen Bescheid zu sagen«, meint Frau Mues und fragt: »Haben Sie sie schon auf dem Handy angerufen?«

»Ein paar Mal, aber da kommt nur diese automatische Ansage. Ich habe ihre Schlüssel, für alle Fälle. Meinen Sie, es ist richtig, wenn ich einfach mal nachsehe und dabei auch gleich die Post reinlege?«

»Sicher, warum denn nicht? Sie können ja vorher noch mal klingeln. Nicht, dass sie mit ihrem Lover zugange ist und Sie mitten reinplatzen.«

Frau Mues geht mit ihrer stinkenden Tüte zur Haustür hinaus.

Verreist und vergessen, Bescheid zu sagen, wiederholt Frau Rogall in ihren Gedanken. Das sieht Elisa Pirlo eigentlich gar nicht ähnlich. Sie löst den neuen Briefkastenschlüssel von der Tür ab und schließt den Kasten auf. »Da ist ja ganz schön was zusammengekommen«, murmelt sie, während sie die Post ihrer Wohnungsnachbarin durchsieht.

»... oder sie ist krank und kann nicht aufstehen«, hört sie Frau Mues sagen, die gerade wieder von den Mülltonnen zurückkommt.

»Krank. Ja, vielleicht«, nickt Frau Rogall.

Beide Frauen tauschen einen bedeutungsvollen Blick. Sie wissen um die dritte Möglichkeit. Aber an die mag man lieber nicht denken und sie schon gar nicht laut aussprechen. Nicht bei einer Frau, die gerade mal halb so alt ist wie Frau Rogall.

»Vielleicht sollten Sie wirklich nachsehen«, meint Frau Mues. »Nicht, dass ihr doch etwas passiert ist ...«

Frau Rogall nickt, als hätte sie nur auf die Zustimmung ihrer Nachbarin gewartet. »Sie haben recht. Vielleicht braucht sie Hilfe und wagt es nicht, zu fragen.«

»Soll ich mitkommen?«, fragt Frau Mues. Aber ehe Frau Rogall zustimmen kann, tönt hinter ihnen ein zorniges Quäken aus der Wohnung.

»Oje, die zwei Süßen sind schon wieder wach«, seufzt die geplagte Mutter. »Tut mir leid, ich muss dann mal wieder ...«

»Ja, natürlich«, antwortet Frau Rogall angesäuert und denkt, während sie langsam und immer wieder verschnaufend die Stufen bis in den zweiten Stock hinaufgeht: *Früher hat man die Blagen auch einfach mal ein paar Minuten schreien lassen.*

*

»Elenakätzchen, nimm noch ein Stück Erdbeertorte!«

»Nein danke, Mama.«

»Komm schon, Lenakind, du kannst das vertragen.«

Flatsch. Schon landet ein Riesenstück auf ihrem Goldrandteller.

»Und Sie, Elena, sind also bei der Mordkommission ...«

Die Feststellung kommt von Ljudmilla Andrejewna, einer angeblich alten Freundin ihrer Mutter – von der Rifkin allerdings bis zu diesem Nachmittag noch nie etwas gehört oder gesehen hat. Der Anblick wäre garantiert bei ihr haften geblieben: Die über den Stuhl quellende Matrone mit dem blondierten Dutt ist mit Schmuck behängt und geschminkt wie für einen Opernauftritt. Vor allen Dingen aber ist sie so gar nicht der Typ Frau, mit der ihre Mutter normalerweise verkehrt oder gar befreundet wäre.

»Bin ich.«

Die Andrejewna kräuselt ihre dramatisch roten Lippen zu einem süßsauren Lächeln, das nur allzu deutlich verrät, was sie von dieser Berufswahl hält.

»Das ist sicher sehr interessant«, sagt ihr Sohn Alexander, ein Rechtsanwalt in den Dreißigern.

»Manchmal, ja.«

Ihre Mutter seufzt. »Ich wollte, dass meine Elena zu einer Bank geht, die hätten sie sicherlich mit Handkuss genommen, mit ihrem guten Zeugnis. Aber nein, sie wollte zur Polizei. Es vergeht kein Tag, an dem ich mir keine Sorgen mache.«

»Völlig überflüssig«, presst Rifkin hervor und versucht, sich nicht anmerken zu lassen, wie sauer sie auf ihre Mutter ist, seit Ljudmilla Andrejewna und ihr Sohn Alexander aus heiterem Himmel zum Kaffeekränzchen aufgetaucht sind.

»Aber ich will mich nicht beklagen, sie ist eine gute Tochter ...«

Die Unterhaltung wird auf Russisch geführt. Vorhin hat die Andrejewna ihren Sohn angepriesen wie saures Bier, und nun ist also sie, Elena, an der Reihe. Von wegen *alte Freundinnen*. Das Einzige, was die beiden Frauen verbindet, ist das Bestreben, ihre Kinder mit einem Partner aus dem eigenen Kulturkreis zu verkuppeln.

»... sie tat sich natürlich anfangs schwer in der Schule, sie konnte ja kein Wort Deutsch, aber am Ende war sie eine von den Besten ...«

Rifkin würde sich am liebsten in Luft auflösen. Dabei ist sie selbst schuld. *Zieh dir was Nettes an*, hatte ihre Mutter sie gebeten, als sie ihr sagte, sie habe eine Torte gebacken und erwarte ihre Tochter pünktlich um zwei Uhr bei sich zu Hause. Da hätte sie doch sofort Lunte riechen müssen. Aber Rifkin hat nicht geschaltet und gedacht, es ginge um ein Kaffeetrinken im Kreis der Familie. Sie hat ihren Bruder und dessen neue Freundin erwartet und nicht den dritten potenziellen Heiratskandidaten in diesem Jahr. Sie hat ihrer Mutter sogar noch den Gefallen getan und eine weiße Bluse angezogen. Nur keinen Rock, das dann doch nicht. Aber immerhin eine Jeans ohne Löcher.

»... und wenn sie nicht gerade Dienst hat, fährt sie mich jede Woche zur Synagoge ...«

Aus der Bemerkung der Andrejewna, sie habe Elena allerdings

noch nie *in* der Synagoge gesehen, schlussfolgert Rifkin, dass sich die beiden Mütter über die jüdisch-orthodoxe Gemeinde kennengelernt haben, denn das ist der reinste Heiratsmarkt.

Sie schielt hinüber zu Alexander Andrejew, der dasitzt wie ein Vogel mit gebrochenen Flügeln und dem Spitzenmuster der Tischdecke mehr Aufmerksamkeit widmet, als es verdient.

»Ich finde dieses kurze Haar ja nicht besonders fraulich, aber es ist eben praktisch in ihrem Beruf, und sie kann das tragen, sie hat ein sehr hübsches Profil ...«

Rifkin erträgt es keine Sekunde länger. Wortlos steht sie auf und bringt ihren Kuchen in die Küche, wo sie ihn samt Teller in Folie einpackt und in den Kühlschrank stellt.

Wie kommt sie nur hier raus, ohne ihre Mutter allzu sehr zu brüskieren? Obwohl die es durchaus verdient hätte ...

Hinter ihr ertönt ein Räuspern.

Alexander steht mit verschränkten Armen und amüsiert lächelnd im Türrahmen. Offenbar wollte er sich das Loblied auch nicht länger anhören. Mit den dunklen Locken und den großen Augen in seinem blassen Gesicht hat er etwas Rührendes, und schon wieder muss Rifkin an einen Vogel denken.

»Sie sind unglaublich peinlich, nicht wahr?«, sagt er auf Deutsch.

»Nicht auszuhalten«, bestätigt Rifkin.

»Meine Mutter hat mich unter dem Vorwand hergeschleppt, es gehe um die rechtliche Beratung einer alten Freundin wegen eines Testaments. Neulich war es angeblich eine neue Wohnung, die sie sich mit mir anschauen wollte.«

»Meine ist in dieser Hinsicht auch sehr kreativ, immer wieder gehe ich ihr auf den Leim.«

Das Eis ist gebrochen, beide müssen lachen.

Vorsicht, Falle!, sagt sich Rifkin. Vielleicht ist genau das der raffinierte Plan der beiden Verzweifelten da drüben im *Salon:* Das gemeinsame Fremdschämen und Lästern über das unmögliche Benehmen ihrer Mütter als Basis einer Verständigung.

Kann sein, dass dieser Alexander sogar ganz nett ist, obwohl dieses schmale Hemd nicht unbedingt nach Rifkins Geschmack ist.

Sie, die durchtrainiert ist, steht mehr auf den Typ Kleiderschrank. Aber wenn er so klug ist, wie seine Mutter behauptet, und kein Langweiler, dann könnte man ja mal eine Ausnahme machen.

Alexander schaut sich vorsichtig um und flüstert: »Außerdem bin ich schwul.«

»Oh! Das ist ... super. Ich meine, das entspannt die Situation.«

»Nicht für mich«, seufzt Alexander. »Sie würde sich umbringen, wenn sie es wüsste. Und mich gleich dazu.«

Drüben in der guten Stube hört sie ihr Handy läuten. »Sorry, ich muss ...« Sie stürmt nach nebenan, wo es inzwischen so intensiv nach dem süßlichem Parfum der Andrejewna riecht, dass sie sich wundert, wie ihre Mutter das aushält.

»Elena! Du wirst jetzt nicht ...«

»Tut mir leid, Mamutschka, aber du hast gewusst, dass ich Bereitschaft habe. – Kommissarin Rifkin vom 1.1.K. Was gibt's? – Verstehe. – Fremdverschulden also. Bin unterwegs.« Sie legt auf und verkündet strahlend in die Runde: »Ein Leichenfund in der Südstadt. Tja, da kann man nichts machen, Mord und Totschlag gehen leider vor.«

Mit Genugtuung registriert sie, wie die aufgemalten Brauen der Andrejewna in die Höhe schießen, während ihre Mutter resigniert die Augen niederschlägt und seufzt.

*

»Hab ich dich, du Mistvieh!«

Der Schafbock Amadeus liegt schon auf dem Boden, aber er gibt noch nicht auf.

»Die Hinterbeine, Sabine, Jens, schnappt euch die Hinterbeine!«

»Das sagst du so einfach! Das Biest keilt aus«, bemerkt der Hühnerbaron.

»Wanda, hör endlich mit der scheiß Filmerei auf und pack mit an!«

»Nur noch ein bisschen. Das wird der Hit auf Instagram«, kichert Wanda, legt dann aber doch endlich ihr Handy weg, als sie den bösen Blick ihres Vaters auffängt.

Völxen hat seine Tochter extra aus Linden hierher beordert, damit sie bei der heiklen Aufgabe der Schafschur mithilft. Im Grunde geht es hauptsächlich um das Bändigen des Schafbocks, die vier Damen sind lammfromm und wie paralysiert, sobald sie einmal auf dem Rücken liegen, und den Trick des Schafumwerfens beherrscht Völxen inzwischen.

Er hält den zappelnden Schafbock an den Hörnern fest, während Wanda und seine Frau Sabine versuchen, ihm die Hinterbeine zusammenzubinden. Oscar umkreist die Szene und kläfft in einer Tour.

»Sei ruhig, Oscar!«, herrscht Wanda den Hund an. »Der macht den Bock ja noch verrückter.«

»Ach was, die kennen sich«, schnauft Völxen.

»Jens, schnell, den Strick!«, ruft Sabine, die sich mit aller Kraft an ein zappelndes Hammelbein klammert.

Der Hühnerbaron nähert sich mit der Schlinge, und zu dritt schaffen sie es schließlich, dem Schafbock die Hinterbeine zusammenzubinden.

»Die vorderen auch!«, keucht Völxen, dem langsam die Arme und das Kreuz wehtun. »Ich kenn ihn, der gibt erst Ruhe, wenn er verschnürt ist wie ein Paket.«

»Schaf-Bondage«, kichert Wanda und greift erneut zum Handy.

»Stell das lieber nicht ins Netz, sonst haben wir am Ende noch deine alten Freunde an den Hacken.« Wandas Vater spielt auf eine Gruppe militanter Tierschützer an, an deren Aktionen seinerzeit auch Wanda beteiligt war, und auf den Ärger, den sie sich damit eingehandelt hat. Wanda steckt ihr Telefon wieder weg.

Kurze Zeit später liegt Amadeus am Boden, nur seine Augen starren stumpf und böse in die Welt. Nachbar Köpcke rappelt sich stöhnend auf. Der Kampf mit dem Bock hat seinem Brummschädel gar nicht gutgetan.

»Darf ich nachher eins der anderen scheren? Mathilde vielleicht, oder Angelina?«, fragt Wanda.

»Mal sehen«, meint Völxen, der am liebsten nur sich selbst an die Wolle seiner Schafe lässt.

Die vier Schafe bilden einen kleinen Pulk in der hintersten Ecke der Weide und beobachten die unheimlichen Vorgänge. Zwar wiederholt sich die Prozedur Jahr für Jahr, aber ein Schafsgedächtnis ist kurz.

»Platz da, jetzt kommt der Figaro!« Völxen nähert sich mit der Schermaschine. Der Apparat schnurrt, und das Vlies des Schafbocks wird größer und größer, als würde man ihm einen dicken Mantel ausziehen, während der Bock gleichzeitig zu schrumpfen scheint.

»Ich finde, ich bin inzwischen richtig gut geworden. Ich könnte mich zur Not auch als professioneller Schafscherer durchschlagen.«

»Immer gut, wenn man einen Plan B hat«, meint Sabine und lächelt dem Schafbock zu. »Amadeus, deine Wolle wird einen wunderbaren Pullover für deinen Besitzer abgeben.«

»Braucht ihr mich noch?«, fragt Köpcke und massiert sich den kräftigen Nacken. Sein Gesicht ist rot wie ein Radieschen.

»Nein, Jens, danke. Leg dich aufs Sofa und wirf ein paar Aspirin ein.«

»Ich hab meine Räusche noch immer ohne Tabletten durchgestanden. Lieber fahr ich 'ne Runde Trecker«, lässt er seine Nachbarn wissen, ehe er sich auf den Weg macht.

»Ohne Wolle sieht Amadeus gleich viel harmloser aus«, bemerkt Wanda.

»Das täuscht«, warnt Völxen.

»Sind sie eigentlich immer noch so doof, dass sie einander nicht mehr erkennen, wenn sie frisch geschoren sind?«, erkundigt sich Wanda.

»Natürlich«, antwortet ihre Mutter. »Glaubst du, ein Schaf lernt in seinem Leben viel dazu?«

»Hört auf, über meine Schafe zu lästern, helft mir lieber mal, das Biest umzudrehen«, knurrt Völxen, dem vor Anstrengung der Schweiß über die Stirn rinnt. »Okay, auf drei ...«

Kaum ist Amadeus gewendet, klingelt es in Völxens hinterer Hosentasche.

»Wag es ja nicht, jetzt da ranzugehen«, zischt Sabine.

»Tu ich ja nicht.«

Es klingelt weiter.

Völxen stellt die Schermaschine ab und greift nach dem Handy, um zu sehen, wer es ist.

»Das ist Rifkin, sie hat …« *Bereitschaft* wollte er sagen, aber er verstummt, als er den Blick seiner Gattin bemerkt. »Okay, ich mache Amadeus fertig, aber dann muss ich wenigstens zurückrufen. Notfalls kann Wanda die anderen vier scheren. Sie darf es dann auch in voller Länge posten, wo immer sie will.«

*

Etliche Einsatzfahrzeuge stehen vor einem für die Südstadt Hannovers typischen rotbraunen Klinkerbau aus den Zwanzigerjahren und blockieren die Straße. Völxen parkt hinter einem der blinkenden Streifenwagen, zeigt dem Beamten seinen Dienstausweis und betritt das Gebäude.

»Zweiter Stock«, informiert man ihn.

Es herrscht Betrieb, die Besatzung des Notarztwagens kommt ihm auf der Treppe entgegen. Rifkin und Raukel erwarten ihren Chef vor der Wohnungstür.

»Na, auch schon runter vom Sofa?«, begrüßt ihn Erwin Raukel.

»Mit Ach und Krach«, antwortet Völxen und registriert mit einigem Befremden Raukels Aufzug: kurzärmeliges Hawaii-Hemd mit Palmenmuster, dazu korallenrote Capri-Hosen und sandfarbene Mokassins aus Wildleder. »Wo kommst du denn her, Erwin?«

»Von der Rennbahn.«

»Rennbahn?«

»Pferde«, erklärt Raukel und macht ein Geräusch, das wie Hufschlag klingt.

»Schon klar. Hast du gewettet?«

»Ich wollte. Dann hast du angerufen.«

Rifkin legt ungefragt los: »Weibliche Leiche, erstochen, vermutlich schon vor einigen Tagen. Es handelt sich um die Wohnungsmieterin, Elisa Pirlo, sie ist zweiundvierzig und Musikerin. Cello. Die Nachbarin hat sie gefunden.« Rifkin deutet auf die Wohnungstür nebenan auf der linken Seite. Eine ältere Dame mit grauer Helmfrisur steht wie festgenagelt im Türrahmen und schaut aufmerksam zu ihnen.

Völxen will sich zunächst einmal die Leiche ansehen und lässt sich Plastiküberzieher für seine Schuhe geben. Rußpulver zur Sicherstellung von Fingerabdrücken haftet an Türen und Möbeln, über die ganze Wohnung verteilt stehen Schildchen mit Nummern, die vier Leute von der Spurensicherung sind schon fleißig. Ein dumpfer, süßlicher Geruch hängt in der Luft, und er hört das typische Summen der Schmeißfliegen.

»Küche!«, ruft ihm Raukel hinterher.

Die Frau, die auf dem Fußboden ihrer Küche liegt, ist schlank, etwa eins siebzig groß und hat dichte, dunkle Locken, die sich wie ein Fächer auf den hellen Fliesen ausbreiten. Sie trägt eine graue Jogginghose und ein weites, hellgraues Sweatshirt, auf dem ein großer, brauner Fleck zu sehen ist. Mittendrin befindet sich ein Riss, wie von einem Messerstich. Das Blut ist längst angetrocknet, ein paar Fliegen sitzen darauf. Völxen kann keine Tatwaffe entdecken, doch im Messerblock neben dem Herd ist eine freie Stelle. Offenbar wurde die Frau von dem Angriff überrascht, denn nichts im Raum deutet darauf hin, dass es einen Kampf gegeben hat, und auch die Hände des Opfers sind unversehrt.

Ein Nummernschildchen steht vor einem ziemlich großen Fußabdruck aus rotem Staub in der Nähe der Leiche. Seltsam, dieser Staub, wo kommt der her? Sonst ist es hier doch relativ sauber. In der Spüle stehen Frühstücksgeschirr, zwei Töpfe und ein Teller mit angetrockneter Tomatensoße. Im großen Topf klebt eine angetrocknete Nudel. Wahrscheinlich war ihre letzte Mahlzeit Spaghetti mit Tomatensoße.

Wie so oft an einem Tatort hat Völxen das Gefühl, in eine surreale Situation hineingeraten zu sein. Eben war noch alles heiter, die Schafe, seine Familie, der Nachbar, und eine halbe Stunde später führt ihn dieser seltsame Beruf an einen Ort des Grauens, der vor Kurzem noch eine stinknormale Küche in einer Südstädter Mietwohnung war, in der eine Frau eine alltägliche Mahlzeit zubereitet und gegessen hat. Bis darin ein Leben gewaltsam ausgelöscht wurde. In all den Jahren hat er sich nie wirklich an diese Situationen gewöhnt. Gerade muss er an sein gestriges Gespräch mit dem Vize denken. Hatte er dessen Angebot doch zu vorschnell abgelehnt? Diese ständige Konfrontation mit dem Tod, übersteht man die unbeschadet?

»Es ist eine Schande, wirklich, eine Schande«, hört er Erwin Raukel hinter sich klagen. Völxen kennt das schon: Ein Mord an einer attraktiven Frau nimmt den sonst recht dickfelligen Raukel jedes Mal mit.

Elisa Pirlos Gesichtszüge sind bereits vom Tod entstellt, aber sie muss eine ausgesprochen schöne Frau gewesen sein. Auf dem Plakat, das neben dem Kühlschrank hängt, ist sie abgebildet, zusammen mit ihrem Cello. Es wirbt für ein Solokonzert im Schloss Landestrost am 8. November letzten Jahres.

»War schon jemand von der Rechtsmedizin da?«, erkundigt sich Völxen und reißt sich vom Anblick des Plakats los.

Raukel winkt ab. »Ein junger Schnösel, Feiertagsbesetzung halt. Wollte nicht rausrücken mit der Sprache, aus Angst, was Falsches zu sagen, aber ich konnte ihm dann doch noch aus der Nase ziehen, dass sie seit etwa vier Tagen tot ist.«

»Das wäre dann der Freitag, der 27. April«, rechnet Völxen zurück.

»Was die Todesursache angeht, muss man ja kein Genie sein. Obwohl bei mir nicht viel dazu fehlt«, setzt Raukel hinzu.

»Wie viele Einstiche?«, fragt Völxen.

»Einer. Exakt zwischen die Rippen gesetzt.«

»Hm« macht Völxen.

Rifkin ist dazugekommen. »Ich finde ihr Handy nicht und auch keinen Computer, Laptop oder so etwas. Aber ein DSL-Modem gibt es.«

»Es fehlt ein Messer im Messerblock. Wurde es woanders gefunden? Schubladen, Schränke?«

»Nein«, antwortet Rifkin.

»Papiere?«, fragt Völxen.

»Die sind in ihrer Handtasche. Die Geldbörse ist auch noch da, mit Geld, ungefähr sechzig Euro.«

»Elisa Pirlo klingt italienisch«, sagt Völxen.

»Na klar, Pirlo, Andrea Pirlo«, hakt Raukel ein. »Hat bei Mailand und bei Juve gespielt und in der Nationalmannschaft, auch im Halbfinale 2006, als sie uns den Arsch versohlt haben. Da war er sogar *Man of the Match*. Vielleicht ist sie seine Schwester?«

»Sie hat einen deutschen Pass«, wirft Rifkin ein, während Völxen die Augen verdreht und leise seufzt.

»Sorry, Völxen, ich weiß, der Schmerz der Niederlage sitzt noch immer tief, geht mir auch so«, gesteht Raukel.

»Sonst noch etwas?«

»Die Post der letzten Tage«, sagt Rifkin. »Die lag auf dem Schränkchen im Flur. Nur Rechnungen und Reklame.«

Völxen verlässt die Küche und schaut sich noch ein wenig in der Wohnung um. Im Wohnzimmer steht das Cello in einem schwarzen Kasten. Die Tür zum Hausflur hat zwei zusätzliche, massive Sicherheitsriegel. War die Bewohnerin ängstlich, oder wurde sie bedroht? Aber die Verriegelung nützt natürlich nichts, wenn man seinen Mörder selbst hereinlässt, und das scheint wohl der Fall gewesen zu sein, denn Tür und Schlösser sind unbeschädigt. Die Einrichtung der Zweizimmerwohnung ist einfach, die wenigen Möbel sind allesamt ein wenig ramponiert, vielleicht ein Zeichen dafür, dass Frau Pirlo schon öfter umgezogen ist. Völxen hat den Eindruck von einer Studentenbude und nicht von einer Wohnung einer Frau mit zweiundvierzig Jahren.

Im Bad entdeckt er ein Rasierset, bestehend aus Klinge, Rasierseife und Rasierwasser. Er schnuppert daran. Riecht ziemlich exquisit, und die Marke hat er noch nie gesehen. Das stammt garantiert nicht aus dem Drogeriemarkt. Männerkleidung findet sich jedoch nirgendwo.

»Vielleicht war das ihr Rasierzeug«, spekuliert Raukel. »Diese Südländerinnen haben ja oft Bärte wie Rasputin. Ich hatte mal eine Freundin, da bist du morgens erschrocken ...«

»Bitte, verschone mich!«, wehrt Völxen ab. »Rifkin, wir beide befragen mal die Nachbarin, die sie gefunden hat.«

»Jawohl, Herr Hauptkommissar.«

Völxens Handy piept. Er sieht nach und muss lächeln.

»Etwas Erfreuliches?«, fragt Rifkin.

Er zeigt ihr das Bild, das Wanda ihm geschickt hat.

»Ihre Schafe, nehme ich an.«

»Meine frisch geschorenen Schafe. Vom Fräulein Tochter höchstpersönlich«, erklärt Völxen zufrieden, schickt Wanda ein Smiley und packt das Telefon weg. »Erwin, du kannst dich derweil im Rest des Hauses umhören.«

*

»Tee?«, fragt Inge Rogall die Ermittler. Sie habe ihn gerade frisch gemacht, Kräuter, für die Nerven.

Rifkin lehnt ab, aber Völxen nimmt gerne eine Tasse. Die Hände der alten Dame zittern beim Eingießen, und es landet etwas Tee in der Untertasse. »Oh. Warten Sie, ich mach das weg!« Sie eilt in die Küche.

Nachdem sie die kleine Pfütze mit einem Lappen beseitigt hat, erklärt sie: »Ich habe gleich geahnt, dass da etwas nicht stimmt. Im Briefkasten hat sogar noch das Anzeigenblättchen gesteckt, das immer am Samstag kommt, und das Cello hat man auch tagelang nicht gehört. Sie hat mir sonst immer Bescheid gesagt, wenn sie weggefahren ist. Sie musste häufiger auf Konzertreise. Am Montag habe ich bei ihr geklingelt, aber sie hat nicht aufgemacht. Also habe ich vorhin mal nachgesehen. Ich wünschte, ich hätte es nicht getan, sondern gleich die Polizei gerufen. Dieser Anblick ...« Sie schaudert. »Es ist so grausam.«

»Sie haben also einen Schlüssel zu ihrer Wohnung«, stellt Völxen fest.

»Ja.«

Er rutscht an die Kante des viel zu weichen Sessels und widmet sich dem Tee, der besser riecht als die Kräutermischungen von Frau Cebulla. Er überlässt es Rifkin, die Routinefragen zu stellen, während er die alte Dame, die weit über achtzig sein dürfte, unauffällig mustert. Im Profil ähnelt sie einem Habicht, und sie kommt ihm bekannt vor, aber er weiß nicht, woher.

»Haben Sie in der Wohnung etwas angefasst oder verändert?«, fragt Rifkin.

»Nein.«

»Vielleicht das Licht ausgemacht?«

»Was? Nein! Ich sah sie da liegen und bin rückwärts wieder raus und habe die Polizei angerufen.«

»Um welche Uhrzeit kommt hier für gewöhnlich die Post?«, fragt Völxen.

»Immer erst am Nachmittag. Manchmal wird es drei, vier Uhr.«

»Die ungeöffnete Post, die im Flur lag ...«, beginnt Rifkin.

»Die habe ich noch dorthin gelegt, bevor ich bemerkt habe, dass Frau Pirlo tot in der Küche liegt. Ich habe mich immer um die Post gekümmert, wenn sie fort war. Als ich bemerkte, dass der Briefkasten seit Tagen nicht geleert worden war, dachte ich, sie hat vielleicht vergessen, mir zu sagen, dass sie verreist ist.«

»Ist das schon mal vorgekommen?«

»Nein. Und wenn, dann hätte sie mich sicher noch von unterwegs angerufen.«

»Frau Pirlo hatte demnach ein Handy.«

»Ja, natürlich«, antwortet die alte Dame und schaut Völxen an, als wäre dieser vollkommen weltfremd. »Aber da ging keiner ran.«

Völxen bittet sie um die Nummer, sie verschwindet im Flur und kommt mit einem kleinen Buch zurück. Rifkin macht sich eine Notiz.

»Wann haben Sie Frau Pirlo zum letzten Mal gesehen?«

»Das weiß ich nicht mehr. Manchmal habe ich sie tagelang nicht gesehen, nur gehört. Am Donnerstag hat sie jedenfalls noch

Cello gespielt, gegen Abend. Wenn ich geahnt hätte ...« Sie schüttelt sich.

»Seit wann wohnte Frau Pirlo nebenan?«

»Sie ist vor etwa anderthalb Jahren eingezogen.«

»Hatte sie Angehörige?«

»Das weiß ich nicht. Sie hat nie viel über sich geredet, sie war eine ganz Stille, abgesehen von ihrem Cellospiel natürlich, das hat man im ganzen Haus gehört. Aber sie hat nach Möglichkeit in der Musikschule geübt. Bis auf ihre abendliche Musikstunde.«

»Musikstunde?«

»Sie hat jeden Abend zwischen sechs und sieben gespielt. Anfangs fand ich es etwas störend, aber dann habe ich mich daran gewöhnt. Ich habe mir dann immer Tee zubereitet und mich aufs Sofa gesetzt und ihr zugehört. Ich glaube, das ganze Haus hat das gemacht, jedenfalls war es dann immer ganz still, keiner hat gehämmert, nirgends lief ein Staubsauger. Als würden alle die blaue Stunde genießen und innehalten.«

»Die blaue Stunde. Das klingt sehr schön«, schaltet sich Völxen wieder in die Befragung ein.

Frau Rogall wischt sich eine Träne aus dem Augenwinkel. »Es war auch schön. Sie spielte aus purer Freude. Und sie war sehr gut. Ich habe sie auch einmal in einem richtigen Konzert gehört.«

»Das letzte Gratiskonzert für die Hausgemeinschaft war also am Donnerstag«, hält Rifkin fest. »Zur üblichen Zeit?«

»Ja, genau.«

»Was ist mit Besuchern?«, fragt Völxen.

»Sie hatte sehr selten Besuch. Sie lebte alleine und war nicht verheiratet. Allerdings ... in den letzten paar Monaten war da ab und zu mal ein Mann.« Sie wirft Völxen einen vielsagenden Blick zu. Ihre Augen hinter der randlosen Brille sind von einem stechenden, metallischen Grau.

»Ein Liebhaber?«, erkundigt sich Völxen.

»Ich habe sie nicht gefragt, aber ich hatte schon den Eindruck.« Sie senkt ihre Stimme und verrät: »Er ist ja auch meistens über Nacht geblieben, und er hatte sehr oft einen Strauß Blumen dabei.

Das sah mir schon nach einem Verhältnis aus. Sie ist ... sie war ja auch eine schöne Frau, warum sollte sie keinen Freund haben?«

»Wie häufig fanden diese Besuche statt?«, will Völxen wissen.

Sie zuckt mit den mageren Schultern. »Einmal die Woche, vielleicht auch weniger. Immer habe ich es ja auch nicht mitbekommen, ich gehöre nicht zu den Leuten, die ihre Nachbarn beobachten und darüber Buch führen, wer kommt und geht.«

»Hat sie mal seinen Namen erwähnt?«

»Nein. Wie gesagt, wir waren gute Nachbarn, aber sie war nicht der Typ, der sein Privatleben vor anderen ausbreitet. Er war ein bisschen älter als sie, ein sehr gepflegter Herr.«

Vielleicht hat sie sich einen wohlhabenden Gönner zugelegt, spekuliert Völxen. Nicht die schlechteste Überlebenstaktik in ihrem Beruf.

»Ist Ihnen am Freitag irgendetwas aufgefallen? Vielleicht ein Streit nebenan? Oder fremde Personen im Haus?«, erkundigt sich Rifkin.

Frau Rogall schüttelt den Kopf. »Ich war den halben Vormittag beim Zahnarzt, man hat mir einen Backenzahn entfernt. Nachmittags habe ich mich dann hingelegt, ich hatte ein Schmerzmittel eingenommen und war ziemlich beduselt davon.«

»Könnte es sein, dass Sie deswegen das abendliche Cellospiel nicht gehört haben?«

»Nein, nein, gegen Abend bin ich schon wieder aufgestanden. Ich musste ja auch mal meine Suppe essen.«

»Besaß sie ein Auto?«, fragt Völxen.

»Nein. Sie war ab und zu mit einem Carsharing-Wagen unterwegs.«

»Wissen Sie, ob sie einen Computer hatte?«

»Ich denke schon. Den haben doch heutzutage alle jungen Leute, oder? Aber genau weiß ich es nicht, ich habe ja nicht bei ihr herumgeschnüffelt.«

»Sie erwähnten vorhin eine Musikschule«, erinnert Rifkin die Nachbarin.

»Es ist eine private Musikschule im Zooviertel, mir fällt gerade der Name nicht ein. Die Frau Pirlo war wirklich eine ausgezeichnete Musikerin, aber offenbar konnte sie von ihren Gagen allein nicht leben, obwohl sie in verschiedenen Orchestern spielte und auch Solokonzerte gab. Ist das nicht traurig?« Frau Rogall schickt einen um Zustimmung heischenden Blick in die Runde.

»Tragisch«, sagt Rifkin und fügt hinzu: »Sie war also gezwungen, dem Nachwuchs ehrgeiziger Eltern Unterricht zu geben.«

Frau Rogall nickt. »Sie hasste es. Das ist ihr mal rausgerutscht. Aber ich konnte sie sehr gut verstehen, ich war selbst vierzig Jahre lang Lehrerin, und ich hasste es auch, zumindest die letzten Jahre.«

»Inge Rogall! Ratsgymnasium. Deutsch und Englisch!«, bricht es wie eine Eruption aus Völxen heraus. »Sie kamen mir gleich so bekannt vor!«

»Woher wissen Sie ... warten Sie mal!« Sie nimmt ihren Besucher genauer aufs Korn. »Völxen ... Bodo Völxen?«

Er nickt. »Ich hatte Sie in der Siebten und Achten.«

»Ich erinnere mich. Ihre Aufsätze waren gar nicht schlecht, aber Ihr Englisch ... Haben Sie immer noch Probleme mit dem *Th*?«

»Was Hänschen nicht lernt«, meint Völxen achselzuckend.

»Ein Kommissar ist also aus Ihnen geworden«, stellt Frau Rogall fest, und in Völxens Ohren klingt es ein bisschen so, als hätte sie mehr von ihm erwartet. Er bittet seine ehemalige Lehrerin, morgen Vormittag in sein Büro zu kommen, um ihre Aussage zu Protokoll zu geben. »Meinen Sie, dass Sie in der Lage wären, mithilfe unseres Zeichners ein Phantombild des Freundes von Frau Pirlo zu erstellen?«

»Ich werde es auf jeden Fall versuchen.«

»Danke sehr, Frau Rogall«, sagt Völxen und macht Rifkin ein Zeichen, zu verschwinden.

*

»Ich fasse es nicht! Die Rogall. Zuletzt hatte ich bei ihr eine Fünf in Englisch«, erinnert sich Völxen, während sie die Treppen hinuntergehen.

»Sprachen liegen halt nicht jedem.«

»Das lag an ihr!«

»Stimmt, es liegt immer am Lehrer«, sagt Rifkin mit einem winzigen Hauch Spott.

»In diesem Fall schon. Kaum war ich sie los, habe ich mich um zwei Noten verbessert. Du meine Güte, fast hätte ich sie nicht erkannt.«

»Damals dürfte sie ja auch noch recht jung gewesen sein«, meint Rifkin und sieht aus, als würde sie gerade nachrechnen, wie lange das wohl her sein muss.

»Die? Nein«, widerspricht Völxen. »Die war niemals jung, die war damals schon ein alter Besen.«

Im ersten Stock kommt Raukel gerade aus der linken Wohnungstür. »Studenten«, seufzt er. »Total verpeilt. Wollen nichts mitgekriegt haben, aber wen wundert das, die laufen ja auch den ganzen Tag mit Stöpseln in den Ohren rum. Rechts ist keiner da.«

»Was ist mit dem Erdgeschoss und den oberen Stockwerken?«

»Da war ich noch nicht, ich kann schließlich nicht hexen.«

Unten, vor der Haustür, poltern die Bestatter mit dem Transportsarg herum. »Könnten die Herrschaften uns kurz die Tür aufhalten? Danke!«

Der Sarg wird nach oben getragen, Völxen schaut den beiden nach und meint dann: »Mir ist vorhin aufgefallen, dass in der Küche und im Wohnzimmer keine Gardinen hängen. Das heißt, dass man vom Haus gegenüber einen guten Blick in die Wohnung hat ...«

»Also wirklich, den Feiertag habe ich mir schon ein bisschen anders vorgestellt«, muckt Raukel auf.

»Da bist du nicht der Einzige. Rifkin kann den Rest von diesem Haus hier übernehmen, und du fragst gegenüber.«

»Wo sind eigentlich Rodriguez und die Kristensen, wieso werden die nicht hergeholt?«, meutert Raukel weiter.

»Die haben heute frei, und ihr habt Dienst. Das Leben ist nicht gerecht. Aber wenn du willst, kannst du auch gern den Jungs von der Spurensicherung beim Durchsuchen sämtlicher Mülltonnen und Gullys nach der Tatwaffe helfen.«

*

»Manche Leute können stundenlang dasitzen und rüberglotzen.« Annemarie Rolfes wirft ihrem Gatten Olaf einen grimmigen Blick zu, während sie Hauptkommissar Erwin Raukels Frage beantwortet.

»Ist ja auch ein leckerer Anblick«, meint der Göttergatte, ein hagerer Alter, der einen Geruch verströmt wie ein undichtes Abflussrohr. »Jedenfalls besser als das, was man hier zu sehen kriegt.«

»Du hast es nötig, du alter Knacker!«, kreischt seine Frau. Sie ist, was die Figur angeht, das krasse Gegenteil ihres Mannes. Raukels freier Schätzung zufolge dürfte das alte Mädchen gut und gerne hundert Kilo auf die Waage bringen, und das bei einer Körpergröße von unter eins sechzig. Modisch sind die beiden etwa auf gleicher Höhe: Olaf Rolfes präsentiert sich in Trainingshose und Schiesser Feinripp am Küchentisch, und eine Kleiderschürze, wie Annemarie Rolfes sie trägt, hat Raukel zuletzt in den Sechzigerjahren gesehen.

»Klar sieht man in die Wohnungen da drüben, wenn es draußen dunkel und drinnen das Licht an ist«, bestätigt Herr Rolfes. »Da schaut man dann halt mal rüber, ist doch ganz normal.« Er nuckelt an der Flasche Oettinger. Der Anblick erinnert Raukel an seinen eigenen höllischen Durst.

»Mit dem Feldstecher, klar, das ist ganz normal«, höhnt seine Frau und sieht dabei Raukel triumphierend an. Offenbar bereitet es ihr eine diebische Freude, ihrem Alten eine reinzuwürgen.

»Das ist ein Opernglas«, versetzt dieser hoheitsvoll und deutet auf das Fensterbrett, wo das handliche kleine Fernglas liegt.

»Pech für dich, dass das Schlafzimmer nach hinten raus geht«, bemerkt die Dame des Hauses.

Raukel stöhnt leise. Offenbar hat er heute mal wieder die Arschkarte gezogen. »Also«, sagt er dann. »Letzten Freitag: Haben Sie irgendwas beobachtet?« Er schaut den Hausherrn fragend an.

»Freitag? Da war's dunkel«, sagt der, ohne nachdenken zu müssen.

»Sicher?«

»Ja. Die ganzen Tage danach auch. Dachte noch, die ist mal wieder verreist.«

»Die Dame, die links neben Frau Pirlo wohnt, hat angegeben, dass ab und zu Besuch bei Frau Pirlo war ...«, beginnt Raukel.

»Die *Dame?*«, kräht Frau Rolfes dazwischen. »Dass ich nicht lache! Das ist keine Dame, ein altes Schandmaul ist das ...«

»Jetzt halt doch mal deinen Rand!«, fährt Olaf Rolfes seine Gattin an. »Der Herr Kommissar ist doch nicht hier, um sich deinen Nachbarschaftsscheiß anzuhören.«

Raukel nickt ihm dankbar zu, während Annemarie Rolfes beleidigt schnaubt. Sie wuchtet sich von ihrem Küchenstuhl hoch und macht sich dann an der dreckigsten Kaffeemaschine, die die Welt je gesehen hat, zu schaffen.

»Sie meinen ihren Kerl?«, fragt Rolfes.

»Genau den meine ich.«

»Ja, ja, den habe ich auch gesehen. War wohl ein bisschen älter als sie. Und immer angezogen, als ging's zum Opernball.«

»Jetzt übertreib mal nicht so maßlos«, murmelt es aus der Ecke.

»Halt Anzüge und so«, erklärt Herr Rolfes und nimmt noch einen Schluck aus der Flasche.

»Wollen Sie auch einen Kaffee, Herr Kommissar?«, fragt die Gastgeberin.

»Nein!«, ruft Raukel und fügt etwas gemäßigter hinzu. »Danke, nein. Der Magen.«

»Dann nicht.«

Raukel ist wirklich nicht zimperlich, aber in diesem Haushalt würde er nicht einmal ein Bier aus der Flasche trinken, geschweige denn eine Tasse anrühren. Er vermeidet es sogar, die Tischplatte zu berühren, die wahrscheinlich genauso klebt wie der Küchenfußboden. Längst bereut er, sich überhaupt hingesetzt zu haben. Die Hose muss zu Hause sofort gewaschen werden, hier fängt man sich sonst noch eine Seuche ein.

»Wann haben Sie den Freund von Frau Pirlo zum letzten Mal gesehen?«, wendet er sich wieder an den Ehemann, der ihm die ergiebigere Quelle zu sein scheint.

»Keinen blassen Schimmer. Ist bestimmt schon 'ne Woche her.«

»Überlegen Sie doch noch mal, Herr Rolfes.«

»Hat der sie ermordet?«, fragt Frau Rolfes.

»Das wissen wir noch nicht.«

»Also ... beschwören kann ich es nicht, aber ich meine, es wäre letzten Donnerstag gewesen, als ich den gesehen habe. Mittwoch oder Donnerstag.«

»Mittwoch warst du Skat spielen«, erinnert ihn seine Frau.

»Dann war's wohl Donnerstag.«

»Was haben sie gemacht?«

»Nichts. Haben in der Küche am Tisch gesessen und diskutiert.«

»Sah es nach Streit aus?«

»Nein, eher so, als würden sie was besprechen. Die Frau hat beim Reden mit den Händen rumgefuchtelt, wie es die Italiener oft machen. Das sieht immer aus, als wäre mords was los, aber bei ihr war das normal. Ihr Kerl ist an dem Abend bald gegangen. Ich habe ihn gegen neun aus dem Haus rausgehen sehen. Das hat mich noch gewundert, dass der da nicht über Nacht bleibt. Hätte ich mir ja nicht entgehen lassen.«

»Sprücheklopfer! An dir hätte sie wohl keine große Freude gehabt!«

»Wer hat dich denn gefragt?«

»Bei dem hilft nicht mal mehr Viagra«, lässt Frau Rolfes den Kommissar wissen.

Sollte er sie eines Tages umbringen, sage ich als Zeuge aus, das gibt mildernde Umstände. Raukel gönnt seinem Gegenüber ein mitfühlendes Lächeln und fragt: »Haben Sie die Frau noch gesehen, nachdem er weg war?«

»Ja, ja. Die hat noch ein bisschen aufgeräumt, dann ist sie ins

Wohnzimmer gegangen, und dann habe ich sie nicht mehr gesehen.«

»Hatte sie denn auch andere Besucher?«

Rolfes scheint nachzudenken. »Die hatte eigentlich kaum Besuch, zumindest nicht abends, wenn Licht brannte. Nur so ein junges Ding ab und zu. Wahrscheinlich eine Kollegin, die hatte auch so einen Kasten dabei.«

»Kasten?«

»Na, für das Instrument, dieses Bassdingsda.«

»Das Cello«, hilft ihm Raukel.

»Ganz genau. Die andere hat auch immer so ein Trumm durch die Gegend geschleppt.«

Raukel hat versehentlich doch seinen nackten Unterarm auf dem Tisch abgelegt. Ein Fehler, den er sofort bitter bereut, denn etwas pikst ihn, und als er den Arm wieder anhebt, erschaudert er vor Ekel. Was da an seiner Haut klebt, sieht verdächtig nach einem gelblichen Fußnagel aus. Mit einer hektischen Geste wischt er ihn weg und fährt gleichzeitig wie von einer Nadel gestochen in die Höhe.

Genug ist genug.

»Danke, das war's fürs Erste«, presst er hervor. Er wirft noch eine Visitenkarte auf den Tisch und macht sich mit der üblichen Bitte, man möge ihn anrufen, falls jemandem noch etwas einfalle, vom Acker.

Ein Schnaps! Ein Königreich für einen Schnaps! Wo, zum Teufel, ist der nächste Kiosk?

*

»Wann ich das Cello zuletzt gehört habe? Hm, jetzt wo Sie es sagen ... Am Wochenende und gestern war jedenfalls Ruhe. Ist ja wie bei Zahnschmerzen, wenn sie dann plötzlich weg sind, nimmt man das erst gar nicht wahr.«

Rifkin nickt verständnisvoll.

Frau Mues, die nicht mehr ganz so junge Mutter zweier Kleinkinder, vermutlich Zwillinge, die wie Welpen im Wohnzimmer herumkrabbeln, scheint Frau Rogalls Meinung über die »blaue Stunde« nicht uneingeschränkt zu teilen.

»Kannten Sie Frau Pirlo?«

Sie schüttelt den Kopf. »Nur vom Treppenhaus, sonst hatten wir uns nicht viel zu sagen.«

»Ist Ihnen am Freitag etwas Ungewöhnliches aufgefallen?«

»Was hätte mir denn auffallen sollen? Linus, nimm das Ding aus dem Mund!« Sie eilt zu dem kleinen Jungen und nimmt ihm »das Ding« weg, das sich als Staubsaugerdüse entpuppt. Prompt fängt das Kind an zu brüllen. Die Mutter nimmt es auf den Schoß und wippt mit den Knien auf und ab. »*Hoppe, hoppe Reiter …*«

Gleich kotzt er, befürchtet Rifkin und führt aus: »Besucher, Fremde im Haus, Streit, Lärm … irgendetwas?«

»Wenn Sie nach Krach fragen … aber das hat sicher nichts mit der schrecklichen Sache von da oben zu tun …«, übertönt die Mutter das Geplärr ihres Sohnes.

»Erzählen Sie.«

»Am Freitag war da draußen im Hausflur schon morgens ein Höllenradau, weil sie neue Briefkästen angebracht haben. Bohren, Hämmern und Scheppern, bis zehn Uhr ging es da draußen rund. Den Dreck haben sie natürlich liegen gelassen.«

»Sie meinen den rötlichen Staub von den Ziegeln?«, fragt Rifkin, die nun hellhörig geworden ist. Der Junge ist jetzt auch endlich ruhig. Das kleine Mädchen zieht sich an der Tischkante hoch und wackelt auf seinen O-Beinen auf die Besucherin zu. Ihr Mund steht offen, und sie sabbert wie Völxens Hund, wenn er bettelt. Rifkin rutscht schon mal ein Stück weiter in Richtung Sofaecke.

»Genau, der Ziegelstaub, der lag dann da den ganzen Tag, und alles latschte durch. Am Samstag kommt die Putzkolonne, aber ich habe es nicht mehr ausgehalten und den Dreck selbst weggeputzt. Ehe man den noch hier reinschleppt.«

»Wann haben Sie den Staub weggewischt?«, fragt Rifkin, während klein Linda ihre feuchten Patschhändchen an Rifkins Jeans abwischt.

»Ungefähr gegen fünf.«

»Haben Sie den Freund von Frau Pirlo schon mal gesehen?«

»Nur ein-, zweimal im Hausflur. Das ist so ein grau melierter Anzugfuzzi. Ich war mir erst gar nicht sicher, ob der ihr Freund ist oder ihr Vater. Aber so alt war er dann noch nicht. Linda, komm her zu Mama.«

Linda ist zu Rifkins Füßen zusammengesunken, wo sie am Schnürsenkel ihrer Chucks zieht, um das Ende dann in den Mund zu stecken.

»Sie zahnt gerade«, erklärt die Mutter und hievt das Kind neben sich auf das Sofa.

Ob es diese Dentastix nur für Hunde gibt? »Waren Sie mal in der Wohnung von Frau Pirlo?«

»Nein, nie. Die war nicht so besonders gesellig, und was hätte ich da auch verloren gehabt? Aber heute Mittag hätte ich beinahe die alte Rogall begleitet, als die nachsehen wollte, ob alles in Ordnung ist. Zum Glück sind die Kids dazwischengekommen. Auf so einen Anblick kann ich gut verzichten.«

»Geht wohl jedem so«, sagt Rifkin, bedankt sich und steht auf.

*

»Wanda hat die Schafe wirklich gut geschoren«, lobt Völxen am Abend seine Tochter, die schon längst wieder in ihrer Studenten-WG in Linden ist. Er und Sabine sitzen im Wohnzimmer, und Völxen hat gerade eine Flasche Rotwein aufgemacht.

»Ich stelle immer wieder fest, dass an ihr eine Bäuerin verloren gegangen ist«, meint Sabine. »Vielleicht sollte sie hier einen Bio-Bauernhof aufmachen und wir beide ziehen im Alter wieder in die Stadt.«

»Netter Versuch. Und ich verbitte mir *im Alter*. Wir sind in unseren besten Jahren. Ich habe übrigens heute eine meiner früheren Lehrerinnen wiedergetroffen.«

»Wie nett«, meint Sabine.

»Wie man's nimmt.«

»War sie etwa das Mordopfer?«

»Leider nicht.«

Sabine sieht ihn über den Rand ihres Weinglases hinweg fragend und zugleich vorwurfsvoll an.

»Ist doch wahr«, brummt Völxen. »Die Rogall war der erste Mensch, der bei mir Mordfantasien in Gang setzte. Aber genug von ihr. Sagt dir der Name Elisa Pirlo etwas?«

»Müsste er?«

»Sie ist eine Cellistin.«

»O ja, stimmt, ich kenne sie, aber nur ganz flüchtig. Wir haben letztes Jahr mal zusammen in einem Orchester gespielt, bei irgendeiner Benefiz-Veranstaltung. Der Klarinettist war ausgefallen und ich bin kurzfristig eingesprungen. Sie war recht gut. Sag nicht, dass sie …«

»Doch, leider.« Nun muss Völxen ihr auch den Rest erzählen.

»Ein Messerstich? War es ein eifersüchtiger Liebhaber?«

»Wie kommst du darauf?«

»Ich dachte nur … Messer klingt nach einer spontanen Tat. Was ist, was grinst du so?«

»Nichts, sprich weiter, Frau Profilerin.«

»Na ja, sie war außerdem wirklich hübsch, hatte dunkles Haar, dunkle Augen, eine richtig tolle Figur, und dazu strahlte sie eine gewisse Unnahbarkeit aus. Das reizt die Typen ja immer ganz besonders.«

»Unnahbarkeit«, wiederholt Völxen nachdenklich.

»Ich bin aber nicht sicher, ob sie wirklich so war, oder ob es eine Pose war. Cellistinnen sind ja oft ein bisschen abgehoben.«

»Ach, wirklich?« Ähnliches hat er von Sabine auch schon über Pianistinnen, Saxofonistinnen, Geigerinnen und Harfespielerinnen gehört. Er selbst dagegen ist mit den Jahren zu dem Schluss gekommen, dass die meisten Profimusiker einen kleinen Hau weg haben, egal welchen Geschlechts sie sind und welches Instrument sie spielen. Klarinettistinnen eingeschlossen.

»Die meisten Kerle stehen total auf Cellistinnen«, fährt Sabine fort. »Anscheinend übt das Cello eine erotische Anziehungskraft auf sie aus.«

»Daran ist Udo Lindenberg schuld. *Du spieltest Cello ...*«

»Nicht singen, Bodo, bitte!«

»Stehen denn Frauen auch auf Cellisten?«, will Völxen wissen.

»Nein, auf Dirigenten.«

Völxen denkt sich seinen Teil und sagt: »Die Pirlo hat an einer Musikschule am Zoo unterrichtet ...«

»Concerto. Die gibt es seit ein paar Jahren, sie haben sich auf Streichinstrumente spezialisiert. Verlangen ganz schön happige Preise für ihre Stunden.«

»Ist der Unterricht denn so gut?«

»Der ist in Ordnung, aber letztendlich kochen sie auch nur mit Wasser und zahlen ihre Leute wahrscheinlich genauso schlecht wie die anderen.«

»Es sah bei ihr auch nicht aus, als würde sie in Geld schwimmen.«

»Das glaube ich gern.« Sabine nimmt einen großen Schluck Wein. »Ganz ehrlich: Wenn ich heute zwanzig wäre, würde ich diesen Beruf auch nicht noch einmal wählen. Ich hatte damals nach dem Studium ein Riesenglück mit meiner Festanstellung an der Musikhochschule. Dafür würden junge Absolventen heutzutage morden.«

»Muss ich mir Sorgen machen?«

Sabine winkt ab. »Tote Dozenten werden nicht zwangsläufig durch Festangestellte ersetzt.«

»Na dann ...«

»Ich wollte damit nur sagen, dass es junge Musiker nicht leicht haben. Wenn sie es überhaupt an ein großes Orchester schaffen, bekommen sie meist nur befristete Verträge. Viele spielen nebenbei noch in Kammermusikorchestern oder versuchen es mit einer Solokarriere, aber dabei konkurrieren sie natürlich mit den Asiaten, die schon als Dreijährige auf Wunderkind gedrillt werden. Musikstunden auf eigene Rechnung kannst du in einem Mehrfamilienhaus auch nicht geben, also unterrichten sie als freie Mitarbeiter an privaten Musikschulen. Die zahlen meistens nicht gut, obwohl manche der Kundschaft locker achtzig, neunzig Euro für die Einzelstunde abknöpfen.«

»Da bin ich ja im Nachhinein erleichtert, dass unsere Tochter schon als Kind absolut unmusikalisch war.«

»Dein Erbe«, bemerkt Sabine mit Bedauern.

»Sei froh, dass sie von dir die Schönheit hat. Und ihren Dickkopf.« Völxen steht auf. »Ich brauch jetzt dringend einen Schnaps.«

»Oje. War das Hähnchen zu fett?«

»Nein, der ganze Tag.«

Mittwoch, 2. Mai

Pedra Rodriguez öffnet ihren Laden für spanische Lebensmittel und Weine nebst Imbiss für gewöhnlich morgens um zehn Uhr, aber sie ist immer schon eine Stunde vorher da, um die Tapas vorzubereiten.

»Pedra?«, ruft Jule, die den Laden durch die Hintertür betreten hat. »Nicht erschrecken. Ich habe dir einen Gast mitgebracht, können wir bitte zwei Kaffee bekommen?«

»Die Maschine ist aber noch ... *el comisario*, was für eine Freude!« Pedra eilt herbei, um Völxen zu begrüßen, bremst aber abrupt ab, als sie Oscar bemerkt.

»Darf er ausnahmsweise mit hinein?«, fragt Völxen. »Wenn ich ihn draußen anbinde, legt er sich mit jedem Lindener Köter an, der vorbeikommt.«

»Dann darf er reinkommen«, sagt Pedra, die dem *comisario* niemals etwas abschlagen würde. Noch immer betrachtet sie es als Völxens Verdienst, dass ihr Sohn Fernando vor dreißig Jahren wieder von der schiefen Bahn abkam, auf die er sich verirrt hatte, und zwischenzeitlich doch noch etwas Anständiges aus ihm geworden ist.

»Er ist auch wirklich ganz brav – solange er unter meiner Kontrolle ist«, versichert Völxen.

Jule hat da schon anderes erlebt, schweigt aber.

»Setzt euch, setzt euch! Was kann ich euch bringen? Ein großes Frühstück? Ich habe einen wunderbaren Schinken ...«

»Aber nur eine winzige Portion«, sagt Völxen, obgleich er ahnt, dass die Mahnung vergeblich ist. Er wählt den Platz auf der Sitzbank, Jule erklimmt einen Hocker ihm gegenüber.

»Jule, schön, dass du Zeit für mich hast.«

»Ein Stündchen für meinen alten Chef muss schon drin sein«, antwortet Jule augenzwinkernd.

»Das klingt nach Stress. Beim LKA pfeifft sicher ein anderer Wind als bei uns.«

»Es ist schon anders. Aber ich lerne eine Menge neuer Sachen, die Kollegen sind prima, die Arbeit ist sehr vielseitig und ... es ist toll.« Sie schenkt ihrem ehemaligen Vorgesetzten ein munteres Lächeln, das sie sich allerdings ein wenig mühsam abringen muss.

»Das freut mich«, sagt Völxen. Er schielt hinüber zu Pedra, die gerade den Kaffee zubereitet. In das Rattern und Zischen der Maschine hinein flüstert er: »Hast du es schon bereut, hierhergezogen zu sein?«

»Nein, gar nicht«, antwortet Jule. »Ich wünschte, meine Mutter wäre ein bisschen mehr wie Pedra gewesen.«

»Redet ihr über mich?«, fragt Pedra, die offenbar Ohren hat wie ein Luchs. Sie kommt näher und stellt den Kaffee vor die beiden hin, wobei sie misstrauisch zu Oscar hinabschielt.

»Aber nein«, sagt Völxen und greift nach der Kaffeetasse. »Danke, Pedra.«

»Ihre Tochter Wanda kommt ab und zu her, mit ihren Freunden«, verrät Pedra.

»Ja, ihre Studenten-WG liegt ganz in der Nähe.«

»Was studiert sie denn?«

»Mathematik und Philosophie.«

»Am Ende wird das Ei noch klüger sein als die Henne«, prophezeit Pedra, während sie einen Schinken vom Haken nimmt und ihn auf die gusseiserne Schneidemaschine donnern lässt. Oscar beobachtet diese Tätigkeit mit gebannter Aufmerksamkeit. Unter seiner Schnauze bilden sich zwei Pfützen auf dem Boden.

»*Chule* beklagt ganz oft, wie sehr sie ihre alte Stelle vermisst«, sagt Pedra, als sie den aufgeschnittenen Schinken, Brot und Butter auf den Tisch stellt. »Wirklich schade, dass sie wegmusste, kann man da denn gar nichts machen?« Pedra blickt den *comisario* fragend an, während sich Jules Wangen röten und Völxen versichert, dass er da leider nichts machen könne, es sei eben Vorschrift.

»Vorschrift, Vorschrift, die Deutschen und ihre Vorschriften«, grummelt Pedra vor sich hin.

Jule nimmt einen Schluck Kaffee und räumt ein: »Okay, es ist nicht *alles* toll. Offen gesagt finde ich es manchmal ziemlich langweilig. Die meiste Zeit werte ich irgendwelche Statistiken aus. Im Moment versuche ich, Einbruchsmuster zu erkennen und Einbrüche vorherzusagen, damit wir die Polizeireviere warnen können.«

»Und? Klappt das?«

»Nicht wirklich. Die verdammten Einbrecher halten sich nicht an Statistiken, die machen einfach, was sie wollen.«

»So eine Frechheit«, grinst Völxen.

»Natürlich ist mir klar, dass Einbruchsserien aufzuklären wichtig ist, das ist ja inzwischen ein Politikum. Oder internationale Autoschieberringe zu verfolgen ...«

»Aber?«

»Aber es geht halt nichts gegen eine schöne, klassische Mordermittlung.«

»Verstehe«, sagt Völxen. »Das wird schon noch, du beißt dich schon durch.« Er nimmt seinerseits einen großen Bissen von seinem Schinkenbrot. »Hm, das ist wirklich köstlich.«

»Wegen der anderen Sache mit Frau Cebulla ...«, beginnt Jule. »Ich habe ein bisschen rumtelefoniert. Es gibt bundesweit elf Anzeigen, die eventuell zu unserem Kandidaten passen könnten. Die Masche scheint immer dieselbe zu sein: Er meldet sich auf ein Inserat und verabredet sich. Es folgen Ausflüge in teure Restaurants und Hotels. Er zeigt den Frauen eine repräsentative Wohnung, die Reichtum vorgaukelt, in Wirklichkeit aber nur für ein paar Tage gemietet wurde. Ein paar der Frauen hatten sich das Kennzeichen seines Autos gemerkt, natürlich immer eine Luxuskarre, die war aber jedes Mal gemietet, wie sich herausstellte. Die Telefonnummern, die die Frauen von ihm hatten, gehörten zu anonymen Prepaid-SIM-Karten, die man nicht zurückverfolgen konnte. In keinem der Fälle konnte seine wahre Identität aufgedeckt werden, auch bei den Wohnungsbesitzern und Autovermietern verliefen die Spuren jedesmal im Sande. Er muss über eine Sammlung falscher Pässe und Führerscheine verfügen, mit denen er Autos und Wohnungen anmietet.«

»Oder er hat einen Komplizen«, meint Völxen.

»Oder das.«

»Auf jeden Fall scheint er ein Profi zu sein«, seufzt Völxen. »Wie ich befürchtet habe.«

»Wir können die Unterlagen von den einzelnen Dienststellen anfordern, aber dann müsstest du den offiziellen Weg gehen.«

»Dazu muss Frau Cebulla ihn aber erst einmal anzeigen.«

»Bestimmt gibt es eine recht hohe Dunkelziffer von Frauen, die ihn nicht angezeigt haben, weil sie neben dem finanziellen Schaden nicht auch noch den Spott haben wollen«, vermutet Jule und fragt: »Wie geht es ihr denn?«

»Ich weiß es nicht«, antwortet Völxen. »Am Montag war sie ganz schön durch den Wind. Ich hoffe, sie kommt heute wieder zur Arbeit. Ich brauche sie, wir haben einen neuen Mordfall. Eine Musikerin wurde in der Südstadt in ihrer Wohnung erstochen.«

»Ach«, seufzt Jule sehnsüchtig. »Ein Mordfall.«

»So schön ist das nun auch wieder nicht«, erwidert Völxen streng.

»Entschuldige.«

»Und was die *causa* Cebulla angeht: bitte vorerst kein Wort zu niemandem.«

»Natürlich nicht.«

»*Comisario*«, tönt es hinter der Theke, »ich habe schon gehört, was dieser netten Frau aus Ihrem Büro passiert ist. Ist das nicht furchtbar? Was ist denn das für eine schlechte Welt?«

*

Das Ambiente im Empfangsbüro der Musikschule Concerto ist edel und vermittelt Lounge-Atmosphäre: Großflächige Bilder mit abstrakten Motiven kleiden die Wände, das Schwarz des Schreibtisches und der Aktenschränke erinnert an Klavierlack. Auf einem Podest in der Ecke steht ein großer Bass, in einer Glasvitrine liegen zwei Geigen, aufgebahrt auf elfenbeinfarbenen Satinkissen. Harald Rosenbaum, der Inhaber der Musikschule Concerto, sitzt steif auf einem ergonomischen Sessel, sein längliches Pferdegesicht ist gerade bleich geworden. »Tot? Aber ... aber wie kann das denn sein, sie war doch das blühende Leben.«

»Es hat jemand nachgeholfen«, erklärt Rifkin.

»Sie meinen ... sie wurde ermordet?« Rosenbaum reißt Mund und Augen auf und starrt dabei die beiden Ermittler an, die ihm gegenüber auf den zwei hölzernen Freischwingern Platz genommen haben.

Mimisch trägt er gerade ein bisschen arg dick auf, findet Fernando und sagt: »Sie wurde tot in ihrer Wohnung aufgefunden, wir gehen von Fremdverschulden aus.«

»In ihrer Wohnung?«, wiederholt Rosenbaum so entsetzt, als sei gerade dieser Umstand das grausigste an der Sache. »Und ... und wurde etwas gestohlen?«

»Wieso fragen Sie das?«, fragt Fernando zurück.

»Ich weiß nicht. Ich dachte ...« Er winkt ab, als wollte er den Gedanken, den er hatte, wieder verscheuchen.

»Wie es aussieht, fehlen ein paar persönliche Gegenstände«, lässt ihn Fernando wissen.

»Ihr Cello?«

»Das ist noch da«, bestätigt er.

Von irgendwoher hört man Geräusche, die von einer malträtierten Geige herrühren.

Für Rifkin ist es nun an der Zeit, selbst Fragen zu stellen, anstatt die von Rosenbaum zu beantworten. »Frau Pirlo hat an Ihrer Musikschule Concerto unterrichtet, ist das richtig?«

Harald Rosenbaum nickt und legt die verschränkten Hände auf der Schreibtischplatte ab, sichtlich bemüht, einen gefassten Eindruck zu machen. Er ist Ende vierzig, ein dürrer Schlacks mit ausgeprägten Tränensäcken und graublondem Haar, das in ein kümmerliches Zöpfchen in seinem Nacken mündet.

»Seit wann?«, fragt die Kommissarin.

»Seit etwas über einem Jahr. Sie gab als freie Mitarbeiterin Unterricht, Cello und Violine, zwölf Wochenstunden. Aber vor zwei Wochen, kurz nach den Osterferien, hat sie gekündigt.«

»Warum?«

»Das hat sie nicht gesagt. Doch ich hatte schon länger den Eindruck, dass ihr die Arbeit nicht mehr gefällt.«

»Ach. Wieso denn nicht?«

Er lächelt jovial. »Wissen Sie, ich bin Realist: Die meisten Musiker unterrichten hier, weil sie das Geld dringend brauchen, und nicht, weil sie sich dazu berufen fühlen oder gern mit Kindern und Jugendlichen umgehen. Meist ist eher das Gegenteil der Fall. Es ist ja auch nicht immer schön, nicht alle haben ein begnadetes Talent.«

Die Geige jault und kratzt zum Gotterbarmen.

»Wie man hört«, murmelt Fernando.

»Gab es Streit?«, fragt Rifkin.

»Nein. Aber sauer war ich schon. Sie hat mir an einem Freitagabend das Kündigungsschreiben auf den Tisch gelegt und sagte, sie wolle ab Montag nicht mehr unterrichten. Ohne Erklärung. Dass im Vertrag eine vierwöchige Frist vereinbart war, hat sie anscheinend nicht interessiert. Ich konnte zusehen, wie ich die Woche darauf zurechtkomme und sie ersetze. Ich meine, das hätte ihr wenigstens schon vor den Ferien einfallen können, das wäre für mich einfacher gewesen.«

»Sie hat gar nichts dazu gesagt?«, hakt Fernando nach.

»Nur: *Harald, ich komme nächste Wochen nicht mehr. Hier hast du meine Kündigung.* Und dann ging sie.«

»Das kam ohne Vorwarnung?«

»Wie ich schon sagte, eine gewisse Lustlosigkeit hatte ich ihr schon seit einer Weile angemerkt, aber ich dachte, sie braucht das Geld.«

»Haben Sie eine Idee, was dahinterstecken könnte?«, fragt nun Rifkin.

»Ich weiß es nicht«, kommt es schroff. »Wir haben danach nicht mehr gesprochen. Ich fand diese Art ... unmöglich.«

»Aber eine Vermutung werden Sie doch haben«, beharrt Rifkin.

Er ringt die Hände. »Vielleicht ist sie Knall auf Fall in einem neuen Orchester untergekommen. So was passiert schon mal, wenn irgendwo jemand plötzlich erkrankt oder stirbt. Hier in Hannover lief ihr Vertrag ja bald aus, sie wird sich bestimmt schon nach etwas Neuem umgesehen haben. Vielleicht hat sie auch einen Plattenvertrag abgeschlossen oder einen reichen Kerl aufgerissen. Oder alles zusammen, was weiß denn ich?«, ruft er aufgebracht.

Passend zu seiner Klage plärrt die Geige nebenan.

»Hatten Sie was mit ihr?«, erkundigt sich Rifkin unverblümt.

»Ich?« Empörtes Stirnrunzeln. »Nein. Ich trenne Berufliches und Privates prinzipiell. Außerdem schien es so, als hätte sie zwischenzeitlich einen Freund.«

»Hat sie etwas über diesen Mann erzählt?«

»Elisa und was erzählen? Nein, die war verschlossen wie eine Auster. Das mit dem Freund ist nur eine Vermutung von mir. Eine von meinen Lehrkräften hat mal eine Bemerkung gemacht. Ich weiß gar nichts darüber, und es hat mich auch nicht interessiert.«

»Hat sie Verwandte?«

»Sie hat nie welche erwähnt.«

Die Geige klingt plötzlich besser, entweder hat ein kolossaler Lernfortschritt stattgefunden, oder die Lehrkraft hat sie in die Finger bekommen.

Fernando lässt nicht locker: »Hatte sie Freunde? Vielleicht Kollegen oder Kolleginnen?«

»Sie hat sich ab und zu mit Maja Dorphaus unterhalten, einer Studentin, die auch hier arbeitet. Vielleicht weiß die mehr. Ich kann Ihnen ihre Nummer geben.«

»Das wäre sehr freundlich«, antwortet Fernando. »Wissen Sie, wo Frau Pirlo vorher gearbeitet hat?«

»In Graz. Steht in ihrem Lebenslauf, den können Sie auch haben, wenn Sie wollen.«

»Waren Sie mal in ihrer Wohnung?«, fragt Rifkin.

»Nein.«

»Falls doch, sollten wir das wissen, weil wir sämtliche Fingerabdrücke aus der Wohnung auswerten müssen«, erklärt Fernando, dem sein Instinkt sagt, dass Rosenbaum bei dieser Frage gelogen hat.

»Ah, verstehe. Ja, also ... doch, einmal war ich da. Ist schon eine

Weile her, letzten Sommer. Sie hatte Geburtstag, und ich habe ihr eine Flasche Sekt vorbeigebracht.«

»Hatte sie Sie eingeladen?«

»Nein, das war spontan. Wir haben ein Glas Sekt auf dem Balkon getrunken, und dann bin ich wieder gegangen. Sie hat behauptet, sie wolle noch mit einer Freundin ins Kino, aber ich glaube, das war geschwindelt. Sie sah nicht so aus, als wollte sie noch ausgehen.«

Diese Abfuhr muss ganz schön demütigend gewesen sein, wenn eine Frau an ihrem Geburtstag lieber allein abhängt, als mit dir zusammen Sekt zu picheln, spekuliert Fernando.

Plötzlich schrammelt die Geige drauflos, als gebe es kein Morgen. Rosenbaum reißt es vom Stuhl, er durchquert das Büro und brüllt in den Flur: »Macht doch mal bitte die Tür zu!«

Die schrillen Klänge verstummen augenblicklich.

»Da gibt man einen Haufen Geld für Schallisolierung aus, und dann sind sie zu blöde, um die Tür zu schließen«, macht er seinem Ärger Luft, als er sich wieder hinsetzt.

»Wo waren Sie am vergangenen Freitag?«, fragt Rifkin.

»Wann genau?«

»Den ganzen Tag«, antwortet Rifkin, denn einen genaueren Todeszeitpunkt kennt man noch nicht.

»Ich war hier, ab zehn. Mittags war ich mal in der Stadt, was essen und ein paar Einkäufe machen, etwa von halb eins bis zwei.«

»Gibt es Zeugen für Ihre Mittagspause?«, erkundigt sich Rifkin.

»Nein, ich war allein unterwegs. Nachmittags hatte ich drei Stunden am Stück Unterricht in Violine und Bratsche. Danach war ich zu Hause. Allein«, fügt er etwas trotzig hinzu. »Hätte ich gewusst, dass ich ein Alibi brauche, wäre ich in eine Kneipe gegangen.«

»Und am Vormittag?«, will Fernando wissen.

»Da habe ich Bürokram erledigt so wie jetzt auch. Die Putzfrau war im Haus, die müsste mich gesehen haben. Vormittags ist hier selten Unterricht, da ist ja Schule. Wir unterrichten hauptsächlich Kinder und Jugendliche.«

»Und die da?«, fragt Fernando und deutet in Richtung Flur. Rosenbaum lächelt etwas gequält. »Eine Spätberufene.«

*

Völxen hat sich noch ein wenig mit Pedra verquatscht, darum ist es schon fast halb elf, als er und Oscar in der Polizeidirektion eintreffen.

Den Hund im Schlepptau eilt er den Flur entlang. *Wumms!* Eine Tür schlägt zu. Dann kommt ihm Frau Cebulla entgegen, im Laufschritt und mit wehendem Halstuch.

»Frau Cebulla! Schön, dass Sie ...«

»Ich kündige!«, schallt es ihm entgegen. »Ich bleibe hier keine Minute länger!«

»Aber wieso, was ist denn passiert?«

»Ich habe Sie ausdrücklich darum gebeten, niemandem etwas zu sagen, aber offenbar weiß schon die komplette Dienststelle genauestens Bescheid. Das ist so ... so demütigend!« Sie ist auf seiner Höhe stehen geblieben und blickt ihn zornig an. »Ich kann hier nicht mehr arbeiten. Sie kriegen es noch schriftlich.«

Mit diesen Worten eilt sie davon, zurück bleiben ein verdatterter Völxen und Oscar, der die Ohren anlegt.

»Frau Cebulla, nun warten Sie doch!« Aber sie ist schon auf der Treppe, man hört nur noch das Klack-klack-klack ihrer Absätze. Völxen sehnt sich nach den Zeiten, als ihre Sohlen noch quietschten, sie ihre Faltenröcke trug und den Aufzug benutzte.

Eine Verfolgung verbietet sich aus Gründen der Distinktion, entscheidet er. Erst einmal wird er der Ursache ihres Grolls nachgehen. Er hat da auch schon einen leisen Verdacht ...

»Raukel!«

Die Tür von Raukels Büro kracht gegen die Wand, und ein wenig Putz rieselt herab. Oscar klemmt vor Schreck den Schwanz ein und macht einen Fluchtversuch, der durch die Leine vereitelt wird.

»Was hast du zu ihr gesagt?«

Erwin Raukel sucht vergeblich Deckung hinter seinem Bildschirm. »Ich äh ... gar nichts. Ich wollte nur ...«

»Was?«, fragt Völxen, scharf wie eine Guillotine.

»Jetzt sag's ihm schon«, rät Oda, die, angelockt vom Gebrüll ihres Vorgesetzten, mit verschränkten Armen grinsend im Türrahmen lehnt.

»Ich wollte sie doch nur ein bisschen aufmuntern. Wer ahnt denn, dass sie so eine Mimose ist?«

»Er hat gefragt, ob er sie ab jetzt Frau Berlin nennen darf, weil sie arm wäre, aber immer noch sexy«, verrät Oda.

»Ich dachte, so ein kleiner Scherz hebt die Stimmung, die Frau wirkte ja vollkommen verkrampft.«

Völxen schließt für einen kurzen Moment die Augen und versucht, langsam bis zehn zu zählen, kommt aber nur bis fünf und meint dann: »Das hat ja hervorragend geklappt.«

»Tut mir leid«, murmelt Raukel.

»Wo sind eigentlich Rifkin und Rodriguez?«

»Bei der Musikschule Concerto«, antwortet Oda.

»Um zwölf will ich alle im Besprechungsraum sehen, mit Ergebnissen von der Spurensicherung und einem Bericht von Dr. Bächle. Und wenn ich alle sage, meine ich auch alle.«

Vor der Tür zu seinem Büro leint Völxen Oscar ab. Der rennt fröhlich in den Raum, bleibt aber dann abrupt stehen.

»Ein Irrenhaus, das reinste Irrenhaus!«, murmelt Völxen, während er sein Allerheiligstes betritt. »Wie soll man da bitte schön vernünftig ...« Erst jetzt bemerkt er Oscar, der mit gesträubtem Nackenhaar und leise knurrend dasteht und die reglos auf dem Sofa sitzende Gestalt fixiert. Auch Völxen zuckt erschrocken zusammen. Oscars Reaktion kann er nur allzu gut verstehen.

»Frau Rogall«, begrüßt er dann seine alte Lehrerin. »Haben Sie mich erschreckt.«

»Man hat mich hier reingebeten. Vor einer Viertelstunde schon«, kommt es säuerlich.

»Es tut mir leid. Mir ist etwas dazwischengekommen.«

»Sie haben einen Hund im Büro.«

Keine Frage, eher eine Feststellung, bei der sich der Faltenkranz um ihren Mund herum zusammenzieht wie bei einem Turnbeutel.

»Wie man sieht«, antwortet Völxen. *Noch immer dieselbe Kratzbürste.*

Oscar hat sich wieder beruhigt, er stürzt sich schnurstracks auf seinen Wassernapf und schlabbert ihn leer. Anscheinend hat er bei Pedra ein bisschen zu viel vom salzigen Schinken gefressen.

»Was kann ich für Sie tun, Frau Rogall?«

»Wie bitte? Sie haben mich doch herbestellt. Ich sollte doch ein Phantombild zeichnen.«

*

Wie befohlen haben sich alle vollzählig und pünktlich um zwölf Uhr im Besprechungsraum eingefunden. Natürlich hat kein Mensch daran gedacht, eine Kanne Kaffee zu kochen und Kekse bereitzustellen, wie man es von Frau Cebulla gewohnt ist. Oder falls doch, wollte sich wohl niemand freiwillig als Vertretung von Frau Cebulla ins Spiel bringen, denn so einen Nebenjob hat man ganz schnell am Hals und wird ihn nicht wieder los. Es wagt aber auch keiner der Anwesenden, eine Bemerkung darüber zu machen, wohl aus Furcht, Völxen noch mehr zu verärgern als ohnehin schon. Lediglich Oscar hebt witternd die Nase und legt sich dann mit einem enttäuschten Seufzer unter Völxens Stuhl.

»Also ...«, beginnt der Hauptkommissar. »Ich schlage vor, dass wir für einen Blumenstrauß für Frau Cebulla zusammenlegen, mit dem ich bei ihr zu Kreuze kriechen werde, damit sie nicht wirklich kündigt.«

»Wieso soll ich Geld für Blumen ausgeben, nur weil der Kollege Raukel seinen unwiderstehlichen Charme hat spielen lassen?«, erwidert Oda.

»Weil wir uns in der Vergangenheit alle nicht genug um Frau Cebulla gekümmert haben.«

»Hä?«, kommt es von Fernando.

»Ist doch so«, beharrt Völxen. »Wir haben sie den lieben langen Tag herumgescheucht, Frau Cebulla, könnten Sie mal dies tun, Frau Cebulla, ich bräuchte noch jenes … aber niemand hat sich wirklich für sie interessiert.«

»*Du* hast sie rumgescheucht«, stellt Oda richtig. »Ich nicht. Außerdem ist das hier ein Arbeitsplatz und keine Selbsthilfegruppe.«

»Und übrigens ist das hier auch kein Raucherclub«, setzt Völxen hinzu.

»Schon gut, schon gut, deswegen müsst ihr zwei euch nicht in die Wolle kriegen«, geht Raukel dazwischen. »*Mea culpa, mea maxima culpa.*« Er greift in seine Hosentasche und fischt einen Fünfziger aus seiner Geldbörse. »Reicht das?«

»Sehr nobel, Erwin!«, lobt Völxen und überhört angesichts der großzügigen Summe auch den schwachen Versuch eines Schafswitzes.

»Schlechtes Gewissen, was?«, meint Rifkin.

»Okay, ich leg auch noch einen Zehner dazu«, seufzt Oda.

»Meinetwegen, ich auch«, knurrt Fernando, und Rifkin hebt ebenfalls die Hand und nickt.

»Das wird ja ein Riesenstrauß«, bemerkt Raukel.

»Der wird auch nötig sein«, versetzt Völxen. »Ich besorge noch eine Schachtel Pralinen, und dann hoffen wir das Beste.«

»Soll nicht lieber ich zu ihr gehen und das alte Mädchen wieder auf Kurs bringen?«

Ein mehrstimmiges Nein schallt Raukel entgegen.

»Bloß nicht«, fügt Völxen hinzu. Dann räuspert er sich und sagt: »Gut. Dann zum Mordfall Elisa Pirlo. Was haben wir?«

Rifkin macht den Anfang: »Wir haben mit dem Inhaber der Musikschule Concerto gesprochen, Harald Rosenbaum. Er sagt, Frau Pirlo habe vor zwei Wochen ohne Angabe von Gründen gekündigt. Offenbar schien sie das Geld nicht mehr zu brauchen, denn zum Vergnügen hat sie nicht unterrichtet, wie er uns versichert hat.«

»Kann ich gut nachfühlen«, brummt Fernando. »Mir tun jetzt noch die Ohren weh.«

»Herr Rosenbaum beschreibt Frau Pirlo als verschlossen und eigenbrötlerisch.«

»Was sicher damit zusammenhängt, dass sie ihm mal eine Abfuhr erteilt hat«, ergänzt Fernando.

»Das wissen wir aber nicht mit Bestimmtheit«, entgegnet Rifkin.

»Ich schon«, sagt Fernando.

Rifkin fährt fort: »Sein Alibi für den Freitag ist jedenfalls so löcherig wie ein Schweizer Käse. Frau Pirlo scheint sich öfter mal mit einer Studentin unterhalten zu haben, Maja Dorphaus, sie unterrichtet auch bei Concerto. Die haben wir aber noch nicht erreicht.«

»Danke Rifkin«, sagt Völxen. »Frau Rogall, die Nachbarin, die die Leiche gefunden hat, hat Frau Pirlos Charakter ja schon so ähnlich beschrieben. Sie sitzt jetzt gerade beim Phantomzeichner und versucht, ein Bild von deren Freund hinzukriegen. Was hören wir von der Spurensicherung?«

Erwin Raukel berichtet: »Das mit dem Freund scheint hinzuhauen, im Bett tummeln sich braune und graue Haare, und die Bude ist übersät mit seinen Fingerabdrücken. Sie sind nicht im System. In der Küche haben sie Sohlenabdrücke aus rotem Ziegelstaub sichergestellt, in Größe fünfundvierzig ...«

»Ja, ich erinnere mich an einen«, unterbricht Völxen. »Woher kam der Staub?«

Rifkin schaltet sich ein: »Der Staub stammt aus dem Hausflur, da haben Handwerker am Freitagvormittag neue Briefkästen angebracht. Um zehn waren sie damit fertig, aber den Dreck vom Bohren haben sie nicht entfernt. Die Frau aus dem Erdgeschoss meinte, sie habe am Nachmittag um fünf Uhr kurz durchgewischt, weil der Dreck sie nervte. Wenn wir annehmen, dass diese Abdrücke von Frau Pirlos Mörder stammen, dann liegt die Tatzeit zwischen zehn und siebzehn Uhr.«

»Gibt es irgendwas Brauchbares von den Bewohnern des Hauses gegenüber?« Völxens Frage richtet sich an Raukel.

»Es haben mehrere Leute bestätigt, dass ab und zu ein Kerl bei ihr war«, sagt der. »Aber die Beschreibung ist recht vage. Mittelgroß, schlank, volles Haar, Anzug. Zuletzt hat mein spezieller Freund ihn am Donnerstag bei ihr in der Küche sitzen sehen. Sie war aber noch gesund und munter, als er ging, das soll etwa um neun Uhr herum gewesen sein.«

»Was ist mit Freitag?«, will Völxen wissen.

»Nichts. Tagsüber sieht man nicht in die Zimmer, und er hat mit großer Sicherheit bestätigt, dass am Freitagabend kein Licht bei ihr gebrannt hat.«

»Warum weiß er das so genau?«

»Es ist einer, der den Leuten gern in die Fenster schaut«, grinst Raukel. »Er hat sogar ein Opernglas da liegen. Ich wette, wenn seine Alte nicht in der Nähe ist, schüttelt er sich dabei einen von der Palme.«

»So einen hatte ich als Studentin auch mal gegenüber wohnen«, erinnert sich Oda. »Wir nannten ihn *die rasende Faust*.«

»Fenstergucken ist aber manchmal auch wirklich besser als Kino«, meint Fernando. »Was ich bei uns im Hinterhof schon für Szenen mitgekriegt habe, ich könnte Geschichten erzählen ...«

»Leute, bitte!« Völxen wirft einen erbosten Blick in die Runde. »Könnten wir uns jetzt wieder auf den Fall konzentrieren?«

»Okay«, nickt Fernando. »Fassen wir also zusammen: Die Pirlo hatte einen schlanken, mittelgroßen Liebhaber mit grauen Schläfen, großen Füßen und einer Vorliebe für Anzüge.«

»Das kann man so nicht sagen«, widerspricht Oda. »Die Haare stammen höchstwahrscheinlich vom Liebhaber und der Sohlenabdruck eventuell von ihrem Mörder, aber daraus kann man nicht automatisch schlussfolgern, dass das ein und dieselbe Person ist.«

»Kann man nicht?«, fragt Fernando, offenbar schwer von Begriff.

»Nein! Überleg doch mal ...«

»Schon gut, du hast recht«, gibt Fernando zu und unterdrückt ein Gähnen. Er ist heute wirklich noch nicht ganz auf der Höhe. Vor ein paar Monaten haben er und Jule das Lindener Mietshaus gekauft, in dem seine Mutter und er seit vielen Jahren leben und in dem sich auch Pedras Laden befindet. Letzten Monat wurde darin endlich eine schöne, große Wohnung frei, die Fernando zurzeit herrichtet. Doch die Renovierungsarbeiten sind umfangreicher und anstrengender als gedacht und zehren an seinen Kräften. Ihm tun die Oberarme weh, und der Nacken schmerzt vom Streichen der Decke. Vielleicht sollte er sich bald einmal in die Hände von Odas Wunderheiler begeben.

»Was ist mit den Verbindungsnachweisen?«, fragt Völxen.

»Sind angefordert«, antwortet Oda. »Es ist ein Billig-Provider, das kann dauern, und einen Festnetzanschluss hatte sie nicht.«

»Gibt es denn in den Unterlagen von Frau Pirlo Hinweise auf diesen rätselhaften Herrn?«

»In welchen Unterlagen?«, fragt Oda zurück. »Ich habe keine hier, und die Spusi hat sie auch nicht. Wahrscheinlich liegt noch alles in ihrer Wohnung.«

»Dann schafft mir den Krempel her«, regt sich Völxen auf. »Irgendwas müssen wir doch finden über diesen Kerl. Vielleicht hat er Liebesbriefe geschrieben ...«

»Liebesbriefe?«, wiederholt Rifkin, so als hätte sie dieses Wort noch nie gehört.

»Zum Beispiel«, sagt Völxen. »Außerdem wüsste ich wirklich langsam gerne, ob sie noch Angehörige hatte. Falls nicht, soll dieser Rosenbaum ihre Leiche identifizieren. Und ich will verdammt noch mal wissen, warum sie ihre Stelle bei der Musikschule gekündigt hat. Falls es ein neues Jobangebot gibt, muss es ja Schriftverkehr geben. Ich will alle ihre Ordner und was sonst noch so an Papier herumliegt, hierhaben.«

»Ist ja gut, beruhige dich. Ich kümmere mich darum«, sagt Oda.

»Scheiß Feiertage, nichts geht vorwärts«, mault Völxen und fragt: »Was ist mit Dr. Bächle? Sicher hat er den ersten Mai auf dem Golfplatz verbracht und vertröstet uns mit der Obduktion auf Ende der Woche.«

»So ähnlich wird das wohl laufen«, bestätigt Oda. »Ich habe meinen ganzen Charme spielen lassen, um von ihm den Todeszeitpunkt zu erfahren. Es bleibt bei Freitag. Aber genauer kann er es nicht sagen. Es gibt wirklich nur den einen Einstich, der direkt ins Herz ging und sofort tödlich war. Bächle nimmt an, dass der Täter dabei hinter dem Opfer stand und das Messer von unten schräg nach oben führte. Die Tat wurde ziemlich professionell ausgeführt.«

»Also war's nicht der Liebhaber«, meint Raukel. »Bei Verbrechen aus Leidenschaft ist ja immer viel mehr Sauerei.«

»Das Vorgehen erscheint mir auch ziemlich kaltblütig«, pflichtet ihm Oda bei. »Man kann davon ausgehen, dass derjenige gewusst hat, was er tut und wie er es tun muss.«

»Oder ihr Lover ist ein Profikiller«, mischt sich Rifkin ein.

»Bisschen weit hergeholt«, findet Fernando.

»Wieso? Menschen können bekanntlich mehrere Funktionen haben. Auch Profikiller haben ein Privatleben«, verteidigt sich Rifkin.

»Andererseits spricht die mutmaßliche Tatwaffe, nämlich das Messer aus dem Messerblock, eher für eine spontane Tat«, überlegt Völxen.

»Oder man rechnet damit, dass in einer Küche Messer rumliegen«, hält Raukel dagegen. »Vielleicht war der Typ schon mal da und wusste, dass da der Messerblock steht.«

»Wenn ich vorhätte, einen Mord zu begehen, würde ich trotzdem lieber mein eigenes Messer mitbringen«, beharrt Rifkin.

»Ich auch«, pflichtet ihr Fernando bei. »Das eigene Werkzeug liegt einfach besser in der Hand.«

»Gut, aber wer setzt denn einen Profikiller auf eine harmlose Cellospielerin an?«, fragt Oda.

Raukel zuckt mit den Schultern. »Vielleicht haben sie im Wohnhaus zusammengelegt?«

Alle kichern verhalten, und auch Völxen muss grinsen. Wenn Sabine auf ihrer Klarinette ein neues Stück einübt oder einer ihrer Schüler immer wieder an derselben Stelle danebenhaut, schießt auch ihm schon mal die eine oder andere Gewaltfantasie durch den Kopf.

»Wir sollten uns nicht an der Vorstellung Profikiller festbeißen«, findet Völxen. »Die Tötungsart weist lediglich darauf hin, dass derjenige nicht gezögert hat und über gewisse anatomische

Kenntnisse verfügt. Es kann jemand aus dem medizinischen Bereich sein, oder ein Jäger, ein Metzger ...«

»Ein Soldat«, schlägt Rifkin vor. »Einzelkämpfer, Fremdenlegionär ...«

»Oder James Bond«, spöttelt Fernando.

»Der Hinweis auf eine mögliche militärische Ausbildung des Täters ist durchaus plausibel«, springt Völxen Rifkin bei. »Es kann natürlich auch einfach nur Zufall gewesen sein, dass der erste Stich sofort tödlich war. Ein Typ, der Schuhgröße fünfundvierzig hat, dürfte verhältnismäßig groß sein und ist bestimmt viel kräftiger ...«

Ein dumpfes, pumpendes Geräusch unter dem Tisch lässt ihn innehalten.

»Oscar? O nein!«

Da liegt die Bescherung, auf dem nagelneuen Teppichboden: kleine Schinkenstückchen in einer schaumigen, braunen Brühe. Oscar schickt sich gerade an, sie sich ein zweites Mal einzuverleiben.

»Oscar, weg da, pfui!«

»Boah, das stinkt ja bestialisch«, beschwert sich Fernando.

»Das ist der Schinken deiner Mutter.«

Fernando schaut seinen Chef irritiert an, während die ersten vor dem strengen Geruch flüchten, den Oscars Magensäfte verbreiten. »Ihr wisst ja, was ihr zu tun habt!«, ruft Völxen seinen davoneilenden Mitarbeitern hinterher.

»Du ja wohl auch«, versetzt Oda. »Nimm die Papiertücher vom Klo.«

»Ich weiß, wie man Hundekotze aufwischt. Ist nicht das erste Mal«, entgegnet Völxen und macht sich auf den Weg dorthin.

»Liebesbriefe? Echt jetzt?«, hört er Rifkins Stimme im Flur.

»Oh, ihr bedauernswerten Kreaturen der Generation Smartphone«, hebt Raukel zum Lamento an. »Weißt du, mein Kind, früher, in analogen Zeiten, schrieb man Worte auf Papier, mit Tinte oder weichem Bleistift, in die man sein ganzes Herzblut fließen ließ.«

»Ich hörte davon«, antwortet Rifkin.

»Und Mädchen, lass dir eines gesagt sein: Ich war ein begnadeter Liebesbriefschreiber, der beste der ganzen Stadt, meine Ergüsse waren legendär – was gibt es da zu lachen, Rodriguez? Früher musste man sich nämlich noch anstrengen, wenn man eine Braut flachlegen wollte, da gab's kein Tinder!«

Auch Fernando schwelgt in Erinnerungen: »Ich habe mal meiner Lehrerin einen Liebesbrief geschrieben. Ich glaube, der war ziemlich gut.«

Raukel haut ihm krachend auf die Schulter. »Das sieht dir ähnlich, du kleiner Macron, du! Hast dir wohl genau wie der kleine Franzose gedacht, *auf alten Schiffen lernt man segeln*, was?«

*

Der Blumenstrauß ist so groß wie ein Treckerreifen und bedeckt fast den ganzen Couchtisch.

»Das wäre wirklich nicht nötig gewesen«, behauptet Frau Cebulla.

Völxen kennt seine Sekretärin lange genug und weiß, dass sie einerseits gerührt ist, aber auch ein bisschen beschämt, weil sie sich im Grunde gern im Hintergrund aufhält und es ihr nicht recht ist, dass man ihretwegen so viel Aufhebens macht. Möglicherweise ist sie auch noch immer ein bisschen eingeschnappt. Vor allen Dingen aber sieht sie müde aus. Die ganze Energie der letzten Wochen ist schlagartig verpufft. Völxen fühlt Hass in sich aufsteigen, Hass auf diesen Kerl, der für Frau Cebullas Kummer und das damit verbundene Chaos in seinem Dezernat verantwortlich ist.

»Es tut mir leid, dass das so gelaufen ist«, sagt Völxen. »Raukel hat an der Tür gelauscht, als ich mich mit Oda Kristensen über ... Ihre Angelegenheit unterhalten habe. Sie wissen doch, dass er nichts für sich behalten kann, er ist das schlimmste Waschweib der ganzen PD.«

»Eben, das ist es ja!«, ruft Frau Cebulla, und es klingt, als müsse sie ein Schluchzen unterdrücken. »Ich bin doch jetzt das Gespött der ganzen Polizeidirektion!«

»Nein, nein, das wollte ich damit nicht sagen«, versucht sich Völxen in Schadensbegrenzung. »Niemand hat über Sie gespottet, im Gegenteil, es tut allen leid, was Ihnen passiert ist.«

»Mitleid? Das ist ja noch schlimmer!«

»Frau Cebulla, sehen Sie es doch einmal so: Das Schlimmste haben Sie bereits überstanden. Jetzt wissen alle, was Sache ist, jeder hat mal seinen Senf dazugegeben, Sie haben nichts mehr zu verlieren. Wenn Sie nun Haltung zeigen, wird man Sie dafür bewundern. Eine Niederlage ist keine Schande, solange man nur wieder aufsteht«, hört Völxen sich sagen und rechnet damit, dass sein Gegenüber ihm diesen einfältigen Kalenderspruch um die Ohren haut. Er an ihrer Stelle würde das jedenfalls tun.

Doch zu seiner Verwunderung reckt Frau Cebulla das Kinn und meint: »Sie haben recht. Da ist was dran.«

Völxen bleibt am Ball. »Was den Kollegen Raukel angeht: Er wäre wirklich sehr gern selbst mitgekommen, um sich bei Ihnen zu entschuldigen, aber ich habe es ihm verboten, damit er in seiner unnachahmlichen Art nicht noch mehr Schaden anrichtet.«

Jetzt muss sie doch ein bisschen schmunzeln. Völxen sieht Licht am Ende des Tunnels.

»Frau Cebulla, Sie kennen ihn inzwischen doch. Er hat sich jahrelang sein Hirn weggesoffen, und ja, er ist ein unsensibles Trampeltier, er nimmt kein Blatt vor den Mund und tritt in jeden Fettnapf, aber er meint es nicht böse. Er hat tatsächlich gedacht, sein blöder Spruch würde Sie aufmuntern, er wollte Sie ganz bestimmt nicht verletzen.«

»Ja, aber die anderen. Was denken die denn jetzt von mir?«

»Die denken, dass Sie das Opfer eines professionellen Betrügers geworden sind. Denn dass es so war, wissen wir inzwischen. Ich habe Kontakt mit dem LKA aufgenommen ... Keine Sorge, ich habe Ihren Namen nicht genannt«, lügt Völxen, als er ihr erschrockenes Gesicht sieht.

»Mit dem LKA?«, wiederholt sie entsetzt.

»Ja, und jetzt halten Sie sich fest: Es gibt deutschlandweit noch ein knappes Dutzend solcher Betrugsfälle, die ganz ähnlich abgelaufen sind wie bei Ihnen. Und bestimmt gibt es noch viel mehr Frauen, denen dasselbe passiert ist und die ihn nicht angezeigt haben.«

»O mein Gott.«

»Sie müssen sich also nicht schämen, Sie sind nicht die einzige Geschädigte. Es liegt nun ganz allein an Ihnen, ob Sie eine Anzeige machen wollen oder nicht, ich werde dazu nichts mehr sagen.«

»Ich muss darüber nachdenken.«

Na also, das klingt doch schon viel besser. Nun zum Wesentlichen. Völxen versucht es mit einem Hundeblick. »Frau Cebulla, Sie müssen zurückkommen, ich brauche Sie! Wir alle brauchen Sie, das Dezernat versinkt im Chaos. Wir haben einen neuen Mordfall, vielleicht haben Sie schon davon im Radio gehört. Wir schaffen das nicht ohne Ihre Hilfe.«

»Jetzt übertreiben Sie aber.«

»Nein, so ist es. Ich verspreche Ihnen hoch und heilig: Wenn Raukel noch einen einzigen dummen Spruch loslässt, hau ich ihm eigenhändig eine aufs Maul.«

»Das tun Sie wirklich?«, fragt sie, ungläubig lächelnd.

»Das schwöre ich. Es wird mir eine Freude sein.« Völxen ballt zur Illustration schon mal seine Faust.

Frau Cebulla deutet auf den Blumenstrauß. »Ich wäre schon wiedergekommen, auch ohne die Blumen.«

»Raukel hat ihn bezahlt, das meiste davon. Da können Sie mal sehen, der Mann hat wirklich ein schlechtes Gewissen.«

»Dabei dachte ich immer, er hätte gar keins.«

»Besonders ausgeprägt ist es nicht«, räumt Völxen ein.

Sie ist aufgestanden, Völxen ebenfalls. »Gut, dann bis morgen, Herr Hauptkommissar.«

»Bis morgen, Frau Cebulla.«

*

Scham ist alles, was bleibt.

Dieses traurige Resümee zieht Edeltraut Cebulla, nachdem Völxen gegangen ist und sie nachdenklich aus dem Fenster starrt.

Scham darüber, wie leicht sie sich hat täuschen lassen, und Scham über ihr Verhalten auf der Dienststelle. Der Blumenstrauß ist zwar der schönste, den sie jemals erhalten hat, aber er lässt sie auch daran denken, wie kindisch sie sich benommen hat. Wegzurennen wie ein beleidigter Teenager. Klüger und erwachsener wäre es gewesen, Raukels Bemerkung entweder zu überhören oder sie mit einem ebenso dummen Spruch zu kontern. Aber Schlagfertigkeit liegt ihr nicht sonderlich, und im Moment ist sie dünnhäutiger denn je. Ein gefundenes Fressen für die Raukels dieser Welt.

Zeit, sich wieder einen Panzer zuzulegen.

Ein knappes Dutzend betrogener Frauen. Völxens Worte wollen ihr nicht mehr aus dem Kopf. Dunkelziffer unbekannt. Sie war also nicht als Einzige dumm genug, sich von Viktors Charme einwickeln zu lassen. Tröstet sie das? Nicht wirklich. Es macht sie nur noch wütender und beschämter. Die Schmeicheleien, die Komplimente, die ihr so gutgetan haben – alles Lügen, alles geplant. Hatte er eine Agenda, die er abgearbeitet hat? Wie sehr musste er sich wohl überwinden, ihren Körper anzufassen, sie zu küssen? Hat er bei seinen Zärtlichkeiten an das Geld gedacht, das ihm dieser Einsatz bringen wird, hat ihm der Gedanke dabei geholfen, Leidenschaft vorzutäuschen?

Gott, es ist so demütigend, so peinlich! Im Grunde genommen hat sie für ein bisschen Aufmerksamkeit und Sex bezahlt, wenn auch unfreiwillig. So gesehen hätte sie sich auch gleich einen Callboy engagieren können, das wäre billiger gewesen. Allerdings wäre dies das Letzte, was ihr einfallen würde. Die rein körperliche Seite ihrer Beziehung mit Viktor war ihr nicht wichtig. Der Sex war sogar eher etwas, das sie in Kauf genommen hat, weil es eben dazugehört – für Männer, vor allen Dingen. Sie hat das Davor und das Danach viel mehr genossen. Vor allen Dingen aber das Gefühl, wieder zu jemandem zu gehören.

Sie schämt sich vor sich selbst, vor den Kollegen – und vor *ihm*. Ja, vor ihm am allermeisten. Wie hat sie zulassen können, dass dieser Windhund ihr so nahe kam, und das nicht nur körperlich.

Was ist wohl in all den Wochen in seinem Kopf vorgegangen,

was hat er über sie gedacht, während er ihr all diese schmeichelhaften Dinge sagte, die sie aufgesogen hat wie ein trockener Schwamm? *Du dummes, altes Weib, glaubst du etwa wirklich, dass ich in dich verliebt bin, in deine Falten und deine Orangenhaut? Wie oft muss ich deinen welken Körper noch anfassen, bevor ich das Geld habe?*

Ein anderer unangenehmer Gedanke: Hat er womöglich zur selben Zeit noch was mit anderen Frauen gehabt? Frauen, die er ebenfalls abgezockt hat? Möglich wär's. Sie und Viktor haben sich ja nicht allzu häufig gesehen, meist nur am Wochenende und selbst da nicht immer. Wo war er in der Zwischenzeit? Das mit dem Weinhandel stimmt doch wahrscheinlich gar nicht. Nichts von dem, was er ihr erzählt hat, stimmt.

Gab es Anzeichen? Hätte sie etwas merken müssen, wenn sie nur für einen Moment ihre rosarote Brille abgenommen hätte?

Ja, vielleicht. Diese Wohnung, die so unpersönlich eingerichtet war ... Junggesellenwohnung, so ein Quatsch! Oder das Weingut in Südfrankreich. Das war doch viel zu dick aufgetragen, wie aus einem Kitschroman. Und doch hat sie es geglaubt, weil sie es glauben wollte. Weil sie von einem Neuanfang träumte: ein neuer Mann, ein neues Leben. Wie ein Meteorit hat er in ihr Leben eingeschlagen und alles verändert. Aber nicht eine Sekunde lang hat sie an Betrug gedacht. Nein, sie hatte sich gesagt: Endlich einmal habe ich Glück. Spät, aber immerhin.

Elf Jahre sind seit dem Tod ihres Mannes Paul vergangen. Anfangs fiel ihr das Alleinsein schwer, und es hatte diese typischen Verzweiflungsbeziehungen gegeben. Drei waren es gewesen, von denen die längste ein halbes Jahr dauerte. Über verunglückte Verabredungen hat sie nicht Buch geführt, so etwas verdrängt man lieber ganz schnell. Nach ihrem Fünfzigsten hatte sie das Thema Partnersuche dann endgültig *ad acta* gelegt und sich mit ihrem Leben als alleinstehende Witwe angefreundet.

Hat ja auch Vorteile, hat sie sich immer wieder gesagt.

Zumindest bis vor Kurzem.

Warum nur hat sie es nicht dabei belassen können? Sie war doch nicht unglücklich gewesen. Oder höchstens ab und zu. Warum nur musste sie diese Anzeige aufgeben, was hat sie sich denn bloß dabei gedacht?

Natürlich weiß sie es ganz genau.

Neid und Missgunst haben zu dieser Katastrophe geführt. Das muss sie sich eingestehen, wenn sie ganz ehrlich sein will. Denn ihre Freundin Silvia hat sie nicht zu der Anzeige gedrängt, wie sie es ihrem Chef gegenüber behauptet hat. Das war geschwindelt. Wahr ist, dass Silvia, die seit drei Jahren geschieden ist, letztes Jahr auf diesem Weg einen Mann kennengelernt hat und sie, Edeltraut Cebulla, deswegen ziemlich sauer war. Denn seither hat Silvia kaum noch Zeit für ihre alte Freundin, und wenn doch, dann ist meistens dieses Mannsbild dabei, das sich für witzig hält und so toll nun auch wieder nicht ist. Schon seit der Grundschule war ihr Silvia immer eine Nasenlänge voraus: Silvia war der Liebling der Lehrer und dreimal Klassensprecherin, sie bekam mit elf einen Busen und den ersten Kuss mit zwölf. Und dieses Mal also wieder, und das hat Edeltraut Cebulla so gewurmt, dass sie gedacht hat: Was die kann, kann ich schon lang. Deshalb hat sie die Anzeige aufgegeben. Um es Silvia endlich mal zu zeigen.

Schon beim Anblick dieses überaus gut aussehenden Mannes hätte sie sich doch sagen müssen, dass da etwas nicht stimmt, dass so einer keine durchschnittlich aussehende Sechsundfünfzigjährige mit Kleidergröße vierundvierzig haben will. Vielleicht in Büchern oder in dümmlichen Fernsehkomödien. Da ist alles möglich. Aber nicht im wirklichen Leben. Wie verblendet kann man eigentlich sein?

Bezeichnend war auch, dass es nie dazu kam, das vermeintliche Prachtexemplar ihrer Freundin Silvia vorzustellen. Zuerst wollte Frau Cebulla sicher sein, dass es auch etwas Ernstes ist, und als sie schließlich zu dieser Überzeugung gelangt war und ein Essen zu viert angeleiert hatte, kam Viktor angeblich ein wichtiger geschäftlicher Termin dazwischen. Jetzt versteht sie das alles: Er wollte nach Möglichkeit keine Zeugen haben.

Ach, hätte er doch einen tödlichen Unfall erlitten! Dann könnte sie sich wenigstens mit Wehmut und ohne diesen bitteren Beigeschmack an die schönen Stunden mit ihm erinnern, an seine geflüsterten Zärtlichkeiten, die Komplimente, sein Lachen ... Ja, sein Tod wäre immer noch besser als das jetzt. Zeugt es von schlechtem Charakter, so etwas zu denken? Und wenn schon! Die Welt *ist* schlecht.

Ob es wohl auch Frauen gab, bei denen sein Trick nicht zog, die nicht an seine Lügengeschichte glaubten und die nicht brav zur Bank gedackelt waren, so wie sie? Die ihn durchschauten, die sich weigerten, die ihn rauswarfen? Warum nur war ausgerechnet sie so blauäugig, und das, wo sie doch tagtäglich mit Verbrechen zu tun hat?

Sie öffnet die Hausbar ihrer Schrankwand. Ganz hinten steht eine Kognakflasche, und es gibt auch ein Glas dazu, das groß genug ist, um einen Goldfisch darin zu halten. Obwohl das Ding seit Jahren unangetastet im Schrank steht, verzichtet sie aufs Abstauben und gießt sich einen gehörigen Schluck ein.

Nein, ich werde nicht dem Suff verfallen, diesen Gefallen tu ich dir nicht, du Scheißkerl! Aber der hier muss jetzt sein.

Sie verzieht das Gesicht, leert jedoch tapfer das Glas und spürt der scharfen Wärme des Alkohols nach, der durch ihren Körper strömt.

Sie hat einen Entschluss gefasst. Das alles kann ja kaum noch schlimmer werden, aber womöglich wird sie sich besser fühlen, wenn man den Kerl schnappt. Sie wird ihn gleich morgen früh anzeigen. Irgendetwas muss sie schließlich tun, sie kann sich das nicht einfach so gefallen lassen. Ja, sie will ihn hinter Gittern sehen! Auf einmal gibt es nichts, was sie sich mehr wünscht als das. Alles in ihr schreit nach Rache. Und nach einem weiteren Kognak.

Donnerstag, 3. Mai

Oda Kristensen hat sich in ihrem Büro eine Zigarette angezündet und blickt besorgt auf den abgeklebten Feuermelder über ihr. Ein Streifen Klebeband hat sich gelöst und hängt herab wie ein Fliegenfänger. Hoffentlich heult das Ding nicht gleich los.

Der Rauchmelder hält still, aber ihr Telefon klingelt.

»Kristensen.«

»Guten Morgen, werte Frau Krischtensen.«

»Dr. Bächle! Ihnen auch einen guten Morgen. Sagen Sie bloß, Sie haben den Obduktionsbericht schon fertig?«

»Der ischt in Ihrem Mailboschtfach«, bestätigt der Rechtsmediziner. »I wollt Ihne bloß a kurzes Abdät gäbe.«

»Das ist sehr nett«, antwortet Oda und stößt eine Rauchwolke aus.

»Frau Krischtensen! Sie rauchet doch net scho in aller Herrgottsfrüh?«

»Aber nein, Herr Dr. Bächle, keine Sorge. Ihr Update?«, erinnert ihn Oda.

»Im Grunde ischt alles wie gehabt. Todeszeitpunkt war der letschte Freitag, der Stich ging direkt ins Herz und war demnach sofort dödlich ...«

Während der nächsten paar Minuten versucht Oda, möglichst geräuschlos zu rauchen, und während es watteweich in ihr Ohr schwäbelt, schaut sie schon mal in ihr *Mailboschtfach* und öffnet die Datei mit dem Obduktionsbericht.

Der Täter war Rechtshänder und stand hinter ihr, das Opfer wurde von dem Angriff vermutlich überrascht, es gab keinerlei Abwehrverletzungen ...

Alles klar, so weit. Oda hat den Verdacht, dass Bächle einfach gern mit ihr telefoniert. Der kleine, weißhaarige Schwabe hat seit jeher eine Schwäche für sie, und oft genug hat Oda das auch schon ausgenutzt, um sich mit der Obduktion eines Mordopfers vorzudrängeln.

»Das Messer ...«, unterbricht Oda den Redestrom, während sie auf den Bildschirm starrt. »Die Klinge war also mindestens sechzehn Zentimeter lang und zwei Komma fünf Zentimeter breit?«

»Genau des hob i Ihne doch g'rad g'sagt.«

»Ich wollte mich nur vergewissern. Wie sicher sind diese Maßangaben?«

»Wenn ich das sage und wenn sie schwarz auf weiß in meinem Bericht stehen, dann sind sie dodsicher!« Wie immer, wenn Bächle etwas ungehalten ist, kann er plötzlich Hochdeutsch. Jedenfalls beinahe.

»Das ist wirklich sehr interessant. Haben Sie vielen herzlichen Dank, Dr. Bächle«, flötet Oda.

»Gern g'schähe! Pfiat Gott, Frau Krischtensen.«

»Ja, *pfiat* Ihnen auch, Herr Dr. Bächle«, grinst Oda und drückt die Zigarette aus.

Sie muss vor dem Morgenmeeting noch ganz rasch etwas nachprüfen.

*

Kommissarin Rifkin hat die wenigen Fakten, die sie im Mordfall Pirlo bereits haben, im Besprechungsraum fein säuberlich an das Brett gepinnt: die diversen Fotos vom Tatort mit und ohne Leiche, das Phantombild von Frau Pirlos Liebhaber, ein Foto von Harald Rosenbaum und das Bild eines Fingerabdrucks mit einem Fragezeichen darunter.

»Wie, kein Kaffee?«, beschwert sich Raukel, als sich alle, einschließlich Oscar, zur Morgenlage eingefunden haben. »Hast du nicht gesagt, dass die Cebulla ausgeschmollt hat und heute wiederkommt?«

»Sie kommt etwas später«, antwortet Völxen.

Frau Cebulla hat ihm heute Morgen feierlich eröffnet, dass sie

Viktor Füssli anzeigen wird. Völxen hat sie darin eifrig bestärkt und gemeint, sie solle bei der Gelegenheit gleich darauf hinweisen, dass dem LKA bereits Anzeigen anderer Frauen vorliegen.

»Und wenn sie nachher kommt, dann reißt euch bloß zusammen. Keine Witze, keine Anspielungen, kein Mitleid. Seid einfach ganz normal.«

»Was schaust du mich dabei so an?«, beschwert sich Raukel. »Keine Sorge, ich habe meine Lektion gelernt. Ich will ja nicht mein ganzes Gehalt für Blumensträuße ausgeben. Ja, diese scheiß Blumen! Mit einem Kerl wäre ich einen saufen gegangen, da hätten wenigstens beide was davon gehabt.«

»Gut, also nun zu unserem Fall«, beendet Völxen das Geplänkel.

»Ich habe endlich diese Maja Dorphaus erreichen können, telefonisch«, berichtet Rifkin und fügt hinzu. »Das ist die Studentin, die ebenfalls an der Musikschule unterrichtet. Sie ist in Italien auf einer Konzertreise, daher ...«

»Und? Was sagt sie?«

»Sie hat bestätigt, dass Frau Pirlo einen Freund hat, weiß aber nichts über ihn, weil Frau Pirlo kaum über ihn gesprochen hat. Frau Dorphaus vermutet daher, dass es sich vielleicht um einen verheirateten Mann handeln könnte. Sie war auch schon ein paarmal in der Wohnung des Opfers. Sie kommt am späten Samstagabend zurück von ihrer Konzertreise.«

»Kommt dieser Harald Rosenbaum als Liebhaber infrage? Der wäre doch ein Grund für Frau Pirlos Heimlichtuerei, immerhin ist er ihr gemeinsamer Chef«, spekuliert Völxen.

»Habe ich sie auch gefragt. Aber das konnte sie sich nicht vorstellen.«

»Außerdem ist ihr Liebhaber laut der Zeugin Rogall mindestens zehn Jahre älter«, wirft Oda ein und deutet auf das Phantombild.

»Das da sieht Rosenbaum kein bisschen ähnlich«, bestätigt Rifkin und fährt fort: »Von Elisa Pirlos Kündigung bei Concerto hat Maja Dorphaus übrigens durch Rosenbaum erfahren. Der sei vor Wut im Viereck gesprungen, ihre Worte.«

»Wütend genug, um sie abzustechen?«, murmelt Raukel.

»Glaub ich nicht, der Kerl ist ein Weichei«, antwortet Rifkin. »Maja Dorphaus sagt, sie habe Frau Pirlo seither nicht mehr persönlich gesprochen.«

»Apropos Anruf, was ist mit den Daten des Providers?« Völxens Frage ist an Erwin Raukel gerichtet.

»Noch nichts«, schnaubt der. »Ich habe dem Kundenservice vorhin die richterliche Anordnung geschickt, in allen Variationen, per Mail, per Fax und per Post. Aber das ist so ein Saftladen, immer wieder ist ein anderer am Telefon, der von nichts eine Ahnung hat. Ich bleib aber dran.«

Völxen seufzt. »Ich wünsche mir, dass das einmal, nur ein einziges Mal so schnell gehen würde wie in den Fernsehkrimis. Fernando, was ist mit den Bankkonten, die wolltest du doch ...«

»Au!«

Fernando schreckt aus einem Sekundenschlaf hoch, als Rifkin ihn unter dem Tisch gegen das Schienbein tritt. Er sieht sich verlegen um.

»Rodriguez!«, poltert Völxen los. »Kannst du deine Bude nicht von einem Maler renovieren lassen, damit du im Dienst einigermaßen fit bist?«

»Hast du eine Ahnung, was diese Halsabschneider verlangen für so ein bisschen Pinselei? Aber dieses Wochenende werden wir fertig, versprochen.«

»Wollen wir's hoffen. Du hast da übrigens noch Farbe im Haar, oder sind das graue Haare?«

Fernandos Finger durchpflügen hastig seine Locken. »Das ist Farbe. Ich bin noch nicht grau.«

»Klar doch«, murmelt Rifkin und weicht Fernandos Tritt unter dem Tisch blitzschnell aus.

»Also. Die Konten von Frau Pirlo?«

»Ja, äh, im Moment war sie auf dem Girokonto mit fünfzehnhundert Euro im Plus, aber in der Vergangenheit war es auch öfter mal überzogen.«

Völxen nickt. Das bestätigt seinen Eindruck nach Besichtigung ihrer Wohnung und das, was Sabine ihm über das Dasein von Musikern erzählt hat.

»Was weißt du sonst noch? Herrgott, muss man dir denn jetzt alles aus der Nase ziehen?«

»Ihre Eltern sind schon länger tot, der Vater war Angestellter bei einer Versicherung und hatte vor zehn Jahren einen tödlichen Fahrradunfall, die Mutter starb vor fünf Jahren, woran genau, konnte ich noch nicht rausfinden. Sie lebten zuletzt in Berlin. Sie hat dort Cello und Violine studiert. Mit fünfundzwanzig war sie fertig, seither ist sie andauernd umgezogen, wo immer sie gerade ein Engagement fand: Kiel, Wiesbaden, München, Mailand, Göteborg, Graz ... Keine Geschwister, kein Ehemann, keine Kinder, keine Vorstrafen. Sie war ein unbeschriebenes Blatt, wie man so sagt.«

»Mal was anderes«, mischt sich Oda ins Gespräch. »Es geht um die Tatwaffe. Ich habe dieses Messerset aus Frau Pirlos Küche im Internet gefunden. Das Messer, das fehlt, ist das größte. Es ist achtzehn Zentimeter lang und viereinhalb Zentimeter breit. Dr. Bächle schwört aber Stein und Bein, dass das Messer, mit dem sie erstochen wurde, nur zweieinhalb Zentimeter breit war. Also schließe ich daraus, dass der Täter doch sein eigenes Messer benutzt hat. Das fehlende Messer aus dem Messerblock ist vielleicht verloren oder kaputt gegangen, oder ihr Mörder hat es mitgenommen, um uns in die Irre zu führen.«

»Sag ich's doch: das eigene Werkzeug«, murmelt Fernando.

»Also sieht es doch nach Vorsatz aus. Aber verschont mich bitte mit euren Profikiller-Fantasien«, mahnt Völxen vorsorglich.

Rifkin meldet sich zu Wort. »Auf dem Schreibtisch des Opfers wurde ein einzelner Fingerabdruck gefunden. Er ist nicht in unserer Datenbank, er passt nicht zu denen von ihrem Liebhaber, und er ist auch nicht von Rosenbaum oder Frau Rogall. Vielleicht gehört er ja zu Maja Dorphaus. Soll ich in der Musikschule fragen, ob es einen Gegenstand mit Fingerabdrücken von ihr gibt, damit es schneller geht mit dem Abgleich?«

»Hat die junge Dame zufällig erwähnt, wann sie das letzte Mal in Frau Pirlos Wohnung war?«, will Völxen wissen.

»*Zufällig* habe ich sie danach gefragt«, antwortet Rifkin. »Vor drei oder vier Wochen.«

Völxen massiert sich nachdenklich die Nasenwurzel. »Gehen wir lieber den offiziellen Weg und warten, bis diese Maja Dorphaus wieder da ist. Inzwischen ...«

Es klopft. Ehe Völxen *herein* sagen kann, erscheint Frau Cebulla in der Tür, eine Thermoskanne, Becher und Kekse auf einem Tablett balancierend.

»Na, so was«, murmelt Erwin Raukel und schnellt wie ein Flummi in die Höhe, um ihr das Tablett abzunehmen, was Frau Cebulla wiederum so irritiert, dass sie es erst einmal gar nicht loslassen will.

»Lassen Sie mich das machen«, sagt Raukel.

»Wieso? Ich mache das seit zehn Jahren«, widerspricht Frau Cebulla, überlässt ihm dann aber doch zögernd das Tablett.

»Guten Morgen, Frau Cebulla«, schmettert Völxen, während Raukel das Tablett auf den Tisch stellt und auch der Rest die Sekretärin überschwänglicher als sonst begrüßt.

Frau Cebulla allerdings vergisst, ebenfalls zu grüßen. Sie ist mitten im Raum stehen geblieben und starrt wie gebannt auf die Pinnwand.

Zugegeben, die Fotos vom Tatort sind womöglich geeignet, ein zartes Gemüt zu erschüttern, aber soweit Völxen sich erinnern kann, hat Frau Cebulla schon Schlimmeres dort hängen sehen und, ohne mit der Wimper zu zucken, Kaffee und Kekse serviert.

Noch während Völxen sich fragt, was sie wohl jetzt schon wieder hat, stößt Frau Cebulla hervor: »Woher haben Sie das?«

»Was denn?«, fragt Völxen zurück.

Sie macht ein paar Schritte auf die Pinnwand zu, und Völxen registriert nebenbei, dass seine Sekretärin wieder ihre Gesundheitsschuhe trägt. Frau Cebulla deutet auf das Phantombild von Frau Pirlos vermeintlichem Liebhaber, das mithilfe der Zeugin Inge Rogall erstellt wurde. »Das ist er. Mein Gott, das ist er!« Sie dreht sich um und läuft auf quietschenden Sohlen zur Tür hinaus, als wäre der Leibhaftige hinter ihr her.

»Oda, verfolge sie, es besteht Fluchtgefahr«, seufzt Völxen.

»Notfalls kettest du sie mit Handschellen an die Kaffeemaschine«, grinst Fernando, woraufhin Völxen ihn anfährt, es freue ihn, dass Fernando wenigstens noch wach genug sei für dumme Sprüche.

Raukel kneift ungläubig die Augen zusammen. »Hab ich das gerade richtig verstanden? Der Stecher von der Pirlo war gleichzeitig auch der von der Cebulla?«

»Schaut ganz danach aus«, antwortet Völxen, in dessen Kopf es schon zu rattern beginnt.

»Krass«, findet Rifkin, und ihre Augen leuchten auf wie Christbaumkugeln.

*

»Ob ich sicher bin? Selbstverständlich bin ich sicher. Ich komme doch gerade von diesem Phantomzeichner, Sie können die Bilder ja vergleichen.« Frau Cebulla hat auf dem Sofa in Völxens Büro Platz genommen und sieht abwechselnd Völxen und Oda verwirrt und fragend an.

»Schon gut, Frau Cebulla, ich glaube Ihnen«, sagt Völxen und macht eine Geste, die er sonst benutzt, um seinen Schafbock zu beschwichtigen, wenn dieser auf Krawall gebürstet ist.

»Heißt das, dass diese Frau ... dass er ... was heißt das denn jetzt eigentlich?«

»Das wüssten wir auch gern«, versetzt Oda lakonisch.

»Denken Sie, dass Vik... dass er diese Frau umgebracht hat?«

Oda zuckt mit den Achseln und lässt Völxen den Vortritt.

Der sucht nach Worten, wie er den Sachverhalt darstellen kann, ohne Frau Cebullas angeknackstes Gemüt noch mehr zu strapazieren. »Wir wissen bis jetzt nur, dass ein Mann, der dem auf dem Phantombild ähnelt, mehrfach bei Frau Pirlo zu Besuch war.«

»Hat er sie auch um Geld betrogen?« Frau Cebullas Miene verrät, dass sie auf eine positive Antwort hofft, denn alles andere wäre eine neue Demütigung.

»Das können wir noch nicht sagen«, windet sich der Hauptkommissar.

»Nach dem momentanen Stand der Ermittlungen war bei der Frau nichts zu holen«, erklärt Oda.

»Warum sollte er sie dann umgebracht haben?«, fragt Frau Cebulla und zupft nervös an dem Sofakissen mit dem aufgestickten Schaf herum.

»Das behauptet ja niemand«, antwortet Völxen.

»Vielleicht ist sie ihm auf die Schliche gekommen«, schlägt Frau Cebulla vor. »Also, wenn ich mitbekommen hätte, was er vorhatte, dann ... dann ...«

»Hätten Sie ihn zur Rede gestellt, und es wäre vielleicht auch für Sie gefährlich geworden«, beendet Oda den Satz.

Frau Cebulla sieht Oda erschrocken an und presst ihre Hand auf den Mund.

Kein Nagellack mehr, registriert Völxen. Er räuspert sich: »Frau Cebulla, darf ich Ihnen eine etwas indiskrete Frage stellen?«

»Sie tun doch schon seit Tagen nichts anderes«, seufzt sie.

»Können Sie mir sagen, welche Schuhgröße Ihr äh ... dieser Herr Füssli hat?«

»Schuhgröße?«

»Das ist wichtig«, bestätigt Oda.

»Ich schätze, etwa so wie Sie.« Sie deutet auf Völxens Schuhe.

»Dreiundvierzig?«

»Ja, das könnte hinkommen. Er ist ja auch etwa so groß wie Sie, oder sogar eher ein paar Zentimeter kleiner.«

In Völxens Pass steht 1,86. Vielleicht sollte er mal wieder nachmessen, ob er inzwischen geschrumpft ist.

»Könnte es auch eine Fünfundvierzig sein?«, hört er Oda fragen.

Energisches Kopfschütteln. »Nein. Mein Neffe hat so große Füße, dabei ist er erst dreizehn. Ich stolpere im Flur immer über seine Turnschuhe, wenn er da ist. Das sind die reinsten Lastkähne, nein, das wäre mir aufgefallen, wenn dieser ... Mensch Schuhgröße fünfundvierzig gehabt hätte.«

»Frau Cebulla, haben Sie in Ihrer Wohnung noch einen Gegenstand, von dem wir Fingerabdrücke nehmen könnten, um sie mit denen in Frau Pirlos Wohnung zu vergleichen?«, erkundigt sich Völxen, während er gleichzeitig darüber nachdenkt, wie er an Frau Cebullas Stelle *diesen Menschen* nennen würde.

»Oh, ich fürchte nicht«, antwortet Frau Cebulla. »Ich habe gestern geputzt wie ein Berserker. Putzen hilft mir immer, und ich wollte ... ich wollte einfach ...«

»Eine kleine Teufelsaustreibung«, lächelt Oda.

»Ja, so könnte man das nennen«, sagt Frau Cebulla, und zu Völxens Verwunderung lächelt sie dabei ebenfalls. Wo sie schon gerade in so gelöster Stimmung ist, hakt er nach: »Aber vielleicht ist Ihrem Putzeifer doch irgendetwas entgangen, überlegen Sie. Hat er Ihnen vielleicht mal etwas geschenkt?«

»Ein Parfum«, murmelt Frau Cebulla. »Aber das war verpackt und die Schachtel habe ich längst entsorgt. Das Parfum werde ich auch noch wegschmeißen«, fügt sie hinzu.

»Es würden uns auch DNA-Spuren helfen. Eine benutzte Zahnbürste vielleicht? Macht auch nichts, wenn sie schon im Müll lag«, tastet sich Oda voran.

»Er hatte bei mir keine Zahnbürste«, antwortet Frau Cebulla in strengem Ton, aber dann hellt sich ihre Miene plötzlich auf. »Der Campari! Er hat einen mitgebracht und uns einen Cocktail daraus gemixt. Die Flasche steht noch im Kühlschrank. Da könnten noch seine Fingerabdrücke drauf sein.«

»Großartig. Oda, würdest du ...?«

»Ja, klar. Kommen Sie, Frau Cebulla.«

Beide stehen auf.

»Diese Frau Pirlo«, beginnt Frau Cebulla. »Ich habe die Fotos gesehen. Sie war noch recht jung ...«

»Zweiundvierzig.«

»... und attraktiv, ich meine, bevor sie ...«

»Hm ja«, nuschelt Völxen.

»War sie seine Geliebte?«

»Das können wir nicht mit Sicherheit sagen.«

»Aber was glauben Sie?«, insistiert Frau Cebulla.

Völxen wirft Oda einen hilfesuchenden Blick zu, aber die zieht es vor, in ihre Hand zu hüsteln.

»Dem Anschein nach wäre es möglich, wir wissen es aber nicht sicher«, antwortet Völxen und merkt selbst, dass er klingt, als hätte er den Pressesprecher vor sich, bei dem man jedes Wort abwägen und möglichst dehnbare Floskeln verwenden muss. Er wünschte, Frau Cebulla würde endlich aufhören, Fragen zu stellen, auf die sie die Antworten selbst kennt.

Oda erbarmt sich und legt ihr die Hand auf die Schulter. »Kommen Sie, Frau Cebulla, holen wir erst mal den Campari.«

Freitag, 4. Mai

Es ist ein seltsames Gefühl, wieder die alte Dienststelle zu betreten. Fast so, als besuche man die Stadt seiner Kindheit und findet plötzlich alles viel kleiner vor als in der Erinnerung. Wenigstens hat Jule das schon Leute sagen hören, ihr selbst ist diese Erfahrung verwehrt geblieben, sie ist in Hannover aufgewachsen.

»Frau Cebulla! Wie schön, Sie zu sehen!«, begrüßt Jule die Sekretärin, die ihr gerade mit einem Stapel Akten auf dem Arm entgegenkommt.

»Ebenfalls«, kommt es knapp.

»Völxen erwartet mich.«

»Und zwar seit fünf Minuten«, sagt die Sekretärin vorwurfsvoll.

Zwischen Frau Cebulla und den Frauen in Völxens Dezernat knirschte es öfter mal, erinnert sich Jule. Die Sekretärin respektiert Oda Kristensen zwar als Person, aber deren Raucherei im Büro missbilligt sie zutiefst. Jule wiederum war seinerzeit in Ungnade gefallen, weil sie Frau Cebullas Kaffee nicht mochte. Wie Frau Cebulla es mit Rifkin hält, weiß Jule nicht, aber sie kann sich eigentlich nicht vorstellen, dass die beiden irgendeinen Draht zueinander haben. Ihren Chef hingegen vergöttert die Sekretärin. Sie vergibt Völxen jede seiner Launen, und sie hütet Oscar, wann immer ihn der Hauptkommissar gerade nicht gebrauchen kann. Auch Fernando hat bei ihr einen Stein im Brett, und sogar Raukel mit seinem schmierigen Charme schafft es bisweilen, sie um den Finger zu wickeln.

»Sie sind schon alle im Besprechungsraum. Sie wissen ja, wo es hingeht.«

»Danke, Frau Cebulla.«

»Jule, nur herein!«, ruft Völxen, als sie vorsichtig die Tür öffnet.

»Oho, da ist jemand herabgestiegen vom Olymp und beehrt die gewöhnlichen Sterblichen«, lästert Oda.

»Lange nicht gesehen, aber hast dich gut gehalten, Mädchen«, urteilt Raukel, und sogar Oscar begrüßt sie mit einem herzhaften *Wuffz.*

Rifkin nickt ihr zu und hebt eine Hand, was bei ihr durchaus als herzliche Begrüßung durchgeht.

Der einzige noch leere Stuhl steht auf der Stirnseite des länglichen Tisches, Völxen gegenüber. Jule lässt sich darauf nieder.

»Der Mordfall Pirlo hat inzwischen eine seltsame Wendung genommen«, beginnt der Hauptkommissar. »Mittlerweile steht fest, dass die Fingerabdrücke in Frau Pirlos Wohnung übereinstimmen mit denen des Betrügers, der unsere Frau Cebulla um ihr Erspartes gebracht hat. Also werden wir uns mit diesem Herrn nun etwas intensiver beschäftigen müssen. Jule, bitte.«

Diese beginnt ohne Umschweife: »Ich konnte bislang bundesweit elf Anzeigen von betrogenen Frauen ausfindig machen. Drei Fälle aus Nordrhein-Westfalen, drei aus Niedersachsen, zwei aus Hessen, zwei aus Schleswig-Holstein und einer aus Bremen. Das Vorgehen des Betrügers war immer dasselbe – erster Kontakt durch eine Zeitungsannonce, Vorgaukeln von Reichtum, gemeinsame Zukunftspläne. Dann wurde ein plötzlicher finanzieller Engpass simuliert und die Dame um Bargeld angepumpt. Die Summen bewegten sich zwischen dreißig- und achtzigtausend. Sobald er das Geld hatte, war er auf und davon. Ich habe mir die Akten der Fälle schicken lassen und sie mir genauer angesehen. Der Mann war naturgemäß ziemlich kamerascheu, aber einige der Damen haben dennoch ein Foto von ihm gemacht, wahrscheinlich ohne sein Wissen. Ich habe die verfügbaren mitgebracht ... darf ich?«

»Ja, klar«, sagt Völxen.

Jule steht auf und pinnt vier Fotos neben die Aufnahmen vom Tatort und das Phantombild. Zwei zeigen den Mann im Dreiviertelprofil, eines von vorn, wie er am Tisch vor einem Café sitzt und abwehrend die Hand hebt, wodurch sein Kinn verdeckt wird. Es ist ein etwas schroffes Männergesicht mit kräftigen Augenbrauen und markanten Falten an den richtigen Stellen. Auf zwei der Fotos trägt er das dichte, leicht angegraute Haar lässig verwuschelt und dazu einen Dreitagebart. Auf dem anderen Bild ist er glatt gekämmt, rasiert und wirkt dadurch ganz anders. Das vierte Foto zeigt den unbekleideten Körper des Manns, auf dem Bauch liegend in einem Bett, mit einem Bein angezogen, vermutlich schlafend.

»Guter Body, für sein Alter«, urteilt Rifkin. »Der macht Sport, definitiv.«

»Ein Hintern zum Nüsseknacken«, stimmt Oda ihr zu und grinst frech. »Dumm nur, dass er kein Rückenschläfer ist. Gibt's noch mehr Bilder, Jule?«

Jule lässt sich lediglich zu einem Mona-Lisa-Lächeln hinreißen und schüttelt den Kopf.

»Vielleicht könnten sich die Damen wieder einkriegen?«, mahnt Völxen. »Nimm das letzte Foto wieder ab, Jule, ich will nicht, dass Frau Cebulla das sieht.«

Jule kommt der Aufforderung nach. Fernando ist stumm geblieben, und auch Raukel hat es ausnahmsweise einmal die Sprache verschlagen. Dabei will Jule sich lieber gar nicht vorstellen, was für Kommentare es von den beiden bei einer halb nackten attraktiven Frau gegeben hätte.

Jule fährt fort: »Die betrogenen Frauen waren allesamt zwischen fünfzig und sechzig. Die Anzeigen stammen aus den letzten drei Jahren, und ich denke, wir sollten von einer erheblichen Anzahl an nicht angezeigten Taten ausgehen.«

»Das glaube ich auch«, nickt Oda.

»Eine Sache ist da noch: Diese Bilder stammen von vier der Anzeigen. In weiteren vier der elf angezeigten Fälle wichen das Phantombild und die Personenbeschreibung des Betrügers signifikant von diesen Bildern hier ab, obwohl die Betrugsmasche ganz genau dieselbe war. Bei drei Anzeigen gibt es kein Phantombild, dem müsste man noch nachgehen.«

»Vielleicht hat sich die Methode rumgesprochen«, wirft Fernando ein. »So ähnlich wie beim Enkeltrick. Ein erfolgreiches Geschäftsmodell wird doch immer gern kopiert.«

»Aber bis ins letzte Detail?«, zweifelt Oda.

»Ein Nachahmer ist eine Möglichkeit«, antwortet Jule. »Oder es gibt mindestens zwei Männer, die zusammenarbeiten. Das würde auch Sinn machen. Der eine konzentriert sich auf die Opfer, während der andere sich ums Organisatorische kümmert: die Vorzeigewohnung anmietet und das Auto und so weiter. So verwischen sie ihre Spuren und können sich abwechseln. Wir könnten es mit einem professionellen Ring von Betrügern zu tun haben, also einem organisierten Verbrechen.«

»Und damit wäre es ein Fall für euch«, sagt Völxen zu Jule.

»Äh, ja. Ich habe bereits mit meinem Abteilungsleiter gesprochen, und der will das jetzt der Staatsanwaltschaft vortragen.«

»Aber wie passt der Mord da hinein?«, denkt Völxen laut nach.

»Genau«, sagt Raukel. »Die Pirlo war erst zweiundvierzig und ein echter Hingucker im Vergleich zu unserer... äh ... ihr wisst schon, wen ich meine.«

»Tun wir«, sagt Oda.

»Das stimmt, Elisa Pirlo passt nicht ins Bild und der Mord auch nicht«, meint Jule. »Vielleicht hat das eine mit dem anderen gar nichts zu tun. Ich werde versuchen, in den nächsten Tagen so viele Daten wie möglich über die Betrugsserie zusammenzutragen. Vielleicht gibt es noch mehr Anzeigen. Also, wenn es euch recht ist, würde ich vorschlagen, dass das LKA in der Betrugssache ermittelt und ich euch auf dem Laufenden halte. Ich wäre dann ab sofort sozusagen euer Verbindungsoffizier.« Jules Grinsen gerät etwas schief.

»Yes Sir, Madam!« Raukel salutiert zackig.

»So machen wir das«, entscheidet Völxen. »Fernando wird dir ausnahmsweise täglich auf dem kurzen Dienstweg berichten, wie wir mit unseren Ermittlungen vorankommen. Das Wichtigste ist, dass wir so bald wie möglich die wahre Identität dieses Kerls herausfinden. Unser Dezernat ermittelt im Fall Pirlo weiterhin in alle Richtungen, wie es so schön heißt.«

»Nur dass wir keine weiteren Richtungen haben«, murmelt Oda.

»Das sehe ich anders«, sagt Rifkin. »Wenn von zwei Geliebten eines Mannes eine tot ist, ist normalerweise die noch lebende eine Verdächtige.«

Sekundenlang starren alle Rifkin an, die fortfährt: »Möglicherweise ist Frau Cebulla dahintergekommen, dass ihr neuer Freund noch eine jüngere Geliebte hat.«

»Bisschen arg weit hergeholt«, meint Oda schließlich.

»Das glaubst du doch nicht wirklich?«, ereifert sich Fernando.

Rifkin, wie immer die Ruhe selbst, erklärt: »Wenn wir in jede Richtung ermitteln sollen, sollte man diesen einzelnen Fingerabdruck, der auf dem Schreibtisch des Opfers gefunden wurde, auch mit den Abdrücken von Frau Cebulla vergleichen. Das wäre nur konsequent.«

»Wo sie recht hat, hat sie recht«, findet Jule.

»Was?« Fernando schaut seine Frau entgeistert an.

Raukel stößt hörbar die Luft aus. »Das ist starker Tobak, Rifkin, selbst für dich. Gestern noch hast du uns weismachen wollen, dass es ein Profikiller war, der die Pirlo punktgenau erstochen hat, und jetzt soll es Frau Cebulla gewesen sein?«

»Zufallstreffer?«, entgegnet Rifkin unbeeindruckt vom Gegenwind, der ihr ins Gesicht weht.

»Vielleicht hat sie einen Killer angeheuert. Aber nein, sie hat ja kein Geld mehr«, spottet Fernando.

»Jetzt mal ganz sachte«, mischt sich Völxen ein. »Ehe ihr gleich alle über Rifkin herfallt: Sie hat recht. Unter anderen Umständen wäre Frau Cebulla automatisch eine Verdächtige. Den Fingerabdruck werden wir also vergleichen, danke für den Hinweis, Kommissarin Rifkin.«

Rifkin nimmt dies zur Kenntnis, ohne eine Miene zu verziehen.

»Wundere dich nicht, wenn du demnächst die Scheißerei kriegst, weil die Cebulla dir Rizinusöl in den Kaffee getan hat«, flüstert Fernando.

»Soll ich heimlich eine Tasse mit Fingerabdrücken aus ihrem Büro mitgehen lassen?«, fragt Raukel. »Ich opfere mich und behaupte, ich hätte sie kaputt gemacht.«

»Nein, wenn dann gehen wir ... gehe ich den offiziellen Weg«, seufzt Völxen.

»Viel Spaß dabei«, wünscht Fernando.

Völxen schaut streng in die Runde. »Ich werde das zu gegebener Zeit ansprechen. Bis dahin kann ich mich doch darauf verlassen, dass der Inhalt dieser Besprechung diesen Raum nicht verlässt?«

»Klar doch«, murmelt Raukel.

»Besser wär's«, meint Oda.

Fernando und Rifkin nicken.

Jule hat noch einen Vorschlag: »Wie wäre es, wenn wir, also, ich meine, das LKA, das Foto und das Phantombild rausgibt und in der Presse und den sozialen Netzwerken vor dem Betrüger warnt? Vielleicht melden sich dann noch mehr Frauen?«

Völxen kratzt sich nachdenklich am Nacken. »Das kann ich nicht entscheiden, besprecht das unter euch beim LKA. Aber falls ihr das tut, dann bitte noch kein Wort über den möglichen Zusammenhang mit dem Mord. Ich hab's nicht so gern, wenn mir die Presse im Genick sitzt.«

»Geht klar«, antwortet Jule. »Vielleicht warten wir damit noch ein paar Tage.«

»Okay, das war's dann«, sagt Völxen. »Jule, danke, dass du hier warst.«

Jule steht auf und packt ihre Unterlagen zusammen.

»Kaffee bei mir?«, fragt Oda im Hinausgehen.

»Unbedingt«, antwortet Jule.

*

»Schon komisch, wieder hier zu sein!« Jule lässt sich auf Odas Besucherstuhl nieder, während Oda sich eine Zigarette dreht.

»Erzähl, wie ist es so beim Landeskriminalamt?«

»Anders«, sagt Jule, und weil sie Oda noch nie etwas vormachen konnte, gesteht sie: »Viel langweiliger als hier. Manchmal vermisse ich euch schmerzlich. Drehst du mir auch eine?«

»Klar.«

»Dass sie dir das immer noch durchgehen lassen.« Sie deutet auf den abgeklebten Rauchmelder an der Decke. »Bei uns wäre da gleich ein Mordsaufstand.«

»Ja, wir sind hier schon ein bisschen die Insel der Seligen. Aber ganz ehrlich Jule, manchmal vermisse ich dich auch. Deine Klugscheißerei war immer so erfrischend.«

»Danke, das geht runter wie Öl.«

»Rizinusöl«, grinst Oda und schüttelt dann den Kopf. »Das war eben wieder echt Rifkin. Die ist so gnadenlos ...«

»Fernando erzählt wenig von ihr.« Das stimmt nicht ganz, hilft aber, um Oda aus der Reserve zu locken.

»Weil es da nichts gibt. Rifkin macht immer einen auf cool und unnahbar, aber die hört das Gras wachsen. Es wäre ein Fehler, sie zu unterschätzen.«

Jule zündet sich die Zigarette an.

»Seit wann rauchst du?«, fragt Oda.

»Gar nicht. Nur wenn ich dich treffe.«

Oda macht vorsichtshalber nun doch das Fenster auf.

»Die Cebulla!« Jule schüttelt den Kopf. »Wie kann man nur so naiv sein und auf so einen Typen reinfallen? Ich meine, spätestens, wenn mich einer um vierzigtausend Euro anhaut, müssen doch die Alarmglocken schrillen, oder?«

Oda zuckt mit den Achseln. »Es klappt anscheinend immer wieder.«

»Sie tut mir echt leid. Obwohl sie mich nie besonders gut leiden konnte.«

»Sie war eifersüchtig, weil du Völxens Liebling warst.«

»Ein Glück, dass ich noch lebe.«

»Du hältst sie aber nicht wirklich für mordverdächtig, oder?«, fragt Oda.

»Quatsch. Ich fand nur, dass Rifkin nicht ganz unrecht hatte, theoretisch.«

Oda wechselt lieber das Thema. »Und sonst? Wie läuft es mit Pedra? Nervt sie?«

»Mich gar nicht. Wenn, dann eher Fernando, aber der ist das ja gewohnt.«

»Was macht die Familienplanung?«

»Weiß nicht. Eigentlich wollte ich ja Karriere machen ...«

»Du bist Mitte dreißig, die Uhr tickt.«

»Jetzt fang du nicht auch noch an!« Kaum sind die Worte verklungen, bereut Jule sie auch schon. Es ist immer dasselbe mit Oda, man erzählt ihr, ohne es zu wollen, viel zu viel.

»Mach es, sonst bereust du es eines Tages. Beim LKA austoben kannst du dich noch lang genug.«

Jule schaut verlegen zum Fenster hinaus. Odas direkte Art ist ihr unangenehm, aber so ist sie eben.

»Ich hatte es wirklich nicht immer leicht mit Veronika, ihrer Aufsässigkeit und ihren Selbstfindungstrips, und das Ganze ohne Vater. Aber inzwischen muss ich sagen, sie ist einer der Menschen, mit denen ich am liebsten zusammen bin, außer mit Tian natürlich.«

Jule muss lachen. »Was wird das hier, eine Live-Coaching-Session?«

»Ja, und das völlig kostenlos.«

»Was ist denn mit dir, Oda? Willst du deinen Tian nicht endlich mal heiraten?«

»Wozu?«

»Na, so halt. Klare Verhältnisse«, meint Jule.

»Ich hab lieber unklare. Kennst mich doch«, grinst Oda.

*

Wohnungen von Ermordeten haben immer etwas Bedrückendes. Wohnungen von Toten überhaupt, aber die von Ermordeten ganz besonders. Auf dem Küchenboden von Elisa Pirlo ist noch der mit Kreide markierte Umriss der Leiche zu sehen, und auf den Möbeln und den Türen sind schwarze Flecken vom Rußpulver der Spurensicherer.

»Kannst du mir sagen, was wir hier eigentlich suchen?«, stöhnt Fernando.

»Ja, wenn wir's gefunden haben«, antwortet Rifkin und streift sich ein Paar Latexhandschuhe über.

Um irgendwas zu tun, öffnet Fernando lustlos einen Küchenschrank. Dort stehen Tassen, Teller, Gläser. Was auch sonst?

»Du warst doch mal beim Drogendezernat, oder?«, fragt Rifkin.

»Vor hundert Jahren.«

»Tu doch einfach so, als würdest du nach Drogen suchen.«

»Dafür hatten wir immer einen Hund dabei.«

»Meinetwegen such auf allen vieren«, antwortet Rifkin, die im Wohnzimmer steht und sich umsieht, noch unschlüssig, wo sie mit der Suche beginnen soll.

»Hast du das vorhin im Meeting ernst gemeint, das mit der Cebulla?«, fragt Fernando.

»Hat es sich wie ein Witz angehört?«

»Die Cebulla, eine eiskalte Mörderin? Das *ist* ein Witz.«

»Jeder Mensch ist zu allem fähig, es kommt immer auf die Umstände an.«

»Du traust also grundsätzlich niemandem?«

»Ich finde nur, man sollte sich bei einer Mordermittlung an die Routine halten, auch wenn Kollegen involviert sind. Gerade dann.«

»Dann müssten wir Frau Cebulla auch nach ihrem Alibi für den letzten Freitag fragen.«

»Richtig. Es ist nicht okay, dass das noch nicht passiert ist«, versetzt Rifkin.

»Sprachen wir nicht von einem Täter mit Schuhgröße fünfundvierzig? Ist mir noch nie aufgefallen, dass ihre Gesundheitslatschen solche Ausmaße haben.«

»Wir wissen nur, dass jemand mit Schuhen dieser Größe am Freitag zwischen zehn und siebzehn Uhr in der Küche war«, stellt Rifkin richtig. »Ob das der Täter war, ist nicht sicher.«

»Ach, stimmt, das war ja der Profikiller«, grinst Fernando. »Der aber dann leider feststellen musste, dass jemand anderes bereits ganze Arbeit geleistet hat. *Scheiße*, hat der sich gedacht, *die Konkurrenz war schneller*. Und dann ist er wieder gegangen ...«

»Alles, was ich sagen will, ist, dass wir diesen Fall ebenso professionell handhaben sollten wie andere auch«, entgegnet Rifkin genervt. Sie geht ins Schlafzimmer und öffnet nacheinander die Schubladen einer Kommode.

»Du findest also, Völxen behandelt diesen Fall unprofessionell?«, ruft Fernando ihr nach.

»Ein bisschen schon, ja«, tönt es aus dem Schlafzimmer. »Du kannst mich ruhig bei ihm verpetzen, das macht mir nichts aus.«

»Das glaube ich dir sofort. Aber so was würde ich nie machen.«

»Ich weiß. Darum sag ich es ihm nachher auch noch selber.« Rifkin kommt zurück in die Küche und stellt fest: »Sie hatte definitiv einen Freund und Gönner. Ihre Unterwäsche ist eher von der preiswerten Sorte, aber dazwischen sind ein paar sehr exquisite Teile.«

»Lass sehen!«

»Soll ich sie dir gleich vorführen?«

»Klar doch! Womit habe ich das nur verdient?«

Ein Schmunzeln kräuselt Rifkins Lippen.

»Was meinst du, Rifkin, ob er Frau Cebulla wohl auch Reizwäsche geschenkt hat?«, überlegt Fernando.

»Es ist keine *Reizwäsche*.« Rifkin verdreht die Augen. »Was für ein Wort! Es sind einfach teure Sachen. Aber geschmackvoll.«

»Hätt ich gar nicht gedacht, dass du dich mit so was auskennst ...«

»Ich kenn mich mit vielen Dingen aus, auf die du im Leben nie kommen würdest«, versetzt Rifkin.

Fernando lässt dies unkommentiert und macht weiter. Während er Küchenschränke und Schubladen auf- und wieder zumacht, fällt sein Blick immer wieder auf das Konzertplakat. Frau Pirlo war wirklich eine wunderschöne Frau, selbst wenn man unterstellt, dass das Bild mit Photoshop bearbeitet wurde. Sie hatte große, dunkle Augen mit schweren Lidern, und die kastanienbraunen Locken flossen in üppigen Kaskaden über ihre Schultern. Auf dem Plakat trägt sie ein weites, rotes Kleid mit dünnen Trägern, und zwischen ihren Schenkeln steht das Cello. Vielleicht liegt es an dem großen, bauchigen Instrument, dass sie so zerbrechlich wirkt. »Das Plakat hat ja durchaus was Erotisches«, bemerkt Fernando, »obwohl man gar nicht viel sieht.«

»Das ist der Unterschied zwischen Erotik und Pornografie«, entgegnet Rifkin, die neben ihn getreten ist. »Aber du hast recht. Die war schon eine Klasse für sich.«

Fernando ist mit der Durchsuchung der Küche fertig und geht ins Wohnzimmer. Der Cellokasten steht in der Ecke. Er öffnet den Deckel, weniger, weil er hofft, darin etwas zu finden, sondern vielmehr, weil er noch nie ein Cello aus der Nähe gesehen hat. Es ist ein schönes Instrument, das sieht auch er als Laie sofort. Der warme Ton des Holzes, die geschwungene Form, wie ein üppiger Frauenkörper. Er streicht über den Lack und zupft an einer der Saiten. Ein dumpfer, voller Ton entsteht.

»Träumst du, Rodriguez?«

»Nein. Aber dieses Cello ... Es hat etwas Magisches, finde ich. Und auch etwas Trauriges, weil sie nicht mehr darauf spielen wird.«

»Ein Waisencello«, spöttelt Rifkin.

»Das verstehst du nicht.« Fernando macht den Deckel wieder zu. Um irgendetwas zu tun, nimmt er ein Buch aus dem Regal und fächert es auf.

Rifkin setzt sich an Frau Pirlos Schreibtisch und öffnet sämtliche Schubladen. »Die Ordentlichste war sie ja nicht gerade, so wie es da drin aussieht.«

»Vielleicht hat ihr Mörder drin rumgewühlt«, meint Fernando.

»Auch in den Schränken im Schlafzimmer ist es ziemlich unordentlich.«

»Womöglich war er da auch dran.«

»Hätten wir dann nicht mehr fremde Fingerabdrücke finden müssen und nicht nur diesen einen auf dem Schreibtisch?«, zweifelt Rifkin.

»Das kann irgendein Abdruck sein, der muss nicht von ihrem Mörder stammen.«

»Da hast du auch wieder recht«, räumt Rifkin ein, während Fernando weitere Bücher durchblättert. Die meisten haben mit Musik zu tun, Elisa Pirlo scheint nahezu ausschließlich für ihren Beruf gelebt zu haben. Inzwischen kommt es Fernando so vor, als ob er die Tote persönlich gekannt hätte, was öfter passiert, wenn er sich intensiv mit dem Leben eines Mordopfers auseinandersetzt.

Ihrer Wohnung ist anzusehen, dass sie oft umgezogen ist. Es hat sich wenig Krimskrams angesammelt, die Einrichtung ist eine

Mischung aus Ikea und Flohmarkt. Es gibt keine schweren, sperrigen Stücke, alles ist zerlegbar und darauf ausgerichtet, ohne allzu großen Aufwand wieder an den nächsten Ort transportiert werden zu können.

Fernando weiß inzwischen, dass der Name Pirlo von ihrem Großvater väterlicherseits stammt, der in den frühen Sechzigern nach Wolfsburg kam, um dort bei VW zu arbeiten, und später Frau und Kinder nachholte, darunter Elisa Pirlos Vater. Auch Fernandos Eltern kamen als Gastarbeiter nach Hannover-Linden, aber er selbst ist ein echtes Lindener Gewächs. Mit Spanien und Sevilla verbinden ihn nur die Sprache, die Erzählungen seiner Mutter Pedra und ein paar alte Verwandte, die man auf Hochzeiten und Beerdigungen sieht. Und der Heiratsantrag, den er Jule vor knapp zwei Jahren dort gemacht hat. Aber seine Heimat ist Linden, und viele seiner ehemaligen Schulfreunde leben heute noch in der Nachbarschaft. Er selbst wohnt sogar noch immer in dem Haus, in dem er aufgewachsen ist und das, dank Jules Erbschaft, nun ihnen gehört.

Ein Nomadenleben, wie Elisa Pirlo es geführt hat, kann Fernando sich nur schwer vorstellen. Was wäre, wenn man ihm seine Wurzeln kappen würde, und das alle paar Jahre oder Monate? Kein Wunder, dass diese Elisa Pirlo einsam und zurückgezogen lebte. Es lohnte sich nicht für sie, Freundschaften zu schließen oder Beziehungen anzufangen, wenn sie doch schon bald wieder ihre Zelte abbrechen musste. Abschiede sind schmerzhaft, also lässt man sich lieber erst gar nicht auf andere Menschen ein.

Aber dennoch gab es da diesen Mann, der ihr teure Wäsche schenkte. Ein Typ, recht passabel aussehend, ein Stück älter als sie und ebenfalls ein Nomade, was seinen heimlichen Beruf angeht: Frauen abziehen, die sich nach einem Partner sehnen. Ekelhaft und gemein, so was!

»Lass uns abhauen, Rifkin, ich hab die Nase voll! Wir können doch den Krempel auch einpacken und mitnehmen.«

»Welchen Krempel denn?«

»Das, was in den Schubladen ist, und die Ordner …«

»Worin einpacken?«

»Ich muss sowieso noch kurz in den Baumarkt, dort könnten wir ein, zwei Umzugskartons besorgen.«

»Warum hast du es denn so eilig?«

»Wohnungen von Mordopfern deprimieren mich immer, und außerdem habe ich Hunger.«

»Okay, meinetwegen. Ich kenne einen guten Italiener auf der Marienstraße«, sagt Rifkin.

*

»Dieser Liebhaber«, denkt Rifkin laut nach, während sie auf die Pizza warten, »wo ist der jetzt eigentlich? Falls er den Mord nicht selbst begangen hat, muss er sich doch fragen, was los ist, wenn seine Ische tagelang nicht ans Handy geht. Ich finde ja, man hätte die Wohnung überwachen müssen, falls der noch mal auftaucht. Aber Völxen meinte, dafür hätten wir zu wenig Personal. Das ist wieder typisch! Wenn ein Fußballspiel stattfindet, dann ist auf einmal jede Menge Personal da, aber für eine Mordermittlung reicht es nicht. Na ja, wahrscheinlich weiß er inzwischen ohnehin, dass seine Geliebte tot ist, die Presse hat ja ausgiebig darüber berichtet. *Frau P., eine zweiundvierzigjährige Musikerin aus der Südstadt.* Da kann er eins und eins zusammenzählen. Und da der Herr gewaltig Dreck am Stecken hat, ist klar, dass er sich nicht meldet, selbst wenn er mit ihrem Tod nichts zu tun haben sollte.«

»*Eccola*, einmal die Calzone, einmal die Arrabiata!« Der Kellner hält abwartend die beiden Teller in den Händen.

»Fernando, du hattest die Cal... he!«

Fernando, der sein müdes Haupt auf dem Ellbogen abgelegt hat und kurz eingenickt war, schreckt hoch, als ihn Rifkins Faust in die Seite trifft.

»Die Calzone für den Herrn«, grinst der Kellner, stellt die Pizza vor Rifkin hin und wünscht den Herrschaften *buon appetito*.

»Alter, was ist nur los mit dir? Du pennst ständig und überall ein.«

»Ich bin überarbeitet. Und du hast so eine einschläfernde Stimme, du solltest es mal als Hypnotiseurin versuchen.«

Rifkin schüttelt den Kopf. »Ich ruf Völxen an und sag ihm, dass wir nichts gefunden haben.«

»Warte damit lieber noch ein bisschen.«

»Warum?«

»Er wird uns sonst fragen, wo wir so lange bleiben, und wenn wir die Wahrheit sagen, kriegen wir womöglich einen Anschiss.«

Rifkin runzelt die Stirn. »Seit wann dürfen wir denn keine Mittagspause mehr machen?«

»Das schon ... Aber ich muss auch gleich noch mal kurz in den Baumarkt.«

»Wegen der Umzugskartons«, spöttelt Rifkin, die den Braten riecht.

»Ja, genau. Außerdem ist mir gestern die Farbe ausgegangen.«

»Der Baumarkt hat bis acht Uhr auf, kauf deine Farbe gefälligst nach Dienstschluss.«

»Wie soll ich auf dem Motorrad den Farbkübel transportieren?«

Rifkin säbelt an ihrer Pizza herum. »Echt jetzt, euer Nestbau legt allmählich die Verbrechensbekämpfung von halb Niedersachsen lahm.«

»Komm schon, Rifkin, das ist doch kein Ding. Wir bringen die Farbe dann gleich zu mir, ist ja fast um die Ecke, und danach können wir bei meiner Mama noch einen Kaffee trinken. Ich lade dich ein.«

»Und hinterher machst du noch ein Mittagsschläfchen.«

»Gute Idee.« Fernando grinst und sticht seine Calzone an.

Eine Weile lang essen sie schweigend, dann plötzlich platzt Rifkin heraus: »Rodriguez, wir haben was übersehen. Die Pirlo hat doch Cello und Violine studiert und auch unterrichtet.«

Fernando legt seine Serviette auf den leeren Teller und sieht sie fragend an. »Ja. Und?«

»Hast du in der Wohnung eine Geige gesehen?«

»Nein. Nur das Cello. Vielleicht hatte sie keine. Sie war doch eher auf das Cello spezialisiert.«

»Das glaube ich nicht.«

»Fragen wir diesen Rosenbaum, der weiß sicher, ob sie eine Geige hatte.«

»Und ob die vielleicht wertvoll war«, ergänzt Rifkin.

*

Pünktlich um drei Uhr bringt Frau Cebulla ihrem Chef den Nachmittagskaffee.

»Danke, Frau Cebulla«, sagt Völxen und zwingt sich zu einem Lächeln. »Sie sehen heute schon viel besser aus als die vergangenen Tage.«

»Sagen Sie das nur, um mich aufzumuntern?«

»Nein, wirklich. Sie sehen gut aus.«

»Danke. Aber mit Ihnen habe ich trotzdem ein Hühnchen zu rupfen.«

»Was? Wieso?«

»Warum erfahre ich als Letzte, dass Sie demnächst zum Ersten Kriminalhauptkommissar befördert werden?«

»Ach das!« Völxen winkt ab. »Das ist wirklich keine große Sache, es passiert praktisch automatisch, wenn man ein bestimmtes Alter erreicht hat. Ich habe es in der ganzen Aufregung vollkommen vergessen. Außerdem ist es noch gar nicht amtlich, und es wird sich für unser Dezernat überhaupt nichts ändern. Ich bleibe bis zur Pensionierung auf meinem Posten.«

»Aber ich muss das doch trotzdem wissen«, schimpft Frau Cebulla. »Wir müssen uns doch rechtzeitig etwas für die Feier überlegen.«

»Was für eine Feier? Ich will keine Feier. Zwei Pullen Sekt und ein paar Schnittchen für die Abteilung nach Feierabend, basta.«

»Das kommt gar nicht infrage«, entgegnet Frau Cebulla entrüstet. »Das wird sicherlich Ihre letzte Beförderung sein, und die wird anständig gefeiert!«

»*Letzte Beförderung*«, wiederholt Völxen entrüstet. »Hört sich an, als stünde ich schon mit einem Bein im Grab.«

»Nicht im Grab, aber im Ruhestand«, sagt sie und rauscht hinaus.

Kaum hat Völxen sich wieder einigermaßen gefasst und den ersten Schluck Kaffee getrunken, stellt Frau Cebulla ein Gespräch für ihn durch.

»Hauptkommissar Völxen.«

»Hier spricht Inge Rogall. Mir ist vorhin noch etwas eingefallen.«

»Lassen Sie hören«, sagt Völxen und hofft, dass es etwas Brauchbares ist und die alte Dame nicht nur auf eine Unterhaltung mit ihrem ehemaligen Schüler aus ist.

»Vor ungefähr zwei Wochen ging es bei der Frau Pirlo drüben recht laut zu, und zwar am frühen Abend. Zuerst dachte ich, dass die unter mir mal wieder streiten, denn bei denen geht es öfters mal rund, allerdings meisten spät am Abend. Manchmal werfen die mit Sachen, dass es nur noch so scheppert ...«

»Frau Rogall, was war nun mit Frau Pirlo?«, mahnt Völxen, der sich im selben Moment daran erinnert, dass sie auch schon früher im Unterricht zu Exkursen neigte.

»Wie? Ach ja, entschuldigen Sie, ich bin abgeschweift. Also, ich hörte laute Stimmen, merkte dann aber, dass die von nebenan kamen, aus der Wohnung von Frau Pirlo. Das fand ich sehr ungewöhnlich.«

»Wer war bei ihr?«

»Das weiß ich nicht. Es war eine kräftige Stimme, und es klang wie das Geschrei eines ordinären Marktweibs.«

»Eine Frau also. Sind Sie sich da sicher?«

»Ja«, kommt es ungehalten.

»Jung, alt?«

»Woher soll ich das wissen? Ich kann doch nicht durch Wände sehen.«

»Aber die Stimme, wie klang die?«, fragt Völxen, sich mühsam in Geduld übend.

»Eher älter. Und ein bisschen verraucht.«

»Konnten Sie etwas von dem Streit verstehen?«

»Am Anfang nicht, dann, als es lauter wurde, einzelne Fetzen von der anderen Frau: *Das hast du dir so gedacht. Das lasse ich mir nicht bieten – dann hol doch die Polizei.* Und dazwischen waren noch ein paar Ausdrücke, die ich wirklich nicht wiederholen möchte. Jedenfalls war dann *ich* kurz davor, die Polizei zu holen.«

»Und was sagte Frau Pirlo?«

»Die hörte ich nur einmal rufen, sie solle sie gefälligst in Ruhe lassen. Dann ging die Tür auf, und Frau Pirlo warf sie raus. Ich wollte das durch meinen Türspalt beobachten, doch ich war nicht schnell genug, ich konnte auf dem Flur nur noch einen Schatten sehen. Dann war wieder Ruhe. Was heißt Ruhe, kurz danach spielte sie, aber ganz fürchterliches Zeug. Es klang aggressiv und dissonant, ich musste mir mit Ohrenstöpseln behelfen. Wirklich, ich wusste gar nicht, dass man auf einer Geige so wüste Töne produzieren kann.«

»Auf einer *Geige*?«

»Ja, Geige. Manchmal spielte sie auch Geige, habe ich das noch nicht erwähnt?«

»Nein. Wissen Sie noch, wann das war?«

»Vor zwei Wochen etwa. Können auch drei sein. Aber das sagte ich doch schon, hören Sie mir nicht zu?«

»Ich höre Ihnen sehr wohl zu, ich hoffte nur, Sie könnten es mir genauer sagen«, entgegnet Völxen, mühsam beherrscht.

»Nein, leider nicht.«

»War es ein Wochentag oder am Wochenende?«

»Es war unter der Woche. Warten Sie … ich glaube, ich war an dem Vormittag beim Orthopäden, wegen meines Rückens. Ich seh mal kurz im Kalender nach …« Völxen hört Schritte, die kommen und wieder gehen.

»Es war der 17. April. Das war mein einziger Termin beim Orthopäden in diesem Monat.«

»Danke für den Hinweis, Frau Rogall.«

»Bitte. Man hilft ja gern.«

*

»Eine Geige? Natürlich besaß sie eine Geige.« Harald Rosenbaum steht an seinen Schreibtisch gelehnt da und schaut Rifkin ob der Absurdität ihrer Frage konsterniert an.

»Haben Sie die schon mal gesehen?«, fragt Rifkin. Sie hat sich von Fernando vor der Musikschule Concerto absetzen lassen, um der Sache mit dem fehlenden Instrument auf den Grund zu gehen, während ihr Kollege mit dem Dienstwagen zum Baumarkt gefahren ist.

»Sicher habe ich die gesehen. Sie hat sie oft mitgebracht, zum Unterricht, und ab und zu hat sie nach dem Unterricht hier noch geübt. Besonders, wenn es schwierige Stücke waren, die sie ihrer Nachbarschaft nicht zumuten wollte. Kann ich jetzt wieder zurück zu meinen Schülern?« Harald Rosenbaum wirkt nervös und leicht gereizt.

»Nein«, antwortet Rifkin.

»Also hören Sie mal ...«

»Genau das tu ich«, sagt Rifkin. »Und Sie antworten. Also: Ist diese Geige wertvoll?«

»Das ist schwer zu sagen. Aber eine Stradivari ist es nicht, falls Sie in diese Richtung denken. Warum fragen Sie mich das, ist sie etwa gestohlen worden?«

»Sie ist nicht in ihrer Wohnung.«

»Hier ist sie auch nicht«, sagt Rosenbaum. »Sie hat sie immer mit nach Hause genommen.«

»Erzählen Sie mir mehr über diese Geige.«

»Es ist eine italienische Geige, handgefertigt natürlich, keine Fabrikgeige, so etwa hundert Jahre alt.«

»Also schon ein paar Tausender Wert?«

»Auf jeden Fall.«

»Wie viele Tausender? Zwei? Zehn?«

Er wiegt den Kopf hin und her. »Eher Letzteres. Aber dennoch nichts, wofür ich morden würde.« Sein Eidechsenmund verzieht sich zu einem schiefen Lächeln.

»Für eine Stradivari würden Sie also morden«, stellt Rifkin fest.

»Was? Nein! Das habe ich nicht gesagt!«

»Woran erkennt man, ob eine Geige wertvoll ist oder nicht?«

»Das ist überaus schwierig, besonders bei alten Violinen. Die von Elisa ... Frau Pirlo ist eine sehr schöne Geige, was Verarbeitung, Holz und Lackierung betrifft, und auch der Klang ist einwandfrei. Oje, ich mag mir gar nicht vorstellen, in welchen Händen sie jetzt vielleicht ist.« Als Rosenbaum vom Tod seiner Mitarbeiterin erfuhr, kam er Rifkin weniger mitgenommen vor als jetzt. Geigen sind anscheinend sein Ding.

»Was ist mit dem Cello?«, fragt Rosenbaum nun besorgt.

»Das ist noch da. Danach haben Sie neulich schon gefragt«, erinnert sich Rifkin. »Wieso interessiert Sie das so?«

»Weil das Cello im Gegensatz zur Geige wirklich sehr, sehr wertvoll ist.«

»Von welchem Wert sprechen wir?«

»Eine Million, mindestens.«

»Wie bitte?« Rifkin fällt fast vom Stuhl. »Wie konnte Elisa Pirlo sich dieses Instrument leisten? Oder hat sie es geerbt?«

»Weder noch. Es gehört ihr ja gar nicht.«

»Ach? Wem dann?«

»Dem Deutschen Musikinstrumentenfonds. Dessen Zweck ist es, wertvolle Instrumente kostenlos an besonders talentierte Musiker zu verleihen. Der Sinn dahinter ist, dass auf diese Weise gute Leute auf erstklassigen, oft antiken, Instrumenten spielen können, die sie sich unter normalen Umständen niemals leisten könnten.«

Das hätte ihnen Rosenbaum, dieser Idiot, auch früher sagen können. »Wie kommt man an so ein teures Instrument ran? Die verleihen das doch sicher nicht an jeden.«

»Gott bewahre. Man muss sich bewerben, vorspielen, und eine Jury entscheidet dann, ob man würdig ist, eines ihrer kostbaren Instrumente ein paar Jahre lang spielen zu dürfen.«

»Über diesen Verleih muss es doch einen Vertrag geben oder so etwas.«

»Sicher. Haben Sie keinen gefunden? Wissen Sie, Frau Pirlo war nicht gerade die Ordentlichste, das muss man leider sagen. Sie hat ständig etwas gesucht, ihre Schlüssel, ihre Noten ... Ich dachte manchmal: Bloß gut, dass das Cello hochversichert ist. Das allerdings hat sie gehütet wie ihren Augapfel. Sie sollten sich mit dem Deutschen Musikinstrumentenfonds in Verbindung setzen, damit die das Cello abholen. Es sollte nicht unbewacht in der leeren Wohnung stehen.«

»Danke für den Tipp«, sagt Rifkin. »Ich finde selbst raus.«

*

»Mich laust der Affe! Die Geige fehlt, und das Cello, das zigmal so viel wert ist, bleibt stehen? Wie verrückt ist das denn?« Erwin Raukel kratzt sich am Kopf, wobei ein paar Schuppen auf den Kragen seines Hemdes rieseln.

»Siehst du!«, flüstert Fernando Rifkin zu. »Ich habe vorhin gleich gespürt, dass von dem Cello eine gewisse Magie ausgeht.«

»Schon klar«, murmelt diese.

»Könnte es vielleicht doch ein ganz gewöhnlicher Raubmord gewesen sein? Von jemandem, der sich mit Musikinstrumenten nicht auskennt?« Oda blickt fragend in die Runde, die sich kurz vor Feierabend spontan in Völxens Büro eingefunden hat. »Immerhin fehlen inzwischen ein Laptop, ein Handy und eine Geige.«

»Warum war dann noch Bargeld in der Handtasche?«, fragt Völxen.

»Wurde vielleicht übersehen«, meint Fernando achselzuckend.

»Vielleicht hatte es einer auf die Geige abgesehen, und Laptop und Handy waren bloß der Beifang«, spekuliert Raukel.

»Warum aber nur die Geige und nicht das Cello?«, fragt Rifkin. »Selbst wenn man sich mit Instrumenten null auskennt, kann man sich doch denken, dass eine bekannte Cellistin wie die Pirlo sicherlich kein billiges Cello bei sich rumstehen hat.«

»Das Ding ist saumäßig sperrig, damit fällt man auf. Eine Geige passt notfalls auch in eine Sporttasche«, gibt Raukel zu bedenken.

»Hm«, macht Völxen nachdenklich. »Es fällt mir schwer, an einen Raubmord zu glauben. Ich denke immer noch, dass es in erster Linie um Elisa Pirlos Tod ging. Laptop und Telefon mussten verschwinden, weil da etwas drauf war, was uns auf die Spur des Mörders führen könnte. Und die Geige ... ihr kennt ja das Sprichwort von der Gelegenheit und den Dieben.«

»Das heißt aber, ihr Mörder wusste nichts von dem Wert des Cellos, sonst hätte er es ja vielleicht später noch geholt. Nachts, zum Beispiel. Man lässt doch als Krimineller so ein Millionending nicht einfach stehen«, findet Rifkin.

»Diese Studentin, diese Maja Dorphaus muss endlich her«, sagt Völxen. »Bestimmt weiß die mehr über den Liebhaber und das Cello.«

»Sie kommt morgen Abend wieder, aber ihr Flugzeug landet recht spät«, sagt Rifkin.

»Ladet sie für Sonntagvormittag vor. Dann ist da noch etwas: Die Zeugin Rogall hat mich vorhin angerufen ...« Völxen berichtet von dem Streit in Frau Pirlos Wohnung am 17. April, zehn Tage vor ihrem Tod.

»Klingt nach einer eifersüchtigen Ehefrau«, meint Oda.

Völxen nickt. »Raukel, Rodriguez, ihr schaut noch mal die Unterlagen von Frau Pirlo durch, ich möchte wissen, ob das mit dem Cello wirklich ...«

»Menschenskinder, da fällt mir etwas ein ...« Raukel schlägt sich an die Stirn. »Hätt ich beinahe vergessen. Es gibt eine gute und eine schlechte Nachricht.«

»Nicht schon wieder diese Nummer«, brummt Völxen.

»Die gute Nachricht: Die Daten des Mobilfunk-Providers sind gekommen. Die Pirlo hat zuletzt am Donnerstagmorgen, also einen Tag vor ihrem Tod, mit ihrem Macker telefoniert. Oder jedenfalls mit der Nummer, die sie ziemlich oft angerufen hat, auch spätabends, also gehe ich mal davon aus, dass das ihr Kerl war. Würde passen, er war ja am Donnerstagabend bei ihr.«

»Und die schlechte Nachricht?«, hakt Völxen nach.

»Die Nummer gehört zu einer anonymen Prepaid-SIM-Karte.

Die Dinger gibt's inzwischen sogar bei eBay zu kaufen, und im Darknet sowieso. Keine Chance, die Personendaten zur Nummer rauszukriegen.«

»Wäre ja auch zu schön gewesen«, seufzt Oda.

»Warum hat er ihr so eine Nummer gegeben? Sind wir nicht davon ausgegangen, dass er sie gar nicht betrügen wollte?«, fragt Fernando.

»Aber wir *wissen* es nicht«, erwidert Oda.

»Vielleicht wollte er das Cello klauen«, überlegt Rifkin.

»Dazu hätte er schon seit Monaten Gelegenheit gehabt«, zweifelt Fernando.

»Er hat sich in sie verliebt und es nicht mehr übers Herz gebracht«, mutmaßt Rifkin.

Fernando fängt an zu lachen, und Raukel ruft: »Mensch, Rifkin, das sind ja ganz neue Töne für dich. Gib es zu, du liest heimlich Groschenromane.«

Rifkin wirft den beiden einen warnenden Blick zu.

Oda schüttelt den Kopf. »Er ist ein Betrüger, kein Dieb, und so ein kostbares Instrument zu verkaufen ist ausgesprochen riskant.«

»Im Darknet wird mit allem Möglichen gehandelt«, gibt Rifkin zu bedenken.

»Vielleicht vergessen wir mal dieses Cello, zumal es ja gar nicht gestohlen wurde«, mischt sich Völxen in den Diskurs. »Ich glaube eher, dass ihr Liebhaber verheiratet ist und deshalb eine Extra-Handynummer für die Geliebte hatte.«

»Klingt schnöde, aber logisch«, räumt Oda ein. »Außerdem ist er es ja bereits gewohnt, mit verschiedenen SIM-Karten und Nummern zu hantieren, da kommt es auf eine mehr oder weniger auch nicht mehr an.«

»Wieso denkst du, dass er verheiratet ist?«, fragt Fernando.

»Der Streit, den die Nachbarin mitgekriegt hat«, souffliert Oda.

»Ach ja, stimmt«, nickt Fernando. »War mir gerade entfallen.«

»Dir entfällt in letzter Zeit so manches«, stellt Völxen fest.

»Ich glaube, ich brauche ein Sabbatical«, antwortet Fernando.

»Ein *was?*« Eine Falte gräbt sich zwischen Völxens Brauen.

»Ein Sabbatical, eine Auszeit. Was? Was gibt es da zu lachen, ich meine es todernst.«

*

»Frau Cebulla, kann ich Sie ganz kurz in meinem Büro sprechen?«, fragt Völxen seine Sekretärin, die gerade dabei ist, ihren Schreibtisch aufzuräumen.

»Natürlich. Jetzt gleich?«

»Wenn es möglich ist.«

Frau Cebulla folgt ihm und setzt sich nach Aufforderung auf den Besucherstuhl, während Völxen hinter seinem Schreibtisch Platz nimmt.

»Geht es um Ihre Beförderung?«

»Nein, nein, gar nicht. Es ist ein bisschen heikel …«

»Führen wir nicht seit Tagen heikle Unterhaltungen?«, entgegnet sie.

»Das ist auch wieder wahr«, räumt Völxen ein und denkt: *Aber gleich wird's richtig heikel.*

»Also? Was wollen Sie wissen?«

Völxen windet sich: »Es ist mir sehr unangenehm, aber es gibt eben gewisse Prozeduren, die wir bei einer Mordermittlung einhalten müssen, daran kann ich nichts ändern, auch wenn ich vorausschicken will, dass ich nicht wirklich glaube, dass Sie …«

»Jetzt eiern Sie nicht so herum, Herr Hauptkommissar«, unterbricht sein Gegenüber den Sermon. »Welche intimen Details soll ich Ihnen dieses Mal verraten?«

»Gar keine«, antwortet der Gefragte, worüber er selbst auch ganz froh ist. »Kurz gesagt, ich muss Sie nach Ihrem Alibi für den letzten Freitag fragen.«

Frau Cebulla, die offenbar auf einem ganz falschen Dampfer war, schnappt kurz nach Luft und schaut ihn dann ungläubig an. »Mein *Alibi*? Wofür brauche ich … doch nicht für … Sie denken doch nicht?«

»Nein, nein, Frau Cebulla. Niemand hier verdächtigt Sie, etwas mit dem Mord an Frau Pirlo zu tun zu haben. Das ist nur eine Routineangelegenheit.«

»Was für eine Routine denn?«, fragt sie, vollkommen perplex.

»Nun, wie es aussieht, war die Ermordete die Geliebte Ihres ... also dieses Mannes. Und damit sind Sie automatisch ... also, ich wurde darauf angesprochen ...« Völxen verwünscht im Geist Kommissarin Rifkin und deren überkorrekte Art. Am liebsten hätte er Rifkin aufgefordert, Frau Cebulla selbst nach ihrem Alibi zu fragen, allerdings bezweifelt er, dass die junge Kommissarin die nötige Sensibilität dafür aufgebracht hätte. Noch dazu zum jetzigen Zeitpunkt, wo man Frau Cebulla ohnehin wie ein rohes Ei behandeln muss. Nein, dafür ist Rifkin definitiv die Falsche, denn was unsensibles Verhalten angeht, wird sie allerhöchstens noch von Raukel übertroffen.

»Sie meinen, ich bin eine *Verdächtige?*«, bringt es Frau Cebulla auf den Punkt.

»Aber nur *pro forma*«, wiegelt Völxen ab. »Es tut mir leid, aber ich muss Sie befragen, der Staatsanwalt wird darauf bestehen. Denn sollte es jemals, aus welchen Gründen auch immer, eine interne Untersuchung dieser Ermittlung geben, dann muss alles korrekt abgelaufen sein, das verstehen Sie doch? Sonst komme ich in Teufels Küche. Auf persönliche Eindrücke und Sympathien darf ich in einem Mordfall keine Rücksicht nehmen.« Völxen beglückwünscht sich im Stillen zu dem Einfall mit der internen Untersuchung, der ihm eben erst gekommen ist.

Frau Cebulla ist dennoch ziemlich angefressen. Sie nimmt Haltung an, rückt ihre Brille zurecht und sagt unumwunden: »Bis zwei Uhr war ich hier auf der Dienststelle, dafür gibt es ja genug Zeugen, unter anderem Sie selbst.« Sie hält inne, schaut ihn auffordernd an. »Wollen Sie das Verhör denn nicht aufzeichnen?«

»Ach, Frau Cebulla! Nun seien Sie nicht eingeschnappt, das ist kein Verhör.« *Bis 14:00 Uhr Dienst*, notiert sich Völxen auf einem Blatt. »Danach?«

»Danach war ich beim Friseur. Färben, waschen, legen. Der Termin war um drei Uhr in der List. Und nein, zwischen Dienstschluss und Friseur habe ich nicht mal eben kurz Frau Pirlo erstochen, sondern ich war bei einem Asia-Imbiss im Bahnhof etwas essen. Kokossuppe Nummer vier, um genau zu sein. Keine Ahnung, ob man sich dort an mich erinnert. Beim Friseur war ich bis halb fünf, danach war ich beim *Shopping*, weil ich dachte, ich bräuchte für Heiligendamm noch ein paar neue Sachen. Die Kassenzettel habe ich noch zu Hause, es steht wahrscheinlich auch die Uhrzeit drauf. Die Quittung vom Friseur müsste auch noch irgendwo sein. Soll ich Ihnen die Belege am Montag mitbringen?«

»Das muss nicht unbedingt sein.«

»Gegen halb sieben war ich dann zu Hause, allerdings lebe ich ja allein, wie Sie wissen, und deshalb habe ich dafür keine Zeugen.«

»Die Tatzeit liegt höchstwahrscheinlich zwischen zehn und siebzehn Uhr«, bemerkt Völxen, der sich höchst unwohl fühlt.

»Dann ist ja alles bestens.« Ihr Lächeln wirkt, als hätte sie es gerade aus der Tiefkühltruhe geholt.

»Danke, Frau Cebulla. Das genügt mir vollkommen für eine Aktennotiz.«

»Ich bin also nicht mehr verdächtig?«

»Das waren Sie nie ernsthaft.«

»Kann ich dann nach Hause gehen? Oder muss ich noch mein eigenes Vernehmungsprotokoll tippen und unterschreiben?«

»Äh ... na ja, da wäre noch eine winzige Kleinigkeit.«

»Und was?«, kommt es lauernd.

»Wenn Sie auf Ihrem Weg nach Hause vielleicht beim Erkennungsdienst vorbeischauen würden? Wir bräuchten Ihre Fingerabdrücke, nur zum Abgleich ...«

Frau Cebulla platzt der Kragen. Sie greift nach der leeren *Shaun-das-Schaf*-Tasse und drückt demonstrativ ihre Finger darauf. »Hier haben Sie meine Fingerabdrücke! Und wenn das nicht reicht, mein Büro ist voll davon. Rufen Sie am besten die Spurensicherung her!«

Völxen zuckt zusammen, und Oscar fährt erschrocken aus seinem Schlummer in die Höhe, als sie die Tür mit Karacho zuschlägt. Völxen nimmt das Blatt mit seinen Notizen und fächelt sich damit

Luft zu. *Das wäre geschafft. Erst mal.* Aber er fühlt sich dennoch nicht sonderlich erleichtert. Irgendetwas sagt ihm, dass dieses Gespräch gerade bleibende Schäden angerichtet hat.

Er hat die Schnauze voll für heute. Er fährt den Computer herunter, verräumt noch ein paar Mappen und Akten und packt die leere Tupperdose, in der sein Mittagessen – ein schnödes Brot mit Diät-Leberwurst – gelegen hat, in seine Tasche. Weil er seiner erzürnten Sekretärin aber keinesfalls noch einmal über den Weg laufen möchte, lässt der Hauptkommissar noch ein paar Minuten verstreichen. Er nutzt die Zeit, um die Blätter des Gummibaums mit Papiertüchern abzuwischen, auf die er zuvor gespuckt hat. Na also, sieht doch schon viel besser aus, diese Staubschicht auf dem Grün hat ihn schon lange gestört.

Als die Luft rein zu sein scheint, schließt er die Bürotür ab und trottet zusammen mit Oscar den Flur entlang.

»He, Völxen, Freitagabendbierchen zwei Häuser weiter gefällig?«, schallt ihm Erwin Raukels Stimme hinterher.

Völxen bleibt stehen. Lieber würde er am Zaun der Schafweide ein lauwarmes Herrenhäuser mit Nachbar Köpcke genießen, um das Wochenende einzuläuten. Der weiß wenigstens, wann er zu schweigen hat. Raukel dagegen ist eine fürchterliche Quasselstrippe, was sich von Bier zu Bier steigert. Andererseits war Völxen diese Woche nicht immer freundlich zu Raukel gewesen, und um des guten Betriebsklimas willen ... Außerdem erfährt man von Raukel immer jede Menge Klatsch und Tratsch, was manchmal auch ganz nützlich sein kann.

»Okay, Erwin, aber wirklich nur eins.«

*

Wenig später lassen sie sich auf den Bänken des Biergartens am Waterloo nieder. Oscar, seiner weichen Unterlage beraubt, sitzt in steifer Haltung missmutig unter dem Tisch.

Erwin Raukel schüttelt seinen breiten und zur Hälfte kahlen Schädel. »Mann, Mann, Mann, die Cebulla«, murmelt er.

»Was ist mit ihr?«, fragt Völxen.

»Ich überlege gerade. Meinst du, ich hätte auch Chancen?«

»Bei Frau Cebulla?« Völxen hofft, dass man das blanke Entsetzen in seiner Stimme nicht zu sehr herausgehört hat.

»Nein, allgemein. Als Heiratsschwindler. Das Know-how hätte ich ja jetzt, und ich habe von Haus aus einen Schlag beim holden Geschlecht.«

»Vielleicht solltest du es erst einmal als Callboy versuchen«, schlägt Völxen vor. »Um deine ... ähm ... Fähigkeiten auf dem Gebiet zu testen.«

»Fähigkeiten? Ach, so!«, dämmert es Raukel. »Du meinst, ob ich einen hochkriege.«

Ich bin selbst schuld, erkennt Völxen und sagt: »Für einen Heiratsschwindler hast du doch ein viel zu gutes Herz.«

»Auch wieder wahr.« Raukel nickt bedächtig. »Ohne mein verdammtes Gewissen hätte ich bestimmt schon längst als Krimineller Karriere gemacht.«

Völxen versucht, etwas plump, das Thema zu wechseln. »Das war ja vielleicht eine Woche!«

Raukel nickt. »Irre, wenn du mich fragst. Vollkommen irre«, wiederholt er und spült den ganzen Irrsinn mit einem großen Schluck Pils hinunter.

»Nächste Woche wird mich die Pressestelle löchern, und die Staatsanwaltschaft erst recht, und wir haben so gut wie nichts vorzuweisen.«

»Am Ende versaut dir der Fall noch deine Beförderung«, fügt Raukel mit todernster Miene hinzu.

Ah, daher weht der Wind. Raukel hat was läuten hören und lechzt nach Bestätigung. Völxen grinst klammheimlich in die Schaumkrone seines Weizenbiers und sagt: »Der Fall wird mir allenfalls meine Statistik versauen, aber nicht die Beförderung. Also lass dir deswegen keine grauen Haare wachsen. Obwohl dir ein paar mehr Haare ganz gut stehen würden, selbst graue.«

Raukel murmelt etwas von einem, der im Glashaus sitzt, und fragt dann: »Also stimmt es, was mir zu Ohren gekommen ist?«

»Ist noch nicht offiziell«

»Ich kann schweigen wie ein Grab«, versichert Raukel. »Und, Völxen? Hast du dir schon ein bequemes Pöstchen ausgeguckt, auf dem du deinen Hintern die letzten paar Jahre zur Ruhe betten wirst?«

Besonders gut scheinen Raukels Quellen dann doch nicht informiert zu sein.

»Man wird sehen.«

»Ah, es ist also was im Busch.« Völxen kann förmlich zusehen, wie es hinter Raukels Stirn, die mit feinen Schweißperlen bedeckt ist, arbeitet.

»Noch ein Pils, Erwin? Ich gebe noch eine Runde aus.«

»Bei deinem künftigen Gehalt hätte ich auch nichts anderes erwartet.«

Als Völxen mit den Getränken in den Händen und ein paar teuflischen Gedanken im Kopf an den Tisch zurückkommt, strahlt Raukel ihn an. »Dann mal Prost. Gratuliere, Erster Kriminalhauptkommissar Bodo Völxen. Wurde aber auch Zeit. Andere sind damit locker zehn Jahre früher an der Reihe.«

»Besser spät als nie«, meint Völxen gelassen. »Zum Wohl, Erwin.«

Beide nehmen einen großen Schluck aus ihren Gläsern.

Raukel studiert die Speisekarte, die er längst auswendig kann. Aber dann, nach einer halben Minute des Schweigens, muss es einfach raus: »Sag mal, alter Freund ... ist die Nachfolgefrage eigentlich schon geklärt?«

»Die was? Ach so ... Nein, nicht wirklich.«

»Ah.«

Trinken.

Schweigen.

»Weißt du, Völxen, mir ist schon klar, dass die Kollegin Kristensen von allen schon am längsten in deiner Abteilung ist ...«

»Das ist ja kein Geheimnis.«

»... und Oda ist ja auch eine tolle Frau, wirklich, ein Klasseweib! Sehr kompetent und nicht auf den Kopf gefallen.«

»Du bist also dafür, dass Oda meine Nachfolgerin wird.«

»Ja, ja, absolut, gar keine Frage.«

Völxen nickt bedächtig und nimmt einen weiteren Schluck aus seinem Weizenglas.

Raukel betupft sich den Nacken mit einer Serviette und sagt dann: »Na ja ... Da ist natürlich ihre Raucherei in den Diensträumen. Das geht als Chefin natürlich gar nicht. Man hat dann ja doch eine gewisse Vorbildfunktion.«

»Das muss natürlich dann aufhören«, bestätigt Völxen.

»Manchmal ist sie auch ziemlich aufmüpfig. Renitent geradezu.«

»Findest du?«

»Schon, ja. Auf jeden Fall hat sie einen ausgeprägten Hang zur Eigenmächtigkeit.«

»Das ist wohl wahr«, bestätigt Völxen. »Aber für eine Führungskraft ist das vielleicht gar nicht so schlecht.«

»Kannschonsein«, nuschelt Raukel.

»Und ein abgeschlossenes Psychologie-Studium macht sich ja auch ganz gut im Lebenslauf«, ergänzt Völxen.

»Ist allerdings schon lange her. Wenn man in der Wissenschaft nicht ständig am Ball bleibt ...« Raukel lässt offen, was dann geschieht, und Völxen hakt auch nicht nach.

»Ich weiß auch gar nicht, ob es so gut ist, wenn jemand jahraus, jahrein immer im gleichen Dezernat war«, gibt Raukel zu bedenken. »Eigentlich sollte man auch mal über den Tellerrand gucken und woanders Erfahrungen sammeln.«

»So wie du seinerzeit beim Einbruchsdezernat.«

»Genau«, bestätigt Raukel. »Das Einbruchsdezernat. Ja, das ... das war ... mal was anderes.«

»Zuletzt warst du sogar in der Personalabteilung.« *Wo man halt so landet, wenn man im Suff mit dem Dienstfahrzeug einen Kiosk rammt.* Völxen erinnert sich noch gut, wie grenzenlos erleichtert Raukel war, als er ihn von dort weggeholt hat.

»Stimmt. Interessante Erfahrung. Dort habe ich ganz neue Kompetenzen erworben.«

Vor allem im Sudoku.

»So gesehen bin ja eigentlich ich der Dienstälteste und der mit der am breitesten gestreuten Erfahrung.«

Und der mit den meisten Strafversetzungen, Entziehungskuren und Dienstaufsichtsbeschwerden.

»Aber wahrscheinlich werde ich wieder das Opfer einer dieser Frauenförderungskampagnen«, seufzt Raukel. »Es ist heutzutage wirklich kein Vorteil mehr, ein Mann zu sein. Allenfalls noch beim Pinkeln im Freien.«

»Das solltest du nicht so schwarz sehen, Erwin«, meint Völxen.

»Wie meinst du das?«

»Sagen wir mal so: Ich denke nicht, dass in nächster Zeit eine Frau auf meinem Stuhl sitzen wird.«

In Raukels Schweinsäuglein blitzt es begehrlich auf. »Hab ich's doch gewusst! Der Vize ist noch einer vom alten Schrot und Korn, der gibt nichts auf diese ganze Gender-Scheiße, der hat noch Eier in der Hose. Guter Mann.«

»Es wird ihn freuen, dass du eine so hohe Meinung von ihm hast«, grinst Völxen.

»Sag mal, Völxen, alter Freund ... Wärst du eventuell bereit, bei ihm ein gutes Wort für mich einzulegen?«

»Man wird sehen«, sagt Völxen. »Aber es kann auf keinen Fall schaden, wenn du dich in nächster Zeit ganz besonders ins Zeug legst.«

Samstag, 5. Mai

»Völxen, ich habe zwei Dates.«

»Wie erfreulich für dich, Oda. Brauchst du ein paar Schminktipps, oder warum holst du mich am Samstagnachmittag von der Leiter?«

»Von welcher Leiter denn?«

»Ich säubere die Dachrinnen.«

»Macht man das nicht im Herbst?«

»Da hatte ich es im Kreuz.« Jetzt ist ihm allerdings leicht schwindelig, was an der Höhe liegen mag oder an den vier Weizenbieren von gestern Abend.

»Schon sechs Mails auf meine Kontaktanzeige, stell dir vor, gleich am ersten Tag, davon zwei, die keine Fotos mitgeschickt haben. Der eine klingt recht vielversprechend. Seine Sprache ist ein wenig schrullig ...«

»Schrullig?«, ächzt Völxen, der sich mit dem Telefon in der Hand an den Abstieg gemacht hat.

»Ja, so ein bisschen altmodisch und ganz leicht schmierig«, hört er Oda sagen.

»Langsam, Oda. Lass mich erst mal abbaumen, sonst breche ich mir noch das Genick. Ich ruf dich gleich zurück.«

Wo, zum Teufel, ist eigentlich Sabine hin, die sollte doch die Leiter festhalten? Er lässt seinen Blick schweifen und sieht sie am Rand des Gemüsegartens stehen. Angeregt unterhält sie sich über den Zaun hinweg mit Nachbarin Hanne Köpcke, der Gattin des Hühnerbarons. Bestimmt geht es schon wieder um die Spinnerei. Er selbst könnte schon tot im Rhabarber liegen, und Madame hätte es nicht einmal bemerkt.

Lediglich Oscar nimmt gebührend Notiz von ihm, als er endlich wieder festen Boden unter den Füßen hat.

»Wenigstens auf dich ist noch Verlass.«

Im Haus begibt er sich erst einmal in die Küche, holt eine Flasche Bier aus dem Kühlschrank und setzt sich damit auf die Terrasse. Es weht ein kühler Wind, aber die Sonne hat schon Kraft. Der Apfelbaum steht in voller Blüte, und die Schafe zupfen am frischen Frühlingsgrün der Weide. Es könnte alles heiter und schwerelos sein, wäre da nicht diese nagende Unzufriedenheit. Dieser verdammte Mordfall Pirlo! Die Ermittlungen drehen sich im Kreis, nichts hat sie während der letzten Tage groß weitergebracht.

Dieser Sache mit den Zeitungsanzeigen gibt Völxen im Grunde keine große Chance, und er bereut längst, dass er Oda den Schwachsinn nicht sofort ausgeredet hat. Falls das überhaupt möglich gewesen wäre. Aber jetzt hängt er mit drin, da muss er durch, ob er will oder nicht. Er gönnt sich erst einmal einen großen Schluck, und dann noch einen, ehe er zurückruft.

»Wie lange brauchst du eigentlich, um von einer Leiter zu steigen?«

»Ich bin nicht mehr der Jüngste. Wo waren wir stehen geblieben?«

»Es kamen zwei Zuschriften ohne Fotos. Der eine schreibt, Fotos würden nur einen oberflächlichen Eindruck vermitteln und dass es auf den Gesamteindruck eines Menschen ankomme, deswegen bevorzuge er eine Verabredung aufs Geratewohl. Das sei doch auch spannender. So ähnlich hat Frau Cebullas Typ doch auch argumentiert. Jedenfalls will er sich heute Abend mit mir treffen.«

Völxen, der gerade gemütlich einen weiteren Schluck nehmen wollte, fällt beinahe die Bierflasche aus der Hand. »Was, heute schon?«

»Angeblich fährt er morgen für ein paar Tage weg.«

Völxen unterdrückt einen Rülpser. Sicher gar nicht gesund für sein Sodbrennen, das kalte Bier auf fast nüchternen Magen. »Wo soll der Zinnober denn stattfinden?«, brummt er missgelaunt.

»Im Paulaner am Thielenplatz, um acht Uhr. Wär nicht schlecht, wenn Fernando, du und Rifkin dabei sein könnten …«

»Raukel würde doch viel besser ins Paulaner passen«, meint Völxen.

»Lass bloß Raukel aus dem Spiel, der vermasselt noch alles«, protestiert Oda.

»Harte Worte, wo er doch so große Stücke auf dich hält. Erst gestern hat er wieder dein Loblied gesungen.«

»Der hält auf alles große Stücke, was einen Puls hat und nicht bei drei auf den Bäumen ist.«

»Mir gefällt das Ganze nicht, das riecht nach Ärger. Warum müssen wir diese Nummer abziehen, warum macht das nicht das LKA, das eigentlich dafür zuständig wäre?«

»Mensch, Völxen, seit du diese Beförderung in Aussicht hast, klebst du förmlich an den Vorschriften. Was ist nur los mit dir?«

»Es gibt nun einmal gewisse Regeln ...«

»Ach, scheiß drauf!«

Oda ist jetzt nicht mehr zu stoppen, erkennt er glasklar.

»Ruf wenigstens Jule an. Sie soll sich um einen Haftbefehl kümmern«, meint Völxen.

»Gute Idee. Sie kann ja auch mitmachen, wenn sie Lust hat. Wie in alten Zeiten.«

Mit einem Seufzen legt Völxen auf und setzt die Bierflasche an.

»Hier versteckst du dich? Ist die Regenrinne schon sauber?«, erkundigt sich Sabine.

»Hättest du die Leiter gehalten, wüsstest du es.«

»Wer war das eben?«

»Oda.«

»Sag nicht, dass du jetzt wegmusst.«

»Nein, aber heute Abend. Nur kurz, ein Stündchen vielleicht.«

»Ein Schäferstündchen mit Oda?«

»Fang du auch noch an mit den blöden Schafswitzen!«

*

Eine Stunde vor dem geplanten Treffen mit dem Unbekannten finden sich Oda, Rifkin, Völxen und das Ehepaar Rodriguez in einem Café im Bahnhof zur Lagebesprechung ein. Jule strahlt vor lauter Freude, wieder mit den alten Kollegen arbeiten zu dürfen, wie ein Honigkuchenpferd. Rifkin macht einen auf Pokerface, und Fernando hat noch Farbe an den Fingern und ist schon wieder am Gähnen.

Völxen mustert Oda von oben bis unten mit kritischer Miene. Ihr Gesicht ist ein Panzer aus Make-up, Rock und Blazer sind schwarz, darunter trägt sie eine helle Bluse und eine Perlenkette. *Eine Perlenkette!* Das hellblonde Haar hat sie zu einem Knoten gebunden, um den sie einen roten Seidenschal geschlungen hat.

»Was hast du in der Anzeige geschrieben, wie alt du bist?«

»Fünfzig plus«, antwortet Oda. Ihre eisblauen Augen leuchten erwartungsvoll.

»Du siehst zu jung aus, das klappt nie und nimmer!«

»Eine gut geliftete Fünfzigjährige kann durchaus so aussehen«, widerspricht Jule.

»Danke, Jule.«

»Sorry, Oda, war nicht so gemeint.« Unwillkürlich muss Jule an ihre Mutter denken, die mit Mitte fünfzig ermordet wurde, aber bis zu ihrem Tod keinen Tag älter als neunundvierzig aussah.

»Das mag sein«, räumt Völxen ein, »aber der Typ hat es auf die Frau Cebullas dieser Welt abgesehen, nicht auf strahlende, selbstbewusste Schönheiten.«

»War das eben ein Kompliment, Völxen?«, fragt Oda mit kokettem Augenaufschlag.

»Ist das jetzt wichtig?«, entgegnet der Hauptkommissar missgelaunt.

»Oda mit beiger Bluse und Perlenkette, dass ich das noch erleben darf«, kichert Jule.

Fernando mischt sich ein: »Es ist doch schnurzegal, ob Oda in sein Beuteschema passt. Im Grunde ist doch nur wichtig, dass unser Mister X ins Lokal spaziert. Woran erkennt ihr euch eigentlich? Hat er eine rote Rose zwischen den Zähnen?«

»Er wird die *Süddeutsche* dabeihaben.«

»Und du?«

Oda nestelt verlegen an ihrem Haarknoten herum.

»Rotes Bändchen im Haar, echt jetzt?«, grinst Rifkin. »Ist ja niedlich.«

»Zur Sache, Leute, wie soll das jetzt laufen?«, fragt Völxen.

»Ganz simpel«, antwortet Oda. »Zwei von euch postieren sich draußen, falls er abhauen will, zwei andere setzen sich schon ins Lokal. Wir haben ja sein Phantombild und die Bilder, die Jule aufgestöbert hat, und wenn er reinkommt, zack, schnappt die Honigfalle zu.«

»Okay«, nickt Völxen. »Fernando und Jule, ihr geht schon mal vor.«

»Super, ich hab eh einen Sauhunger«, freut sich Fernando.

»Aber benehmt euch unauffällig. Vielleicht ist er schon früher da und beobachtet die Szene. Solche Leute haben oft einen Riecher für Polizisten«, mahnt Völxen.

»Hey, ich war jahrelang undercover unterwegs, ich weiß, wie das geht«, erinnert Fernando seinen Chef.

»Rifkin und ich postieren uns draußen und benachrichtigen euch, falls wir ihn kommen sehen.«

»Zusammen oder einzeln?«, fragt Rifkin.

»Einzeln«, antwortet Völxen. »Wo genau, müssen wir noch sehen. Oda kommt pünktlich um acht ins Lokal. Jule, Fernando, sobald ihr den Typen erkennt, schickt ihr eine SMS an Rifkin und an mich, wir kommen dann rein, und *erst dann* schnappen wir ihn uns, verstanden?«

»Verstanden«, nickt Jule.

»Geht klar«, sagt Fernando.

»Er könnte bewaffnet sein, und ich will keine Geiselsituation riskieren. Oda, halte Abstand, falls er es ist. Geh am besten aufs Klo.«

»Was machen wir, wenn er es nicht ist?«, fragt Jule.

»Dann könnt ihr nach Hause gehen, und ich entscheide, was ich mit dem Herrn und dem angebrochenen Abend noch anstelle«, sagt Oda. »Je nachdem ...«

»Deshalb hast du dich so aufgetakelt«, dämmert es Völxen.

»Kaum zeigt man mal Einsatz, dann passt es auch wieder nicht.«

»Ich finde, du solltest das etwas ernster nehmen, Oda. Immerhin kann es sein, dass wir es mit einem kaltblütigen Mörder zu tun haben.«

»Hauptsache *ihr* vergesst das nicht«, sagt Oda. »Mich wird er ja wohl kaum mitten im Lokal abstechen.«

*

Fernandos letzte Undercover-Aktion liegt schon viele Jahre zurück, als er noch beim Drogendezernat war. Aber seine Einsatzfreude hat darunter nicht gelitten. Er fackelt nicht lange, greift zum Messer und sticht zu.

»So lasse ich mir den Job gefallen.«

Die Schweinshaxe, die vor ihm auf dem Teller liegt, glänzt in einem appetitlichen Goldbraun und verströmt einen intensiven Duft.

Jule stochert in ihrem Salat herum. »Konzentrier dich lieber.«

»Tu ich ja«, sagt Fernando und taucht ein Stück Fleisch in die Soße.

»Es ist gleich acht«, flüstert Jule nervös.

»Was kann ich dafür, dass die Haxe so lange dauert? Dafür ist sie herrlich knusprig, willst du mal probieren?«

»Nein!«

»Das Beste an der Haxe ist, dass Völxen gesagt hat, wir können die Rechnung als Spesen einreichen. Du hättest dir auch eine bestellen sollen.«

Jule gibt einen Knurrlaut von sich.

»Weißt du, was passieren wird?«, fragt Fernando mit vollem Mund und beantwortet seine Frage gleich selbst: »Gar nichts. Irgendein armes Würstchen, das sich nicht mal traut, ein Foto von sich zu schicken, wird hier reinspazieren und mit der Zeitung herumwedeln, dann wird er Oda sehen und glauben, dass sämtliche Gebete seiner schlaflosen Nächte erhört wurden, Oda wird im Gegenzug das Gesicht runterfallen, und das Ganze wird einfach nur peinlich. Für Oda und den Typen. Für uns wird's sicher lustig.«

»Kann sein, kann nicht sein«, sagt Jule. Das Lokal, das sich auch *Bayrische Botschaft* nennt, ist gut besucht. Jule hat bereits sämtliche Gäste abgecheckt, aber es ist niemand dabei, der dem ominösen Viktor Füssli auch nur ähnelt. Sie schielt hinüber zur U-förmigen Theke, wo Oda Platz genommen hat; die Beine elegant übergeschlagen, vor sich ein Glas Weißwein, schon fast leer. Zwei Herren, die ihr schräg gegenüber sitzen, werfen ihr immer wieder Blicke zu. Kein Wunder, so wie sie aussieht. Dieser konservative Look ist zwar ungewohnt an ihr, wirkt aber sehr elegant. Eine Frau mit Klasse. Völxen hat schon recht: Wenn der Typ erscheint und Oda sieht, könnte er eine Falle wittern. Dann gilt es, rasch zuzugreifen. Sie tastet nach der Dienstwaffe in ihrer Handtasche. Ein Pistolenholster wäre ihr lieber, aber dann hätte sie die Jacke anlassen müssen, was wiederum auffällig wäre in dem ohnehin recht warmen Lokal.

Oda ignoriert die zwei Männer, und ebenso vermeidet sie es, zu Jule und Fernando zu sehen, und auch Jule beobachtet Oda nur aus dem Augenwinkel. Sie scheint ein bisschen nervös zu sein, immer wieder streicht sie ihren Rock glatt, obwohl es nichts zu glätten gibt, dann schaut sie auf ihr Handy, wahrscheinlich nur, um irgendetwas zu tun.

Die Tür geht auf, ein ganzer Schwung Leute strömt herein, und Jule versucht angestrengt, den Überblick zu behalten. Der Typ im grauen Anzug vielleicht? Wenn er sich einen Bart hat wachsen lassen? Aber nein, er hat eine Frau dabei. Die Gruppe wird von der Kellnerin an einen reservierten Tisch eskortiert. Übrig bleibt nur ein Mann in einem eleganten, dunklen Mantel. Er ist nicht groß und hat schlohweißes Haar. Er schaut sich kurz um, dann bleibt sein Blick an Oda hängen. Er geht auf sie zu. Oda hat ihn ebenfalls bemerkt. Sie wirft einen kurzen, Hilfe suchenden Blick hinüber zu Fernando und Jule.

Die starren beide den Besucher an, der aber nur Augen für Oda hat. »Was habe ich dir gesagt?«, lacht Fernando.

»Frau Krischtensen!«

Odas Lächeln gerät total aus der Spur. *Verdammt, was will der denn jetzt hier? Der vermasselt noch die ganze Aktion. Ich muss ihn schleunigst ... Halt! Was ist das? Das darf doch nicht wahr sein!*

Aus der Tasche seines Mantels ragt unübersehbar eine *Süddeutsche Zeitung.*

Ach, du Scheiße!

Oda beginnt hektisch, an dem Seidenschal in ihrem Haar zu zerren.

»Was tust du denn da?« Fernando sieht Jule zu, die auf ihrem Handy herumtippt.

»Ich schreibe an Völxen und Rifkin. Es wäre gemein, sie nicht an dem Spektakel teilhaben zu lassen.«

»Böses Mädchen!«, grinst Fernando.

Jule schickt die Nachrichten ab.

»Dr. Bächle«, haucht Oda, die haarscharf am Rand eines Nervenzusammenbruchs steht. »Was ... was machen Sie denn hier?«

»Eigentlich bin i verab...« Er stockt, als sein Blick auf das inzwischen etwas zerpflückte rote Seidentuch in Odas Haar fällt. Sie hätte sich beim Versuch, es in letzter Sekunde verschwinden zu lassen, beinahe skalpiert, weil sie nicht an die Klammern in ihrem Haar gedacht hat.

»Sie?« Der Teint des Rechtsmediziners mit der Einstein-Frisur färbt sich zartrosa. Er wirft einen Blick zur Tür, offenbar überlegt er, die Flucht zu ergreifen.

Doch nicht einmal das gelingt, denn jetzt drängeln sich Völxen und Rifkin herein. Rifkin, adrenalindurchströmt, hat die Hand unter der Lederjacke, bereit, ihre Waffe zu ziehen. Völxen, der vorausgeeilt ist, prallt unsanft mit Dr. Bächle zusammen.

»Dr. Bächle? Sie hier?« Über den Kopf des kleinen Schwaben sieht er Oda fragend an. Die hebt beide Hände in Richtung Decke, eine Geste der Hilflosigkeit.

»Jesses, Sie au no! Jetzt isch die Blamage perfekt«, murmelt Bächle.

Nun bemerkt auch Völxen die *Süddeutsche* in Dr. Bächles Manteltasche.

Was für ein Schlamassel!

Oda ist aufgestanden. »Dr. Bächle, es ist nicht, wonach es aussieht. Bitte setzen Sie sich, ich bin ... wir sind Ihnen eine Erklärung schuldig.«

»Danke, des isch net notwendig.«

Völxen erkennt die Brisanz der Situation. Wenn Bächle jetzt beschämt und stinksauer abschwirrt, kann man in Zukunft wochenlang auf die Obduktionsberichte warten. Er schielt hinüber zu Fernando und Jule. Mit Letzterer wird er noch zu reden haben. Wie konnte sie ihn und Rifkin so auflaufen lassen und *Zugriff* simsen? Aber das muss warten, jetzt geht es erst einmal um Schadensbegrenzung. Er wendet sich so beflissen und unterwürfig, wie man ihn noch niemals gesehen hat, an Dr. Bächle.

»Herr Doktor, das alles ist ein fürchterlicher Irrtum. Wir dachten, Sie wären ein Heiratsschwindler und Mörder.«

»Was, ich?« Er reißt die Augen auf.

»Natürlich nicht Sie persönlich. Das ist eine längere Geschichte. Bitte, lassen Sie mich das erklären. Dürfen wir Ihnen einen ausgeben? Setzen Sie sich doch ...«

»Meinetwägen«, seufzt Dr. Bächle und lenkt seine Schritte zur Theke. »Jetzt isch es au scho wurscht.«

Sonntag, 6. Mai

»Ich dachte, ich bringe euch beiden ein paar Tapas, ihr habt sicher keine Zeit zum Mittagessen.« Pedra stellt ein Tablett mit kleinen Leckereien auf den Tapeziertisch.

»Das muss da weg, den Platz brauche ich«, sagt Fernando.

Jule nimmt das Tablett und stellt es wortlos auf einen Schemel. »Danke, Pedra.«

Pedra Rodriguez sieht ihre Schwiegertochter prüfend an. »Was machst du für ein Gesicht, *Chule*, habt ihr Streit?«

»Nein, wir haben keinen Streit, Mama«, entgegnet Fernando unwirsch.

»Dich habe ich nicht gefragt.«

»Nein, wir haben keinen Streit«, wiederholt Jule.

Pedra gibt sich fürs Erste damit zufrieden und geht nach nebenan. »Das ist aber keine schöne Farbe für ein Kinderzimmer«, ruft sie. »Dieses komische ...«

»Cashmere«, sagt Jule. »Und es ist das *Gästezimmer*.«

»Nennt es, wie ihr wollt.«

»Wie wär's, wenn du dich um deine eigenen Angelegenheiten kümmerst?«, schlägt Fernando vor, der gerade einen frischen Kübel Tapetenleim anrührt.

»Sind das vielleicht nicht meine Angelegenheiten?«, gibt Pedra zurück.

»Hört auf zu streiten, bitte, ich ertrage das heute nicht!«

»Also hast du doch etwas«, stellt Pedra halb zufrieden, halb besorgt, fest.

»Sie hat Krach mit dem *comisario*, wenn du es genau wissen willst.«

»Wirklich?« Pedra sieht Jule ungläubig an.

»Ich habe bei einem Einsatz etwas Dummes gemacht, und er war sauer.«

»Stinksauer«, bestätigt Fernando und drückt Jule einen Kuss auf die Wange. »Nimm es dir nicht so zu Herzen. Der Alte beruhigt sich schon wieder. Spätestens, wenn er etwas von dir braucht.«

»Ganz sicher«, bekräftigt Pedra. »Er ist doch ein guter Mann. Und sonst schenkst du ihm einfach einen großen Schinken.«

»So weit kommt's noch«, protestiert Fernando.

»Ich hätte wirklich nicht *Zugriff* simsen sollen«, sieht Jule ein, als Pedra gegangen ist.

»Ich fand's witzig. Um ein Haar wäre Rifkin mit gezogener Waffe ins Lokal gestürmt und hätte sich auf Dr. Bächle gestürzt.«

»Wenigstens der hat's mit Humor genommen«, seufzt Jule.

»Aber auch erst nach dem dritten Glas Rotwein.«

»Wusste gar nicht, dass der so ein Schluckspecht ist.«

»Wir wussten ja auch nicht, dass er auf Kontaktanzeigen antwortet«, entgegnet Fernando. »Sei doch froh: Du kannst heute Abend gemütlich zu Hause bleiben, während ich mit Rifkin ins *Oscar's* gehe und das zweite Date unserer *Femme fatale* überwache.«

»Ich wäre gern ins *Oscar's* gegangen, ich war da schon ewig nicht mehr.«

»Wenn die Wohnung fertig ist, führe ich dich dorthin aus«, verspricht Fernando.

*

In der Polizeidirektion herrscht sonntägliche Stille. Oda hat Maja Dorphaus in Völxens Büro gebracht, wo sie blass auf dem Sofa kauert. »Frau Dorphaus, schön, dass Sie gleich zu uns gekommen sind. Ich hoffe, Ihre Konzertreise war ein Erfolg.«

»Ja, danke.«

»Welches Instrument spielen Sie?«

»Bratsche und Violine«, antwortet die blonde Studentin.

»Kommissarin Rifkin und ich müssen Ihnen ein paar Fragen zu Elisa Pirlo stellen. Möchten Sie ein Glas Wasser?«

Sie lehnt ab. Die junge Frau wirkt gleichermaßen müde und nervös, jedenfalls wischt sie schon zum zweiten Mal ihre Hände an ihrer Jeans ab. »Ich weiß aber auch nicht viel über sie.«

»Sie waren aber doch mit ihr befreundet?« fragt Oda.

»Nicht wirklich. Nicht, wenn Sie darunter verstehen, dass man sich oft trifft und sich alles erzählt. Dafür waren wir zu verschieden, schon vom Alter her, ich bin sechsundzwanzig, sie ist ... war zweiundvierzig.«

»Wie würden Sie Ihre Beziehung dann beschreiben?«

»Wir waren Kolleginnen. Gelegentlich sind wir zusammen ins Kino gegangen oder zu einem Konzert, und in der Musikschule haben wir in den Pausen zusammengesessen.«

»Worüber haben Sie und Frau Pirlo geredet?«

»Meistens über Musik. Musik war ihr Leben, sie hatte kaum andere Interessen. Manchmal haben wir über Rosenbaum gelästert oder uns über unsere Schüler ausgetauscht und über deren überambitionierte Eltern. Aber richtig persönlich wurde es selten. Elisa gab sich gern ein bisschen unnahbar.«

»Das haben wir schon oft gehört«, wirft Rifkin ein.

»Sie mochte einfach keinen Small Talk, das lag ihr nicht. Wenn man mit ihr reden wollte, musste man sie direkt nach etwas fragen, praktisch ohne Vorgeplänkel mit der Tür ins Haus fallen. Dann hat sie auch was dazu gesagt – wenn sie wollte. Andernfalls hat sie einen abblitzen lassen. Das hat die meisten Leute verschreckt.«

»Hat sie jemals Verwandte erwähnt?«, fragt Oda.

»Ihre Eltern, aber die sind beide tot. Ihre Mutter war Musiklehrerin. Sie hat noch eine Cousine, die lebt in der Nähe von Turin, aber ich glaube, sie hatten kaum Kontakt.«

»Was wissen Sie über Frau Pirlos Freund?«

»Eigentlich nur, dass es einen gab. Aber auch bloß, weil ich sie direkt darauf angesprochen habe. Sie wirkte auf einmal so strahlend und war immer gut gelaunt, und ein paar neue Sachen zum Anziehen hat sie sich auch gekauft. Deswegen habe ich sie gefragt, ob sie verliebt sei.«

»Was hat sie geantwortet?«

»Sie lächelte und sagte: *vielleicht*.«

»Hat sie seinen Namen erwähnt?«

»Jochen, aber den Nachnamen weiß ich nicht. Sie hat erzählt, dass er mehrmals zu ihren Konzerten gekommen war und sie irgendwann mit ihm ausging, und dass er sie anders behandeln würde als ihre Exfreunde. Das war dann aber auch schon alles.«

»Könnte jemand einen Grund haben, Elisa Pirlo umzubringen? Ein Konkurrent vielleicht?«, fragt Oda.

Sie schüttelt den Kopf. »Sie hatte zwar keine Freunde, aber auch keine Feinde, soweit ich weiß. Aber da war so ein ekliger Typ, der wohnte im Haus gegenüber, im zweiten Stock. Ein alter Sack, der hat manchmal mit dem Fernglas zu ihr rübergeglotzt, ich habe es selbst mitbekommen.«

»Den Herrn hat unser Kollege schon kennengelernt«, antwortet Oda. Vielleicht muss man den noch mal in die Mangel nehmen? Aber laut Raukel scheint er nichts weiter als ein Spanner zu sein.

»Frau Pirlo sagte, ihr neuer Freund würde sie *anders behandeln als ihre Exfreunde?* Hat sie über ihre früheren Beziehungen etwas erzählt?«

»Nicht direkt, aber sie scheint keine guten Erfahrungen gemacht zu haben.«

»Wie kommen Sie darauf?«

»Das hörte man so raus. Wenn wir über Männer sprachen, Kollegen oder so, hat sie an ihnen immer etwas auszusetzen gehabt, an jedem. Manchmal klang das richtig boshaft, als würde sie gezielt nach Schwachstellen suchen.«

»Und welche Schwachstellen hatte ihr Jochen?«

»Wie gesagt, sie hat nicht viel über ihn gesprochen. Wenn ich nach ihm gefragt habe, hat sie meistens abgewinkt und gemeint, sie hätten sowieso keine gemeinsame Zukunft. Vermutlich ist er verheiratet. Warum sollte sie das sonst sagen?«

»Gefragt haben Sie sie nicht?«

»Nein. Im Grunde hat es mich nicht wirklich interessiert, und ich wollte auch nicht ständig nachbohren. Eine Zeit lang waren sie getrennt. Etwa im März muss das gewesen sein, da war sie ziemlich mies drauf.« Sie streicht sich eine Haarsträhne hinters Ohr, sieht Oda mit großen Augen an und fragt: »Hat er sie umgebracht?«

»Wir wissen es nicht. Aber es ist sehr wichtig, dass wir diesen Mann finden. Falls Ihnen noch irgendetwas zu ihm einfällt, jetzt oder auch später, und sei es nur eine Kleinigkeit, egal, wie unbedeutend, dann raus damit.«

Maja Dorphaus nickt, schweigt aber.

»Wissen Sie, warum Frau Pirlo in der Musikschule Concerto gekündigt hat?«, wechselt Oda das Thema.

»Nein. Das kam für mich auch total überraschend. Ich habe sie angerufen und gefragt, aber sie sagte nur, sie hätte keine Lust mehr, und sie würde sowieso bald weggehen.«

»Wohin?«

»Keine Ahnung.«

»Allein? Mit ihrem Freund? Und was heißt: *bald*? Sie muss doch *irgendetwas* gesagt haben?«

»Nein. Wir wollten uns treffen, wenn ich wieder aus Italien zurück bin. Deswegen habe ich nicht mehr nachgefragt. Ich dachte, sie wird mir alles erklären, wenn wir uns sehen. Stattdessen ...« Sie schluckt und blinzelt, ihre Augen sind feucht.

»Wann fand dieses Telefonat statt?«, will Rifkin wissen.

»Kurz nachdem ich von Harald erfahren habe, dass Elisa bei ihm gekündigt hat.«

Ihre Angabe stimmt mit den Aufzeichnungen des Providers überein, erkennt Rifkin nach einem Blick in die Fallakte. Sie nickt Oda unmerklich zu.

»Wie stand Elisa Pirlo zu Harald Rosenbaum?«, fragt Oda weiter.

»Sie mochte ihn nicht sonderlich.«

»Und umgekehrt?«

»Ich weiß nicht. Eine Weile dachte ich, er steigt ihr nach, aber dann ging das Gerücht um, dass er schwul sei. Keine Ahnung, ob das stimmt, ist mir auch egal. Jedenfalls war es kein besonders enges Verhältnis. Er nannte sie manchmal *unsere Diva*, mit sehr ironischem Unterton.«

»Und Sie, wie kommen Sie mit Rosenbaum klar?«

»Er ist mein Chef, basta.«

Oda lässt ihr etwas Zeit, weil sie das Gefühl hat, dass da noch etwas kommt, und tatsächlich: »Er ist ein sehr guter Violinist, als Jugendlicher hat er etliche Preise gewonnen. Aber dann hat ihn seine vier Jahre jüngere Schwester überflügelt. Harald hatte zwar Talent, aber die Schwester, die war ein echtes Wunderkind. Sie hat dann auch eine ziemlich steile Karriere hingelegt. Aus lauter Frust darüber hat Harald es aufgegeben, Konzerte zu geben, und hat nur noch unterrichtet. Vor acht Jahren hat sich die Schwester das Leben genommen, es hieß, sie sei depressiv gewesen. Harald hat ihr Vermögen geerbt, darunter auch zwei sehr kostbare Violinen. Vom Erbe seiner Schwester hat er diese Musikschule aufgemacht. Irgendwie tragisch, oder?«, setzt sie hinzu, wobei ihr Gesichtsausdruck eher leisen Spott widerspiegelt.

»Woher wissen Sie das alles?«, fragt Rifkin, die schon von schlimmeren Lebensläufen gehört hat.

»Tratsch. Das wusste jeder in der hiesigen Musikszene. Die Geigen hat er in seinem Büro liegen, hinter Panzerglas.«

»Die Musikschule macht ja einen auf edel. Zahlt er wenigstens gut?«, erkundigt sich Rifkin.

»Geht so. Könnte besser sein.«

»Herr Rosenbaum behauptet, Frau Pirlos Cello sei sehr wertvoll ...«, beginnt Rifkin.

Jetzt kommt Leben in ihre Miene. »O ja. Es stammt aus der Werkstatt von Joannes Baptista Guadagnini, einem Schüler von Stradivari, es wurde im Jahr 1748 angefertigt.«

»Ist dieses Cello wirklich eine Million wert, wie Rosenbaum behauptet?«

»Mindestens. So überhitzt wie der Markt für alte Instrumente momentan ist. Ein anderes Guadagnini-Cello, das nur fünf Jahre älter ist, wurde 2016 bei einer Auktion in New York für eins Komma fünf Millionen Dollar verkauft. Es gibt weltweit nur vierzig Celli von Guadagnini, daher der hohe Preis. Das ist aber noch gar nichts gegen das berühmte Cello *Mara*. Das ist heute zig Millionen wert. Aber es ist natürlich auch ein Stradivari.«

»Der Wahnsinn«, entschlüpft es Rifkin, und Oda verdreht die Augen.

»Das Guadagnini von Elisa war ganz wunderbar«, schwärmt Maja Dorphaus. »Es hat einen dunklen, vollen Klang, wie ein alter Burgunder. Es hat so gut zu ihr gepasst, als wäre es für sie gemacht worden. Sie hat es geliebt.« Sie wischt eine Träne von ihrer Wange, dann, plötzlich, schaut sie Oda erschrocken an. »Sie wurde doch nicht deshalb umgebracht?«

»Unwahrscheinlich, das Cello wurde nicht entwendet«, sagt Rifkin.

»Wo bewahren Sie es auf?«, will Frau Dorphaus wissen.

»In meinem Büro«, erklärt Oda. »Nachdem wir hörten, dass es so wertvoll sein soll, wollten wir es nicht in der leeren Wohnung lassen.«

»Darf ich es sehen?«, fragt Maja Dorphaus.

»Wir haben es wie ein rohes Ei behandelt«, versichert Oda. »Aber meinetwegen, kommen Sie.«

Sie geht voran und schließt die Tür zu ihrem Büro auf. Der Cellokasten lehnt neben den Aktenschränken. »Sehen Sie, alles bestens.«

Aber da ist Maja Dorphaus ganz anderer Meinung. »Hier riecht es nach Rauch«, stellt sie fest, blankes Entsetzen im Blick.

»Nun ja, gelegentlich erlaube ich mir ...«

»Das Cello muss sofort hier raus!«, kreischt sie so hektisch, als würde das Büro lichterloh brennen. »Das geht nicht, Sie können doch nicht so ein wertvolles Instrument ...«

»Nun mal ganz sachte«, herrscht Oda die Hysterische an. »Das Ding ist ja schließlich in seinem Kasten.«

»Trotzdem! Wenn das Instrument den Gestank annimmt ...«

»... kriegt der Ton eine rauchige Note?« Das war Rifkin.

»Das ist überhaupt nicht witzig«, faucht Maja Dorphaus.

Oda macht eine beschwichtigende Geste. »Jetzt beruhigen wir uns erst mal, ja? Wir werden das mit der Stiftung besprechen, und danach wird es hoffentlich bald abgeholt.«

»Ja, aber ...«

»Bis dahin stellen wir es in Hauptkommissar Völxens Büro«, schlägt Oda vor und fügt hinzu: »Der raucht nicht.«

»Aber seine Kräutertees und die Leberwurstbrote riechen zuweilen recht streng«, gibt Rifkin zu bedenken.

»Das macht nichts«, antwortet Maja Dorphaus, taub für jede Ironie.

Oda deutet auf den Cellokasten. »Tragen Sie es bitte rüber. Nicht, dass ich es noch falsch anpacke und ihm schwindelig wird.«

Die Studentin schleppt das Instrument nach nebenan, macht den Deckel auf und schnüffelt wie ein Spürhund. Offenbar ist die Katastrophe noch nicht eingetreten, und es scheint auch das richtige Cello zu sein und kein billiger Ersatz – ein Gedanke, der Oda zwischenzeitlich durch den Kopf ging.

Frau Dorphaus entspannt sich und streicht liebevoll über das lackierte Holz, ehe sie den Deckel wieder schließt.

Oda lächelt ihr versöhnlich zu. »Kommissarin Rifkin wird Sie hinausbegleiten.«

Kaum sind die beiden weg, ruft Oda ihren Chef an.

»Was gibt's?«

»Maja Dorphaus war gerade hier. Sie wusste nicht viel über den Freund der Pirlo, nur dass er Jochen heißt. Sie vermutet, dass er verheiratet ist, aber sicher weiß sie es nicht.«

»Das ist alles?«

»Im Großen und Ganzen, ja. Ach, und wegen heute Abend, du weißt schon, mein zweites Rendezvous ...«

»Mich könnt ihr vergessen, ich habe die Nase gestrichen voll.«

»Komm schon, Völxen. Im Grunde war es doch sogar witzig ...«

»Und wie! Ich habe mich fast eingenässt vor Lachen.«

»Ein Hoch auf deine Körperbeherrschung.«

»Dir ist schon klar, dass wir gerade noch die Kurve gekriegt und die Katastrophe abgewendet haben?«

»Du übertreibst, so schlimm war's nun auch wieder nicht.«

»Wie dem auch sei: Ich werde heute Abend zu Hause bleiben und mich dem Müßiggang hingeben. Frag doch Raukel. Eine Bar ist für ihn ein natürliches Biotop, und ungeschickter als Jule gestern kann er sich auch nicht anstellen.«

»Es war doch nur ein dummer Scherz. So ist halt die Jugend.«

»Jedenfalls habe ich *der Jugend* heute Morgen schon ein paar Takte gesagt«, knurrt Völxen.

»Interessant. Da muss dein kleiner Liebling erst zum LKA wechseln, damit sie von dir auch mal einen Anschiss kassiert.«

»Dir auch noch einen schönen Tag, Oda.«

Aufgelegt.

Oda schüttelt den Kopf. Armer Völxen. Bestimmt nimmt er sich seine eigene Standpauke mehr zu Herzen als Jule.

*

Die Reue kommt, kaum dass der Genuss vorbei ist. Die Currywurst war viel zu fett, oder waren es die Pommes? Jedenfalls liegt Oleg Bakhar die Mahlzeit jetzt schon im Magen. Scheiß Raststättenfraß, teuer und dann auch noch schlecht. Dabei haben die Würste so verführerisch gerochen, und da dachte er: *Weil heute Sonntag ist, gönne ich mir mal was.*

Er hätte sich lieber eine Dose Erbseneintopf auf seinem Karbidkocher warm machen sollen, so wie immer. Oleg muss aufstoßen, als er in der Abenddämmerung auf seinen Laster zugeht. Kurz nach acht. In zwei Stunden, um zehn Uhr, ist die sonntägliche Zwangspause für Lastkraftwagen vorbei, dann kann er endlich weiterfahren. Falsch, dann *muss* er losfahren, sonst schafft er es nicht, seine Ladung morgen Mittag in Malmö abzuliefern. Die Liefertermine sind knapp berechnet, oft kann er sie nur einhalten, indem er die vorgeschriebenen Pausen ignoriert und hofft, nicht kontrolliert zu werden. Aber er fährt ohnehin lieber nachts, da sind weniger Idioten unterwegs.

Er ist müde vom Nichtstun. Den ganzen Tag auf der Raststätte rumzuhängen bringt einen völlig aus dem Rhythmus. Vielleicht sollte er noch einen kleinen Spaziergang machen, weg von der Autobahn, bisschen Sauerstoff tanken.

Von der Raststätte führt eine Straße durch den Wald. Er geht sie ein Stück entlang, biegt dann aber rechts ab und folgt einem Trampelpfad, der nach wenigen Metern in einen Waldweg mündet. Zwischen den Fahrspuren wächst hohes Gras, oft scheint der Weg nicht benutzt zu werden.

Was für eine andere Welt. Man hört zwar noch immer das Rauschen der Autobahn, aber die Luft ist hier wirklich schon viel besser, die Vögel zwitschern, und das milde Licht, das durch die Blätter fällt, ist wie Balsam für die Augen. Er nimmt ein paar tiefe Atemzüge. Es riecht nach Pflanzen und Erde.

Der kleine Spaziergang hat seine Verdauung angeregt. Trifft sich doch gut, kann er das auch gleich erledigen, ohne für die Toilette bezahlen zu müssen. Ein paar Servietten aus der Raststätte hat er auch noch in der Hosentasche. Er sieht sich um. Weit und breit ist niemand zu sehen, aber man weiß nie, die Raststätte ist ja nicht weit weg. Allerdings sind die meisten zu bequem, um mehr als hundert Meter in den Wald hineinzulaufen. Dennoch will er sich nicht einfach wie ein Hund an den Wegrand setzen, in dieser Hinsicht ist er pingelig. Da vorne ist eine Lücke im Gebüsch, das den Waldrand säumt.

Er verschwindet zwischen den Sträuchern. Während er sich hinter einem Baumstamm erleichtert, gewöhnen sich seine Pupillen an die Dunkelheit, die unter dem Blätterdach herrscht.

Was ist das da hinten am Boden für ein länglicher Schatten? Ein Baumstamm? Oder ... liegt da etwa einer?

Ja, da liegt einer, er kann den Umriss erkennen, den Kopf, die Beine.

Oleg fährt in die Höhe und taumelt vor Schreck mit heruntergelassenen Hosen ein paar Schritte rückwärts. Er stolpert über eine Wurzel, fängt sich gerade noch und zieht seine Hose hoch. So schnell er kann, kriecht er durch das Gebüsch wieder zurück auf den Waldweg.

Keuchend und unschlüssig bleibt er auf dem Weg stehen. Mücken tanzen um seinen Kopf, der Verkehr rauscht, ein Eichelhäher krächzt, Vögel zwitschern. Alles ist wie immer. Scheinbar.

Wäre da nicht diese Leiche, die nur ein paar Meter von ihm entfernt im Gebüsch liegt.

Am liebsten würde er so tun, als hätte er nichts gesehen, und seinem ersten Impuls folgen, der ihm sagt: weg hier! Raus aus diesem Wald.

Aber vielleicht hat er sich auch etwas eingebildet. Im Dämmerlicht sehen harmlose Dinge manchmal ganz seltsam aus, da kann einem die Fantasie schon einmal einen Streich spielen. Vielleicht hatte er ja auch nur ein Bündel Kleider erspäht. Die Leute schmeißen auf Raststätten und in Wäldern alles Mögliche weg. *Komm schon, Oleg, sei kein Feigling. Wenn du jetzt nicht nachsiehst, glaubst du womöglich für den Rest deines Lebens, du hättest beim Scheißen eine Leiche gesehen, und in Wirklichkeit waren es vielleicht nur ein paar alte Klamotten.*

Er fingert sein Handy aus der Jacke und geht ganz langsam und im Lichtschein des Displays wieder durch die Lücke zwischen den Sträuchern auf den Schatten zu. Sein Herz hämmert, die Knie zittern und, verdammt, er kann seine eigenen Fäkalien riechen, was ihm sonst nichts ausmacht, aber jetzt wird ihm davon ganz übel. Der Lichtschein des Displays reicht aus, um zu bestätigen, was er längst wusste, aber nicht wahrhaben wollte: Augenhöhlen starren ins Leere, und aus dem Loch an der Schläfe des Mannes kriechen Maden. Heilige Muttergottes, dass das ihm passieren muss!

Noch immer möchte Oleg am liebsten davonrennen. Aber er beherrscht sich, geht in normalem Tempo zurück zur Raststätte und zu seinem Laster, schlüpft in die vertraute Höhle seines Führerhauses und zündet sich erst mal eine Zigarette an. Seine Hände zittern ein wenig. Er zieht den Rauch tief in die Lungen und bläst eine Wolke zum Fenster hinaus.

Was jetzt? Die Polizei rufen? Die Kollegen alarmieren? Vorne in der langen Reihe der Lkw parkt ein anderer Weißrusse, mit dem hat er sich heute Mittag beim Duschen unterhalten. Scheint ein ganz netter Kerl zu sein. Sollte er den erst mal um Rat fragen? Aber was wird der schon groß sagen? *Ruf die Polizei, was denn sonst?*

Ein normaler Mensch, ein pflichtbewusster Bürger, ruft die Polizei, wenn er einen Toten im Wald findet.

Aber Oleg ist kein Bürger dieses Landes, und dieser tote Mann da drüben, der ist nicht von selbst tot umgefallen, so viel ist klar. Oleg hat in seinem Leben schon einige Schusswunden gesehen, er weiß, wie so was aussieht. Wenn er jetzt die Bullen ruft, vergeht erst einmal eine halbe Stunde, bis die überhaupt da sind. Als Nächstes muss dann die Kripo her, das dauert noch länger, dann wollen sie seine Aussage und dass er ein Protokoll unterschreibt, und dafür werden sie ihn aufs Polizeirevier schleppen, wo er dann die ganze Nacht über bleiben muss. Denen ist egal, dass er einen Liefertermin hat, die werden ihn nie und nimmer um zehn Uhr weiterfahren lassen.

Sein Chef wird jedoch überhaupt kein Verständnis haben, wenn Oleg seine Ladung nicht pünktlich abliefert. Das gibt einen mordsmäßigen Ärger, das hat er erst neulich erlebt, obwohl es nicht seine Schuld war. Und dieses Mal könnte er nicht mal einen Stau als Grund ins Feld führen.

Was geht dich eine wildfremde Leiche in einem Gebüsch an, du hast Termine einzuhalten. Genau das würde sein Chef zu ihm sagen. Und ihn dann entlassen.

Ist das die Sache wert? Der Kerl ist tot, dem kann eh nicht mehr geholfen werden. Aber Oleg lebt und hat zu Hause in Minsk eine Frau und zwei Kinder zu versorgen.

*

»Eigentlich könnten wir jetzt wieder gehen«, sagt Rifkin und deutet mit dem Kinn auf Oda, die an dem kleinen Tisch am Ende der langen Theke sitzt und ihr Gegenüber anlächelt.

Der Mann, der sich mit Oda im *Oscar's* getroffen hat, ist zum Glück niemand, den man dienstlich oder von sonst woher kennt. Leider hat er auch wenig Ähnlichkeit mit dem Mann, den sie suchen.

»Bleib lieber noch ein bisschen«, rät Fernando. »Sieh zu und lerne.«

»Was denn? Wie man seine Kollegen an zwei Abenden beschäftigt, und das völlig für die Katz?«

»Nein, wie man Kerle stilvoll anbaggert.«

»Denkst du etwa, ich habe da ein Defizit?«

»Man lernt nie aus. Außerdem ist es doch nett hier.« Er macht eine umfassende Handbewegung. Es ist halb zehn, noch ist das Oscar's nur zur Hälfte gefüllt. Später, wenn Oper, Theater und Varieté zu Ende sind, wird es sicher noch voller werden.

»Zweifellos«, bestätigt Rifkin, die ihren Wodka-Lemon ziemlich rasch hinuntergekippt hat.

»Ich geb noch einen aus.«

»Ich weiß, warum du das tust. Du willst nicht nach Hause zu deiner Frau, die sicher noch schmollt wegen Völxens Anschiss und ihren Frust an dir auslässt.« Rifkin lächelt.

»Quatsch«, murmelt Fernando ertappt.

»Na, wenigstens ist der Typ da drüben das krasse Gegenteil von Dr. Bächle. Gar nicht mal so übel – für sein Alter.«

»Ja, sie steigert sich«, grinst Fernando.

»Zumindest optisch. Vielleicht ist der Kerl ja grottendämlich.«

»Glaub ich nicht, sonst würde sie sich nicht so ins Zeug legen. Gott, schau nur, wie sie ihn anmacht. Diese Haltung des Kopfes, das Reden mit den Händen ... Es ist das reinste Ballett.«

»Krieg dich wieder ein, Rodriguez. Das sind nur die ältesten Tricks der Welt, bis jetzt habe ich noch nichts Neues gelernt.«

»Du bist nur neidisch.«

»Auf den alten Kerl?«

»Au weia, jetzt hat sie uns gerade ganz böse angeschaut. Ich glaube, es wäre ihr lieber, wenn wir gehen würden.«

»Jetzt erst recht nicht«, sagt Rifkin. »Glaubst du wirklich, dass sie den heute noch abschleppt?«

»Ich trau ihr alles zu.«

»Sie ist aber schon noch mit ihrem Tian Tang zusammen?«, fragt Rifkin. »Ich finde den ja cool.«

»Oda nimmt es mit der Treue nicht so ernst. Ihr Vater ist Franzose, die haben ja bekanntlich eine lockere Moral.«

»Und du hast überhaupt keine Vorurteile.«

»Nein, woher denn?«, erwidert Fernando.

»Wie ist Oda eigentlich an einen chinesischen Wunderheiler geraten?«, will Rifkin wissen.

»Bei einer Ermittlung natürlich. Der Kompagnon seiner Naturheilpraxis wurde umgebracht.«

»Und Oda hat sich den Verdächtigen geschnappt?«

»Nachdem der Fall gelöst war. Hoffe ich wenigstens«, setzt Fernando hinzu.

»Hattest du mal was mit ihr?«

»Ich? Nein. Ich bitte dich! Ich bin für strikte Trennung von Beruf und Privatleben.«

Rifkin, die gerade von ihrem neuen Wodka-Lemon trinken will, verschluckt sich vor Lachen.

Fernando wird rot. »Mit Jule ist das was anderes. Schließlich haben wir geheiratet«, verteidigt er sich. »Da fällt mir was ein: Als Jule ganz frisch in Völxens Dezernat war und ihre Wohnung gerade bezogen hat, haben Oda und ich sie besucht, um ihr beim Lampenaufhängen zu helfen. Die zwei Studenten von oben sind auch dazugekommen. Die Typen haben jahrelang Gras auf dem Balkon angebaut. Die wussten da natürlich noch nicht, dass wir alle bei der Polizei sind. Jedenfalls haben wir uns ziemlich zugekifft, aber Oda hat mal wieder den Vogel abgeschossen und prompt auch noch einen von den Typen vernascht. Oder beide, man weiß es nicht genau.«

»Jule hat *gekifft*?«, fragt Rifkin ungläubig.

Fernandos Handy piept. »Verdammt, das war Raukel. Den hätte ich fast vergessen, der lungert ja immer noch auf dem Opernplatz rum. Ich schreib ihm Entwarnung und dass er reinkommen kann.«

»Der kriegt die Krise, wenn er seine Konkurrenz sieht«, meint Rifkin.

»Ich schreib ihm trotzdem. Sonst ist er die ganze nächste Woche sauer auf mich.«

*

Oda Kristensen muss zugeben, dass Völxen am Ende recht behalten hat: Die Anzeigenaktion war umsonst. Und nicht nur das, um ein Haar hätten sie es sich auch noch mit Dr. Bächle, dem Chef der Rechtsmedizin der Medizinischen Hochschule, verdorben. Ein Glück, dass der Mann Humor hat.

Dieser Frank ist zwar nicht der, den sie suchen, aber er hat Charme und sieht recht gut aus: markantes Kinn, schelmisch blitzende Augen, schöne Römernase. Er hat sein Alter mit zweiundfünfzig angegeben, wirkt aber eher jünger. Oda selbst hat sich drei Jahre älter gemacht. Das wollte er ihr erst nicht glauben, aber Oda hat ihn gefragt, ob er schon mal eine Frau getroffen habe, die ihr Alter nach oben korrigiert hätte. Sie besitze eben gute Gene.

Im Grunde entspricht er ziemlich genau den Anforderungen in ihrem Anzeigentext – ein Umstand, der Oda noch mehr amüsiert als seine Anekdoten. Er ist Rechtsanwalt. Die hören sich ja meistens gern reden und haben immer eine Menge zu erzählen. Oda selbst hat vorsichtshalber nicht verraten, dass sie Polizistin ist. Manche Leute reagieren komisch darauf, so ihre Erfahrungen. Entweder sie werden ganz wortkarg und verabschieden sich schnell, oder sie löchern einen mit tausend Fragen und machen Witze über Sex mit Handschellen. Sie hat sich als Verwaltungsangestellte beim Ordnungsamt ausgegeben. Ein langweiliger Beruf, über den es nicht viel zu erzählen gibt, also kann Frank ungehindert glänzen, und sie kann nur zuhören.

Eigentlich war es doch keine schlechte Idee, diese Anzeige. Es tut der Seele gut, mal wieder nach Herzenslust zu flirten und nach allen Regeln der Kunst umgarnt zu werden. Passiert einem in fortgeschrittenem Alter ja immer seltener. Sie lauscht gern Franks angenehmer, sonorer Stimme und bestellt noch eine zweite Weinschorle. Eine Schande, findet Oda, in dieser High-End-Bar nur verdünnten Wein zu trinken, aber sie muss ja noch bis nach Isernhagen rausfahren. Ab und zu denkt sie an Tian, der sicherlich nicht begeistert wäre, könnte er sie jetzt sehen. Andererseits, wer weiß, was der in Peking so treibt, und außerdem wird ein harmloser Flirt ja noch erlaubt sein, schließlich sind sie nicht verheiratet und haben nie irgendwelche Treueschwüre geleistet.

Ab und zu schielt Oda zu Fernando und Rifkin. Es ist bestimmt nur der schiere Voyeurismus, der die beiden noch auf ihren Plätzen hält, aber irgendwie hat Oda das Gefühl, dass Fernando mit Rifkin gerade über sie redet. Da Oda und Fernando sich schon ziemlich lange kennen, gibt es sicherlich einiges zu erzählen.

Jetzt glotz gefälligst nicht so auffällig zu uns rüber! Oda wirft Fernando einen bitterbösen Blick zu und deutet mit den Augen Richtung Ausgang. *Haut schon endlich ab!*

Aber Fernando grinst nur frech in sein Glas.

Na, warte, Rodriguez, du kommst schon wieder angekrochen und willst etwas von mir.

Der Flirt ist jetzt an einem Punkt angekommen, an dem man entweder einen Schritt weitergehen oder einen Rückzieher machen muss. Oda ist noch am Überlegen, als ihr Kollege Erwin Raukel die Bar betritt. Seine Schweinsäuglein wandern suchend herum und bleiben dann an ihr und ihrem Gegenüber hängen.

Noch einer, der uns anstiert. Es reicht. Die Sache ist entschieden, es bleibt nur die Flucht.

Oda schaut auf die Uhr, spielt die Erschrockene. »Oh, es ist schon so spät. Ich muss leider los.« Sie rutscht vom Stuhl.

»So plötzlich?«, wundert sich ihre Begleitung. »Habe ich irgendetwas Falsches gesagt?«

»Nein, nein überhaupt nicht. Ich muss morgen nur ganz früh raus. Ein wichtiges Meeting, da muss ich fit sein.« Sie schenkt ihm einen intensiven Blick und ihr bezauberndstes Lächeln. »Ich brauche meine acht Stunden Schönheitsschlaf, tut mir leid.«

»Gibst du mir deine Telefonnummer, Maria?«, fragt er.

»Nein«, lächelt Oda. »Ich hasse es, auf Anrufe zu warten. Gib mir lieber deine.«

»Okay.« Er tastet in seinem Jackett herum und murmelt dann, er habe wohl die Visitenkarten im anderen Sakko. Er bittet den Kellner um einen Stift und die Rechnung und schreibt die Nummer auf die Manschette seines Bierglases, während Oda aus den Augenwinkeln beobachtet, wie sich Raukel zu Fernando und Rifkin an den Tisch setzt. Auch er lässt sie kaum aus den Augen.

»Rufst du wirklich an?«, fragt ihre Eroberung mit einem so treuherzigen Hundeblick, dass Odas Moral ins Wanken gerät und sie ihre anwesenden Kollegen verwünscht.

Sie drückt ihm einen Kuss auf die Wange. Er riecht gut. Männlich, anziehend. *Rasierwasser und Pheromone, nicht drauf reinfallen, Oda!*

»Ja«, sagt sie. »Bestimmt.«

»Warte kurz, bis ich bezahlt habe, ich bringe dich noch zu deinem Auto.«

»Das ist nicht notwendig«, sagt Oda entschieden. »Mein Wagen steht gleich gegenüber, sind nur ein paar Schritte.«

»Na, dann. Wiedersehen, Maria.«

»*Au revoir*, Frank.«

*

Draußen auf der Georgstraße atmet Oda erst einmal tief durch und legt die Hände an ihre erhitzten Wangen. Eine Zigarette wäre toll, aber sie will lieber sehen, dass sie wegkommt. Nicht, dass Frank sie doch noch einholt, wer weiß, was dann passiert. Sie geht mit weit ausholenden Schritten davon und fühlt sich, als hätte sie eine Flasche Champagner getrunken, nicht nur anderthalb Weißweinschorle. Mein lieber Herr Gesangsverein, der Typ war wirklich *heiß*, wie Veronika sagen würde. Mal gut, dass ihre drei Anstandswauwaus zugegen waren.

Sie steigt in ihren Golf, der vor der Deutschen Bank parkt, und fährt los. Ihr ist auf einmal fürchterlich warm. Sind das etwa schon die Wechseljahre? Sie lässt die Fensterscheiben runter. Besser. An der nächsten Ampel nimmt sie die Spange aus dem Haar und genießt im Weiterfahren den Fahrtwind.

Seine Telefonnummer hat sie ja. Sie kann es sich immer noch überlegen.

Sie lässt die Scheiben wieder hochfahren, die Mainacht ist dann doch ein bisschen kühl. Nicht, dass sie morgen noch ein steifes Genick hat. *Kommt vom Anhimmeln,* würde Fernando sagen, und die anderen fänden das bestimmt zum Totlachen.

*

»Jetzt pressiert's ihm aber, dem Lackaffen.« Mit zusammengebissenen Zähnen beobachtet Raukel Odas sitzengelassenen Begleiter, der soeben die Rechnung bezahlt hat und nun eilig die Bar verlässt. »Sogar das Bier lässt er stehen.«

»Vielleicht ist ihm der Durst vergangen«, grinst Rifkin.

»Ich glaube eher, der trifft sich gleich noch woanders mit ihr«, vermutet Fernando.

»Meinst du?«, fragt Rifkin.

»Jede Wette.«

»So ein Luder«, stößt Raukel inbrünstig hervor.

Fernando streut noch ein bisschen Salz in die Wunde. »Was ich mit Oda schon erlebt habe, ich könnte Geschichten erzählen ...«

»Was für Geschichten?«, beißt Raukel prompt an.

»Ich muss nachdenken. Könnte helfen, wenn du mir noch einen ausgibst ...«

Montag, 7. Mai

Völxen lehnt an den rauen Zaunbrettern der Schafweide und gähnt. Die Luft ist erfüllt von Vogelgezwitscher. Wie können die nur schon wach sein, und vor allen Dingen so laut? Er blinzelt müde in die Landschaft. Bodennebel schwebt wie ein duftiger Schleier über den Feldern. Es ist einer dieser Frühlingstage, an denen die Sonne schon morgens mit unerwarteter Kraft durchbricht und der Welt klarmacht, dass der Winter jetzt endgültig vorbei ist. Obwohl ja noch die Eisheiligen bevorstehen ... Völxen betrachtet den blühenden Apfelbaum und seine fünf Schafe, die sich darunter ineinander verknäult haben. Könnte er doch nur hierbleiben. Hier ist die Welt geordnet, gesetzt, geerdet. In der Stadt dagegen, im Dienst, lauern Verbrechen und Chaos. Natürlich weiß er im Grunde, dass das Unsinn ist, aber an Tagen wie heute empfindet er es so.

»Gestern zu lange Fernsehen geschaut?« Köpcke nähert sich dem Zaun mit Blaumann und Käppi, seiner gewohnten Arbeitskluft.

»Beim Krimi eingeschlafen, wie immer. Jetzt weiß ich wieder nicht, wer's war.«

»Passiert mir nicht mehr«, meint Köpcke.

»Aufputschmittel?«

»Netflix.«

»Ah.«

»Kannst einfach zurückspulen und den Teil noch mal anschauen, den du verschlafen hast.«

»Hat was.«

»Bodooo! Teeleefooon!«, schallt es durch den Garten.

»Die Herrin ruft. Ich muss ... Schönen Tag noch, Jens.«

»Ebenso.«

Völxen legt einen Zahn zu, was Oscar offenbar für ein Spiel hält, denn er umspringt ihn kläffend und beißt vor Übermut in Völxens linken Gummistiefel. »Lass das, du Mistvieh! Aus!«

»Rifkin«, sagt Sabine, reicht ihm sein Diensthandy und lockt Oscar mit einem Stück Käse in die Küche.

»Rifkin? Was gib es zu so früher Stunde? Habt ihr den Heiratsschwindler geschnappt?« Die Frage hat rein rhetorischen Charakter, denn wäre dies so, dann wüsste er natürlich längst davon.

»Nein, Herr Hauptkommissar, das war ein Reinfall. Aber der Kriminaldauerdienst hat gerade angerufen, es gibt einen Leichenfund auf der Raststätte Wülferode Ost an der A 7, in Fahrtrichtung Hamburg. Ich bin auf dem Weg dorthin. Falls Sie auch dazukommen möchten ...«

»Ich bin noch ...« *Im Bademantel,* will er sagen, aber er bremst sich. Erstens geht Rifkin sein höchst privates Outfit nichts an, und zweitens sind Bademäntel im Verlauf der Me-too-Debatte ziemlich in Verruf geraten, da will man lieber erst gar keine negativen Assoziationen heraufbeschwören.

»Wissen Sie was, Rifkin, ich lege diese Angelegenheit in Ihre kundigen Hände. Rufen Sie mich am besten noch mal an, wenn Sie dort sind.«

»In Ordnung, Herr Hauptkommissar.«

Völxen tauscht die Gummistiefel gegen seine Filzpuschen und setzt sich an den Küchentisch.

»Was war denn so dringend?«, fragt Sabine.

»Ein Leichenfund.«

»Ja, und ... musst du nicht weg?«

»Willst du mich loswerden?«

»Wer weiß?«

Früher hätte er alles stehen und liegen lassen und wäre losgefahren, um dann mit knurrendem Magen zwischen den Einsatzfahrzeugen herumzulungern und darauf zu warten, dass Spurensicherung und Rechtsmedizin ihn endlich seine Arbeit tun lassen. Doch in der Ruhe liegt die Kraft, das hat er in seinen mehr als dreißig

Dienstjahren gelernt. Außerdem muss man als zukünftiger EKHK delegieren können.

»Du kannst den Hund heute hier lassen, ich bin um zwölf wieder zurück«, sagt Sabine.

»Gehört, Oscar? Du hast heute frei!«

Der Angesprochene nimmt dies schwanzwedelnd zur Kenntnis.

Der Kaffee steht bereit und duftet, die Brötchen sehen frisch aus, und die Zeitung liegt auch schon da. Völxen angelt sich ein Mohnbrötchen aus dem Korb. Es geht doch nichts über ein üppiges Frühstück.

»Gibt's auch ein Ei?«

*

»Der Kaffee ist ungenießbar.« Rifkin entleert den Inhalt des Pappbechers über ein paar Brennnesseln und wendet sich dann an den Kollegen vom Kriminaldauerdienst, der neben ihr auf dem Waldweg herumsteht. »Wer hat das eigentlich gemeldet?«

»Ein Fernfahrer.«

Automatisch schaut Rifkin hinüber in Richtung Raststätte. »Wo ist der jetzt?« Den könnte sie doch schon mal befragen, ehe sie sich im Wald die Beine in den Bauch steht und sich von den Mücken auffressen lässt.

Oberkommissar Anton-*die-meisten-sagen-Toni-zu-mir*-Bronski deutet die A7 rauf in Richtung Norden. »Wahrscheinlich schon in Dänemark oder Schweden.«

»Wie bitte?«

»Ein Mann mit osteuropäischem Akzent, der nur sehr gebrochen Deutsch sprach, hat um fünf Uhr früh anonym den Notruf gewählt und beschrieben, wo die Leiche liegt. Hat sich entschuldigt, er hätte keine Zeit gehabt, auf die Polizei zu warten, er müsse seine Ladung pünktlich abliefern.«

»Na, toll!«

»Wenigstens *hat* er angerufen«, meint Bronski. »Die Jungs stehen tierisch unter Zeitdruck, die können es sich nicht leisten, einen halben Tag hier rumzuhängen nur für eine Zeugenaussage.«

Rifkin nimmt dies schweigend zur Kenntnis und steckt mangels Abfallkorb den leeren Kaffeebecher in die hintere Tasche ihrer Jeans.

»Ah, wir können dann.« Bronski deutet mit dem Kinn auf einen der Spurensicherer, der ihnen zuwinkt.

Sie gehen im Slalom um die nummerierten Schilder herum.

Bronski muss neu sein beim KDD, jedenfalls ist er keiner, den Rifkin von früher kennt. Insgeheim hat sie auf der Fahrt hierher schon befürchtet, ihrem alten Chef, Gerd Deissler, zu begegnen, diesem Primaten.

Bronski dagegen scheint ziemlich okay zu sein. Sieht auch nicht übel aus. Breites Kreuz, schmale Hüften, Haare auf drei Millimeter geschoren.

Die Leiche befindet sich in einem Waldgebiet hinter der Raststätte Wülferode Ost, gute zweihundert Meter Luftlinie von den Parkplätzen entfernt. Um mit dem Dienstwagen dorthin zu gelangen, mussten sie allerdings ein Stück über die Landstraße fahren und dann zweimal rechts abbiegen. Zum Glück standen an den Abzweigungen jeweils Streifenwagen, denn das Navi kennt die Waldwege nicht.

Die Leiche liegt direkt hinter dem Gebüsch, das den Waldrand säumt, man kann sie vom Weg aus unmöglich im Vorbeigehen sehen. Normalerweise werden solche Leichen von Hundespaziergängern gefunden. Fernfahrer haben selten Hunde dabei, was also hatte der Kerl hier zu suchen? Die Antwort findet sich hinter dem Schildchen mit der Nummer zwölf. Ein Haufen Exkremente, bedeckt von einer Papierserviette, fliegenumschwirrt. Rifkin hält sich reflexartig die Hand vor Mund und Nase. Nicht wegen Spur Nummer zwölf, sondern weil einer der Spusi-Leute gerade die Plane von der Leiche nimmt. Ein Schwarm Fliegen gerät summend in Bewegung.

Der Tote liegt da wohl schon länger, die Natur hat jedenfalls schon mit ihrem Werk der Zersetzung begonnen. Die grün schillernden Insekten stürzen sich sofort wieder auf das Gesicht des Toten.

»Dracksviecher«, murmelt Rifkin in ihre Hand.

An der linken Schläfe des Toten ist ein kleiner, schwarzer Krater zu sehen, der auf Fliegen und Maden anscheinend besonders anziehend wirkt.

»Kopfschuss, vermutlich aufgesetzt«, sagt Bronski mit Kennermiene.

Kopfschuss. Eine Hinrichtung? Vielleicht so ein Mafia-Ding, überlegt Rifkin. Dann wird's schwierig, das könnte Völxen die Aufklärungsquote ordentlich verhageln.

»Was ist mit seinen Augen?«, flüstert Rifkin entsetzt.

»Krähen«, antwortet Bronski.

Unwillkürlich ist Rifkin zurückgewichen. »Papiere?«

Bronski schüttelt den Kopf. »Auch kein Autoschlüssel, kein Handy, nichts.«

Der Mann ist gut gekleidet. Schwarze Budapester, anthrazitfarbenes Sakko, schwarze Hose. An der Kleidung haften Erde, Gras und Blätter.

Hinter ihnen räuspert sich jemand. Es ist eine Frau mittleren Alters mit einem Alukoffer in der Hand. Sie trägt einen weißen Overall, aber die Kapuze hat sie nicht aufgesetzt, und der Anblick ihres grellrot gefärbten Haars ist am frühen Morgen ein ziemlicher Schock für die müden Augen von Kommissarin Rifkin.

»Westphal, Rechtsmedizin, dürfte ich bitte mal durch?« Ihre Stimme klingt angekratzt und wenig begeistert, offensichtlich zählt auch sie nicht zu den Lerchen.

»Einen Moment noch«, sagt Rifkin. Sie ignoriert das empörte Luftschnappen der Westphal und macht unter Aufbietung größter Selbstüberwindung ein paar Fotos von dem Toten, ehe sie Bronski mit einem Blick signalisiert, dass sie jetzt umkehren können.

»Das dauert bestimmt«, meint der, als sie wieder auf dem Waldweg stehen. »Kann ich dir einen Kaffee ausgeben ... äh, wie war dein Vorname noch gleich?«

»Im Dienst heiße ich Rifkin. Tee wär mir lieber.«

»Gehen wir zu Fuß und nehmen die Abkürzung«, sagt Bronski. »So ist der Fernfahrer wahrscheinlich auch gegangen.« Sie folgen dem Waldweg, der dicht mit Unkraut überwuchert ist und schließlich übergeht in einen Pfad.

»Bist du sicher, dass wir richtig sind?«

Kaum hat Rifkin ausgeredet, stehen sie wieder auf der schmalen Straße, die Rifkin hergekommen ist und die von der Raststätte durch den Wald zur nächsten Landstraße führt. Ein Streifenwagen blockiert sie inzwischen, die zwei Polizisten lehnen am Wagen und essen irgendetwas von Nordsee. Drinnen im Auto krächzt ein Funkgerät vor sich hin.

In der Raststätte treffen sie auf Bronskis Kollegin, die sich gerade ein Frühstück gegönnt hat. Heike Fuchs, Kommissarin zur Anstellung. Sie hat einen blonden Pferdeschwanz und trägt Jeans mit Glitzer.

»Die Kollegen von der Streife und ich beobachten schon seit anderthalb Stunden den Parkplatz, um zu sehen, ob irgendwo ein Wagen parkt, den keiner wegfährt. Aber alle, die länger stehen, gehören dem Personal, das haben wir inzwischen gecheckt.« Ihr piepsiges Stimmchen passt zum rosa Lipgloss, der auch ein bisschen zu sehr glitzert.

Also wurde der Tote im Wald nur abgeladen. Der Mord kann weiß der Teufel wo geschehen sein. Dass man von der Raststätte aus weiter in den Wald fahren kann, begünstigte das Vorhaben, die Leiche loszuwerden. Hat derjenige das gewusst? Kennt er die Raststätte gut, kommt er vielleicht öfter hierher?

Miss Lipgloss scheint auf einen Kommentar von Rifkin oder Bronski zu warten, da aber nichts kommt, außer einem herzhaften Gähnen von Rifkin, stellt sie ihr Tablett in den dafür vorgesehenen Wagen und verschwindet in Richtung Toiletten. Jede Wette, spekuliert Rifkin, dass ihr Exvorgesetzter Deissler schon um sie herumschwänzelt.

»Schwarz«, sagt sie zu Bronski.

»Was?«

»Den Tee.«

Während sie Bronski, der vor dem Tresen ansteht, mit Blicken Löcher in die Jeans brennt, ruft Rifkin Völxen an.

»Rifkin, was haben wir?«

»Männliche Leiche, aufgesetzter Kopfschuss. Liegt schon ein paar Tage im Wald. Ein Fernfahrer, der mal musste, hat ihn entdeckt, ist aber weitergefahren und hat den Leichenfund anonym gemeldet. Genaueres kann ich noch nicht sagen, eine Frau Dr. Westphal von der Rechtsmedizin ist gerade an der Leiche dran.«

»Stimmt, Bächle hat ja ein paar Tage Urlaub, auch das noch. Muss ich hinkommen? Oder soll ich Rodriguez schicken?«

»Weder noch, Herr Hauptkommissar, ich habe alles im Griff und halte Sie auf dem Laufenden. Ich schicke Ihnen Fotos. Die sind aber nicht hübsch.«

»Gut, Rifkin, ich verlasse mich auf Sie.«

Bronski kommt mit dem Tee und einem Kaffee für sich zurück. Rifkin planscht mit dem Beutel im kochend heißen Wasser herum. Ihr ist ein kleines bisschen komisch im Magen, vielleicht sollte sie doch etwas essen.

»Du hättest mich auch vorwarnen können.«

»Vor was?«

»Na, vor der Leiche.«

»Wie man es macht, ist es verkehrt«, beklagt sich Bronski. »Die letzte Kollegin hat mich angezischt und gefragt, ob ich einen Mann auch vorgewarnt hätte.«

»Ihr Kerle habt es wirklich nicht leicht«, stellt Rifkin fest, ausnahmsweise einmal ohne Sarkasmus.

»Entschuldige, Katharina, dass ich dich nicht vorgewarnt habe.«

»Hä?«

»Dein Vorname. Katharina?«

»Falsch, *Anton*.«

»Wie gesagt, du darfst mich auch Toni nennen.«

»Du siehst mehr nach Anton aus. *Toni Bronski*, wie klingt das denn?«

»Wenn ich deinen Namen errate, gehst du dann mit mir ein Bier trinken?«

Sie mustert ihn, als würde sie ihn eben erst richtig wahrnehmen. Doch, ja, auch seine Vorderseite kann sich sehen lassen: hohe Wangenknochen, leicht geknickte Boxernase, wache graue Augen. Manchmal grinst er schief, so wie jetzt, als sie zurückfragt: »Sehe ich aus wie Rumpelstilzchen?«

»Ganz und gar nicht, Olga.«

»Olga? Echt jetzt? Warum nicht Dörte? Oder Silke?«

Er wirft den Kopf zurück und lacht. Schöne Zähne.

»Einen hast du noch.«

»Elena.«

Rifkin hebt die Augenbrauen und sieht ihn über den dampfenden Tee hinweg misstrauisch an.

»Okay, ich gebe es zu: Der Kollege Kattenhage hat's mir gesimst. Ihr wart wohl häufiger zusammen im Einsatz. Du musst einen bleibenden Eindruck hinterlassen haben, er spricht öfter von dir.«

Leon Kattenhage, damals noch Anwärter, so wie Miss Lipgloss jetzt. Ist also erst mal im KDD hängen geblieben. »Was hat er sonst noch gesagt?«

»Nichts.«

»Los, raus damit.«

»Er fand dich, ich zitiere: *scharf wie einen Biberzahn*.«

Rifkin muss grinsen.

»Was ist nun mit dem Bier?«, fragt Bronski.

»Du hast es doch gar nicht erraten. Achtung, Pumuckl im Anmarsch.«

»Da kriegt man ja Augenkrebs«, murmelt Bronski.

»Hier sind Sie!«, stellt die Rechtsmedizinerin mit verärgert gekräuselter Stirn fest.

»Verzeihung, wir dachten, es dauert länger«, sagt Rifkin.

»Möchten Sie einen Kaffee?«, fragt Bronski. Sein gewinnendes Lächeln sieht ein bisschen bemüht aus.

»Nein, danke. Ich wollte Ihnen nur meinen ersten Eindruck weitergeben.« Sie stellt ihren Koffer ab. »Das Alter des Mannes liegt zwischen Anfang und Ende fünfzig. Besonderes Merkmal ist eine lange, ältere Narbe an der linken Oberschenkelinnenseite. Wie man sehen kann, wurde er mit einem aufgesetzten Schuss getötet, Einschuss an der linken Schläfe, Ausschuss am rechten Hinterhauptbein. Ich tippe auf ein Neun-Millimeter-Teilmantelgeschoss, aber das nur unter Vorbehalt.«

»Wie lange liegt der da schon?«, will Rifkin wissen.

»Schwierig, zu sagen.«

»Ungefähr?«

»Acht bis vierzehn Tage. Getötet wurde er auf jeden Fall nicht an der Stelle, an der er lag«, fährt die Rechtsmedizinerin fort. »Wir hätten sonst Hirnmasse und Knochensplitter finden müssen, und natürlich auch das Projektil. Aber da war nichts, auch kein Blut.«

Rifkin ignoriert ihren Magen, der gerade zum Salto ansetzt, als Frau Westphal sagt: »Das Entsorgen der Leiche muss jedoch kurz nach seinem Tod geschehen sein.«

»Wie kurz?«

»Die Livores, die Leichenflecken, bilden sich schon nach einer Stunde. Wenn die Leiche danach noch bewegt wird, findet man sie an unterschiedlichen Stellen, was bei unserem Mann aber nicht der Fall ist. Alles Weitere nach der Obduktion.«

»Danke sehr.«

Dr. Westphal nickt, nimmt ihren Koffer und stapft hinaus.

Rifkin atmet tief durch. Also geschah die Tat im Radius von einer knappen Stunde Fahrzeit. Immerhin etwas.

»Geht's?«, fragt Bronski.

»Klar.«

Ihr Tee ist endlich so weit abgekühlt, dass man ihn trinken kann.

Während sie das tut, betrachtet Rifkin die Fotos, die sie vom Gesicht des Toten gemacht hat. Ohne das Fliegengesumm und den Verwesungsgeruch kann sie sich besser darauf konzentrieren. Die Haut ist aufgedunsen, die Gesichtszüge sind entstellt, *Livores* und Maden tun ein Übriges, aber dennoch ... Je länger sie die Fotos betrachtet, desto mehr beschleunigt sich ihr Puls, und ein Adrenalinschub lässt sie plötzlich hellwach werden.

»Was ist? Hast du was entdeckt?«, fragt Bronski, dem Rifkins Erregung nicht entgangen ist.

»Ich weiß noch nicht. Hast du mal einen Stift?«

Er sucht in seiner Jacke danach, dann geht er zur Theke, um einen zu besorgen. Rifkin schickt derweil die Fotos per Whatsapp an den Rest ihres Dezernats und schreibt dazu: *Ist er das?*

Bronski reicht ihr einen Kugelschreiber, und ehe Rifkin aufsteht, packt sie seinen rechten Unterarm und schreibt ihre Handynummer auf die Innenseite.

»Ruf mich mal an. Und danke für den Tee. Ich muss noch mit der Spusi reden.«

*

Rolf Fiedler steht neben dem Dienstfahrzeug der Spurensicherung und zerrt sich die Kapuze vom Kopf.

»Es stimmt, was die rothaarige Dame sagt. Der Fundort ist nicht der Tatort. Jemand ist mit einem PKW hierhergefahren, hat die Leiche dann abgeladen und durch das Gebüsch in den Wald geschleift. Danach hat er ein paar Meter weiter hinten, wo der Weg ein bisschen breiter ist, gewendet. Es hat nicht viel geregnet, man kann noch sehen, wo das Gras und die Erde platt gedrückt wurden.«

»Ich sehe da nichts«, gesteht Rifkin.

»Man braucht dazu ein geschultes Auge«, behauptet Rolf Fiedler. »Und wir haben sogar ein Reifenprofil.«

»Ein Reifenprofil? Echt jetzt?«

Er nickt. »Echt und in Hundescheiße. Manchmal ist die ja doch für was gut.«

»Verstehe«, sagt Rifkin und lächelt mitfühlend. »Euer Job kann manchmal auch ganz schön beschissen sein.«

*

»Na, Oda, wie war die Nacht?«, fragt Völxen.

»Kommst du wirklich, um mich das zu fragen?«, erwidert Oda, die sich gerade eine Zigarette anstecken wollte.

»Ich sorge mich halt um das Wohl meiner Leute.«

»Komisch, Rodriguez hat sich heute auch schon für meine Nachtruhe interessiert. Aber danke der Nachfrage. Ich habe sehr gut geschlafen. Und zwar allein«, fügt sie hinzu, obwohl das niemanden etwas angeht. Aber man will ja auch nicht unnötig seinen untadeligen Ruf aufs Spiel setzen. »Und ja, ich gebe es zu, die Sache mit der Bekanntschaftsanzeige war ein Reinfall ... bis jetzt. Es kann sich ja immer noch einer melden.«

»War einen Versuch wert, aber jetzt vergiss es«, winkt Völxen ab. »Warum ich hier bin: Hast du schon die Fotos gesehen, die Rifkin geschickt hat?«

»Fotos? Nein, warte ...« Oda überprüft ihr Handy. »Uah! Sag mal, kannst du mich nicht vorwarnen? So was vertrage ich nicht mehr auf nüchternen Magen.«

Oda hat kaum ausgeredet, als es an der Tür klopft und Fernando hereinstürmt. »Hey, habt ihr schon gesehen, Rifkin hat Fotos ...«

»Wissen wir«, sagt Völxen. »Und? Was meint ihr?«

Alle drei starren auf ihre Handys.

»Könnte schon sein«, sagt Oda.

Fernando nickt. »Ich weiß nicht. Fragen wir doch Frau Cebulla, die kennt ihn besser.«

»Bist du wahnsinnig?«, zischt Völxen. »Du kannst ihr doch nicht diese Bilder zeigen!«

»Wieso nicht? Sie ist so was doch gewohnt.«

»Aber das ist was anderes«, widerspricht Völxen.

Nein, es reicht. Er hat die arme Frau in den letzten Tagen schon genug strapaziert, sie soll jetzt nicht auch noch das Gesicht ihres Exliebhabers im fortgeschrittenen Stadium der Verwesung sehen müssen. Nach der unerfreulichen Unterhaltung vom Freitagnachmittag ist er schon froh gewesen, dass sie heute zum Dienst erschienen ist und nicht einmal besonders pampig war, sondern so getan hat, als wäre nichts gewesen.

»Diese Fotos bleiben auf unseren Handys, klar? Sagt es auch Raukel, falls der heute noch mal zu erscheinen gedenkt.«

»Der ist gestern noch mit Rifkin im *Oscar's* versumpft«, petzt Fernando. »Ich sehe schwarz für ihn, Rifkin kann saufen wie ein Gully, ohne dass es ihr am nächsten Morgen schlecht geht, das hab ich selbst schon erlebt.«

»Stimmt, da war doch was«, erinnert sich Oda. »Ihr hattet ja mal eine gemeinsame Nacht ...«

»Das war nicht so, wie es aussah ...«

»Schluss jetzt damit«, geht Völxen dazwischen.

Oda zuckt die Achseln. »Gut, wenn wir Frau Cebulla die Bilder nicht zeigen dürfen, dann müssen wir eben warten, bis die Spusi die Fingerabdrücke des Toten ausgewertet und verglichen hat.«

»Und falls die Leiche tatsächlich ihr Romeo ist, kann ich mir überlegen, wie ich ihr das diplomatisch beibringe«, seufzt Völxen. »Ich hoffe, sie ist inzwischen so sauer auf ihn, dass ihr sein Tod nicht allzu viel ausmacht.«

»Vielleicht war sie es ja«, grinst Fernando. »Rifkin wird sicher darauf bestehen, dass man ihr Alibi überprüft.«

»Oh, bitte, nicht schon wieder diese Leier«, wehrt Völxen ab.

»Jetzt mal im Ernst: Wenn mich einer um vierzigtausend Euro erleichtert hätte, käme ich als Täter durchaus infrage«, gesteht Fernando. »Zumindest würde ich nicht gerade vor Trauer über seinen Tod zusammenbrechen, im Gegenteil. Mir könnten die Bilder von dem Typen gar nicht grausig genug sein.«

»Ja, du ...«, sagt Oda gedehnt. »Aber Frauen ticken anders. Immerhin hat sie den Mann mal geliebt.«

»Ich sehe schon das nächste Drama am Horizont heraufziehen«, verkündet Völxen mit düsterer Miene.

»Vertrau einfach auf dein Fingerspitzengefühl«, rät ihm Oda.

Völxen runzelt die Stirn, nicht sicher, ob da eben nicht ein Hauch Ironie mitschwang. »Weißt du was? Gerade ist mir eingefallen, dass ich ja eine studierte Psychologin unter meinen Leuten habe. Also wird die das Überbringen der Botschaft übernehmen, mit der gebotenen Einfühlsamkeit.«

»Hätte ich nur meine Klappe gehalten«, sieht Oda ein.

»Und macht der Spurensicherung wegen der Fingerabdrücke Dampf.«

»Rifkin schreibt, dass die Leiche wahrscheinlich schon ein bis zwei Wochen da liegt. Wenn der Typ verheiratet ist, muss es doch wohl irgendwo eine Vermisstenanzeige geben«, wirft Fernando ein.

»Stimmt, prüft das nach. Gut mitgedacht«, lobt Völxen. »Du solltest öfter abends einen trinken gehen, das bekommt deinem Grips besser als Wände streichen.«

Fernando lässt dies unkommentiert.

»Falls mich wer sucht, ich bin mal kurz drüben beim Vize.«

Fernando und Oda nicken bedeutungsvoll. Kaum dass Völxen gegangen ist, zündet sich Oda – endlich – ihre Zigarette an.

*

»Er kommt in ein paar Minuten wieder«, sagt Frau Cebulla zu Rifkin, die auf dem Sofa sitzt und das Kissen mit dem aufgestickten Schaf knautscht.

»Es blökt ja gar nicht mehr«, stellt sie enttäuscht fest.

»Er hat das Blök-Dingsda rausgenommen, weil gewisse Kindsköpfe damit immer den Hund geärgert haben«, erklärt Frau Cebulla.

»Wo ist er denn?«

»Der Hund? Zu Hause, nehme ich doch an.«

»Der Chef.«

»Der Herr Hauptkommissar ist drüben im Altbau. Beim Vizepräsidenten.« Sie lächelt vielsagend, schweigt aber, weil sie nicht sicher ist, ob Rifkin über die bevorstehende Beförderung ihres Vorgesetzten im Bilde ist. Diskretion zählt schließlich zu den Grundtugenden einer *Assistentin* des *künftigen* EKHK.

Frau Cebulla ist zwar immer noch ein bisschen eingeschnappt, weil Völxen sie nach ihrem Alibi und ihren Fingerabdrücken gefragt hat, aber über das Wochenende hatte sie Zeit, um ihren Ärger in einer neuerlichen Putzorgie zu verarbeiten und nachzudenken. Unter anderem auch über die Frage, was sie wirklich getan hätte, wenn sie beizeiten von Viktors Geliebter erfahren hätte. Sicherlich hätte sie keinen Mord begangen. Gekränkt und wütend wäre sie natürlich gewesen – aber womöglich auch noch um vierzig-tausend Euro reicher. Ob er wohl vorgehabt hatte, ihr Geld mit dieser Musikerin zu verjubeln? Romantik-Suite im Kempinski-Hei-ligendamm – von ihren Ersparnissen?

Der Teufel soll ihn holen! Hoffentlich wird er gefasst.

Schließlich hat sie eingesehen, dass ihr Chef nur seine Pflicht getan hat, auch wenn er wirklich eine Ausnahme für sie hätte machen können. Er ist doch sonst auch nicht der Typ, der skla-visch an den Dienstvorschriften klebt. Doch wer weiß, vielleicht ist dieser Übereifer ja gar nicht auf seinem Mist gewachsen. Sie wirft Rifkin einen argwöhnischen Blick zu. Der Muskelfrau mit dem Madonnengesicht und dem Männerhaarschnitt hat sie von Anfang an nicht so recht über den Weg getraut. Diese barsche, zackige Art, die die immer an den Tag legt, als befände man sich in einer Kaserne. Es würde sie außerdem gar nicht wundern, wenn die vom anderen Ufer wäre.

»Frau Cebulla! Einen Augenblick noch.«

»Ja?«

»Ich muss Sie was fragen: Sagen Sie, hatte Ihr Lover eine lange Narbe an der Innenseite des rechten Oberschenkels?«

*

»Ich war's nicht!« Hauptkommissar Erwin Raukel drückt sich gegen die Wand des Flurs und hebt die Hände, als würde sein Vor-gesetzter ihn mit einer Waffe bedrohen.

»Was warst du nicht?«, fragt Völxen perplex.

»Die Cebulla. Ich habe kein Wort zu ihr gesagt, wirklich, ich schwöre es beim Barte des Propheten! Ich kam ahnungslos rein und wollte mir einen Kaffee und eine Aspirin holen, bevor ich mich auf die Arbeit stürze, da schwamm das Büro praktisch schon in Tränen.«

Völxen lässt ihn stehen und beschleunigt seine Schritte.

»Brauchst dich nicht zu beeilen!«, ruft ihm Raukel hinterher. »Der Spanier hält bereits Händchen.«

Entweder hat Erwin Raukel maßlos übertrieben, oder Fernandos Fähigkeiten als Witwentröster wurden bislang stark unterschätzt. Lediglich ein Haufen zusammengeknüllter Papiertaschentücher im Abfallkorb und etwas verschmierte Wimperntusche deuten auf vorangegangene Gefühlsausbrüche hin. Fernando hat seine Schuldigkeit getan und ist bereits auf dem Sprung.

Völxen hält ihn unter der Tür auf und zieht fragend die Augenbrauen hoch.

»Rifkin«, sagt Fernando anklagend.

War ja klar. Shit happens.

»Frau Cebulla, es tut mir sehr leid ...«

»Ist schon gut, Herr Hauptkommissar. Ich bin in Ordnung.«

»Wirklich? Ich würde es verstehen, wenn Sie sich den Rest des Tages freinehmen wollen.«

Frau Cebulla presst die Lippen zusammen und schüttelt energisch mit dem Kopf. »Danke, aber was soll ich denn zu Hause tun, schon wieder die Wohnung putzen? Warum sollte ich ausgerechnet jetzt freinehmen, wo wir sogar noch einen zweiten Mordfall haben?«

»Ich dachte nur ...«

»Schon gut, Herr Hauptkommissar, alles okay. Sie können mich auch gern wieder nach meinem Alibi fragen.«

»Frau Cebulla, ich ... das war ...«

»Nur keine falsche Scheu. Ich stehe zur Verfügung.«

Es klingt weder bitter noch sarkastisch. Offenbar gefällt sie sich in ihrer neuen Rolle der tapferen Heldin.

»Darf ich erfahren, was genau passiert ist?«, fragt sie nun.

Völxen erklärt ihr das Wenige, das sie schon wissen.

Sie schluckt, aber dann nickt sie und murmelt, dass sie ihn zwar lieber im Gefängnis gesehen hätte als im Sarg, aber sie könne das verkraften. »So oder so richtet er jetzt wenigstens keinen Schaden mehr an.«

»Aber es gibt auch etwas Erfreuliches zu berichten«, fällt Völxen ein. »Ich komme ja gerade vom Vizepräsidenten. Meine Beförderung zum ersten Juni ist durch.«

»Ich gratuliere Ihnen«, sagt Frau Cebulla förmlich und wirft sofort einen Blick auf den Kalender. »Das ist ein Freitag. Genau der richtige Tag für eine Feier.«

Hätte ich nur meinen Mund gehalten, denkt Völxen, der es angesichts der besonderen Umstände nicht wagt, ihr zu widersprechen.

*

»Kommissarin Rifkin, ich finde, wir sollten einmal ...« Völxen verstummt, als er merkt, dass Rifkin gerade telefoniert.

»... die neue E-Klasse-Coupé, sagen Sie? Haben Sie auch das Kennzeichen? – Gut, verstanden. Und mailen Sie mir die Kopie des Führerscheins. – Ja, sofort!«

Völxen verschiebt das Gespräch über Rifkins unterentwickelte soziale Kompetenzen auf später angesichts der Tatsache, dass sie auflegt, den Daumen hebt und auf eine grimmig-zufriedene Art lächelt. »Was gibt es?«, fragt er stattdessen.

»Unsere Verbindungsoffizierin beim LKA hat doch berichtet, dass der *Heiratsschwindler,* wie Sie ihn nennen, protzige Mietwagen fuhr, um die Damenwelt zu beeindrucken. Ich habe deswegen ein paar Autovermieter in Hamburg und Umgebung angerufen, da Frau Cebulla von einem Hamburger Kennzeichen sprach.«

»Ausgezeichnete Idee!«

»Bei einem privaten Verleiher ist ein Mercedes-Coupé seit letzter Woche abgängig. Sie haben deswegen auch schon Anzeige erstattet, und inzwischen hat sich wohl herausgestellt, dass der Führerschein gefälscht war. Der Name Konrad Gehlenbauer war erlogen. Der richtige Gehlenbauer ist seit drei Jahren verstorben.«

»Himmel, Arsch und Zwirn! Dieser Typ ist wie ein Chamäleon. Ich bezweifle langsam, ob ich in diesem Leben noch mal seinen richtigen Namen erfahren werde.«

»Das Foto auf dem Führerschein hätte dem Kunden, der den Wagen gemietet hat, sehr ähnlich gesehen, behauptet der Typ von der Ausleihe. Bei so teuren Wagen schauen die wohl schon genauer hin.«

»Also nicht nur ein geklauter Führerschein, sondern eine richtig gute Fälschung«, stellt Völxen fest. »Das spricht für Jules Theorie vom organisierten Verbrechen.«

»Sie schicken mir die Kopie. Da ist sie schon.« Rifkin klickt auf den Anhang der Mail, die gerade ankam.

»Das ist er«, sagt Völxen, kaum dass Rifkin das Führerscheinfoto auf dem Bildschirm vergrößert hat. »Das Foto geht sofort an die Presse und an die sozialen Netzwerke. Aber kein Wort über Betrug oder Mord. Wir geben nur an, dass es sich um einen unbekannten Toten handelt. Vielleicht hat der Mann Angehörige oder Freunde, die nichts von seinem Treiben wissen, die möchten wir ja nicht vergraulen.«

»Um nach dem Wagen zu suchen, würde ich in der Südstadt anfangen«, schlägt Rifkin vor.

»Warum dort?«, fragt Völxen.

»Weil er zuletzt bei Frau Pirlo gesehen wurde und wir sonst keinen Anhaltspunkt haben.«

Rifkins Pragmatismus hat etwas Bestechendes, findet Völxen und fragt: »Weiß Jule schon, dass unser Betrüger tot ist?«

»Von mir nicht.«

»Dann teilen Sie es ihr mit und schicken Sie ihr diesen Führerschein. Die EDV-Fuzzis vom LKA sollen mal schauen, ob sie den Herrn in unserer Kundendatei finden.«

»Nerds, Herr Hauptkommissar«, sagt Rifkin.

»Wie?«

»Die *EDV-Fuzzis* heißen heutzutage Nerds oder IT-Spezialisten.«

»Gut, dass wir darüber gesprochen haben.«

»War mir ein Vergnügen, Herr Hauptkommissar. Äh ... wegen Frau Cebulla ... Ich dachte, dass ihre Auskunft das Ganze erheblich beschleunigen könnte.«

»Allerdings, das hat es«, bestätigt Völxen stirnrunzelnd.

»Sie sagten doch neulich, wir sollten kein Mitleid mit ihr haben und uns ganz normal verhalten.«

»Ich soll das gesagt haben?«

»Ja, Herr Hauptkommissar. Soll ich mich bei Frau Cebulla entschuldigen?«

»Nein, ist schon gut, Rifkin. Sie haben die richtigen Prioritäten gesetzt.«

»Danke, Herr Hauptkommissar.«

»Während wir auf den Bericht der Spurensicherung warten, könnten Sie doch schon mal in der Südstadt nach dem Wagen suchen.«

»Was, ich?«, entschlüpft es Rifkin verblüfft. »Kann das nicht eine Streife ... In Ordnung, Herr Hauptkommissar. Bin schon unterwegs.«

Auf dem Rückweg zu seinem Büro drängt sich Völxen die Frage auf, warum sich heute seine ursprünglichen Absichten stets ins Gegenteil verkehren. Frau Cebulla wollte eine Feier zu seiner Beförderung, er wollte keine, nun wird es eine geben. Eben war er im Begriff, Rifkin einen Anschiss zu verpassen, stattdessen hat er ihre Arbeit gelobt.

Was bin ich heute nur für ein Lappen? Bin ich zu leicht zu manipulieren? Müsste ich als zukünftiger Erster Kriminalhauptkommissar vielleicht ein bisschen mehr den Chef raushängen lassen?

*

Rifkin radelt in gemächlichem Tempo am Maschsee entlang. Insgeheim ist sie ganz froh über den Auftrag, den als gestohlen gemeldeten Mercedes zu suchen. So kommt sie wenigstens raus bei dem herrlichen Wetter.

Die Sonne und der Fahrtwind lüften ihr den Kopf aus und helfen, die grässlichen Bilder des Leichnams von heute früh zu vertreiben. Nicht nur die Bilder, auch die Gedanken an Vergänglichkeit und Tod, die damit zwangsläufig einhergehen. So wie die an ihren Vater, einem unbequem gewordenen Journalisten, der vor zwanzig Jahren vom FSB oder KGB oder weiß der Teufel welchem Geheimdienst vergiftet wurde. Was zur Folge hatte, dass Elena wenige Wochen später mit ihrer Mutter und ihren zwei Brüdern in diesem fremden Land und dieser fremden Stadt landete. Sie war damals sieben und hat inzwischen nicht mehr viele Erinnerungen an St. Petersburg. Da waren die durchwachten *Weißen Nächte* im Juni, durch die sie schlaflos an der Hand ihres Vaters taumelte. Am Ufer der Newa flanierten Tausende von Menschen, überall war Musik, überall waren Mücken, es wurde gefeiert, und dann, bevor der Morgen kam, wenn das Licht doch ein bisschen dämmrig wurde, trug ihr Vater sie auf seinen Schultern nach Hause. In diesen zehn magischen, schwerelosen Tagen und Nächten waren die Menschen anders als sonst, freundlicher, fröhlicher, und die Regeln des Systems und der Kindererziehung schienen ein paar Tage lang nicht zu gelten.

Von den Weißen Nächten erzählt ihre Mutter heute noch manchmal, deshalb ist Rifkin oft nicht sicher, ob es ihre eigenen Erinnerungen sind oder die ihrer Mutter. Sie würde gerne einmal hinfahren, nach Piter, wie die St. Petersburger ihre Stadt zärtlich nennen, aber ihre Mutter bekommt schon Angstzustände, wenn sie nur davon spricht, also lässt sie es lieber. Was soll es auch bringen? Es gibt viele andere schöne Städte, die sie auch noch nicht gesehen hat.

Ihre Mutter war gegen ihre Berufswahl. Da konnte man ihr noch so oft erklären, dass die hiesige Polizei nicht vergleichbar ist mit der russischen Miliz der Neunzigerjahre. Sie fragt sich, ob ihr Vater sie wohl verstanden hätte. Verstanden vielleicht, aber ob er einverstanden gewesen wäre, steht auf einem anderen Blatt. Sie weiß noch, wie er aussah und wie er roch, doch an seine Stimme erinnert sie sich nicht mehr, er wird zusehends zu einem blassen Gespenst aus der Vergangenheit. Ob sie ihn vermisse, hat ihr älterer Bruder Sascha sie neulich gefragt. Nein, hat sie geantwortet, vermissen wäre zu viel gesagt. Aber es fehlt etwas. Als wäre durch seinen frühen Tod auch sie nicht mehr ganz komplett. Wenn sie früher in der Schule nach ihrem Vater gefragt wurde, antwortete sie, er wäre an einer Krankheit gestorben, einem seltenen Virus. Ironischerweise entsprach das genau der offiziellen Erklärung der russischen Behörden, die ihrer Mutter mit Nachdruck geraten hatten, nicht länger von einem Giftmord zu sprechen.

Bevor Rifkin in den Altenbekener Damm einbiegt, bleibt sie am Ufer stehen und schaut noch einmal über den See. Eine leichte Brise kräuselt das Wasser, Segelboote flitzen dahin, Jogger hecheln am Ufer entlang. Eine Wasserfläche übt immer eine beruhigende, positive Wirkung auf Rifkin aus. Diesen Sommer will sie ihre Mutter überreden, mit ihr ans Meer zu fahren, vielleicht nach Kroatien. Das würde ihrer Mutter auch einmal guttun; dasitzen und aufs Wasser schauen.

Sie steigt wieder auf das Rad und tritt in die Pedale.

Sie hat bewusst darauf verzichtet, Rodriguez oder Raukel mitzunehmen. Beide können Stille schlecht aushalten und reden stattdessen lieber über belangloses Zeug. Und Raukel hat heute bestimmt eine üble Fahne.

Entgegen Fernandos Unterstellung hat sie gestern Abend nicht mit Raukel um die Wette gebechert. Sie sind auch nicht länger im *Oscar's* geblieben, sondern in den Club ihres Bruders Sascha gegangen. Dort muss Rifkin nicht bezahlen, und der Barkeeper weiß, ab wann er in Rifkins Wodkaglas nur noch Wasser füllen darf.

Aus einer Laune heraus hat sie sich Raukels Schwänke aus seinem langen Polizistenleben angehört, die nach und nach in eine Art Lebensbeichte mündeten. Sauferei, Versetzungen, Scheidung, das Ganze, bis auf die Scheidung, in Endlosschleife. Vor zwei Jahren hat Raukel dann gerade noch mal die Kurve gekriegt: zurück ins alte Dezernat für Todesdelikte, genau zum selben Zeitpunkt wie Rifkin, als es galt, den Mord an Jules Mutter aufzuklären.

Nicht, dass Raukel seither Abstinenzler wäre. Aber er schafft es, im Dienst nüchtern zu sein, meistens jedenfalls. Trotz alledem hat Raukel eine hohe Meinung von sich, was wiederum Rifkin faszinierend findet; dieses nach so vielen Rückschlägen ungetrübte Selbstbewusstsein. Raukel ist anscheinend das reinste Stehaufmännchen. Die Figur dazu hat er jedenfalls schon mal.

Im Moment scheint er gerade auf dem Trip zu sein, demnächst Völxens Nachfolge anzutreten. Das hat er ihr gestern zu vorgerückter Stunde ganz im Vertrauen gesteckt.

Rifkin kann sich vieles vorstellen, aber das nicht. Wahrscheinlich hat ihm irgendwer einen gewaltigen Bären aufgebunden. Oda vermutlich, die ist zu so einem bösen Streich durchaus fähig, und außerdem liebt sie Klatsch und kleine Bürointrigen.

Gar nicht nett von ihr, den armen alten Suffkopf so zu verarschen, findet Rifkin. Trotzdem muss auch sie jetzt ein bisschen darüber grinsen, während sie im Zickzack die Straßen rund um Elisa Pirlos Wohnhaus abfährt und nach dem Mietwagen ihres toten Liebhabers Ausschau hält. Das Fahrrad hat den Vorteil, dass sie damit die engen Einbahnstraßen in beide Richtungen befahren kann.

Da der Mann vermutlich auch im Privaten auf Diskretion bedacht war, hat er sicherlich ein paar Straßen weiter geparkt, selbst wenn er durch Zufall einen Parkplatz vor ihrem Wohnblock ergattert hätte. Rifkin gibt ihrer Mission keine große Erfolgschance, aber es ist tatsächlich ihr einziger Anhaltspunkt. Eine Leiche im Wald hinter einem Autobahnrastplatz, wo soll man da sonst anfangen, nach dem Tatort zu suchen, noch dazu, wenn man nicht einmal den Namen des Toten kennt?

Als ihr Telefon klingelt, zieht sie es aus der Hosentasche. *Unbekannte Nummer.*

»Ja?«

»Elena? Toni ... äh, Anton hier.«

»Sieh an, der Kollege Bronski.«

Das ging ja schnell. Es sind noch keine drei Stunden vergangen, seit sie sich an der Raststätte verabschiedet haben. Die meisten warten drei Tage, um zu demonstrieren, dass man es ja eigentlich gar nicht nötig hat. Andererseits hat Rifkin für solche Kindereien wenig übrig. Sie mag Leute, die direkt und unverstellt sind.

»Wie geht's? Hat sich der Magen wieder beruhigt?«

»Hat er. Ich radle gerade durch die Südstadt.«

»Schon Feierabend?«

»Dienstlich.«

»Rad fahren und telefonieren ist verboten.«

»Dann verhafte mich doch.«

»Mit Vergnügen. Wann?«

»Heute Abend. Solche Delikte dulden keinen Aufschub.«

»Ganz meine Meinung. Ich fürchte, das wird strenge Konsequenzen nach sich ziehen, Kommissarin Rifkin.«

»Das will ich doch hoffen.«

»Ich ruf dich später noch mal an.«

»Mach das.« Rifkin legt auf und bemerkt, dass sie wie eine Idiotin vor sich hin lächelt.

Vor lauter Rumgequatsche hat sie gar nicht darauf geachtet, wo sie überhaupt hinfährt. Sie ist schon hinter dem Geibelplatz, wo sich neben der Bahnlinie ein kleines Gewerbegebiet mit verschiedenen Supermärkten und Drogerieläden gebildet hat. Bisschen weit weg von Frau Pirlos Wohnung, überlegt Rifkin. Andererseits, wo große Läden sind, sind auch Parkplätze.

Wenig später durchzuckt sie ein freudiger Schrecken. Da, drüben, das ist er doch! Dunkler Mercedes, das Kennzeichen stimmt auch.

Heute muss ihr Glückstag sein.

Sie steigt vom Rad und geht um den Wagen herum.

Abgeschlossen. Im Wagen ist nichts zu sehen. Den Lack und die Scheiben bedeckt eine gelbliche Schicht Blütenstaub. Sie greift zum Telefon. »Herr Hauptkommissar, ich habe den Wagen gefunden. Er steht vor Fressnapf in der Südstadt.«

Als Hundebesitzer scheint Völxen sofort zu wissen, wo das ist. »Großartig, Rifkin. Heute übertreffen Sie sich ja geradezu selbst.«

»Danke, Herr Hauptkommissar.«

»Sorgen Sie dafür, dass er abgeschleppt wird und zur KTU kommt. Aber passen Sie auf, dass keiner der Leute vom Abschleppunternehmen Fingerabdrücke hinterlässt. Ich schicke Ihnen ein paar Streifen und die Spurensicherung. Der ganze Bereich muss abgesperrt und untersucht werden. Vielleicht ist das Opfer ja auf diesem Parkplatz erschossen worden.«

»Jawohl, Herr Hauptkommissar«, sagt Rifkin und nimmt das mit dem Glückstag gleich wieder zurück, denn ihr ist klar, dass sie die nächsten paar Stunden mehr oder weniger unproduktiv auf diesem Parkplatz herumhängen wird.

*

»Na also, es läuft doch«, murmelt Völxen nach dem Telefonat mit Rifkin. »Wir machen kleine Schritte, aber immerhin.« Er verstummt, als sein Blick auf den leeren Hundekorb fällt, der ihn daran erinnert, dass Oscar, sein Alibi für Selbstgespräche, heute bei seiner Frau ist.

Daneben lehnt der Kasten mit dem Cello von Frau Pirlo, das Oda kurzerhand in seinem Büro deponiert hat – selbstverständlich ohne auf die Idee zu kommen, vorher sein Einverständnis einzuholen. Ein wenig hat der Kollege Raukel schon recht mit seiner Einschätzung von Odas Charakter und Dienstauffassung, das muss Völxen zugeben.

Vorhin hat er den Kasten ganz vorsichtig aufgemacht und sich das Wunderwerk alter Handwerkskunst ehrfürchtig angesehen. Das uralte Holz mit dem sanften Glanz, die schöne Form der Schnecke, die Saiten ... Die Saiten werden doch nicht auch ein paar hundert Jahre alt sein, oder? Und was ist mit dem Bogen, ist der auch so alt? Erneut muss er an das Lied *Cello* von Udo Lindenberg denken. Na, toll, jetzt geht ihm der Ohrwurm nicht mehr aus dem Kopf. Schon deswegen hofft er, dass das Ding beizeiten abgeholt wird. Ihm ist nicht wohl dabei, wenn das millionenschwere Instrument hier zwischen Hundekorb und Aktenschrank rumsteht. Gut, dass Oscar nicht da ist, denn der neigt dazu, Fremdkörper in seinem Revier zu markieren.

Mitten in seine Gedankengänge platzt Fernando Rodriguez.

»Schönen Gruß von der Spusi, die Fingerabdrücke des Toten stimmen mit denen in Frau Pirlos Wohnung überein.«

Kleine Schritte.

»Sehr gut. Rifkin hat gerade eben den Mietwagen gefunden, in der Südstadt. Vielleicht findet sich darin ein Hinweis auf seine Identität.«

Fernando verlässt das Büro, wobei er vor der Tür beinahe mit Erwin Raukel zusammenstößt, der wie aus dem Nichts kommend plötzlich hinter ihm steht.

»Langsam, Rodriguez, nur kein Übereifer.« Raukel schiebt seine Bauchkugel an ihm vorbei. Vor Völxens Schreibtisch angekommen verkündet er mit feierlichem Triumph: »Wir haben ihn.«

»Wen haben wir?«

»Den Liebhaber von der Pirlo. Vielmehr habe ich das Tagebuch von der Pirlo gefunden.«

»Habe ich da gerade richtig gehört?« Die Stimme kommt von Oda, die eben auf dem Flur vorbeigeht, wahrscheinlich um sich einen Kaffee zu holen.

»Nur hereinspaziert«, strahlt Raukel, der sich sichtlich in seinem Erfolg sonnt.

»Ein Tagebuch, tatsächlich? Wo war es?«, fragt Fernando, der in der Tür stehen geblieben ist. Sicher wird Völxen ihn gleich wieder anschnauzen, weil er und Rifkin das verdammte Buch nicht entdeckt haben.

»Los, alle rein hier«, sagt Völxen und schließt die Tür, nachdem sich seine Mitarbeiter auf Sofa und Besucherstühle verteilt haben.

Raukel schickt ein selbstgefälliges Lächeln in die Runde, ehe er zu seinem Bericht ausholt: »Bei dem Krempel aus ihrem Schreibtisch lag ein kleiner, dicker Kugelschreiber. Sah irgendwie seltsam aus, das Ding, eigentlich zu kurz für einen Kugelschreiber, aber dafür recht breit. Und wie ich die Hülle abziehe, sehe ich, dass es gar kein Kuli ist, sondern ein USB-Stick.« Er zieht den Gegenstand aus seiner Hosentasche und hält ihn in die Höhe wie ein Zauberer, der einen Trick vorführt. »Er enthält eine Sicherungskopie von der Festplatte ihres Computers.«

»Was, alles? Die Mails auch? Was ist mit Fotos?«, fragt Oda elektrisiert.

»Nein, da drauf sind nur Dokumente. Viel Notenzeugs und Schriftverkehr mit Orchestern, alte Arbeitsverträge, Bewerbungsunterlagen, Unterrichtspläne von der Musikschule und die Kopie des Vertrags von diesem Musikinstrumentenfonds. Aber von einer Million Wert steht da nichts, nur dass das Cello von diesem alten Italiener stammt. Und dann eben dieses Tagebuch ...«

»Hast du es schon gelesen?«, fragt Völxen.

»Nur überflogen. Kommt aber kein Schweinkram drin vor, soweit ich das auf die Schnelle gesehen habe.«

»Wie bedauerlich«, seufzt Völxen.

*

Es geht auf die Mittagszeit zu. In der Boutique *Alta Moda* in der Innenstadt von Bremen ist gerade nicht viel los, um nicht zu sagen, gar nichts. Jule hat auf den ersten Blick erkannt, dass das Angebot auf reifere Damen zugeschnitten ist, die sich qualitativ hochwertige Mode leisten können. Bestimmt lebt der Laden von der Stammkundschaft.

Jule hat sich telefonisch bei der Inhaberin der Boutique, einer Brigitte Schäfer, angekündigt. Schließlich wollte sie nicht umsonst bis nach Bremen fahren.

»Eigentlich versuche ich, dieses schreckliche Erlebnis zu vergessen, aber wenn es hilft, den Kerl zu fassen, dann können Sie gern vorbeikommen«, hat Frau Schäfer am Telefon gesagt.

Das Protokoll der Anzeige, die Frau Schäfer vor zwei Jahren aufgegeben hat, hat sich Jule vor ihrem Treffen noch einmal gründlich durchgelesen. Frau Schäfer war von ihrem Liebhaber, der sich *Moritz* nannte, um dreißigtausend Euro gebracht worden. Der Betrug lief ähnlich ab wie bei Frau Cebulla. In Frau Schäfers Fall gab es allerdings keine gefälschte Bank-Webseite, sondern einen Scheck, den Moritz ihr zum Ausgleich für das »geliehene« Bargeld ausgestellt hatte. Der Scheck war jedoch nicht gedeckt.

»Er wollte mit mir an den Comer See ziehen«, seufzt die schlanke, brünette Endfünfzigerin, während sie den Ladentisch abwischt, auf dem kein Stäubchen zu sehen ist. »Er meinte, ich solle dort eine Boutique eröffnen oder einfach nur das *dolce far niente* genießen, wie er sich ausdrückte. Damit hat er bei mir natürlich einen Nerv getroffen, ich hatte schon immer ein Faible für Italien. Auf einmal schien der Traum vom Auswandern zum Greifen nah, und noch dazu mit einem Mann, in den ich hoffnungslos verliebt war. Ich kam mir vor wie in einem Märchen.« Sie legt das Staubtuch weg und schüttelt den Kopf. »Gott, ich war so naiv.«

»Sie sind nicht die Einzige, die auf ihn hereingefallen ist«, sagt Jule. »Falls Sie das tröstet.«

»Nicht wirklich«, meint sie und streicht sich eine Haarsträhne aus dem Gesicht. »Aber immerhin hatte ich den besten Sex meines Lebens. Wenn auch den teuersten«, fügt sie hinzu und lacht kurz auf.

»Schön, dass Sie es mit Humor sehen«, meint Jule.

»Das war nicht immer so. Anfangs war ich ganz schön fertig«, gesteht Frau Schäfer. »Es ist ja nicht nur das Geld, es ist auch die Demütigung.«

Diesen Satz hat Jule heute schon von zwei anderen Damen gehört.

»Er sagte, er handle mit Immobilien. Er kaufe alte Häuser, saniere sie und verkaufe sie weiter. Vorzugsweise in Norditalien. Das Geld brauchte er angeblich für seinen italienischen Architekten. Der rücke den Entwurf für den Bauantrag nur gegen Bargeld heraus, aber der Entwurf müsste dringend binnen zwei Tagen bei der Behörde eingereicht werden, sonst ende die Frist und es platze ein lukratives Bauvorhaben in Como, in das er schon eine Menge investiert hätte. Also bin ich mit ihm brav zur Bank gegangen und habe das Geld abgehoben, das eigentlich für die neue Frühjahrskollektion gedacht war. Er nahm es, um angeblich sofort damit nach Como zu fahren. Das war das Letzte, was ich von ihm gesehen habe. Ich habe dann mit Müh und Not einen Kredit für die neue Kollektion bekommen, sonst hätte ich den Laden hier dichtmachen können.«

»Ich verstehe«, sagt Jule, was nicht ganz stimmt. Brigitte Schäfer ist eine sympathische, elegante Frau und macht auch nicht den Eindruck, als sei sie auf den Kopf gefallen. Außerdem muss sie doch schon von Berufs wegen über eine gewisse Menschenkenntnis verfügen, immerhin hat sie einen Laden, ist Unternehmerin. Wie konnte sie nur auf diesen Scharlatan hereinfallen und sich ausnehmen lassen? Schon erschreckend, findet Jule, wie der Verstand aussetzt, wenn Gefühle, Hormone oder was auch immer ins Spiel kommen.

Frau Schäfer scheint ihre Gedanken zu lesen, denn sie sagt: »Ich weiß, dass das eine hanebüchene Geschichte ist. Im Nachhinein verstehe ich selber nicht, wie ich ihm das abkaufen konnte. Anscheinend war ich nicht ganz bei Sinnen. Ein besonders krasser Fall von Liebesblödigkeit.«

»Frau Schäfer, Sie haben den Mann damals beschrieben, aber es wurde keine Phantomskizze erstellt.«

Frau Schäfer winkt ab. »Die hiesige Polizei hat sich nicht gerade vor Eifer überschlagen. Die haben ein Protokoll aufgenommen, und das war's dann im Großen und Ganzen. Dachten wahrscheinlich: *Geschieht der dummen alten Schachtel ganz recht.* Ich weiß, ich hätte hartnäckiger sein sollen, aber es hat mich schon viel Überwindung gekostet, überhaupt zur Polizei zu gehen. Ich hatte danach einfach nicht mehr die Kraft, nachzuhaken, was daraus geworden ist.«

»Inzwischen kümmert sich das LKA um diese Betrugsfälle«, sagt Jule und lächelt verbindlich. »Spät, aber doch. Ich möchte Ihnen ein Foto zeigen.«

Jule hat das Führerscheinfoto des vermeintlichen Betrügers inzwischen gemailt bekommen, ebenso wie die Nachricht von seinem Tod. Aber das ändert nichts an der Aufgabe, die man ihr seit heute offiziell zugeteilt hat: Klarheit zu schaffen, was diese Betrugsserie angeht, der man den internen Spitznamen *Romeo* gegeben hat.

»Ist er das?«

Brigitte Schäfer starrt auf Jules Handy. »Nein.«

»Sind Sie sicher?«

»Nein, das ist er nicht. Moritz sah ganz anders aus.«

»Hatte er eine lange Narbe an der Innenseite seines Schenkels?«

»Nein, er hatte gar keine Narben, tut mir leid.«

»Wir haben noch mehr«, sagt Jule zuversichtlich und zeigt ihr die beiden Phantombilder, die bei den anderen Anzeigen zu finden waren. Aber Frau Schäfer schüttelt beide Male den Kopf.

»Was bedeutet das jetzt?«, fragt sie verunsichert.

»Das bedeutet, dass wir es mit mehreren Herren zu tun haben, die mehr oder weniger dieselbe Betrugsmasche anwenden.«

»Du lieber Himmel!«

»Sie haben nicht zufällig noch ein Foto von ihm?«

»Nein, leider. Ich hatte welche auf meinem Handy.«

»Hat er sich denn fotografieren lassen?«, wundert sich Jule.

»Jetzt wo Sie fragen, nicht gerne. Aber zwei, drei Selfies habe ich trotzdem mit ihm gemacht. Doch dann hat der Mistkerl einfach mein Handy mitgehen lassen, als er sich verdünnisiert hat. Ich dachte erst, ich hätte es verloren. Erst später wurde es mir klar …«

»Und Sie haben davor keins der Bilder verschickt? Vielleicht an eine Freundin?«

»Nein. Zu der Zeit benutzte ich noch kein Whatsapp.«

»Frau Schäfer, wären Sie bereit, ein Phantombild von diesem Moritz zu erstellen?«

»Muss ich dafür nach Hannover kommen? Ich habe im Moment keine Aushilfe für den Laden.«

»Ich denke, die Kollegen von der Kripo Bremen kriegen das auch hin. Ich werde es in die Wege leiten. Wäre gut, wenn es heute oder morgen passieren würde.«

8. November

Solokonzert im Schloss Landestrost, Bachs Cellosuiten. Er war da, schon zum dritten Mal. Wieder saß er in der Mitte der ersten Reihe. Ich musste mich höllisch konzentrieren, um mich nicht ablenken zu lassen, denn es hat mich irritiert, wie er mich angestarrt hat. Viele Männer starren mich an, wenn ich spiele, schließlich sitze ich ja auf einer Bühne, ich müsste es eigentlich gewohnt sein. Aber er hatte etwas an sich, das mich beunruhigt hat. Hinterher, als ich dachte, er wäre schon gegangen, wartete der Typ doch tatsächlich im Foyer auf mich. Fragte, ob er mich noch zu einem Glas Wein einladen darf.

Zuerst war ich misstrauisch. Ich bin nicht scharf auf einen Stalker oder auch nur eine blöde Anmache. Außerdem muss ich vorsichtig sein, nicht dass einer es am Ende auf das Cello abgesehen hat. In der Szene kennt man seinen Wert. Aber er hatte etwas an sich, sein Blick, sein Lächeln, das mich dazu brachte, Ja zu sagen. Ich fand nicht, dass er aussah wie ein Dieb oder ein Vergewaltiger. Er sieht übrigens ziemlich gut aus – für sein Alter ☺. Er ist bestimmt zehn, zwölf Jahre älter als ich. Plötzlich war ich neugierig geworden, was für eine Art Mann er ist. Kurz und gut, wir haben das Cello in sein Auto geladen und sind in die Stadt gefahren. Im Auto haben wir über Musik geredet. Er hat gestanden, dass er sonst nicht zu Konzerten geht, nur in meine. Er hätte mich vor zwei Monaten auf einem Plakat gesehen, und bereits nach dem ersten Konzert sei er von mir bezaubert gewesen.

Ich gebe zu, seine Worte schmeichelten mir. Trotzdem wollte ich auf jeden Fall zuerst das Cello nach Hause bringen. Das fand er ein bisschen komisch, das konnte ich ihm ansehen, aber ich habe es ihm nicht näher erklärt, und er hat nicht weiter danach gefragt. Er hat im Wagen auf mich gewartet, und als ich wieder neben ihm saß, habe ich das Högers in der Südstadt vorgeschlagen. Von dort aus kann ich zu Fuß nach Hause laufen. Ich hoffte, dass er nicht merken würde, wie langweilig ich bin, ohne mein Instrument. Die meisten Leute projizieren Gott weiß was in mich hinein, wenn sie mich auf der Bühne sehen. Sie glauben, dass mein Temperament und meine Leidenschaft nicht nur der Musik gelten, sondern auch zu meinem Charakter gehören. Sie können sich nicht vorstellen, dass außer meiner Musik alles an mir recht gewöhnlich ist und dass ich überhaupt nicht unterhaltsam bin.

Er heißt übrigens Jochen. Er sagt, dass er mit Wein handelt, und er scheint sich damit wirklich auszukennen, jedenfalls hat er im Högers einen sehr guten Rotwein ausgesucht, und ich habe tatsächlich zwei Gläser getrunken. Das zweite habe ich dann auch gleich gemerkt, ich war ziemlich beschwipst.

Er hat schöne Hände, und er kann sehr gut reden. Aber er ist kein Schwätzer, eher ein guter Unterhalter. Wundert mich nicht, er kommt ja viel rum, trifft sicher viele interessante Leute. Reiche Leute jedenfalls, Leute mit einem Weinkeller. (Nicht solche wie mich, die höchstens drei Flaschen aus dem Supermarkt zu Hause rumstehen haben.) Ich hatte mir von dem Abend wirklich nicht viel versprochen, aber wir haben so lange geredet, und auch ein wenig geflirtet, bis das Lokal zumachte. Er hat sich für mich und mein Leben als Musikerin interessiert, und ich habe seit langer Zeit mal wieder einem Menschen von mir erzählt. Er wollte mich nach Hause bringen, aber das habe ich abgelehnt. Womöglich hätter er erwartet, dass ich ihn noch zu mir raufbitte, und dazu war ich noch nicht bereit. Also hat er mir für die paar Meter ein Taxi gerufen und es bezahlt. Er ist ein Gentleman. Bevor wir das Lokal verlassen haben, hat er mich nach meiner Telefonnummer gefragt, und ich habe sie ihm gegeben.

Zu Hause habe ich dann fatalerweise noch ein Glas von meinen eigenen Vorräten getrunken, keine Ahnung, warum. Ich war noch so aufgedreht, und ich musste dauernd an ihn denken.

Heute Morgen war mir prompt übel, und jetzt, wo ich wieder nüchtern bin und das aufschreibe, frage ich mich, ob es richtig war, ihm meine Nummer zu geben. Ich kann doch eigentlich keinen Mann in meinem Leben gebrauchen. Ich lebe mal da, mal dort, es endet immer mit einem Fiasko. Jochen will zu meinem nächsten Konzert kommen, nach Braunschweig. Wenn er mich anruft, werde ich ihm sagen, dass wir uns besser nicht mehr sehen sollten.

Oda, die hinter Völxens Schreibtisch sitzt, unterbricht ihre Lektüre und sieht Völxen an, der es sich auf dem Sofa gemütlich gemacht hat. »Bist du noch wach?«

»Selbstverständlich!«

»Ich überspringe jetzt die Beschreibung, wie es mit ihnen weitergeht, das zweite und dritte Rendezvous und wie sie schließlich in der Kiste gelandet sind. Ist zwar unterhaltsam, aber für uns nicht relevant.«

»Okay«, sagt Völxen, der tatsächlich schon kurz davor war, einzunicken.

7. Dezember

Gestern Abend hatte ich Besuch von Jochen. Endlich hat er es zugegeben, was ich schon lange geahnt und ihn nie gefragt habe: Er ist verheiratet.

Trotzdem hat es sich angefühlt wie ein Schlag in den Magen. Okay, eigentlich hat er mich ja nicht belogen, er hat nur nichts gesagt, und ich habe nicht gefragt. Was aber auf dasselbe hinausläuft

Angeblich leben seine Frau und er schon sehr lange jeder sein eigenes Leben, denn sie kümmere sich seit Jahren mehr um ihr Pferd als um ihn. Er sagt, er wisse ganz genau, wie das klinge, die uralte Geschichte vom unverstandenen Ehemann ... Aber es sei wirklich schon lange vorbei zwischen ihnen, sie wohnen nur noch aus Bequemlichkeit im selben Haus, weil eine Scheidung teuer und umständlich wäre. Und er lebe berufsbedingt sowieso die meiste Zeit in Hotels. Wenigstens haben sie keine Kinder. Sagt er.

Ich weiß wirklich nicht, ob ich ihm die Geschichte von der zerrütteten Ehe glauben kann.

Ich war an diesem Abend ziemlich durcheinander, also habe ich gesagt, dass ich nachdenken müsse. Er hat das eingesehen. Blieb ihm ja auch nichts anderes übrig.

Jedenfalls bin ich jetzt froh, dass ich zwischen Weihnachten und Silvester dauernd unterwegs bin. So sitze ich wenigstens nicht allein in meiner Wohnung und grüble und komme am Ende noch in Versuchung, ihn anzurufen.

Ich sollte ihn zum Teufel schicken. Tief im Inneren weiß ich das. Schon aus Selbstachtung und bevor ich zu einer dieser Frauen werde, die jahrelang vergeblich darauf warten, dass ihr Geliebter seine Ehefrau verlässt, und die darüber alt und verbittert werden. Ein Leben in Wartestellung, nein, das will ich nicht. Dann bin ich doch lieber allein. Mir hat vor ihm nichts gefehlt, und es wird nach einer Weile ohne ihn wieder so sein.

Das werde ich ihm sagen, gleich nach Weihnachten.

Ach ja, ich habe mich bei den Brüsseler Philharmonikern beworben. Vielleicht werde ich angenommen, und das Jochen-Problem löst sich damit von selbst.

Oda scrollt nach unten, während sie murmelt: »Jetzt kommt erst mal was über die verschiedenen Weihnachtskonzerte, dazwischen jede Menge Weihnachtsblues und das übliche *Soll-ich-Schluss-machen-oder-doch-nicht*-Gejammer.«

»Überspring das«, gähnt Völxen.

»Hier geht's weiter ...«

30. Januar

Jochen hat geschworen, dass er seine Frau verlassen wird, und zwar schon bald.

Ich glaube ihm das sogar. Ich glaube zumindest, dass er es vorhat. Ob er es auch schafft, ist die andere Frage. Vielleicht stellt er sich das leichter vor, als es ist. Und was bedeutet schon »bald«? Will er mich hinhalten?

Ich habe ihm geantwortet, dass das viele sagen würden und es dann doch nicht täten. Aber er sagt, er brauche nur noch ein bisschen Zeit, um ein paar Dinge finanzieller Art zu regeln. »Dinge finanzieller Art«, genau den Ausdruck hat er benutzt. Klingt komisch, finde ich. Was meint er damit, will er seine Frau über den Tisch ziehen, noch etwas Geld beiseite-schaffen, von dem sie nichts weiß? Ich habe ihn nicht gefragt, denn manches möchte ich lieber gar nicht wissen. Was geht mich ihr Rosenkrieg an?

Was wäre, wenn er plötzlich mit gepackten Koffern vor meiner Tür stünde? Ich kann ihn ja dann schlecht zurückweisen. So etwas tut man nicht, wenn einer sein gewohntes Leben für einen aufgibt und mit allem bricht. Nein, ich müsste ihm schon jetzt gleich eine Abfuhr erteilen. Aber dazu müsste ich endlich einmal wissen, was ich will.

Würden wir ein gemeinsames Leben überhaupt hinkriegen, oder würde unsere Liebe am Alltag zerbrechen, so wie die meisten Ehen und Beziehungen früher oder später? Ich muss dauernd über uns nachdenken, kann mich kaum noch auf den Unterricht und das Üben konzentrieren. Gestern habe ich mich während einer Orchesterprobe dreimal an der gleichen Stelle ver-

spielt! So was kommt bei mir normalerweise nicht vor, es war ganz schön peinlich. Was, wenn ich als Nächstes auf der Bühne versage, weil ich mit meinem Kopf bei Jochen bin?

So kann das nicht weitergehen!

21. Februar

Jochen hat mich gefragt, ob ich mit ihm nach Frankreich ziehen würde. Er möchte sich dort ein Haus auf dem Land kaufen. Er würde mich zu den Konzerten im In- und Ausland begleiten, und es wäre doch schön, wenn wir ein gemeinsames Zuhause hätten.

Ein festes Zuhause kann für mich nur ein schöner Traum sein. Es scheint ihm wohl nicht ganz klar zu sein, dass ich allein von meinen Solo-auftritten nicht leben kann, dass ich immer nur für eine Saison oder höchstens zwei in verschiedenen Orchestern spiele und dann wieder umziehen muss. Natürlich hoffe ich, irgendwann einmal eine unbefristete Anstellung bei einem Orchester zu ergattern. Das wird jedoch sicherlich nicht in der französischen Provinz sein. Aber anstatt ihm das klarzumachen, habe ich doch tatsächlich gesagt: »Frankreich klingt gut.«

Bin ich denn total bescheuert? Oder habe ich das nur gesagt, weil ich im Grunde gar nicht an seine Hirngespinste glaube? Vielleicht lügt er sich selbst und mir etwas vor. Es ist doch irgendwie verrückt, besonders wenn man bedenkt, dass wir uns erst seit drei Monaten kennen. Ich kann mir zwar durchaus etwas Ernsthaftes mit ihm vorstellen, doch das alles geht mir ein bisschen zu schnell.

7. März

Heute Nacht um zwei Uhr hat schon wieder mein Handy geklingelt. Keiner war dran, nur so ein unheimlicher Atem, und die Nummer war unterdrückt. Genau wie die letzten beiden Male. Ich konnte danach nicht mehr einschlafen. Keine Ahnung, wer sich da einen Scherz erlaubt. Vielleicht Jochens Frau? Hat sie etwas mitgekriegt und ist nun eifersüchtig? Ist seine Ehe womöglich gar nicht so schlecht, wie er behauptet? Oft ist es ja so: Erst ist da kein Interesse mehr am Partner, aber wehe, er hat eine andere, dann werden die Frauen zu Furien. Ich werde das Telefon in Zukunft in der Nacht auf lautlos stellen.

16. März

Aus und vorbei! Endgültig. Was er mir gestern erzählt hat, das kann ich einfach nicht glauben. Nein, falsch, ich will es nicht glauben. Und doch ist es wahr, denn solche Dinge erfindet ja wohl niemand, wozu sollte das gut sein – es sei denn, um einen loszuwerden.

Es fing damit an, dass Jochen wieder einmal Frankreich-Pläne geschmiedet hat und ich ihn gefragt habe, wovon er dort eigentlich leben will. Ich habe zum Spaß gefragt: »Doch nicht etwa von meinen üppigen Gagen?«

Da ist er auf einmal ganz ernst und traurig geworden und hat gemeint, er müsse mir jetzt etwas sagen. Danach würde ich ihn womöglich verabscheuen – o ja! –, aber das müsse er riskieren, denn er wolle unsere gemeinsame Zukunft nicht auf einer Lüge aufbauen. Ich sollte wissen, mit was für einem Menschen ich es zu tun hätte.

»Du machst mir Angst«, habe ich gesagt, und das hat auch gestimmt, denn er war auf einmal so seltsam, er hat schwer geatmet, und seine Hand hat gezittert. Dann hat er mir erzählt, wovon er in Wirklichkeit lebt. Von wegen Weinhandel!

Es fällt schwer, es aufzuschreiben, so unglaublich ist es, so widerlich. Er hat mir gestanden, dass er systematisch Frauen betrügt, die per Anzeigen Partner suchen. Er ist eine Weile mit ihnen zusammen, und dann leiht er sich unter einem Vorwand Geld von ihnen und verschwindet damit.

Ich dachte zuerst, er veräppelt mich, er testet mich, ich habe sogar noch gelacht und gesagt, er sollte einen Roman schreiben, bei seiner Fantasie.

Aber er ist ganz ernst geblieben. Er sagte, das sei die Wahrheit. Er würde damit aufhören, mir zuliebe, und außerdem habe er genug von diesem miesen Geschäft. Er müsse nur noch eine Sache durchziehen, dann hätte er genug Geld beisammen, um ein kleines Haus in Frankreich zu kaufen, irgendwo auf dem Land, und die ersten ein, zwei Jahre zu überstehen. In der Zeit würde er versuchen, sich wieder eine Existenz aufzubauen. Er wolle mit mir zusammen ein bescheidenes und ehrliches Leben führen. Ein ehrliches Leben! Sagt einer, der Frauen um ihr Geld betrügt.

Ich habe ihn gefragt, ob seine Ehefrau davon weiß oder ob die auch glaubt, er handle mit Wein. Er sagte, es sei ihr egal, wie er sein Geld verdiene. Sie würde nie nachfragen, solange er die Futter- und Tierarztrechnungen für ihren Gaul bezahlt.

Dann hat er beteuert, dass er mich liebt und dass ich einen anderen Menschen aus ihm gemacht hätte. Aber ich konnte das, was er mir zuvor gestanden hatte, nicht so einfach abschütteln. Plötzlich bin ich rasend wütend geworden und habe ihn angebrüllt, er solle sofort verschwinden und mich in Ruhe lassen.

»Wenn ich dich noch einmal sehe, rufe ich die Polizei!«, habe ich ihm nachgerufen.

Hinterher, als er weg war, habe ich stundenlang geheult, vor Wut und vor Enttäuschung.

Warum muss ausgerechnet ich an so einen geraten? Im Nachhinein könnte ich mich ohrfeigen, dass ich ihm von meinem Cello erzählt habe. Einem Typen, der Frauen ausnimmt! Wie blöd kann man sein? Ein Wunder, dass er damit noch nicht durchgebrannt ist.

Aber vielleicht kommt er ja noch auf die Idee, jetzt, wo zwischen uns Schluss ist? Ich fühle mich in meiner Wohnung auf einmal nicht mehr sicher, trotz der Schlösser an der Tür. Vielleicht sollte ich umziehen.

Ich bin irrsinnig wütend auf Jochen. Doch es tut auch verdammt weh, ihn zu verlieren.

Muss ich jetzt zur Polizei gehen? Ich weiß, ich müsste ihn anzeigen, schon allein wegen der armen Frauen, die er übers Ohr gehauen hat. Aber ich kann es ihm ja nicht beweisen, und irgendwie ... Es klingt total bescheuert, aber ich käme mir mies vor, wenn ich sein Vertrauen missbrauchen würde. Er hat es mir ja schließlich freiwillig gestanden, ich hätte es sonst nie im Leben herausgefunden.

Mir schwirrt immer noch der Kopf. Ich muss Abstand gewinnen und in Ruhe über alles nachdenken. Ich würde am liebsten die nächsten Tage nur noch im Bett bleiben, aber ich muss zu dieser blöden Musikschule, muss mich zusammenreißen vor den lieben Kleinen, vor Maja und vor allen Dingen vor Harald. Vor dem will ich mir keine Blöße geben, nur das nicht.

Ich hasse mein Leben! Ich hasse Jochen! Ich hasse mich selbst.

Oda hört auf zu lesen und sagt: »Aber von Maja Dorphaus wissen wir ja, dass die Gute nach diesem Brief dann doch wieder mit dem Heiratsschwindler zusammengekommen ist. Worüber ich mich nur wundern kann, der Kerl muss wirklich über außergewöhnliche Talente ... Völxen? Hörst du mir zu?«

Ein grunzendes Geräusch kommt aus Richtung des Sofas.

»Das darf doch nicht wahr sein! Ich lese mir hier einen Wolf, und der Herr macht dabei ein Mittagsschläfchen.« Oda knallt mit der Faust auf den Schreibtisch ihres Chefs. »Völxen, aufwachen!«

»Ich bin wach«, antwortet Völxen etwas schlaftrunken. »Hab dich nur veräppelt.«

»Lüg mich nicht an.«

»*Ich hasse mein Leben! Ich hasse Jochen! Ich hasse mich selbst*«, zitiert er und fügt schelmisch grinsend hinzu: »Frauen! Ts.« Er begibt sich ächzend in die Vertikale.

»Bestimmt hat er ihr versprochen, damit aufzuhören«, meint Oda.

»Sieht man ja an Frau Cebulla, wie der seine Versprechen hält«, sagt Völxen. »Lies weiter.«

»Das war's«, sagt Oda. »Hier enden die Einträge. Mag sein, dass sie auf ihrem Computer weitergeschrieben hat, aber die Sicherungskopie auf dem Stick wurde an dem Tag oder kurz danach gemacht.«

»Was? Das ist alles? Verflucht noch mal!« Völxen wirft das Schafskissen gegen die Wand.

»Herr Hauptkommissar, mäßigen Sie sich!«

»Das Tagebuch nützt uns gar nichts!«, schimpft Völxen weiter. »Warum kann sie nicht ein einziges Mal seinen Nachnamen erwähnen?«

»Immerhin steht da, dass seine Frau ein Pferd hat. Also wohnen sie vermutlich in einem Dorf.«

»Davon gibt's ja nicht viele im Umkreis. Hätte sie das Kaff lieber mal benannt.«

Eben, als Raukel von seinem Fund berichtete, glaubte Völxen noch an einen Durchbruch, aber jetzt sind sie nicht viel weiter als zuvor.

Es klopft an der Tür. Frau Cebulla schaut vorsichtig herein und registriert mit offensichtlicher Missbilligung, dass Oda Kristensen auf dem Chefplatz sitzt und Völxen stattdessen auf dem Sofa lümmelt. »Ist alles in Ordnung?«

»Alles bestens«, versichert Völxen. »Nur der ganz normale Wahnsinn.«

»Lindenblütentee?«

»Gerne.«

»Ein Wachhund ist nichts gegen sie«, bemerkt Oda, nachdem Frau Cebulla wieder weg ist.

Völxens Handy piept, eine Nachricht von Rifkin. *Keine Papiere im Wagen, nur ein Koffer mit Klamotten.*

»Was ist?«, fragt Oda.

»Nichts. Wir haben wieder einmal nichts.«

Völxens Handy klingelt erneut. Dieses Mal ist es Jule. Er wartet, bis Oda gegangen ist, ehe er abnimmt.

»Jule, was gibt es?«, fragt er.

»Sind wir wieder gut?«

Völxen muss trotz allem lächeln. »Rufst du deswegen an?«

»Ja. Nein. Seit heute habe ich den offiziellen Auftrag, mich um den Fall Romeo zu kümmern.«

»Romeo?«

»Die Betrugsserie.«

»Sie waren schon immer gut im Erfinden von dämlichen Namen.«

»Ich habe heute mit fünf von den elf Frauen gesprochen, die Anzeige erstattet haben, und drei Polizeireviere haben uns noch zusätzlich Anzeigen geschickt. Ein Kollege prüft gerade, ob die in unsere Serie passen.«

»Aha«, sagt Völxen und fragt sich, was neu daran sein soll. Sie ahnten ja schon, dass es noch mehr Betrugsopfer geben würde. Wahrscheinlich ruft Jule tatsächlich in erster Linie an, um gut Wetter zu machen. Sie war immer schon ein bisschen harmoniesüchtig.

»Wir haben jetzt schon drei verschiedene Phantombilder, und es ist noch mindestens ein neues Bild in Arbeit.«

»Also gehen wir von vier verschiedenen Männern aus. Und du denkst, dass die alle unter einer Decke stecken?«

»Ja, ganz bestimmt, die Methoden sind sich einfach zu ähnlich. Morgen klappere ich noch die restlichen Damen ab.«

»Du allein? Hast du keine Kollegen, die dir helfen?«

»Doch, morgen übernimmt eine Kollegin aus NRW einen Teil. Ich wollte dich nur auf dem Laufenden halten.«

»Danke, Jule. Hast du auch mit welchen gesprochen, die auf denselben Typen wie Frau Cebulla reingefallen sind?«

»Ja, mit zweien. Bei einer nannte er sich Arthur Degen und bei der anderen Bernhard Sprüngli. Da war er wieder als Schweizer unterwegs.«

»War da vielleicht eine Dame dabei ... wie soll ich sagen ... die sich besonders wütend und rachsüchtig gegeben hat?«

»Wütend sind die alle«, meint Jule. »Aber falls deine Frage darauf abzielt, ob eine davon als Mörderin infrage kommt ... Ich will mal so sagen: Eine heiße Spur sieht anders aus.«

Völxen seufzt. »Daran siehst du, wie verzweifelt ich bin. Wir haben nichts! Und in der Not frisst der Teufel bekanntlich Fliegen.«

*

Völxen hat für sechzehn Uhr eine Lagebesprechung angesetzt, und alle haben sich pünktlich eingefunden.

Als jeder seinen Platz eingenommen hat, ergreift er das Wort: »Erst mal will ich die Fakten aufzählen. Unser Mann, der mit Vornamen *Jochen* heißt, war am Donnerstag vorletzter Woche, das war der 26. April, noch am Leben, denn er wurde am selben Abend von Zeugen bei Frau Pirlo gesehen, die wiederum am Tag darauf ermordet wurde.

Jochen selbst wurde mit einem Kopfschuss aus nächster Nähe getötet und seine Leiche in der Nähe der Raststätte Wülferode Ost in einem Wald abgelegt. Sie lag dort, laut vorläufiger Einschätzung der Rechtsmedizin, zwischen acht und vierzehn Tagen. Der Abend oder die Nacht des 26. April als frühester Todeszeitpunkt wären elf Tage, das würde passen.

Sein Mietwagen wurde heute in der Südstadt gefunden, ungefähr zehn, fünfzehn Minuten Fußweg von Frau Pirlos Wohnung entfernt. Er war dick von Blütenstaub bedeckt, stand da also auch schon länger. Von der Fundstelle des Wagens bis zu dieser Raststätte fährt man je nach Tageszeit fünfzehn bis zwanzig Minuten. Was aber nicht zwingend heißt, dass er dort ermordet wurde. Die Spurensicherung ist noch vor Ort und sucht den Parkplatz nach möglichen Spuren eines Verbrechens ab. So weit die Fakten.« Völxen blickt in die Runde, aber da keiner etwas entgegnet, fährt er fort: »Frau Pirlo wurde am Freitag ermordet. Wäre ihr Freund zu diesem Zeitpunkt noch am Leben gewesen, wäre er sicher bei ihr aufgetaucht oder hätte angerufen. Aber nach dem 26. April gibt es keine Anrufe mehr von der Prepaidnummer, die wir ihm zugeordnet haben.«

»Es sei denn, er hat sie selbst erstochen«, wirft Fernando ein.

»Das ist wahr«, räumt Völxen ein.

»Oder wenn sie Schluss gemacht haben«, sagt Oda.

»Kann auch sein«, meint Raukel. »Der Kerl mit dem Feldstecher meinte, sie hätten lebhaft diskutiert.«

Völxen hält resigniert fest: »Wir wissen also weder wann noch wo er erschossen wurde, nur dass es nach einundzwanzig Uhr am Donnerstag, den 26. April, war. Sein Mörder schafft die Leiche binnen einer knappen Stunde in diesen Wald hinter der Raststätte. Warum so schnell, warum dort?«, fragt Völxen. »Dass die Leiche so nah am Wegrand früher oder später gefunden wird, damit musste er doch rechnen.«

»Vermutlich kennt er sich hier in der Gegend nicht aus«, überlegt Fernando. »Aber vielleicht kennt er die Raststätte und weiß, dass man von dort aus in den Wald fahren kann.«

»Womöglich war der Mord nicht geplant, sonst hätte er vielleicht bessere Vorkehrungen getroffen, damit die Leiche nie gefunden wird«, gibt Oda zu bedenken.

»Ja, er hat wohl das Muffensausen gekriegt. Mit einer Leiche im

Kofferraum rumzufahren ist nicht jedermanns Geschmack«, wirft Raukel ein.

»Oder es war ihm im Grunde egal, ob und wo man die Leiche findet, er wollte sie lediglich loswerden«, grübelt Oda weiter.

»Warum dann überhaupt im Wald? Er hätte den Toten ja auch erschießen und liegen lassen können, wo auch immer der Mord stattgefunden hat«, meint Völxen.

»Vielleicht hat er ihn in seinem eigenen Wagen erschossen«, sagt Fernando. »Das Loch sitzt an der linken Schläfe. Er verabredet sich mit ihm, lässt ihn in seinen Wagen steigen, fährt irgendwohin, wo keiner ist, und peng.«

»Das wäre eine Mordssauerei, das würde ich mir gut überlegen«, murmelt Rifkin, die an die Worte der Rechtsmedizinerin denken muss: *Hirnmasse, Blut und Knochensplitter.*

»Ist ihm wohl erst hinterher klar geworden«, grinst Fernando.

»Oder die Leiche sollte nur für eine Weile verschwinden, damit er Zeit gewinnt, um seine Spuren zu verwischen«, meint Oda.

»Was ja auch funktioniert hat«, sagt Raukel.

»Ich hätte mal eine grundsätzliche Frage«, meldet sich Rifkin zu Wort. »Gehen wir denn davon aus, dass die zwei Morde vom selben Täter begangen wurden?«

Völxen zuckt mit den Achseln. »Zumindest besteht ein Zusammenhang, da sich die Opfer kannten. Wäre ja sonst ein sehr großer Zufall. Ich vermute, der Mord oder vielleicht auch beide Morde haben mit den Betrügereien unseres Jochen zu tun. Jule ist sich inzwischen sicher, dass es sich um einen professionellen Ring von Betrügern handelt. Es gibt außer unserem Jochen noch mindestens drei Herren, die mit derselben Masche arbeiten. Aus den Tagebucheinträgen von Elisa Pirlo wiederum schließe ich, dass Jochen vorhatte, auszusteigen.«

»Stimmt, das steht da ...« Oda klappt ihren Laptop auf. »*Aber er würde damit aufhören, mir zuliebe, und außerdem habe er genug von diesem miesen Geschäft. Er müsse nur noch eine Sache durchziehen ...*«

»Mit der *einen Sache* dürfte er die Cebulla gemeint haben«, stellt Raukel fest.

»Genau«, schaltet sich Völxen ein. »Vergessen wir nicht: Frau Cebulla hat ihm am Dienstag derselben Woche ihr Geld überwiesen. Darauf hatte er wahrscheinlich nur noch gewartet, um dann mit seiner Geliebten zu verschwinden.«

»Und die kannte die Pläne, sonst hätte sie ja nicht kurz vorher bei der Musikschule gekündigt«, sagt Rifkin.

»Aus solchen Geschäften steigt man aber nicht so einfach aus«, meint Fernando. »Das ist wie bei der Mafia, da kannst du auch nicht einfach kündigen.«

»Das ist meistens recht ungesund«, nickt Raukel.

»Und die Pirlo?«, fragt Rifkin.

»Der Klassiker. Sie musste sterben, weil sie zu viel wusste«, antwortet Fernando.

»Dann muss der Mörder gewusst oder befürchtet haben, dass Jochen seiner Geliebten gebeichtet hat, wovon er lebt«, meint Oda.

Fernando zuckt mit den Achseln. »Vielleicht hat er sich verquasselt. Oder er hat einfach nicht damit gerechnet, dass sein Komplize oder sein Boss so harsch reagiert.«

»Einen Schuss in die Birne nennst du *harsch?* Das ist die Untertreibung des Jahres«, bemerkt Raukel.

»Die Pirlo wurde vielleicht nur vorsichtshalber zum Schweigen gebracht«, fährt Fernando ungerührt fort. »Ich meine, wo er schon mal einen erschossen hat ... da macht der zweite Mord dann auch keinen großen Unterschied mehr.«

Oda nickt. »Wir wissen ja nicht, wie detailliert und umfangreich Jochens Beichte war, das Tagebuch bleibt da ja recht vage. Vielleicht kannte sie die Namen der anderen, vielleicht hat ihr Geliebter ihr tatsächlich *alles* erzählt.«

»Das würde auch erklären, warum ihre Sachen durchwühlt worden sind und das Handy und der Computer mitgenommen wurden«, kombiniert Völxen.

»Und das Messer hat der Kerl benutzt, weil ein Schuss in einem Mietshaus am helllichten Tag zu auffällig wäre«, ergänzt Rifkin.

»Klingt brutal, aber so könnte es gewesen sein«, meint Völxen. »Gut, ich fürchte, wir werden heute nicht viel weiterkommen.

Machen wir Feierabend und hoffen, dass sich bis morgen der Pulverdampf verzieht und ein paar Dinge geklärt werden können.«

»Das hast du jetzt aber schön gesagt«, grinst Raukel. »Wusste gar nicht, dass in dir ein Poet steckt.«

*

Oda drückt die halb gerauchte Zigarette in den Aschenbecher und nimmt einen Schluck Rotwein. Sie sitzt auf ihrer Terrasse, sieht vor sich die Felder, hinter sich das Fachwerk. Aus dem Stallgebäude des ehemaligen Gutshofs hat ein findiger Architekt vor zwanzig Jahren Maisonette-Wohnungen geschaffen, die seinerzeit der letzte Schrei waren, inzwischen sind sie eher Standard. Es ist still rings um sie herum, besonders jetzt, am Abend, wenn auf der Durchgangsstraße Ruhe eingekehrt ist, weil alle Speckgürtelbewohner den Weg in ihre schnuckeligen Häuschen gefunden haben. Das Rentnerpaar von nebenan ist auf Kreuzfahrt, der Nachbar zur Linken lebt mehr bei seiner Freundin als hier. Oda will eigentlich schon seit Jahren zurück in die Stadt ziehen, hat aber nie genug Energie aufgebracht, um den Kampf um eine halbwegs akzeptable und bezahlbare Mietwohnung aufzunehmen.

Also lebt sie noch immer in Isernhagen und fühlt sich wie ein Fremdkörper in der ländlich angehauchten Nobelvorstadt.

Es kommt nicht oft vor, aber Oda ist gerade langweilig. Im Fernsehen läuft nur Uninteressantes, sie hat auch kein ungelesenes Buch mehr auf dem Nachttisch liegen, also hat sie sich rausgesetzt. Zigarette, Rotwein, aber nicht mal das Rauchen schmeckt heute, was wirklich beunruhigend ist. Ihre Tochter Veronika ist gestern Mittag wieder nach Göttingen gefahren, vielleicht liegt es daran. Immer wenn sie geht, ist es hinterher besonders still und leer in der Wohnung. Tian ist noch immer in Peking. Gerade haben sie kurz per Skype telefoniert, aber Oda hatte den Eindruck, dass sie sich im Moment nicht viel zu sagen haben.

Sie nimmt noch einen Schluck Rotwein.

Die Rushhour des Lebens ist jetzt also vorbei, stellt Oda fest. Das

Kind aus dem Haus, im Job hat sie so ziemlich alles erreicht, mit Tian läuft auch alles in geordneten Bahnen, kleine Abnutzungserscheinungen inbegriffen. Irgendwann macht sich halt in jeder Beziehung die Routine breit, selbst dann, wenn man nicht zusammen wohnt.

Sie denkt an ihr Gespräch mit Jule vor ein paar Tagen. Fast beneidet sie ihre Exkollegin ein bisschen. Nicht um Fernando, nein, das nicht gerade, aber bei Jule steht im Moment alles auf Anfang: neuer Job, gerade geheiratet, neue Wohnung, die Entscheidung, ob Kinder oder nicht. Jule hat noch alle Fäden in der Hand, während bei ihr selbst das meiste gelaufen ist, darüber muss man sich keine Illusionen machen. Ab jetzt wird doch eigentlich alles immer schlechter.

Ist es undankbar, so zu denken? Wem gegenüber? Gott, dem Schicksal? Wird sie gleich der Blitz treffen? Aber nein, Gott und/oder das Schicksal gehen viel subtiler vor.

Hey, was ist los, Oda Kristensen? Schlittern wir da gerade in eine kleine Midlife-Crisis hinein?

Hat es womöglich mit den zwei ungelösten Mordfällen zu tun? Mit der deprimierenden Lektüre von Elisa Pirlos Tagebuch? Machen sich nun auch bei ihr Versagensängste breit? Nein, Unsinn, erkennt Oda. Die Zeiten, in denen schwer lösbare Fälle sie auch zu Hause noch beschäftigt und um den Seelenfrieden gebracht haben, sind längst vorbei. Inzwischen kann sie das gut trennen. Sie gibt in der PD ihr Bestes, aber Dienst ist Dienst, und Schnaps ist Schnaps.

Es hat mit gestern Abend zu tun, gesteht sie sich schließlich ein. Mit ihrem Rendezvous, diesem Frank, den sie im *Oscar's* getroffen hat. Wie sagte schon der alte Goethe: *Nichts ist schwerer zu ertragen als eine Reihe von guten Tagen.* In ihrem Fall waren es zwar nur gute Stunden, genau genommen sogar nur eine, aber egal. Wieder einmal zu flirten hat großen Spaß gemacht, dieses gegenseitige sich Abtasten und sich Umkreisen, der ganze Balztanz. Mit Frank scheint es eine Menge gemeinsamer Wellenlängen zu geben, und wer weiß, was aus dem angebrochenen Abend noch geworden wäre, hätte da nicht das geifernde Publikum auf den Rängen gesessen. Dieses süffisante Dauergrinsen von Fernando. Am liebsten wäre sie hingegangen und hätte ihm gesagt, er soll nach Hause gehen und seine Wände fertig streichen.

Aber sie hat ja Franks Nummer. In ihrer Handtasche liegt der Zettel, sie hat ihn heute im Dienst schon einmal in der Hand gehabt. Die Nummer hat sie sich ursprünglich nur geben lassen, um ihn rasch loszuwerden, zumindest hat sie sich das eingeredet. Aber vielleicht war ihr Unterbewusstsein da schon weiter als ihr Verstand.

Jedenfalls war der Typ nicht übel, und es geht ja auch nicht darum, den Mann fürs Leben zu finden. Den hat sie ja schon. Aber man könnte doch ...

Warum eigentlich nicht? Das Leben ist kurz, und gut aussehende Männer passenden Alters mit Geist und Esprit sind ein knappes Gut. Wer weiß, wie viele – oder besser gesagt, wie wenige – solcher Gelegenheiten sie noch haben wird, jetzt, wo sie stramm auf die fünfzig zugeht. Sie hat ja früher auch nichts anbrennen lassen, warum sollte sie also ausgerechnet jetzt anfangen, tugendhaft zu werden? Früher oder später wird es automatisch dazu kommen, ob man will oder nicht.

Jetzt ruf ihn schon an, verdammt!

Sie kramt die Bierglasmanschette aus ihrer Handtasche, nimmt noch einen Kampfschluck und wählt dann die Nummer.

»Ja?«

»Frank? Hallo, hier ist ...« Verdammt noch mal, welchen Namen hat sie ihm eigentlich genannt, in ihrer Antwortmail und im *Oscar's*? Eine heiße Welle schwappt über ihr zusammen. Wie kann man nur so blöd sein und das vergessen? Und so eine will Polizistin sein? Sie will gerade wieder auflegen, als er sagt: »Ich weiß, wer dran ist.« Sie kann das Lächeln in seiner Stimme hören. Überhaupt, seine Stimme! Die geht ihr durch und durch.

»Guten Abend, Maria.«

»Guten Abend, Frank.«

»Hätte nicht gedacht, dass du anrufst.«

»Warum nicht?«

»Du bist so schnell weggegangen.«

»Ja, ich ... ich weiß. Ich war ein bisschen nervös. Hinterher hab ich es bereut.«

»Tatsächlich?« Er lacht. »So wirkst du gar nicht, als ob ein Mann dich nervös machen könnte. Schön, dass du anrufst.«

»Ich musste nur gerade an dich denken.«

»Ich hab auch an dich gedacht, den ganzen Tag schon.«

»Hast du Lust ... ich meine, wollen wir uns noch mal treffen?«, fragt Oda.

»Klar. Wann?«

Oda überlegt. Die nächsten paar Tage könnten stressig werden, falls der Tote aufgrund des Bildes, das morgen in allen Zeitungen erscheinen wird, vielleicht doch noch identifiziert wird. »Wie wäre es am Freitagabend?«

»Freitag ... Ja, warum nicht? Wollen wir essen gehen?«

»Okay, ja. Kennst du das Seehaus in Isernhagen? Wir können dort essen und vorher oder danach noch ein bisschen um den See spazieren.«

»Ja, das klingt sehr romantisch. Um acht?«

»Freitag um acht am Seehaus. Ich freu mich«, sagt Oda. »Dann ... bis dann.«

»Bis dann, Maria. Hab noch einen schönen Abend.«

Dienstag, 8. Mai

Rifkin wird von ungewohnten Geräuschen geweckt. Etwas kracht, und dann ist da ein Schlürfen, wie von einer Kaffeemaschine. Nur, dass sie gar keine besitzt. Sie schlägt die Augen auf.

Das ist nicht mein Bett und nicht mein Zimmer!

Ihre Kleidung, restlos alles, liegt über den ganzen Fußboden verstreut, dabei ist sie doch sonst die Ordnung in Person.

Sie richtet sich auf, während die Erinnerungen an gestern Abend in ihr Hirn sickern.

Sie und Bronski und ein paar Biere zu viel.

Schlecht war's nicht. Könnte man wiederholen, vielleicht mit weniger Bier.

Sie sammelt ihre Jeans vom Boden auf. Ihr Telefon steckt noch in der hinteren Tasche. 8:56 Uhr zeigt das Display. *Was?* Verdammt, da sind schon zwei Anrufe, die sie überhört haben muss, beide von Fernando Rodriguez. Was will der denn so früh?

Sie schlüpft in ihr T-Shirt und huscht über den Flur. Wo war noch gleich das Bad? Eigentlich ist keine Zeit für eine Dusche, aber wenn sie schon in den Klamotten von gestern in der Dienststelle aufläuft, muss sie nicht auch noch verräterisch riechen. Sie öffnet eine Tür – und erstarrt vor Schreck.

Was um alles in der Welt ist DAS?

Ein Kinderzimmer, offensichtlich. Wohl für ein kleineres Mädchen: rosa Tapete, rosa Voränge, rosa Spielzeug, rosa Bettwäsche. Du lieber Himmel! Ihr fällt ein, dass sie gestern Abend nicht gerade leise waren. Vorsichtig beugt sie sich über das Bett, aber es liegt nur ein abgewetzter Stoffhund auf dem Kissen.

Bronski hat also eine Tochter.

Sie kehrt der rosa Vorhölle den Rücken zu und findet das Bad eine Tür weiter. Hätte er ja mal erwähnen können, grollt sie, als sie unter der Dusche steht. Vor ein paar Minuten dachte sie noch, dass man den gestrigen Abend durchaus wiederholen könnte, aber jetzt ist sie sich nicht mehr so sicher, ob das sinnvoll ist. Ein Typ mit einem Kind, einem kleinen Kind, das mit Plastikponys mit rosa Mähnen spielt, das riecht nach Komplikationen. Ganz abgesehen davon, dass Rifkin es nicht so mit Kindern hat.

Frisch duftend und angezogen betritt sie gleich darauf die Küche. Es riecht nach Kaffee und Rührei. Rifkin scannt den Raum ab. Kein kleines Mädchen, nirgendwo. Wo ist sie? Ist sie ein Scheidungskind, das nur am Wochenende kommt?

»Guten Morgen.« Bronski sieht zum Anbeißen aus in seinen Boxershorts und dem engen T-Shirt, das muss sie sich eingestehen.

»Du hättest mich wecken sollen.«

»Ich dachte, du brauchst deinen Schönheitsschlaf.« Er reicht ihre eine Tasse Kaffee. »Milch, Zucker?«

»Schwarz.«

Rifkin trinkt einen Schluck, dann bedeutet sie Bronski, sich ruhig zu verhalten, und ruft Fernando an.

»Ah, Madame Rifkin, auch schon wach. Warum gehst du nicht ans Telefon?«

»Der Akku war leer, und ich habe verschlafen. Was ist?«

»Du sollst eine Frau in die MHH zur Gerichtsmedizin begleiten.«

»Wieso ich?«

»Weil mir da drin immer schlecht wird«, sagt Fernando.

»Worum geht es?«

»Eine gewisse Dorothea Scholz hat ihren Mann auf dem Foto in der Zeitung erkannt. Sie ist unterwegs, kommt mit dem Auto aus Fallersleben. Das gehört zu Wolfsburg.«

»Wolfsburg«, wiederholt Rifkin, während sie überlegt, wie lange man bis dahin wohl braucht.

»Das ist da, wo VW ist und wo die ICE-Lokführer immer vergessen zu halten. Du sollst sie um zehn in der Rechtsmedizin treffen.«

Rifkin entspannt sich. Zehn Uhr an der Medizinischen Hochschule Hannover, das schafft sie locker. »Und? Glaubst du, dass sie wirklich seine Frau ist?«

»Ich denke schon. Sie hat die Narbe an seinem Bein beschrieben.«

»Sag Völxen, ich komme direkt zur MHH, wenn's recht ist.«

»Das war es, was ich dir vorschlagen wollte.«

»Warum schickst du mir dann keine Nachricht?«

»Hab ich doch. Aber du antwortest ja nicht.«

»Oh, stimmt. Sogar drei.«

»Was ist los, Rifkin, du wirkst ein bisschen neben der Spur?«

»Es ist alles bestens«, antwortet Rifkin, legt auf und lässt den Anblick von Bronskis muskulösen Beinen auf sich wirken. Über das rosa Zimmer muss man ja nicht unbedingt sofort sprechen.

*

Schon gleich elf Uhr. Völxen tigert in seinem Büro auf und ab, was Oscar sichtlich nervös macht. Im Korb sitzend verfolgt er sein Herrchen mit Augen und Ohren.

Endlich! Endlich kommt Bewegung in die Sache. Gerade hat Rifkin aus der Rechtsmedizin angerufen. Frau Scholz hat ihren Ehemann Jochen Scholz identifiziert.

Völxen setzt sich nun doch an den Schreibtisch und greift zum Hörer. »Fernando, such mir alles über diesen Jochen Scholz raus, was du finden kannst.«

»Bin ich längst dabei«, antwortet der. »Er ist in Hannover geboren, seine Mutter war Schweizerin. Er wäre am sechsten Juni fünfundfünfzig Jahre alt geworden, er ist seit vierundzwanzig Jahren verheiratet mit Dorothea Scholz, hat keine Kinder. Ich hab mir das Haus in Fallersleben auf Google Earth angeschaut. Ist ein einstöckiges Klinkerhaus, nicht gerade mein Geschmack, aber es sieht groß aus für zwei Leute. Das Grundstück ist recht ordentlich. Und ich weiß auch schon, dass er tatsächlich einen Weinladen hatte, in Wolfsburg. Der ging aber vor drei Jahren pleite, es gab ein Insolvenzverfahren. Danach hat er die Weinagentur Scholz gegründet. Wir werden versuchen, an seine Steuerunterlagen ranzukommen, dann sehen wir, ob die Agentur nur ein Deckmäntelchen ist oder ob er damit wirklich Geld verdient hat.«

»Wer ist *wir*?«, fragt Völxen, überrumpelt von Fernandos plötzlicher Effizienz und Eigeninitiative.

»Ich hab Jule eingespannt. Die Nerds beim LKA haben doch ganz andere Möglichkeiten als unsereins.«

»Die *Nerds*, aha«, brummt Völxen.

»Was ist? Wir sollten doch in dieser Sache mit dem LKA zusammenarbeiten, oder habe ich da was falsch verstanden?«

Völxen war Kompetenzgerangel schon immer zuwider, und wenn ihm jemand Arbeit abnehmen kann und will, bitte schön, gerne. Allerdings würde es ihm angesichts seiner bevorstehenden Beförderung auch nicht in den Kram passen, wenn es am Ende hieße, das LKA hätte den Mord oder gar alle beide aufgeklärt. »Aber die Mordermittlungen in den beiden Fällen führen schon noch wir durch, dass das klar ist«, sagt er zu Fernando. »Und in Zukunft will ich darüber informiert werden, bevor jemand Aufgaben ans LKA delegiert.«

»Okay«, schnaubt Fernando und mault: »Wie man es macht, macht man es verkehrt.«

Aber da hat Völxen schon aufgelegt.

Als Nächster ist Raukel dran. »Erwin, setz dich mit der Staatsanwaltschaft in Verbindung und sieh zu, dass du möglichst schnell einen Durchsuchungsbeschluss für das Wohnhaus der Scholzens kriegst. Fernando hat die Adresse.«

»Begründung?«

»Der Mann ist nachweislich ein Betrüger, ein Mordverdächtiger und ein Mordopfer, die Ehefrau ist der Beihilfe verdächtig, und es besteht Verdunklungsgefahr. Das müsste ja wohl reichen«, sagt Völxen und knallt den Hörer hin.

Es klopft. Frau Cebulla. »Kommissarin Rifkin lässt ausrichten, sie wäre jetzt mit der Zeugin hier.«

Völxen lässt Dorothea Scholz von Rifkin in den Vernehmungsraum bringen und bittet Frau Cebulla, ihr etwas zu trinken zu bringen. Vorsichtshalber verschweigt er seiner Sekretärin, um wen es sich bei der Zeugin handelt. Nicht, dass es noch zu melodramatischen Szenen auf seiner Dienststelle kommt.

»In was für einer Verfassung ist sie?«, will er von Rifkin wissen, als die sein Büro betritt.

»In einer besseren als er.«

»Rifkin!« Völxen kann ein Grinsen nicht unterdrücken.

»Sie hat keine Miene verzogen. Ich glaube, die ist ein ziemlich harter Knochen.«

»Also ist sie vernehmungsfähig.«

»Auf jeden Fall.«

»Haben Sie ihr schon irgendwelche Informationen zum Tod ihres Mannes gegeben?«

»Nur, wo er gefunden wurde und dass er erschossen wurde, aber das konnte sie ja selbst sehen.«

»Sehr gut. Gibt es schon einen Termin für die Obduktion?«

»Voraussichtlich heute Nachmittag um vier. Äh, könnten Sie vielleicht wen anderen zur Obduktion hinschicken?«, fragt Rifkin. »Ich fühl mich heute nicht so.«

Völxen schaut sie überrascht an. Soweit er sich erinnern kann, ist dies das erste Mal, dass Rifkin eine Schwäche eingesteht. Sie ist tatsächlich ein wenig blass um die Nase. Ja, die Rechtsmedizin ist nicht jedermanns Sache. Die Einzige, die gerne dorthin ging, war Jule Wedekin, was wohl an ihrem abgebrochenen Medizinstudium lag.

»Sie können sich nachher bei der Durchsuchung des Hauses der Familie Scholz nützlich machen.«

»Danke, Herr Hauptkommissar«, sagt Rifkin, sichtlich erleichtert.

Völxen geht hinüber zu Oda. »Bist du so weit?«

»Darf ich der *bad cop* sein?«, fragt Oda händereibend.

Völxen verdreht die Augen. »Sie hat immerhin ihren Ehemann verloren. Wir sind also erst mal ganz lieb und sehen zu, dass wir sie zum Reden bringen. Wir werden erst *bad*, wenn sie uns dumm kommt.«

*

Der Hauptkommissar muss unweigerlich an Rifkins Bezeichnung *harter Knochen* denken, als er Dorothea Scholz steif und aufrecht wie eine Buchstütze auf dem Stuhl des Vernehmungszimmers sitzen sieht. Sie ist groß und, ja, knochig, mit breiten Schultern und langen Armen. Ihr Gesicht ist auf eine herbe Art attraktiv. Stahlgraue Augen, edle, gerade Nase, die Lippen sind schmal, aber elegant geschwungen, das Kinn hingegen ist ein wenig kantig geraten. Sie trägt kein Make-up, soweit er das beurteilen kann, ihr Teint hat die gesunde Farbe von einer Frau, die viel draußen ist, und ist garniert mit ein paar Sommersprossen. Das sandfarbene Haar ist kurz geschnitten.

Laut Meldedaten ist Dorothea Scholz zweiundfünfzig Jahre alt, zwei Jahre jünger als ihr Ehemann Jochen Scholz.

Um die Auswahl ihrer Kleidung scheint sie sich heute Morgen nicht viele Gedanken gemacht zu haben: Sie trägt eine in Pastellfarben karierte Bluse zu einer beigefarbenen Hose mit zahlreichen Taschen und Reißverschlüssen, dazu flache, braune Stiefeletten. Die meisten Leute kleiden sich zur Identifizierung eines Angehörigen schon mal vorsorglich in Schwarz, oder zumindest wählen sie etwas seriös Wirkendes, kommt es Völxen in den Sinn. Er muss daran denken, dass der Ehemann von etlichen Zeugen als stets »wie aus dem Ei gepellt« geschildert wurde. Seine Frau wirkt dagegen wie eine, der ihr Aussehen nicht allzu wichtig ist. Die zwei scheinen ein sehr ungleiches Paar gewesen zu sein.

Vor der Zeugin steht ein Becher, aus dem ein Teebeutel hängt. Pfefferminze. Passt irgendwie.

Aus dem Augenwinkel bemerkt er, wie Oda beim Hinsetzen ein klein wenig die Nasenflügel bläht, und auch er hat es schon registriert: Im Raum riecht es nach Pferd.

Besser als nach Schweinestall, findet Völxen. Besser auch, als aufdringlich süßliche Parfums oder die auch nicht seltene Mischung aus Angstschweiß und Alkoholfahne.

Die zwei Ermittler stellen sich vor und sprechen Frau Scholz ihr Beileid zum Tod ihres Ehemannes aus, was diese mit einem knappen Nicken quittiert. Völxen stellt das Aufnahmegerät an und hält zum Auftakt erst einmal Ort, Datum und die Personalien der Zeugin fest. Frau Scholz antwortet mit klarer, fester Stimme. Nach ihrem Beruf gefragt, gibt sie an, sie arbeite als Orthopädietechnikerin in einem Sanitätshaus in Wolfsburg. Dies sei auch ihr erlernter Beruf.

»Vollzeit?«, fragt Oda.

»Dreißig Stunden«, antwortet Frau Scholz.

Völxen kann sich nicht vorstellen, dass eine Teilzeit-Orthopädietechnikerin allzu gut verdient.

Er erwartet, dass sie ihn und Oda nun erst einmal mit Fragen überhäufen wird, wie es die meisten Angehörigen von Mordopfern tun, zumal Rifkin ihr ja nicht viel erzählt hat. Aber sie schweigt und harrt scheinbar ruhig der Dinge, die auf sie zukommen werden. Dass sie doch ein wenig nervös ist, merkt man daran, dass ihre Beine unter dem Tisch alle paar Sekunden die Stellung wechseln.

Völxen stellt die Standardfrage: »Frau Scholz, wann haben Sie Ihren Mann zum letzten Mal gesehen?«

»Gestern vor vierzehn Tagen«, antwortet sie, ohne zu zögern.

»Das wäre dann Montag, der 23. April«, hält Oda fest.

»Ja, kann sein. Er hat seinen Koffer gepackt und ist zu einer seiner üblichen Touren aufgebrochen.«

»Touren?«, fragt Völxen.

»Mein Mann ist ... er war Weinhändler. Er hat verschiedene Weingüter vertreten, überwiegend französische, und ihre Weine hier an Restaurants und Weinläden zu verkaufen versucht.«

»Waren seine Versuche denn erfolgreich?«, erkundigt sich Völxen.

»Ich denke schon, ja.«

»Sie haben ein Reitpferd, ist das richtig?«

Sie zuckt ein wenig zusammen. »Woher wissen Sie das?«

Völxen ist versucht, zu sagen *das riecht man*, aber er hält sich zurück und meint: »So ein Pferd ist doch recht kostspielig, nicht wahr? Die Stallmiete, das Futter, der Tierarzt, der Hufschmied ...«

»Sie scheinen sich ja auszukennen«, sagt Frau Scholz und fügt hinzu, »wir kamen jedenfalls zurecht. Finanziell meine ich.«

»Und sonst?«, fragt Oda.

»Wie meinen Sie das?«, kommt die Gegenfrage.

»Außer den Finanzen, wie kamen Sie und Ihr Mann miteinander zurecht?«

»Gut«, antwortet sie knapp, und ihr Gesichtsausdruck sagt überdeutlich, dass ihr die Frage nicht gefallen hat.

Völxen blickt in diese harten, stechenden Augen, und ihm wird klar, was Jochen Scholz bei Elisa Pirlo gesucht hat. Die Ehe von Jochen und Dorothea Scholz war wahrscheinlich wirklich eine Zweckgemeinschaft. Aber eine, die gut funktioniert hat, zumindest aus der Sicht von Frau Scholz.

»Wie hat er das gemacht, Ihr Mann? Hat er diese Weinläden und Restaurants alle der Reihe nach besucht?«, fragt Oda weiter.

Frau Scholz sieht Oda jetzt missmutig an und sagt: »Im Detail weiß ich das nicht. Aber ja, die wichtigen Kunden hat er wohl besucht. Zusätzlich hat er Weinproben veranstaltet und seine Kunden dann zu diesen Events eingeladen, und natürlich war er auch auf Messen vertreten.«

»Auf welchen Messen?«, fragt Völxen.

»Das weiß ich nicht so genau.«

»Eine Messe dauert doch etliche Tage. Hat er nie gesagt, *ich fahre zur Soundso-Messe in die und die Stadt?*«, hakt Völxen nach.

»Ich habe ihn nicht danach gefragt. Ich habe ihm ja auch nicht jede Einzelheit aus meinem Berufsleben erzählt.«

»Wie haben Sie und Ihr Mann sich kennengelernt?«, fragt der Hauptkommissar.

Frau Scholz sieht aus, als überlege sie, ob an dieser Frage etwas Verfängliches sein könnte, aber schließlich sagt sie: »Diese Polizistin von heute Morgen hat mich nach seiner Narbe gefragt. Durch die haben wir uns kennengelernt. Vielmehr durch den Motorradunfall, von dem sie stammt. Jochen hatte sich bei dem Unfall das Bein mehrmals gebrochen und brauchte eine Orthese, und dafür kam er in unser Sanitätshaus. Er musste öfter kommen, um sie anzupassen, und beim dritten Besuch hat er mich zum Essen eingeladen. Das ist jetzt fünfundzwanzig Jahre her.« Ein Lächeln huscht über ihr Gesicht.

»Sie und Ihr Mann hatten bis vor drei Jahren zusammen eine Weinhandlung, ist das richtig?«, fragt Völxen.

»Ja. Das war immer sein Traum. Als wir uns kennenlernten, hat er bei einer Versicherung gearbeitet, aber das hat ihn nicht ausgefüllt. Irgendwann haben wir den Schritt gewagt und den Weinladen eröffnet.«

»Haben Sie in dem Laden mitgearbeitet?«

»Ja. Angestellte konnten wir uns nicht leisten.«

»Was ging schief?«, will Völxen wissen.

»Eigentlich nichts. Sechs Jahre lang lief der Laden ganz gut. Dann ist der Hausbesitzer gestorben, und sein Nachfolger hat die Miete für den Laden verdoppelt. Das konnten wir nicht mehr kompensieren. Wir sind mit dem Laden in ein anderes Viertel umgezogen, wo die Miete billiger war, aber die Kunden sind nicht alle mitgegangen, und so ging es bergab. Nach weiteren zwei Jahren waren wir an dem Punkt angekommen, an dem wir unsere Lieferanten nicht mehr bezahlen konnten, und mussten Insolvenz anmelden. Die ganze Misere hat Jochen sehr mitgenommen, er war danach nie mehr so wie vorher. Wenigstens konnte ich wieder in meinem alten Job anfangen. Er wollte aber nicht mehr Versicherungen verkaufen, also hat er als Weinvertreter weitergemacht.«

»Sie verstehen also auch etwas vom Weingeschäft«, stellt Völxen fest.

Sie nickt.

»Und da wollen Sie nicht darüber Bescheid wissen, welche Messen und Kunden Ihr Mann besucht hat und in welchen Regionen er unterwegs war?«

Frau Scholz wirft ihm einen vernichtenden Blick zu, zuckt mit den Achseln und zieht es vor, zu schweigen.

»Ihr Pferd … seit wann haben Sie das?«, fragt Oda.

»Seit fünf Jahren. Es hätte nichts genützt, es zu verkaufen, wir wären auch so pleitegegangen«, sagt Frau Scholz, die ahnt, worauf

Oda hinauswill. »Als die Pleite absehbar war, hat mein Vater die Stallmiete und das Futter bezahlt.« Sie senkt den Kopf, als würde sie sich im Nachhinein dafür schämen.

»Worüber haben Sie und Ihr Mann denn dann miteinander gesprochen, wenn nicht über Ihren Berufsalltag?«, will Oda wissen.

»Wir haben gar nicht viel miteinander gesprochen«, räumt Frau Scholz ein. »Wir hatten uns in den vergangenen Jahren ziemlich auseinandergelebt, wie es so schön heißt. Er war sehr viel unterwegs, kam praktisch nur nach Hause, um seine Hemden zu wechseln und ab und zu ein paar Tage zu Hause zu entspannen, und dann fuhr er wieder. Ich habe nicht jedes Mal gefragt, wohin er fuhr, es hat mich nicht interessiert. Manchmal dauerte es vier Wochen, bis er wiederkam.«

»Das hat Ihnen nichts ausgemacht?«, fragt Oda.

»Nein. Wie gesagt ...«

»Sie hatten sich *auseinandergelebt*, wir verstehen«, sagt Oda. »Haben Sie denn wenigstens ab und zu telefoniert?«

»Nur, wenn es etwas Wichtiges gab.«

»Was war denn etwas Wichtiges?«, will Völxen wissen.

»Wenn etwas mit dem Haus war oder mit seiner Mutter. Sie ist schon fast neunzig, etwas dement und lebt in einem Altenheim.«

»Haben Sie in den letzten vierzehn Tagen mit Ihrem Mann telefoniert?«, fragt Oda.

»Nein. Es gab nichts zu bereden. Deshalb habe ich ihn ja auch nicht vermisst gemeldet«, erklärt die Befragte, und zum ersten Mal klingt ihre Stimme etwas aufgeregt. »Es war normal, dass wir zwei, drei Wochen nichts voneinander hörten.«

Oda lässt dies unkommentiert.

Wahrscheinlich, überlegt Völxen, hätte Frau Scholz es vorgezogen, die trauernde, liebende Ehefrau zu spielen. Wäre da nicht dieser lange Zeitraum, in dem sie ihren Mann nicht vermisst gemeldet hat. Weil sie ihn im wahrsten Sinn des Wortes nicht vermisst hat.

Frau Scholz fährt fort: »Eine Nachbarin hat mich heute Morgen auf das Foto aus der Zeitung angesprochen. Ich selbst habe keine

222

Zeitung abonniert. Ich habe Jochen darauf erkannt und mich sofort bei der Polizei gemeldet, und die haben mich an Ihre Dienststelle verwiesen.«

Wie sie das erzählt, klingt es, als wäre sie einer lästigen Pflicht nachgekommen. Da ist keine Spur von Trauer. Aber Völxen weiß, dass manche Leute ihre Gefühle gut verdrängen können. Vielleicht steht sie noch unter Schock.

Er fragt: »Ihr Mann muss auf seinen Reisen doch sicher Flaschen für Weinproben dabeigehabt haben, richtig?«

»Ja, natürlich.«

»Wenn wir nun bei Ihnen zu Hause nachsehen, werden wir dort also einen Vorrat an Wein finden.«

»Ja, im Keller.«

»Was für ein Auto fuhr Ihr Mann?«, fragt er weiter.

»Einen Mercedes-Kombi, älteres Baujahr schon, aber er mochte den Wagen, da passte viel rein.«

»Kennzeichen?«

»Wolfsburg, HS 238«, schnurrt sie ohne zu zögern herunter.

»Wo ist der Wagen jetzt?«

Völxen kann beim besten Willen nicht sagen, ob die Verwunderung, mit der sie ihn ansieht, echt oder gespielt ist.

»Keine Ahnung. Wurde er nicht dort gefunden, wo auch Jochen gefunden wurde, bei dieser Raststätte?«

Völxen verneint und gibt Oda ein Zeichen. Die weiß, was zu tun ist, und schreibt Rifkin eine Nachricht, sie solle die Angaben überprüfen und die Fahndung nach dem Wagen einleiten.

»Ja, dann ... dann weiß ich es auch nicht«, sagt Frau Scholz und fügt mit verzweifeltem Unterton hinzu: »Ich verstehe das alles sowieso nicht. Wer sollte denn einen Grund haben, meinen Mann zu erschießen?«

»Genau diese Frage wollte ich Ihnen gerade stellen«, entgegnet Völxen.

»Mir? Wieso denn mir?«

Völxen beugt sich hinüber zu Oda, die ihr Tablet vor sich liegen hat.

»Haben wir die Fotos parat, die das LKA uns geschickt hat?«, fragt er scheinheilig und bemerkt, wie Frau Scholz bei dem Begriff LKA schlucken muss.

»Selbstverständlich«, lächelt Oda und zeigt Frau Scholz die Bilder ihres Mannes, die Jule zusammengetragen hat, darunter auch das, auf dem er sich unbekleidet zwischen den Laken rekelt. »Das ist doch Ihr Mann, oder?«, vergewissert sie sich.

Frau Scholz betrachtet die Bilder mit versteinerter Miene und sagt: »Ich denke schon, ja. Aber was soll das? Wer hat die gemacht?«

»Frau Scholz«, beginnt Völxen, »sagen Ihnen folgende Namen etwas: Miriam Bohn, Petra Albrecht, Sonja Grabowski, Ellen Schmidt?«

Edeltraut Cebulla hat er vorsichtshalber weggelassen, denn der Nachname seiner Sekretärin steht nebenan an der Tür.

Wie zu erwarten war, schüttelt Frau Scholz energisch mit dem Kopf. »Wer soll das sein?«

»Das waren Frauen, die mit Ihrem Mann liiert waren.«

»Meinetwegen«, räumt Frau Scholz ein. »Wie schon gesagt, in unserer Ehe war die Blütezeit der Romantik längst vorbei, und ich bin nicht naiv. Mir ist schon klar, dass er hier und da mal eine Affäre hatte, er ist ... er war ja ein attraktiver Mann und konnte sehr charmant sein, wenn er wollte. Die Frauen haben sich ihm praktisch an den Hals geworfen, das war schon immer so. Ich wollte nichts davon wissen, und ich will es auch jetzt nicht. Aber wieso haben Sie diese Fotos? Ich verstehe das nicht.«

Ihr Unschuldsblick wirkt ziemlich überzeugend, das muss Völxen zugeben, er ist aber dennoch sicher, ihr nichts Neues zu erzählen, als er nun die Katze aus dem Sack lässt: »Diese Frauen haben Anzeige gegen Ihren Gatten erstattet, und zwar wegen Betruges. Ihr Mann hat sich unter Angabe eines falschen Namens das Vertrauen und die Zuneigung dieser Damen erschlichen, und bei passender Gelegenheit hat er sich unter einem Vorwand Geld von ihnen geborgt und ist unmittelbar danach aus ihrer Leben verschwunden. So etwas nennt man im Volksmund einen Heiratsschwindler.«

Frau Scholz läuft vor Aufregung rot an. »Aber das ist doch totaler Quatsch! Die lügen. Können die das beweisen?«

Völxen und Oda wechseln einen kurzen Blick. Beiden ist klar, welche Strategie Frau Scholz verfolgt. Sie spielt die Ahnungslose und denkt, sie habe gute Chancen, damit durchzukommen.

Oda hat noch weitere Bilder für Frau Scholz. Es sind die Phantomskizzen und Fotos der anderen Betrüger, die Jule gesammelt hat. »Kennen Sie einen dieser Männer?«, fragt sie.

Frau Scholz sieht sich die Skizzen und die zwei unscharfen Fotos sorgfältig an. Dann schüttelt sie den Kopf. »Nein, nie gesehen. Wer soll das sein?«

»Gewissermaßen Kollegen Ihres Mannes«, sagt Oda.

»So ein Quatsch«, stößt Frau Scholz erneut hervor.

Völxen ist geneigt, ihr zu glauben, dass sie die Männer nicht kennt. Wann und wo sollte Frau Scholz denen auch begegnet sein? Es würde ihn wundern, wenn es bei Geschäftsmodellen dieser Art *social events* zusammen mit den Ehefrauen gäbe. Fürs Erste hält er fest: »Frau Scholz, Sie behaupten also, von diesen Betrügereien Ihres Mannes nichts gewusst zu haben.«

»So ist es!«, ruft sie. »Ich glaube auch nicht, dass er das getan hat, ganz egal, was diese ... Weiber behaupten.«

Sie klingt jetzt aufgebracht. *Das Geschrei eines ordinären Marktweibs.* So hatte Frau Rogall sich ausgedrückt. Völxens alte Lehrerin hat die Stimme der Besucherin, mit der sich ihre Nachbarin am 17. April gestritten hatte, außerdem als *kräftig* und *ein bisschen verraucht* beschrieben, erinnert er sich. Das passt recht gut zu Frau Scholz, die eine verhältnismäßig dunkle Stimme hat. Eine Stimme, die weit trägt, sogar durch Wände des sozialen Wohnungsbaus der Zwanzigerjahre.

Er holt tief und hörbar Atem, um die Bedeutung dessen, was jetzt folgt, zu unterstreichen. »Frau Scholz, wie haben Sie den Freitag vor zehn Tagen, den 27. April, verbracht?«

Sie sieht ihn mit großen Augen an. »Ist das der Tag, an dem Jochen ...? Ich dachte, man wüsste nicht genau ...«

»Beantworten Sie doch einfach die Frage«, schlägt Völxen vor.

»Ich weiß es nicht, ich muss nachdenken. Wahrscheinlich wie immer. Ich gehe morgens zu meinem Pferd, danach nach Hause, mich umziehen. Ich arbeite von zehn bis sechzehn Uhr, und dann fahre ich wieder auf den Hof. Bis etwa achtzehn, neunzehn Uhr. Abends esse ich, schalte den Fernseher an und gehe ins Bett. Für den Abend habe ich allerdings keine Zeugen, falls ich ein Alibi brauche.«

»Notieren Sie bitte den Namen und die Adresse Ihres Arbeitgebers.« Oda schiebt einen Zettelblock und einen Kugelschreiber über den Tisch.

Frau Scholz kommt der Aufforderung mit verkniffenem Gesichtsausdruck nach.

»Das gehört zur Routine, keine Sorge, wir verdächtigen Sie nicht des Mordes an Ihrem Mann«, versucht Völxen, sein Gegenüber zu beruhigen. Frau Scholz sieht jedoch aus, als wolle sie ihm das nicht so recht glauben.

Es klopft an der Tür.

»Herein«, ruft Völxen. Es ist Erwin Raukel.

»Wir machen eine kurze Pause«, sagt Völxen, dem die Unterbrechung plötzlich gar nicht so ungelegen kommt.

Völxen und Oda verlassen den Raum. Oda wedelt sich mit der Hand Luft zu. »Noch eine Sekunde länger in diesem Pferdemief und ich hätte selbst angefangen zu wiehern.«

»Wir haben den Beschluss«, verkündet Raukel.

»Sehr gut, das ging ja flott«, lobt ihn Völxen.

»Man muss eben die richtigen Leute darauf ansetzen«, sagt Raukel, wie immer die Bescheidenheit in Person.

»Fernando und Rifkin sollen sich das Weinlager im Keller genauer ansehen.«

»Weinlager?« Raukel wird hellhörig. »Dafür wäre aber doch eher ich die erste Wahl. Was verstehen die zwei schon von Wein?«

»Rodriguez ist quasi in einem Laden für spanische Weine groß geworden«, bemerkt Völxen.

»Spanischer Wein, Völxen, ich bitte dich! Von der Plemme krieg ich immer dermaßen Sodbrennen. Und Rifkin hat höchstens Ahnung von Wodka, davon allerdings eine Menge. Hast du schon mal Meerrettichwodka probiert?«

»Für dich habe ich eine wichtigere Aufgabe«, sagt Völxen.

»Ach ja? Was denn?«, kommt es misstrauisch.

»Die Obduktion von Scholz, heute Nachmittag um vier.«

»Was? Ich? Schick doch Rifkin hin.«

»Der geht es heute nicht so gut, und Fernando kotzt jedes Mal.«

»Weicheier, alle miteinander!«

»Eben. Du bist der Fels in der Brandung, Erwin.«

»Meinetwegen«, seufzt er und murmelt im Weitergehen: »Da reißt man sich den Arsch auf, und das hat man dann davon.«

»Ich seh aber keinen!«, ruft ihm Völxen hinterher.

»Keinen was?«

»Aufgerissenen Arsch«, grinst Völxen, hört aber sofort auf damit, als er hinter sich ein Räuspern vernimmt, sich umdreht und Frau Cebullas pikiertem Blick begegnet. Sie hält Oscar an der Leine.

»Ich dachte, ich gehe mal mit dem Hund raus, eh noch ein Malheur passiert. Sie sind ja wahrscheinlich noch länger damit beschäftigt, die Ehefrau von diesem Mistkerl zu verhören.«

*

Oda hat in der Zwischenzeit zwei Becher Kaffee für sich und Völxen besorgt und in ihr Büro gebracht. Jetzt telefoniert sie gerade mit dem Arbeitgeber von Frau Scholz und raucht dabei genüsslich eine ihrer Selbstgedrehten. »Und da sind Sie ganz sicher? Das wurde nicht vielleicht getauscht? – Gut, vielen Dank.« Sie legt auf.

»Früher hast du mit dem Rauchen wenigstens gewartet, bis ich weg bin«, beklagt sich Völxen.

»Andersrum: Du bist zu früh reingekommen«, entgegnet Oda.

»Die Cebulla hat auch schon wieder mitgekriegt, wen wir vernehmen. Hier haben anscheinend die Wände Ohren, oder es wird viel zu viel getratscht!«

»Ich bin unschuldig!«

Völxen winkt ab und fragt: »Was glaubst du, lügt die Scholz?«

»Wie gedruckt«, antwortet Oda. »Es geht schon los mit ihrem Alibi für den besagten Freitag, an dem Frau Pirlo starb. An dem Tag hatte sie nämlich ihren freien Tag.«

»Oha.«

»Keiner kann mir erzählen, dass die nicht gewusst hat, was ihr Göttergatte treibt. Aber ich an ihrer Stelle würde auch die Unschuld vom Lande spielen. Sie muss ja sonst befürchten, dass der Staatsanwalt sie wegen Beihilfe drankriegt.«

»Verständlich. Das Problem ist nur, dass sie uns dadurch womöglich Informationen vorenthält, die zum Mörder ihres Mannes führen könnten«, beklagt Völxen. »Aber was sie über ihre Ehe sagt, könnte stimmen. Besonders verzweifelt über den Tod ihres Mannes kommt sie mir jedenfalls nicht vor.«

»Vielleicht gibt's eine fette Lebensversicherung«, überlegt Oda. »Das lindert doch meistens den Schmerz. Ich denke, es stimmt, was im Tagebuch der Pirlo steht: Es war ihr egal, was ihr Mann tat und wo die Kohle herkam, Hauptsache, sie hatte ihr Häuschen und ihren Gaul und musste sich auch sonst kein Bein ausreißen.«

»Das sehe ich auch so«, meint Völxen.

»Aus ihrer Sicht war alles prima«, fährt Oda fort, »bis Elisa Pirlo auftauchte. Irgendwie muss sie davon Wind bekommen haben. Vielleicht hatte ihr Mann sich verändert, Verliebte tun das ja häufiger. Sie fing an, in seinen Sachen zu schnüffeln, bekam Name, Telefonnummer und die Adresse ihrer Rivalin heraus ...«

»Dann fuhr sie hin und machte ihr diese Szene, die Frau Rogall mitangehört hat«, ergänzt Völxen.

»Wir müssen deiner alten Lehrerin noch heute das Band vorspielen«, sagt Oda.

Sie werden unterbrochen, Rifkin steckt den Kopf durch die Tür. »Wir fahren dann mal nach Fallersleben, Herr Hauptkommissar. Der Kollege Rodriguez hat Frau Scholz gerade den Hausschlüssel abgeschwatzt.«

»Tatsächlich?«, grinst Völxen. »Dass sein südländischer Charme sogar bei diesem Besen verfängt ... alle Achtung!«

»Ich werde es ihm ausrichten«, sagt Rifkin und schließt die Tür.

Völxen wendet sich erneut Oda zu: »Vielleicht wusste Frau Scholz von den Plänen ihres Mannes, sie zu verlassen und mit seiner Geliebten nach Frankreich zu gehen.«

»In dem Fall gab es nur eine Lösung: Die Gefahr musste beseitigt werden«, schlussfolgert Oda.

»Glaubst du, sie wäre zu einem gezielten Messerstich in der Lage?«, fragt Völxen zweifelnd.

»Sie ist groß und hat sicher kräftige Muskeln, vom Stallausmisten. Stell dir vor, wie wütend sie gewesen sein muss.«

»Hatten wir nicht angenommen, der Täter sei kaltblütig vorgegangen?«, erwidert Völxen.

»Ja, das haben wir *angenommen*. Wissen tun wir es nicht. Sie kann auch erst eine Mordswut gehabt und dann mit kühlem Kopf den Mord geplant haben.«

»Sie hat aber keine Schuhgröße fünfundvierzig«, gibt Völxen zu bedenken.

»Sie kann trotzdem da gewesen sein, ohne Spuren zu hinterlassen. Frauen achten auf so etwas, die latschen nicht durch Dreck, wenn es sich vermeiden lässt, und falls sie es doch müssen, putzen sie sich die Schuhe ab oder wischen hinterher auf.«

»Aber hätte die Pirlo ihr denn aufgemacht? Nach der letzten üblen Szene?«

»Hat die Tür einen Spion?«, fragt Oda zurück.

»Nein«, muss Völxen zugeben. »Ja, du hast recht, es *könnte* so gewesen sein. Das würde aber bedeuten, dass wir es mit zwei verschiedenen Tätern zu tun haben, denn ich glaube nicht, dass sie auch noch ihren Mann erschossen hat.«

»Das soll ja schon vorgekommen sein«, sagt Oda.

»Was jetzt?«, fragt Völxen verwirrt.

»Beides: Zwei Morde, zwei Täter und Ehefrauen, die ihren Mann kaltblütig hinrichten, wenn er fremdgeht und ihnen außerdem nichts mehr nützt.«

»Wir lassen gleich anschließend ihre Fingerabdrücke abnehmen«, sagt Völxen.

»Sollen wir sie auch noch dem LKA zum Fraß vorwerfen?«

Völxen muss über die Formulierung schmunzeln. »Keine schlechte Idee ... Es sei denn, sie gesteht uns einen Mord.«

»Oder zwei.«

*

»Frau Scholz, Sie haben uns nicht die Wahrheit gesagt. Sie hatten am Freitag, den 27. April frei.« Oda schaut die Zeugin herausfordernd an.

»Ich weiß. Ist mir eben eingefallen. Der freie Tag ist nicht immer gleich, wir rollieren, damit keiner benachteiligt wird.«

»Wie haben Sie also den Tag verbracht?«, fragt Oda.

»Ich war im Reitstall. Ich gehe jeden Morgen dorthin, um halb acht oder acht, auch wenn ich frei habe. Boxer ist das so gewohnt. Ich war dort bis gegen eins. Danach war ich zu Hause und habe im Garten gearbeitet. Sicher wollen Sie die Besitzer des Reitstalls auch noch fragen«, sagt sie missmutig und fügt hinzu, »Gott, ist das peinlich.«

»Das tut mir leid, aber das gehört nun einmal zur Routine«, sagt Völxen.

»Für Sie vielleicht. Denken Sie eigentlich auch mal daran, was Sie den Leuten antun mit Ihren Verdächtigungen? Eben kam so ein Schnösel und wollte meinen Hausschlüssel für eine Durchsuchung! Was, glauben Sie, werden die Nachbarn von mir denken, wenn haufenweise Polizei in meinem Haus aus und ein geht? Aber das ist Ihnen ja offensichtlich egal! Anstatt den Mörder meines Mannes zu jagen, behandeln Sie mich wie eine Verbrecherin!«

Die Zeit, die sie allein im Verhörraum verbracht hat, hat anscheinend nicht gerade zur Hebung ihrer Laune beigetragen. Der Firnis ihrer Abgeklärtheit bekommt Risse. Genau das hat Völxen sich erhofft. Er beschließt, ab jetzt andere Saiten aufzuziehen.

»Sagt Ihnen der Name Elisa Pirlo etwas?«

»Nein«, stößt sie wütend hervor. »Ist das noch eine von diesen Tussen, die behaupten, mein Mann hätte sie betrogen?«

»Nein. Das ist die *Tussi*, in die Ihr Mann verliebt war«, erklärt Völxen. »Sie wussten das, Sie sahen in ihr eine Rivalin. Und das nicht zu Unrecht.«

»Das ist Blödsinn. Ich kenne diese Frau nicht, und was immer sie behauptet, ist gelogen.«

»Frau Scholz, vorhin fragten Sie, woher ich wüsste, dass Sie ein Pferd besitzen.«

»Ja, und? Das ist schließlich kein Geheimnis.«

»Wir wissen es aus Aufzeichnungen, die Frau Pirlo angefertigt hat. Und die wiederum wusste es von Ihrem Mann.«

»Woher soll ich wissen, mit wem mein Mann über mich und mein Pferd gesprochen hat?«

»Frau Pirlo wurde ein paar Mal nachts angerufen, mit unterdrückter Nummer. Der Anrufer hat nichts gesagt, nur geatmet. Sie hat den Zeitpunkt dieser Anrufe ziemlich genau angegeben. Wenn wir die Verbindungsnachweise Ihres Providers anfordern, was meinen Sie, Frau Scholz, werden wir da diese kurzen nächtlichen Anrufe finden?«, fragt Völxen.

»Tun Sie, was Sie nicht lassen können«, entgegnet die Zeugin aufgebracht.

»Aber Sie haben Frau Pirlo nicht nur angerufen, nicht wahr?«, fährt Völxen fort. »Sie haben Sie auch besucht, und zwar am frühen Abend des 17. April. Eine Zeugin hat den Streit gehört, und ich wette, wenn wir ihr die Aufnahme von heute vorspielen, wird sie Ihre Stimme wiedererkennen.«

Frau Scholz wirft einen raschen Blick auf das Aufnahmegerät, dann auf Völxen. »Was wollen Sie eigentlich von mir?«

»Dass Sie uns die Wahrheit sagen.«

»Okay, ja, ich habe diese Frau angerufen«, gibt Frau Scholz zu. »Ich fand bei meinem Mann ein Handy, das ich noch nie zuvor gesehen hatte. Das kam mir seltsam vor. Da er überall dieselbe PIN verwendet, habe ich mal reingeschaut. Ja, und da habe ich sie gesehen.« Sie hält inne. Ihr Blick hat sich an der Tischplatte festgesaugt.

»Was haben Sie gesehen?«, fragt Völxen.

»Die Nachrichten, die sie sich geschrieben haben. Wie die Teenager. Es war lächerlich«, schnaubt sie. »Obszön und ... und ... lächerlich. Dass er sich so erniedrigen konnte.«

»Aber Ihnen war nicht zum Lachen«, sagt Oda. »Es ist sehr verletzend, wenn man betrogen wird.«

»Allerdings.«

»War in den SMS auch die Rede von gemeinsamen Zukunftsplänen?«, fragt Oda.

Sie schüttelt den Kopf. »Es war mehr ... sexueller Natur. Ich habe nicht alle gelesen, es war zu ekelhaft.« Sie verzieht angewidert die Mundwinkel.

»Woher kannten Sie die Adresse von Frau Pirlo?«, fragt Völxen. »Auch aus diesen SMS?«

»Nein. Daraus ging aber hervor, dass sie Elisa heißt, in Hannover lebt und Cello spielt. Der Rest war einfach, ich musste nur googeln. Ich fand heraus, dass sie in einer Musikschule Stunden gibt. Also habe ich dort auf sie gewartet und bin ihr auf dem Heimweg nachgefahren.«

»Warum?«, fragt Völxen.

Sie zuckt mit den Schultern. »Weil ich ihr die Meinung sagen wollte. Weil ich wissen wollte, wer sie ist, mit wem ich es zu tun habe. Ja, ich gebe zu, ich war eifersüchtig. Ich habe plötzlich gemerkt, dass Jochen mir doch noch sehr viel bedeutet.«

»Und dann sind Sie zu ihr und haben ihr die Meinung gesagt«, sagt Oda.

»O ja.« Sie strahlt befriedigt, eine rechtschaffen Zornige.

»Das war an dem besagten 17. April.«

»Kann sein.«

»Wie hat Ihr Mann darauf reagiert?«, fragt Oda. »Frau Pirlo hat ihm doch sicher erzählt, dass Sie bei ihr waren.«

»Na, wie schon? Er hat den Schwanz eingezogen. Wenn es hart auf hart kommt, wollen Männer doch nie ihr gemütliches Heim aufgeben, da kann die Geliebte noch so feurig sein.« Beim Wort *feurig* verzieht sie verächtlich den Mund.

Die Ermittler wechseln einen Blick.

»Sie wollen damit sagen, dass er mit ihr Schluss gemacht hat?«, vergewissert sich Oda.

»Das hat er mir unter Tränen versprochen, ja. Vielleicht fragen Sie besser mal diese ... *Dame*«, schlägt Frau Scholz vor. »Vielleicht hat die ihn ja erschossen. Es wäre angebrachter, sie zu verhören, anstatt mich zu beschuldigen und vor aller Welt bloßzustellen.«

*

»Rodriguez, darf ich dich mal etwas fragen?«

Fernando wechselt von der linken auf die mittlere Spur der A 2 und wirft einen kurzen Seitenblick zu Rifkin, die schweigend aus dem Fenster gestarrt hat, seit sie vom Hof der PD gefahren sind. Nicht, das Rifkin sonst viel reden würde, aber dass sie sich nicht einmal über seine Fahrweise beschwert, und das über einen Zeitraum von einer halben Stunde, das ist wirklich ungewöhnlich.

»Klar«, sagt er.

»Hattest du schon mal eine Freundin mit Kind?«

Fernando traut seinen Ohren nicht. Eine solche Frage, ausgerechnet von Rifkin, die normalerweise größten Wert auf die Trennung von Beruf und Privatleben legt, die sich im Dienst nicht einmal mit ihrem Vornamen ansprechen lässt, das ist eine kleine Sensation. Vor lauter Staunen darüber vergisst er glatt, zu antworten.

»Sorry, ich wollte nicht ... Die Frage war unangebracht, entschuldige. Vergiss es einfach.«

»Krieg dich wieder ein, Rifkin. Schön, dass du endlich mal den Stock aus deinem Arsch nimmst. Ja, ich hatte schon mal eine Freundin mit einem Kind. Was heißt *Kind*, der Bengel war dreizehn, und er hasste mich vom ersten Augenblick an und ich ihn. Wir kamen nicht miteinander aus.«

Sie nickt, als hätte er etwas bestätigt, was sie bereits ahnte.

»Im Nachhinein betrachtet muss ich zugeben, dass ich das hätte wissen müssen, denn ich war als Kind genauso. Nachdem mein Vater gestorben war, dachte ich auch, ich müsste meine Mutter vor bösen fremden Männern beschützen, und habe mich aufgeführt wie ein Zerberus. Ohne mich hätte sie vielleicht noch mal geheiratet. Tja. Hinterher tut's einem leid, aber dann ist es zu spät. Und jetzt haben Jule und ich sie an der Backe.«

»Hattest du auch Freundinnen mit jüngeren Kindern?«, fragt Rifkin.

»Rifkin, was ist los? Spuck's aus! Bist du schwanger?«

»Was? Nein! Blödsinn!«

Rifkin starrt eine Weile auf den Verkehr, und als Fernando schon glaubt, dass nichts mehr kommt, sagt sie: »Da war so ein rosa Zimmer.«

»Ein rosa Zimmer?«, wiederholt Fernando.

Rifkin schaut noch immer verträumt aus dem Fenster, so als würde sie zu sich selbst sprechen. »Mit lauter Stofftieren und bunten Ponys und Puppen und so Zeug.«

»Wo war das rosa Zimmer?« Fernando kommt sich vor wie bei einem Verhör mit einer verwirrten Person.

»Es gehört seiner Tochter, sie ist vier.«

»Wessen Tochter?«

»Egal. Ein Typ eben.«

»Du hast dich in einen Typen verguckt, der eine kleine Tochter hat?«

»Ich hab mich nicht verguckt.«

»Okay, wenn das so ist, dann vergiss es. Mit Kindern ist es immer problematisch.«

»Danke«, sagt Rifkin, sieht dabei aber nicht sehr glücklich aus.

»Hey, das war ein Witz! Ich schätze, vierjährige Mädchen sind nicht vom selben Kaliber wie dreizehnjährige Jungs. Obwohl es da bestimmt auch ein paar Satansbraten gibt. Aber bei kleinen Kindern erkennt man das rasch, die können sich noch nicht so gut verstellen. Wie ist sie denn so?«

»Ich kenne sie nicht. Sie war bei der Mutter. Also, bei *seiner* Mutter, ihrer Großmutter.«

»Oh, ihr hattet also sturmfreie Bude.« Fernando grinst anzüglich. »Deswegen bist du heute früh nicht ans Telefon gegangen. Du warst anderweitig beschäftigt. Und das erklärt auch, warum du heute so fertig aussiehst.«

Rifkin klappt die Sonnenblende herunter und schaut prüfend in den Spiegel. »Ich sehe ganz normal aus.«

»Na ja ... ein Adlerauge wie meines erkennt die Anzeichen einer durchvögelten Nacht ganz deutlich. Du hast da so dunkle Augenringe.«

»Echt?«

»Vielleicht solltest dich allmählich mit dem Gedanken anfreunden, nach solchen Exzessen ein wenig Make-up zu benutzen. Du wirst auch nicht jünger, Rifkin.«

»Vielen Dank auch!« Rifkin wirft ihm einen bösen Blick zu, der Fernando nicht im Mindesten beeindruckt.

»Was ist mit der Mutter der Kleinen? Meistens gibt's Stress, wenn die Geschiedene dazwischenfunkt.«

»Die ist tot«, sagt Rifkin. »Autounfall vor zwei Jahren.«

»Hey, das ist doch gut! O Gott, was rede ich da! Lieber Himmel, wenn meine Mutter mich hören könnte. Rifkin, kannst du dich stellvertretend für meine Mutter mal kurz bekreuzigen?«

»Fahr zur Hölle«, sagt Rifkin.

»Ich wollte sagen, es ist natürlich schlimm für die beiden, aber für dich ist es gut. Das Mädchen erinnert sich garantiert nicht mehr an ihre Mutter und zieht nicht ständig Vergleiche.«

»Aber vielleicht er«, antwortet Rifkin.

Fernando muss lachen. »Davor hast du jetzt Schiss? Die toughe Rifkin kneift vor einer Vierjährigen und einer Toten?«

»Mit einer Exfrau kann man es leichter aufnehmen als mit einer Toten. Letztere werden gerne heiliggesprochen, und was soll man dagegen machen? Über Tote nichts Schlechtes heißt es doch immer.«

»Hat er viele Bilder von ihr rumhängen?«, fragt Fernando.

»Nein«, antwortet Rifkin verwirrt. »Ich habe nirgendwo ein Foto von einer Frau gesehen.«

»Einen kleinen Erinnerungsschrein vielleicht? So mit Fotos und Kerzen und ihren Lieblingssachen ...«

Jetzt muss Rifkin lachen. »Nein, auch nicht.«

»Das ist doch schon mal positiv«, meint Fernando. »Wenn dir an dem Typen was liegt, dann sieh dir die Tochter wenigstens mal an.«

»Und wenn sie mich nicht ausstehen kann?«

»Dann hast du Pech gehabt. Aber dann hast du es wenigstens versucht.«

»Hm.« Rifkin betrachtet nachdenklich ihre kurzen Fingernägel.

»Jetzt fällt es mir wieder ein. Ich hatte wirklich mal eine Freundin mit einem kleinen Mädchen, die war drei. Das lief ganz problemlos.«

»Und? Warum ging es auseinander?«, fragt Rifkin.

»Meine Mutter mochte die Frau nicht.«

»Alles klar.« Rifkin verdreht die Augen. »Und wie war es mit Jule?«

Fernando lächelt versonnen. »Das war Liebe auf den ersten Blick.«

»Dafür hat es aber ganz schön lang gedauert bis zu eurer Hochzeit.«

»Ich meinte Jule und meine Mutter.«

Rifkin gibt einen seltsamen Grunzlaut von sich, während Fernando erklärt: »Jule konnte ich am Anfang nicht besonders leiden und sie mich ebenso wenig.«

»Alles klar«, meint Rifkin. »Bei der nächsten Ausfahrt müssen wir raus.«

*

»Wie bitte, sie ist tot? Ermordet? Und das sagen Sie mir erst jetzt?« Frau Scholz feuert zornige Blicke auf Oda und Völxen ab. »Ist sie auch erschossen worden?«

»Nein«, antwortet Oda.

»Ich nahm an, Sie wüssten davon. Es stand in allen Zeitungen, auch mit Name und Foto«, sagt Völxen.

»Ich lese keine Zeitungen, und in der Tagesschau kam's nicht. So berühmt war sie dann wohl doch nicht«, bemerkt sie eisig, um sich gleich darauf wieder aufzuregen: »Also geht es hier gar nicht um meinen Mann, sondern um diese ... *Person? Sie* wurde an diesem Freitag ermordet? Und Sie denken, dass ich ...«

»Wir denken gar nichts, wir ermitteln«, stellt Oda fest.

»Ja, und das können Sie ab sofort ohne mich.« Frau Scholz steht auf. »Sie haben keinerlei Beweise gegen mich, sonst hätten Sie längst einen Haftbefehl für mich beantragt. Ich bin freiwillig für eine Zeugenaussage hergekommen, und jetzt gehe ich wieder. Wenn Sie künftig mit mir reden wollen, dann nur über meinen Anwalt.« Sie krallt sich ihre Handtasche und setzt sich Richtung Tür in Bewegung.

»Moment.« Oda ist ebenfalls aufgestanden und legt jetzt ihre Hand auf die Türklinke. »Sie können gehen, aber wir müssen Sie vorher noch erkennungsdienstlich behandeln. In der Wohnung von Frau Pirlo gibt es Spuren, die noch nicht zugeordnet werden konnten.«

»Muss ich mir das gefallen lassen?« Sie schaut dabei Völxen an, dem sie offenbar mehr Kompetenzen zutraut.

Es ist inzwischen mehr als deutlich geworden, dass die Chemie zwischen Frau Scholz und Oda nicht stimmt. Stutenbissigkeit auf beiden Seiten, diagnostiziert der Hauptkommissar. Jedenfalls ist Oda mit ihrer *Bad-cop*-Attitüde grandios gescheitert.

»Es dient Ihrer Entlastung«, sagt der. »Es sei denn, Sie waren es.«

»Aber ich habe doch zugegeben, dass ich in der Wohnung war. Kann schon sein, dass da noch irgendwo ein Fingerabdruck von mir ist. So wie ich diese Pirlo einschätze, hatte die es nicht so mit dem Putzen.«

»Waren Sie an ihrem Schreibtisch?«, fragt Völxen.

»Nein, natürlich nicht. Ich habe mich nicht mal hingesetzt, ich brauchte nicht lange, um ihr zu sagen, was ich von Frauen wie ihr halte.«

»Dann haben Sie auch nichts zu befürchten. Eine Streife wird Sie hinbringen.«

Sie zögert und sagt zu Völxen: »Kann ich Sie vielleicht kurz allein sprechen?«

Völxen nickt. Oda hebt die Augenbrauen, verkneift sich aber einen Kommentar und geht hinaus.

Frau Scholz setzt sich wieder hin. »Können Sie das Gerät da mal abstellen?«

»Habe ich schon. Also, Frau Scholz?«

»Ich sage Ihnen alles, was ich weiß, aber ich verlange dafür Polizeischutz.«

»Werden Sie bedroht?«

»Nicht für mich. Für Boxer. Mein Pferd.«

»Sie verlangen allen Ernstes *Polizeischutz für ein Pferd?*«

Sie nickt, kramt in ihrer Handtasche und zieht ihr Handy heraus. »Da, sehen Sie.«

Völxen betrachtet den rot besudelten Pferdehals. »Ist das Blut?«

»Farbe. Aber beim nächsten Mal könnte es Blut sein. Bitte, jemand muss da hinfahren und auf Boxer aufpassen!«

*

»Und? Hat sie gewusst, was ihr Mann treibt? War sie seine Komplizin? Kann ich mein Geld von ihr zurückverlangen?«

Oda hat versucht, ungesehen an Frau Cebullas gläserner Bürotür vorbeizuhuschen, was jedoch gründlich misslang. Frau Cebulla hat sich sofort wie ein Piranha auf sie gestürzt und sie mit Fragen überschüttet.

»Bis jetzt hat sie nichts zugegeben«, antwortet Oda. »Die Dame ist ein harter Brocken, aber Völxens unwiderstehlicher Charme wird ihre raue Schale zum Bersten bringen.«

Zweifel spiegeln sich in Frau Cebullas Miene. *Charme* und *Völxen* sind offenbar kein Begriffspaar, das ihr spontan in den Sinn gekommen wäre.

»Der Herr Rodriguez hat gerade angerufen ...«

»Danke, ich ruf ihn zurück«, sagt Oda und flüchtet in ihr Büro.

»Fernando, was gibt es? Habt ihr was gefunden im Klinkerhäuschen?«, erkundigt sich Oda.

»Es geht eher um das, was wir nicht gefunden haben«, sagt Fernando. »Wir haben dieses Weinlager im Keller unter die Lupe genommen. Was auffällig ist: Es findet sich in den Kisten keine einzige Flasche vom letzten oder vorletzten Jahr.«

»Vielleicht waren diese Jahrgänge nicht so gut.«

»Ja, wahrscheinlich, die wurden alle weggegossen.«

»Oder er handelte nur mit edlen Gewächsen älterer Jahrgänge.«

»Für mich sind das da unten die Restbestände von seiner pleitegegangenen Weinhandlung. Wir haben keine Bestellungen, Lieferscheine oder Rechnungen aus den letzten zwei Jahren gefunden, weder von Weinlieferanten noch von Kunden. Aus dem vorvorletzten Jahr, dem ersten nach seiner Pleite, gibt es noch ein paar, aber danach hört es auf.«

»Zu diesem Zeitpunkt hatte er sich wohl endgültig auf einen lukrativeren Geschäftszweig verlegt«, kombiniert Oda. »Sonst irgendetwas Auffälliges?«

»Die Kontoauszüge. Bis auf die üblichen Daueraufträge, die man so hat, war auf dem gemeinsamen Girokonto nicht viel los. Das Gehalt der Frau ging regelmäßig darauf ein. Aber es gibt keine Barabhebungen und auch nur ganz selten Abbuchungen von Läden. Auch keine Hotelrechnungen wurden übers Konto bezahlt, und die muss er ja massenhaft gehabt haben.«

»Interessant. Aber auch logisch. Seine Einkünfte waren ja auch alle in bar, und die konnte er ja schlecht aufs Girokonto einzahlen. Irgendwann hätte das Finanzamt wissen wollen, woher die Kohle stammt. Apropos ... gibt's Steuererklärungen?«

»Keine von ihm in den letzten zwei Jahren. Das Jahr davor hat er angeblich nur rund vierzehntausend Euro verdient mit seiner Weinvertretung.«

»Tja, das ist ja alles schön und gut, aber der Staatsanwalt wird wissen wollen, was für Beweise wir haben, nicht, was wir nicht gefunden haben.«

»Das, was wir nicht gefunden haben, beweist doch auch einiges«, wendet Fernando ein.

»Das ist, als würde man behaupten, die alten Römer hätten WLAN gehabt, weil man in den Ruinen noch nie Kabel gefunden hat.«

»So was Bescheuertes habe ich ja noch nie gehört!«, meint Fernando.

Oda fällt etwas ein: »Sag mal, habt ihr Tageszeitungen gefunden? Im Altpapier oder sonst wo?«

»Warte mal«, hört sie Fernando sagen. Brüllend beauftragt er Rifkin, nachzusehen, ob es Tageszeitungen gibt, aber irgendetwas scheint nicht so zu klappen, wie er will, denn Oda hört ihn auf Spanisch fluchen, dann ein Rumpeln und Rascheln und schließlich die Auskunft: »Keine Zeitungen, auch nicht im Altpapier. Nur Anzeigenblättchen und *Naturalhorse*, *Cavallo* und die *Reiterrevue*. Tut mir leid.«

»Nein, das ist gut.« Was diesen Punkt angeht, hat Frau Scholz also die Wahrheit gesagt.

»Ach, jetzt ist es plötzlich gut, nichts zu finden?«, wundert sich Fernando.

»Vergiss es.«

»Im Übrigen macht das Haus den Eindruck, als hätte *er* darin so gut wie gar nicht stattgefunden«, berichtet Fernando.

»So war es ja wohl auch«, antwortet Oda und fragt dann: »Alles in Ordnung bei euch? Was gab es zu fluchen?«

»Nichts. Nur, dass Rifkin draußen unterm Apfelbaum sitzt und mit einem Typen am Telefon rumturtelt, in den sie anscheinend verknallt ist, während ich die ganze Arbeit allein machen darf.«

»Du armes Häschen«, sagt Oda, und dann, als wäre die Neuigkeit erst jetzt bei ihr angekommen: »Wiederhol das bitte: Rifkin *turtelt*? Mit wem?«

»Mit irgend 'nem Kerl, mit dem sie die letzte Nacht verbracht hat. Aber das hast du nicht von mir!«

»Was für ein Kerl?«

»Das sagt sie nicht.«

»Finde es gefälligst raus«, sagt Oda und legt auf.

*

Hauptkommissar Völxen wirft seiner Sekretärin einen warnenden Blick zu, als er mit Frau Scholz im Schlepptau an deren Büro vorbeigeht. Aber die bleibt wie versteinert hinter ihrem Bildschirm sitzen. Nur ihre Augen versenken Dolche im Rücken der Besucherin.

In seinem Büro angekommen, bittet er Frau Scholz, Platz zu nehmen, aber die starrt erst einmal irritiert den Cellokasten an. Das wertvolle Instrument wurde noch immer nicht abgeholt.

»Ist das ...?«

»Ja, es gehörte Frau Pirlo. Es ist angeblich sehr wertvoll, deshalb wollten wir es nicht in der Wohnung lassen.«

Sie wendet dem Kasten gleichgültig den Rücken zu und lässt sich auf das Sofa sinken.

Völxen klemmt sich hinters Telefon. Es läutet ziemlich lange, dann hat er einen verschlafenen Jens Köpcke an der Strippe.

»Völxen hier.«

»Kommissar? Bist du das?«

»Hab ich dich bei deinem Mittagsschläfchen gestört?«

Köpcke brummt etwas Unverständliches.

»Hör zu Jens, ich brauche deine Hilfe, es ist ein Notfall.«

»Ist dein Schafbock wieder mal ausgebrochen?«

»Nein, nichts mit dem Schafbock. Hoffe ich. Ich brauche für ein paar Tage Asyl für ein Pferd. Kannst du mal im Dorf rumtelefonieren, wer eine Box frei hat? Es wäre wichtig, dass wir es heute noch unterstellen können.«

»Ein Pferd? Heiliges Kanonenrohr, willst du jetzt unter die Reiter gehen auf deine alten Tage? Weiß Sabine davon?«

»Das ist nicht für mich. Es ist sozusagen dienstlich.«

»Tja, hm. Bei uns im alten Stall gibt es noch eine Box. Müsste ich halt ein bisschen ausfegen und den Porsche rausfahren.«

»Den Porsche?«

»Na, meinen alten Trecker!«

»Ach so.« Völxen erinnert sich an einen kleinen, roten Trecker, den Sabine mit dem Attribut *putzig* charakterisiert hat. Ob der Kleine denn auch schon Diesel kriegt, hat sie den Hühnerbaron auch noch gefragt.

»Pass auf, Kommissar, ich klär das kurz mit meiner Regierung. Kann ich dich aufm Handy zurückrufen?«

»Sicher.«

»Pferdefutter haben wir aber keines da.«

»Das macht nichts.« Völxen legt auf. »Das war mein Nachbar. Er fragt seine Frau.«

Frau Scholz nickt und deutet ein Lächeln an.

»Möchten Sie einen Kaffee?«

»Gerne.«

Anstatt zu telefonieren, begibt Völxen sich lieber persönlich in die Höhle der Löwin, wo Oscar ihn schwanzwedelnd empfängt. »Kann ich ...?«, fragt er Frau Cebulla und deutete auf die Kaffeemaschine.

»Haben Sie Angst, dass ich die Frau vergifte?«

»Ein bisschen schon, ja.«

»Gehen Sie zur Seite.« Frau Cebulla schiebt sich zwischen ihn und die Maschine und macht sich daran, zwei Becher Kaffee herauszulassen,

»Kekse?«

»Ja, bitte, sehr gern«, sagt Völxen, dem der Magen schon bis auf die Knie hängt. Es ist bereits zwei Uhr, er hat heute nicht zu Mittag gegessen, und das Wurstbrot von heute Vormittag hält nicht lange vor.

»Nehmen Sie Oscar schon mal mit rüber, falls er Sie nicht stört. Ich bringe Ihnen den Kaffee und die Kekse«, sagt Frau Cebulla und stellt die zwei Becher auf ein Tablett.

»Lassen Sie nur, ich kann gerne zweimal laufen. Bewegung tut meinem Kreuz gut.«

»Herr Hauptkommissar, haben Sie ein bisschen mehr Vertrauen

zu mir, wenn ich bitten darf. *Contenance* ist das Gebot der Stunde, das ist mir durchaus bewusst.«

Völxen zieht sorgenvoll die Stirn in Falten, verlässt sich jedoch auf die *Contenance* seiner Sekretärin. Er ruft Oscar zu sich und sagt im Hinausgehen: »Aber nicht in die Tasse spucken!«

»So etwas würde ich niemals tun«, entrüstet sich Frau Cebulla, aber sie lächelt dabei wie eine Sphinx.

Frau Cebulla hält Wort. Sie bleibt stumm und verzichtet auf allzu böse Blicke. Völxen zwinkert ihr heimlich zu und hebt den Daumen. Dann ist sie weg.

Frau Scholz gießt Milch in ihren Kaffee, während sie Oscar an ihrer freien Hand schnüffeln lässt, woraufhin der Terrier kurz mit dem Schwanz wedelt und sich dann hinsetzt, um den Teller mit den Keksen zu hypnotisieren. Mit Tieren scheint sie sich recht gut zu verstehen.

Völxen nimmt derweil den erwarteten Anruf seines Nachbarn auf seinem Handy entgegen.

»Der Gaul kann einziehen, Kommissar.«

»Fein, Jens. Das Finanzielle müsst ihr dann mit der Besitzerin regeln.«

»Ja, ja, das kriegen wir schon hin. Meine Hanne freut sich, die kommt ja von einem Reiterhof, die weiß, wie man mit den Viechern umgeht. Ich kann ja nur Federvieh.«

»Ich danke euch«, sagt Völxen zum Hühnerbaron und zu Frau Scholz: »Das klappt mit Ihrem Pferd, Sie können es noch heute Abend unterstellen. Futter müssen Sie selbst mitbringen.«

Frau Scholz sieht man die Erleichterung deutlich an. Zum ersten Mal zeigt sie ein Lächeln, das weder bitter noch aufgesetzt wirkt. »Danke. Ich weiß diese ... unkonventionelle Hilfe sehr zu schätzen.« Sie leert ihren Kaffeebecher in einem Zug und steht auf. Völxen, der sich gerade einen ganzen Butterkeks in den Mund geschoben hat, schaut sie verblüfft an.

»Dann wollen wir mal«, sagt Frau Scholz. »Ich habe eben, als Sie draußen waren, mit dem Reiterhof gesprochen, ich kann mir den Transporter ausleihen.«

Völxen will protestieren, hat aber den Mund zu voll dazu. Er spült den Keks mit einem Schluck Kaffee hinunter und sagt dann: »Augenblick mal. Wir hatten eine Abmachung ...«

»Und die gilt auch«, bestätigt Frau Scholz. »Aber erst, wenn mein Pferd in Sicherheit ist.«

»Finden Sie nicht, dass Sie jetzt ein bisschen übertreiben?«

»Nein«, sagt sie schlicht.

Völxen muss sich zusammenreißen, um nicht aus der Haut zu fahren. Aber er sieht ein, dass es nichts nützt, Frau Scholz jetzt gegen sich aufzubringen oder gar die Sache mit dem Pferdeumzug rückgängig zu machen. Widerwillig muss er sie für ihre Entschlossenheit sogar ein wenig bewundern. Für einen Augenblick ist er versucht, zu glauben, dass eine Person, die sich so vehement für ihr Tier einsetzt, keinen allzu schlechten Charakter haben kann. Aber dann hört er im Geist Odas spöttische Stimme sagen, dass auch Hitler ein inniges Verhältnis zu seinem Schäferhund Blondi hatte.

Zähneknirschend hält er sich schließlich vor Augen, dass er und seine Leute seit acht Tagen mehr oder weniger erfolglos am Fall Pirlo arbeiten, da kommt es auf ein paar Stunden hin oder her auch nicht mehr an.

»Gut, aber wir kommen mit«, sagt Völxen, und um unterwegs nicht zu verhungern, steckt er sich eine Handvoll Kekse in die Tasche seines Sakkos und gibt Oscar ein Zeichen zum Aufbruch. »Komm Oscar, wir machen einen Ausflug zu einem Reiterhof.«

»Haben Sie Angst, dass ich mich aus dem Staub mache?«, fragt Frau Scholz.

»Man hat schon Pferde vor der Apotheke kotzen sehen«, erwidert Völxen.

Vor der Tür zu Odas Büro bleibt er stehen und drückt Frau Scholz Oscars Leine in die Hand: »Sekunde, ich bin gleich so weit.«

Völxen erklärt Oda in dürren Worten, was er vorhat.

»Darauf lässt du dich ein, bist du verrückt geworden?«, ruft Oda entgeistert. »Was, wenn sie uns nur verarscht?«

»Hast du eine bessere Idee?«, blafft er zurück.

»Was ist mit dem Erkennungsdienst?«

»Schnapp dir ihren Kaffeebecher aus meinem Büro und lass ihn zum LKA schaffen.«

»Also wirklich«, schnaubt Oda. Sie ist sauer und macht keinen Hehl daraus. Völxens unorthodoxe Vorgehensweise geht ihr gewaltig gegen den Strich. »Apropos LKA, die sind praktisch schon unterwegs, die wollen sie auch gern noch heute in die Mangel nehmen.«

»Pech, dann müssen sie sich gedulden. Ruf sie an und sag ihnen, dass das heute nichts mehr wird.«

»Die werden mich für komplett irre halten.«

»Wen juckt's?«, erwidert Völxen und geht.

»Ruf wenigstens Rodriguez an, der hat auch ein paar Neuigkeiten!«, ruft Oda ihm noch hinterher.

*

Der Pferdehänger steht schon bereit. Elsa Hemme, die Besitzerin des Reiterhofs *Drei Eichen* begrüßt Frau Scholz mit einer herzlichen Umarmung und spricht ihr dann etwas unbeholfen ihr Beileid zum Tod ihres Mannes aus.

»Ist mit Boxer alles in Ordnung?«, fragt Frau Scholz.

»Aber ja doch.«

Frau Scholz und der Hauptkommissar betreten das Stallgebäude. Doch schon nach wenigen Schritten bleibt Völxen abrupt stehen. Etwas Metallisches glänz im Dämmerlicht des Stalls, und Völxen braucht nicht lange, um zu erkennen, was es ist: die Doppelläufe einer Schrotflinte. Sie sind direkt auf seinen Kopf gerichtet.

»Hallo Benny!« Frau Scholz geht an Völxen vorbei auf einen vielleicht zwölf- oder dreizehnjährigen Jungen zu, der auf einem Klappstuhl vor einer der acht Pferdeboxen sitzt, die Schrotflinte im Anschlag. »Danke, dass du auf Boxer aufgepasst hast.«

»Kein Ding«, antwortet Benny. Er lässt die Flinte sinken, öffnet sie, nimmt die zwei Schrotpatronen heraus und steckt sie sich in die Hosentaschen. Dann klappt er die Flinte wieder zu und steht auf.

So routiniert wie der Junge mit der Waffe hantiert, hat er die sicherlich nicht zum ersten Mal in der Hand, schlussfolgert Völxen, der immer noch seinen eigenen Herzschlag spürt.

Frau Scholz reicht dem Jungen einen Fünfzig-Euro-Schein. Benny tippt sich dankend an den Schild seiner Baseballkappe und geht samt Flinte an Völxen vorbei ins Freie.

Raue Sitten hier, das muss man schon sagen.

Während Völxen noch um Fassung ringt, betritt Frau Scholz die Box und redet zärtlich auf ihr Pferd ein. Es ist ein hübscher Apfel-schimmel, wobei Völxen nicht sicher weiß, ob *hübsch* unter Pferde-leuten das richtige Wort ist. Also sagt er lieber nichts über das Pferd und auch nichts über Schusswaffen in Kinderhänden, son-dern fragt lediglich, ob er irgendwie behilflich sein kann.

»Eher nicht. Mir wär's ganz recht, wenn Sie im Haus warten wür-den.«

»Sind Sie sicher, dass klein Benny mich nicht umnietet?«

Jetzt lacht diese Person auch noch darüber und meint: »Nicht hundertprozentig. Sie können auch woanders warten, nur nicht in der Nähe des Transporters. Das könnte Boxer irritieren.«

»Verstehe«, sagt Völxen. »Am Ende denkt er noch, ich wäre der Abdecker.«

Ein Scherz, der überhaupt nicht gut ankommt.

*

»Welche Laus ist dir denn über die Leber gelaufen?«, erkundigt sich wenig später Erwin Raukel, der gerade über den Flur geht und ein Stück Apfelkuchen vor sich her balanciert.

»Völxen«, schnaubt Oda. »Spielt den Charmeur und lässt sich auf alberne Spielchen mit der Zeugin ein, anstatt sie etwas härter anzupacken.«

»Ja, ja, ich habe auch den Eindruck, dass er auf seine alten Tage weich wird.« Raukel sieht sich nach allen Seiten um, dann senkt er verschwörerisch die Stimme und sagt: »Aber eins sage ich dir: Wenn ich hier erst mal der Chef bin, dann pfeift ein anderer Wind.«

Oda schaut ihn zunächst überrascht an, aber dann grinst sie über das ganze Gesicht. »Der war gut«, sagt sie und geht kichernd weiter. Eins muss man Erwin Raukel wirklich lassen: Er schafft es immer wieder, einen zum Lachen zu bringen. Ist ja auch ein Talent, so was.

*

Völxen lehnt erschöpft im Beifahrersitz, während Frau Scholz mit Tempo achtzig über die Autobahn schleicht. Offenbar ist sie es nicht gewohnt, mit Hänger zu fahren, aber Völxen wollte sie auch nicht ans Steuer lassen.

Die Aktion hat noch endlos gedauert, weil Boxer wohl nicht so recht eingesehen hat, dass er umziehen soll. Völxen und sein Hund haben in der Küche des Gutshofs fast eine Stunde lang bei Apfelschorle und Mettbrötchen gewartet, bis es Dorothea Scholz, Elsa Hemme und Benny endlich geglückt ist, das Pferd in den Transporter zu locken.

Zuletzt wurden noch Futtersäcke, Striegel, Sattel und Zaumzeug in den Kofferraum verladen, und jetzt befinden sie sich endlich wieder auf dem Rückweg.

»Ihrem Pferd wird es sicher gefallen am Deister«, meint Völxen. »Mein Nachbar Köpcke hat eine kleine Wiese, darauf kann er grasen.«

»Hoffentlich«, sagt Frau Scholz. »Haben Sie außer Ihrem Hund auch noch Tiere?«, fragt sie Völxen.

»Schafe«, antwortet der. »Fünf Stück. Als Rasenmäher, sozusagen.«

Sie lächelt. Obwohl sie sich stark auf den Verkehr konzentriert, wirkt sie nun viel gelöster als vorhin.

»Meinen Sie, Sie wären nun in der Lage, eine Aussage zu machen?«, fragt Völxen mit leiser Ironie.

Sie nickt und scheint zu überlegen, womit sie anfangen soll.

Völxen hilft ihr auf die Sprünge. »Was glauben Sie, wer hat Ihr Pferd mit Farbe verunziert?«

»Ich weiß es nicht. Aber ich denke, dass es mit Jochens Betrügereien zusammenhängt. Er hat mir dazu eine SMS geschrieben: *Nettes Pferd. Was immer auch passiert, du hältst besser den Mund.*«

»Wann war das?«

»An jenem Freitag, nach dem Sie mich gefragt haben. Morgens kam ich in den Stall, die Tür war offen, was ungewöhnlich war, und da sah ich es. Ich dachte zuerst, es wäre Blut, ich bin fast tot umgefallen vor Schreck.«

»Haben Sie Ihren Mann angerufen?«

»Ja, später, aber er ging nicht ran. Auch nicht am nächsten Tag und am übernächsten. Da wusste ich bereits, dass etwas nicht stimmte, denn zurückgerufen hat er eigentlich schon immer.«

»Warum sind Sie nicht zur Polizei gegangen?«

»Was hätte ich denen denn sagen sollen?«, erwidert sie. »Und da war ja diese SMS, ich wollte nichts riskieren.«

»Wussten Sie, womit Ihr Mann in den vergangenen zwei, drei Jahren sein Geld verdient hat?«

Sie überholt vorsichtig einen Laster, dann sagt sie: »Irgendwann merkte ich, dass das mit der Weinvertretung nur noch Show war. Er fuhr zwar nach wie vor ein paar Weinkartons im Auto spazieren, aber es kamen keine frischen Weinlieferungen mehr an, und er hatte auf einmal jede Menge Bargeld. Legte mir Anfang des Monats einfach so zweitausend Euro auf den Küchentisch, manchmal auch mehr. Er wollte mir das Märchen weismachen, dass er das Geld in der Spielbank gewonnen habe. Aber das war dreist gelogen. Als ich das Geld einmal aufs Girokonto einzahlte, weil ich nicht gern so viel Bargeld rumliegen habe, hat er mich geschimpft und gemeint, das solle ich in Zukunft lieber lassen.« Sie unterbricht sich kurz und wischt sich eine Träne weg, die sich unter ihrer Sonnenbrille hervorgestohlen hat.

Bis jetzt decken sich ihre Angaben mit dem, was ihm Fernando vorhin am Telefon über das Konto und den Weinkeller berichtet hat, stellt Völxen fest.

»Wissen, Sie was ich dachte?«, fragt sie. »Ich dachte, dass er mit Drogen handelt. Ich habe ihn darauf angesprochen, und er hat es weder zugegeben noch abgestritten. Aber dass es was Krummes war, war mir von dem Moment an klar. Eines Tages bekam ich einen Führerschein in die Finger, auf dem sein Foto abgebildet war, aber der Name war ein anderer. Ich habe ihm gedroht, damit zur Polizei zu gehen, wenn er mir nicht endlich sagt, woher das ganze Geld kommt. Aber er antwortete, wenn ich das täte, dann wäre er tot.«

»Hat er es Ihnen jemals erklärt, woher das Geld kommt?«

»Nein. Er sagte nur: *Je weniger du weißt, desto besser für dich.* Das hat meine Theorie vom Drogenhandel untermauert. Ich sagte ihm, sollte ich jemals Drogen in unserem Haus finden, würde ich ihn rauswerfen und die Schlösser auswechseln. Er hat geantwortet, ich müsse mir deswegen garantiert keine Sorgen machen.«

Sie macht eine Pause. Völxen wartet schweigend ab.

»Sie werden es sicher seltsam finden, aber irgendwann hatte ich keine Lust mehr, ihn irgendetwas zu fragen und mich mit ihm zu streiten. Ich habe das Thema Geld einfach gemieden und er auch, und von diesem Punkt an kamen wir eigentlich ganz gut miteinander klar. Er hat mir sogar wieder kleine Geschenke gemacht. Parfum, Schmuck, Süßigkeiten, Blumen. Ich kam mir zwar manchmal vor wie eine Gangsterbraut, aber irgendwie ging es einfach immer weiter. Wir lebten unsere getrennten Leben.«

»Dachten Sie mal daran, ihn zu verlassen?«

»Ab und zu schon. Aber es hing einfach zu viel daran. Nennen Sie es Bequemlichkeit oder Gleichgültigkeit. Ich war nicht unglücklich. Ich hatte mein Pferd und den Garten ... Ich habe den Kopf in den Sand gesteckt und die Dinge einfach laufen lassen. Und es lief ja auch. Bis er sich dann in diese Cellistin verknallt hat ...«

Sie verstummt.

Völxen hofft, dass da noch mehr kommt.

»Das mit den Frauen ...«, beginnt sie nach einer Weile. »Ich dachte wirklich, er würde nur fremdgehen. Da war Lippenstift an den Hemden, und er wurde auf einmal so eitel. Ich wunderte mich, wie er das tun konnte. Allein schon ... körperlich, wenn Sie wissen, was ich meine.«

Völxen nickt.

»Wissen Sie, Drogen – damit hätte ich leben können, solange er sie nicht auf Schulhöfen vertickt. Die Leute sind doch selbst für sich verantwortlich, und wo Nachfrage ist, gibt es eben auch ein Angebot. Aber so etwas ...« Sie schüttelt den Kopf. »Mein Mann, ein Heiratsschwindler.« Sie kichert nervös. »Klingt wie eine Komödie, finden Sie nicht?«

»Die betroffenen Frauen fanden es nicht so lustig.«

»Er kann das nicht allein durchgezogen haben«, fährt sie fort. »Jochen hat keine Kontakte zu Leuten, die ihm falsche Führerscheine ausstellen. Da muss es jemanden geben, der ihm zugearbeitet hat. Ich denke, das war auch der Mann, der Boxer mit Farbe beschmiert und mich bedroht hat.«

»Haben Sie eine Ahnung, wer das sein könnte?«

»Nur einen Verdacht. Sicher bin ich nicht.«

»Macht nichts, raus damit.«

»Es ist ungefähr zwei Jahre her. Es war der schiere Zufall, ich sollte einer älteren Kundin ihren neuen Rollator nach Hause liefern, die Aushilfe, die das sonst macht, war krank. Jochen sagte, er wäre auf dem Weg vom Elsass nach Hause, wir hatten kurz zuvor telefoniert. Aber dann sah ich ihn in Wolfsburg vor einem Eiscafé sitzen, zusammen mit einem Mann im Anzug. Instinktiv bin ich stehen geblieben und habe die zwei beobachtet. Der Typ hat auf Jochen eingeredet. Auf mich wirkte es, als wolle er ihm etwas verkaufen. Schließlich hat er ihm einen Umschlag zugeschoben. Es war diese komische Art, wie er das gemacht hat und wie Jochen den Umschlag einsteckte, was mich irritierte. Ich weiß noch, wie ich dachte: *Das könnte auch eine Szene aus einem Fernsehkrimi sein.*

Am Abend habe ich Jochen gefragt, wie sein Tag verlaufen ist, aber er hat das Treffen mit keinem Wort erwähnt. Das kam mir damals schon sehr seltsam vor. Ich sagte, ich hätte ihn im Vorbeifahren in dem Café gesehen – ich wollte nicht zugeben, dass ich ihn heimlich beobachtet habe –, und da hat er ganz verlegen gemurmelt, dass er die Begegnung schon wieder völlig vergessen hätte. Als ich wissen wollte, wieso er in Wolfsburg in einem Café sitzt, zu mir aber kurz vorher sagt, er sei auf dem Rückweg vom Elsass, wurde er wütend und hat türenknallend das Zimmer verlassen.«

»Wer war der Mann?«, fragt Völxen und richtet sich ein wenig auf.

»Ich weiß nicht viel über ihn. Zwei oder drei Wochen vor dieser Sache waren Jochen und ich in Hannover gewesen, im Varieté. Die Karten hatte ich von meinem Chef geschenkt bekommen. Dort hat in der Pause ein Mann mit Jochen geredet. Als ich dazukam, hat Jochen ihn mir kurz vorgestellt, aber ich habe mir den Namen nicht gemerkt. Ich bin leider nicht gut mit Namen, aber Gesichter präge ich mir ein, und der Mann ist mir aufgefallen, weil er recht attraktiv aussah. Jochen erklärte mir, er sei ein ehemaliger Klassen-kamerad gewesen. Jochen ist in Hannover geboren und aufgewach-sen, er ging hier zur Schillerschule. Er meinte noch zu mir, er habe den Kerl schon damals nicht leiden können. Warum, hat er nicht gesagt, und ich habe nicht nachgefragt. Aber der Typ vom Varieté war derselbe Mann, der mit Jochen später in diesem Eiscafé in Wolfsburg gesessen hat, da bin ich vollkommen sicher, denn das war ja nur zwei oder drei Wochen danach.«

»Sie glauben, der Mann könnte der Komplize oder der Boss Ihres Mannes sein?«

»Jedenfalls fingen bald danach die Heimlichkeiten und Unwahr-heiten an. Zum Beispiel gab Jochen vor, zwei Wochen lang in Frankreich unterwegs gewesen zu sein, aber der Tacho seines Mer-cedes zeigte seit dem letzten Mal nur fünfhundert Kilometer mehr an.«

»Sie haben ihn also überwacht?«

»Nicht regelmäßig. Später gar nicht mehr. Nachdem das neulich mit Boxer und der Farbe passiert ist, dachte ich noch immer, dass eine solche Aktion gut zu Drogendealern passt. Ich hatte wirklich Angst.«

»Das kann ich verstehen«, versichert Völxen.

Dorothea Scholz sieht aus, als wälze sie einen Gedanken im

Kopf, und nach einer Minute des Überlegens sagt sie tatsächlich: »Ich habe von Jochens Bild in der Zeitung nicht durch eine Nachbarin erfahren, sondern durch diesen Kerl. Er hat mich heute früh angerufen und mir noch einmal eingeschärft, dass ich den Mund halten soll. Ich erwiderte, dass es doch auffällig wäre, wenn ich mich auf dieses Bild in der Zeitung hin nicht bei der Polizei melden würde. Das hat er eingesehen, mir aber gedroht *den Gaul abzustechen* und mich dazu, wenn ich irgendetwas verraten sollte. Ich sagte, ich könne gar nichts verraten, denn ich wüsste nichts. Aber ich vermute, er hat mir nicht geglaubt.«

»Haben Sie seine Stimme wiedererkannt?«, fragt Völxen.

»Woher denn?«

»Von der Begegnung im Varieté.«

»Nein, ich bitte Sie, das ist über zwei Jahre her. Erst vorhin, nachdem ich von Ihnen erfahren habe, was Jochen tatsächlich gemacht hat, fiel mir diese Begegnung wieder ein.«

»Wieso?«, will Völxen wissen.

»Ich weiß nicht genau, aber als das Wort *Heiratsschwindler* fiel, hatte ich ihn plötzlich vor Augen. Der Kerl war zweifellos ein Typ, der bei Frauen gut ankommt. Er ist sozusagen prädestiniert für den Job.«

»Auf den Fotos, die Ihnen meine Kollegin vorhin gezeigt hat, war er darauf zu sehen?«

»Nein, da war er nicht dabei.«

»Welcher Abiturjahrgang war Ihr Mann?«

»Oh ... ich muss überlegen. – 1984.«

Völxen schielt auf seine Uhr. Verdammt, schon gleich sechs. Wo kriegt man jetzt eine Namensliste des Abiturjahrgangs 1984 der Schillerschule her? Nirgendwo, erkennt Völxen. Das war ja noch in der digitalen Steinzeit. Das wird wohl oder übel bis morgen früh warten müssen, wenn das Schulsekretariat wieder besetzt ist. Wenn man die Namen hat, kann man die Daten und die Fotos aus der Meldedatei einsehen und Frau Scholz vorlegen.

Aber wahrscheinlich ist das sowieso nur eine Sackgasse.

Oda hatte recht, diese ganze Pferdeaktion war umsonst! Obwohl ...

»Frau Scholz, kennen Sie vielleicht zufällig einen anderen Klassenkameraden Ihres Mannes mit Namen? Oder eine Kameradin, oder notfalls einen Lehrer?«

*

Feierabend! Erwin Raukel steht vor der Rechtsmedizin der MHH und atmet tief durch. Das wäre geschafft. Jetzt ein kühles Bierchen oder zwei in seiner Lieblingskneipe, und dann ab auf das heimische Sofa. Der Geruch des Seziersaals hängt ihm noch immer in der Nase. Ätzend, diese Mischung aus Desinfektionsmittel und Verwesung, den Geruch wird man tagelang nicht los, er kennt das schon. Wie kann man nur diesen Job machen, jahrein, jahraus Leichen aufschneiden und immer in dem Gestank? Er greift in die Innentasche seines Sakkos. In weiser Voraussicht hat er sich vorher an einem Kiosk seine spezielle Medizin für solche Fälle besorgt. Den Klaren hat er jetzt dringend nötig. Er schraubt das kleine Fläschchen auf, legt den Kopf in den Nacken ... Sein Handy klingelt.

Völxen, auch das noch! Als hätte er es gerochen.

»Völxen, alter Freund! Ich bin eben erst raus aus dem Laden, mir ist noch ganz blümerant. Es gibt nichts großartig Neues. Die Herrschaften konnten sich immerhin auf einen Todeszeitpunkt von zehn bis zwölf Tagen vor dem Auffinden der Leiche einigen und auf ein Neun-Millimeter-Kaliber, was das Projektil angeht. Das ist alles. Du musst mir nicht danken, das habe ich doch gern gemacht.«

»Schön, Erwin, aber deshalb rufe ich nicht an«, hört er Völxen sagen. »Wir haben eine heiße Spur, und ich brauche dringend deine Hilfe ...«

»Also wirklich, Völxen, es ist schon nach sechs!«

»Ich weiß, wie spät es ist«, antwortet Völxen leicht ungehalten. »Ich würde es ja selbst machen, aber bin hier noch mit Frau Scholz unterwegs, und Rifkin und Fernando sind auch schon weg, und Oda geht nicht an ihr Handy.«

»Madame war vorhin etwas angesäuert«, berichtet Raukel. »Frauen halt. Eine heiße Spur, sagst du?«

»Hör zu, schnapp dir ein Taxi und fahr zu einem gewissen Werner Memmert. Er wohnt in der List, ich schick dir die Adresse. Das ist ein ehemaliger Klassenkamerad von Jochen Scholz. Wir brauchen eine Klassenliste des Abiturjahrgangs ’84. Nur die Männer, aber es ist wichtig, dass die Liste vollständig ist. Wenn du die hast, brauchen wir zu den Namen aktuelle Fotos, am besten aus den Meldedaten oder aus dem Netz. Kannst du das in die Wege leiten? Ich komme, so schnell es geht, in die PD und helfe dir.«

»Wo bist du denn jetzt?«, fragt Raukel, während er sich mit der freien Hand nachdenklich am Hintern kratzt.

»Auf der Autobahn mit einem Pferd im Hänger.«

»Ein Pferd im Hänger?« Raukel traut seinen Ohren nicht.

»Auf der Rückbank hat es keinen Platz, außerdem sitzt da Oscar.«

Jetzt hat es ihn erwischt. Burn-out, Verblödung, Wahnvorstellungen. Oder alles zusammen.

»Ein Pferd?«, wiederholt Raukel.

»Ein weißes Pferd, um genau zu sein, aber das erkläre ich dir später. Jetzt ist es wichtig ...«

»Schon gut, schon gut«, unterbricht Raukel seinen Vorgesetzten. »Ich krieg das Kind schon geschaukelt, Völxen, ist ja jetzt nicht so schwer. Ich bin schon unterwegs. Fahr du nach Hause und ruh dich aus.« Raukel legt auf, seufzt und schüttelt den Kopf angesichts des Ungemachs, das er auf sich zukommen sieht. Und da die kleine Flasche nun schon einmal offen ist, kippt er sie kurzerhand hinunter.

*

Das Wohnzimmer riecht nach frischer Farbe, und das abgeschliffene Parkett glänzt noch vom Einölen.

Na also, es wird doch.

Jule schaut sich lächelnd um. In der Ecke steht ein großer Karton, darin befindet sich der neue Fernseher, den Fernando ausgesucht hat, und heute Mittag ist das neue Sofa geliefert worden, ein Riesenteil, das um die Ecke geht, sodass zwei Personen bequem darauf liegen können. Das Sofa macht das Zimmer gleich ein gehöriges Stück kleiner, findet Jule. Man hätte doch nicht so ein Mordstrumm nehmen sollen. Jetzt fehlen nur das neue Bett und die Küche, aber das alles soll noch diese Woche geliefert werden. Ihr neues, gemeinsames Zuhause ist also nur noch eine Frage von Tagen. *Unsere Wohnung.* Es fühlt sich noch fremd an, aber auch irgendwie schön. Doch Fernando hat recht, sie müssen sich dann ein bisschen mehr von Pedra abnabeln.

Vielleicht sollte ich einen Kochkurs belegen.

Jule lässt sich auf das neue Sofa sinken. Sehr bequem, in der Tat. Sie ist fix und fertig. Sie hat auch diesen Tag damit verbracht, mit Betrugsopfern zu reden, und die Geschichten waren immer gleich deprimierend. Ob sie diese weiterbringen, steht allerdings in den Sternen. Sie holt ihr Handy aus der Handtasche. Die Bremer Dienststelle wollte heute noch das Phantombild mailen, das Brigitte Schäfer angefertigt hat.

Mist! Der Akku ist leer. Das Ladegerät liegt oben, in Pedras Wohnung.

Sie klappt ihren Laptop auf. Eigentlich sollte seit gestern das WLAN funktionieren. Die Lämpchen am Router, der auf dem Fensterbrett steht, leuchten jedenfalls schon mal ganz verheißungsvoll. Sie hört einen Schlüssel, der sich im Schloss dreht.

»Wow, das neue Sofa! Und die Glotze ist auch gekommen, Wahnsinn!«

Fernando stürmt herein und wirft sich neben sie auf die Polster. »Super, das Teil, oder?«

»Bisschen groß vielleicht? Im Möbelhaus wirkte es kleiner.«

»Ich finde es genau richtig.«

»Kannst du mir helfen, das WLAN einzurichten? Ich meine, ich kann so was auch, aber du bist sicher schneller.«

»Keine Sorge, das mach ich.« Fernando schnappt sich Jules Rechner und legt ihn vorsichtig auf den Boden. »Aber das kann warten, denn zuallererst werden wir das Sofa gebührend einweihen.«

Oda ist an diesem Abend überhaupt nicht mit sich im Reinen. Sie kann sich auf nichts konzentrieren, weder auf den Roman, den sie sich vorhin gekauft hat, noch auf die ungelesenen Teile der ZEIT, die den Küchentisch bedecken.

Bei der Befragung von Frau Scholz hat sie heute alles andere als *bella figura* abgegeben. Oda Kristensen, Diplompsychologin, hat sich benommen wie der Dorfsheriff in einem Kaff voller Rednecks. Sie hat sich davon beeinflussen lassen, dass Frau Cebulla das Opfer von Frau Scholz' betrügerischem Gatten geworden ist. Folglich hat sie die Frau nicht wie eine Zeugin, sondern wie eine Beschuldigte behandelt. Das konnte nicht gut gehen.

Am besten das Ganze schnell abhaken. Wenn das nur so einfach wäre.

Sie beschließt, ein Bad zu nehmen. Eigentlich ist es nicht die Jahreszeit für Wannenbäder, aber die Abende sind durchaus kühl, und ein ausgiebiges Bad hat ihr noch jedes Mal geholfen, ihre Stimmung zu heben. Sie lässt das Wasser einlaufen und gibt eine wohlriechende Essenz dazu, die sie von Tian geschenkt bekommen hat.

Ein wohliger Schauder durchläuft sie, als sie sich in das warme Wasser gleiten lässt. *Das tut gut.*

Sie liegt eine Weile entspannt in der Badewanne. Dabei muss sie an Tian denken. An seine schönen, feinen Gesichtszüge, seine kundigen Hände. Sie wünschte, er wäre schon wieder aus Peking zurück. Inzwischen bereut sie es, dass sie sich für Freitagabend mit diesem Frank verabredet hat. Sie sollte das lassen. Zumindest sollte sie ihm, falls sie ihn doch trifft, reinen Wein einschenken. Ihm mitteilen, dass sie einen festen Freund hat und nur auf einen Flirt aus war. Das darf man doch ganz ehrlich sagen, oder?

Sie kann ihm aber auch gleich ganz absagen. Ist vielleicht besser.

Sie taucht kurz unter, um ihr Haar nass zu machen.

Während sie das Shampoo einmassiert, wandern ihre Gedanken doch wieder zu der verpatzten Befragung. Im Grunde ist Oda nach wie vor davon überzeugt, dass Frau Scholz um die krummen Geschäfte ihres Mannes wusste. Tatsache ist aber auch, dass diese Frau gerade ihren Mann verloren hat und auf ihre spröde

Art sicherlich um ihn trauert. Frau Scholz ist eine, die ihre Gefühle nicht gerne zeigt, aber das heißt nicht, dass sie keine hat. Man hätte bei ihr rücksichtsvoller und raffinierter vorgehen müssen, dann hätten sie vielleicht mehr erfahren. So aber ist es kein Wunder, dass sie gemauert und sich am Ende lieber Völxen anvertraut hat.

Nun ja, es ist nun einmal passiert. Jeder macht Fehler, selbst Oda darf sich mal einen Schnitzer erlauben. Sie sollte nicht so streng mit sich selbst sein.

Sie muss jetzt sogar ein wenig grinsen, als sie an die Geschichte mit dem Pferd denkt. Ob wohl am Ende etwas Bedeutendes bei der Aussage der Scholz herausgekommen ist? Sicher nicht, sonst hätte Völxen sie längst angerufen.

Sie taucht erneut unter. Als sie wieder hochkommt, hört sie ihr Telefon klingeln, das Festnetz. Herrgott! Kann man denn nicht mal ungestört in der Wanne liegen? Ob es Völxen ist? Egal, er oder wer auch immer, wird schon wieder anrufen, wenn es wichtig ist.

Apropos Anruf, fällt ihr wenig später ein. Wo ist eigentlich ihr Handy, in der Küche? Hat sie es etwa im Büro liegen lassen? Keine Panik, es ist wahrscheinlich noch in ihrer Handtasche. Aber es könnte gut sein, dass sie vergessen hat, den Klingelton nach der Befragung von Frau Scholz wieder auf laut zu stellen. Das passiert ihr andauernd, die Kollegen haben sich schon ein paarmal darüber beschwert.

Davon wird sie sich jetzt aber nicht ihr Bad vermiesen lassen. Sie lässt noch ein wenig warmes Wasser nachlaufen, schließt die Augen und nickt wenig später ein.

*

Werner Memmert, der ehemalige Schulkamerad von Jochen Scholz, ist inzwischen Lehrer, und zwar für Latein und Geschichte. Das ist das Erste, was er Hauptkommissar Raukel mitteilt, als dieser schnaufend vom Aufstieg in den dritten Stock vor seiner Wohnungstür steht. Er führt den Kommissar in sein Arbeitszimmer und fragt: »Ist es denn wirklich Jochen Scholz, den man auf dieser Autobahnraststätte tot aufgefunden hat?«

»Ja, seine Frau hat ihn heute Morgen identifiziert.«

»Schrecklich.« Er schüttelt den Kopf. »Ich habe das Foto in der Zeitung gesehen, aber ich wollte es erst gar nicht glauben.« Memmert setzt sich an den Schreibtisch und deutet auf einen Stuhl daneben.

Raukel setzt sich. Das Zimmer ist rundherum mit Bücherregalen bestückt. Überhaupt erfüllt Memmert jedes Klischee, das Raukel über Lehrer, insbesondere Latein- und Geschichtslehrer, im Kopf herumspukt: die schmächtige Gestalt, die Glatze, die Brille, die Strickjacke und die gediegene Einrichtung der Altbauwohnung in der List, alles passt.

Seinem Berufsstand entsprechend hat sich der Mann in der Kürze der Zeit sorgfältig vorbereitet: Er hat ein Klassenfoto von 1984 kopiert und jeden männlichen Absolventen mit einer Nummer versehen. »Wir waren sechzehn Jungs und dreizehn Mädchen. Der da bin ich.« Er zeigt auf einen Winzling in der vorderen Reihe. »Das da ist Jochen. Der hier, die Nummer zwei, ist schon verstorben. Bleiben also noch dreizehn. Die Namen zu den Nummern habe ich Ihnen aufgeschrieben.« Memmert legt ein Blatt Papier auf den Schreibtisch.

»Sie haben Ihre Hausaufgaben gründlich gemacht, das lobe ich mir, dafür gibt es ein Fleißbildchen.« Raukel ist hocherfreut darüber, dass sich zumindest dieser Teil seiner Aufgabe problemlos gestaltet. »Sie müssen ein gutes Namensgedächtnis haben.«

»Ich habe noch ein paar alte Jahresberichte gefunden«, erklärt Memmert. »Außerdem habe ich vor vier Jahren ein Klassentreffen organisiert. Ich dachte, nach dreißig Jahren wäre es mal interessant, die Leute wiederzusehen, und dafür habe ich eine Namensliste erstellt und die Adressen recherchiert.«

»Haben Sie die etwa noch?«, fragt Raukel.

»Ja, ich kann sie Ihnen ausdrucken.« Memmert macht sich an der Tastatur zu schaffen.

»Und, wie war das so, das Klassentreffen?«, fragt Raukel, während der Drucker zwei Blätter ausspuckt.

»Sehr nett. Einige haben sich kaum verändert, andere hätte ich nicht wiedererkannt.«

»Sind alle gekommen?«

»Nein, nein, nicht alle. Von den neunundzwanzig, die abgeschlossen haben, sind einundzwanzig gekommen, immerhin.«

»War Jochen Scholz da?«

»Ja, der war da. Er wollte erst nicht. Damals hatten die Probleme mit seinem Weinladen schon begonnen. Es hat ihn sehr mitgenommen, dieser geplatzte Lebenstraum. Aber ich habe ihn überreden können, zu kommen.«

»Haben Sie ihn regelmäßig gesehen?«, fragt Raukel.

»Nein. In den letzten zwei Jahren gar nicht mehr. Ich habe einige Male bei ihm angerufen, aber es hieß immer, er sei unterwegs. Zurückgerufen hat er nie, also habe ich es aufgegeben. Ich fand es sehr schade, ich meine, er war mal ein guter Freund, mein bester eigentlich. Hat mich immer gegen die Schulrowdys verteidigt. Ich war sogar sein Trauzeuge. Tja, so geht das halt manchmal.« Memmert seufzt. Er nimmt die zwei Blätter mit den Adressen aus dem Drucker und reicht sie Raukel. »Wurde Jochen denn wirklich umgebracht? In der Zeitung stand nichts darüber, aber Ihr Kollege hat so etwas angedeutet.«

»Wir ermitteln unter anderem wegen Betrugs«, antwortet Raukel ausweichend und fragt: »Ist unter Ihren ehemaligen Kameraden einer, dem Sie so etwas zutrauen würden?«

Memmert blickt den Kommissar stirnrunzelnd an. »Also, wenn Sie mich so fragen ... Da ist schon einer. Der kam mir jedenfalls sofort in den Sinn, nachdem Ihr Kollege vorhin angerufen hatte. Ich weiß nicht, ob ich Ihnen das sagen sollte ... Einer aus unserer Klasse war immer schon ein bisschen ... problematisch. Obwohl er sehr intelligent war. Würde ja zu einem Betrüger passen. Aber er war auch recht jähzornig und schnell eingeschnappt, eine männliche Diva, sozusagen. Sein Name ist Gerhard Gräff.«

Raukels Blick folgt dem Finger des Lateinlehrers. Gräff steht in der hinteren der zwei Reihen, ein hoch aufgeschossener Typ mit längerem Haar.

»Es hieß damals, er würde mit Drogen handeln. Ich weiß nicht, ob das stimmte, aber völlig aus der Luft gegriffen war es wohl nicht. Er war groß, kräftig und sah blendend aus, und die Mädchen waren alle in ihn verknallt.«

»Ich kenne diese Sorte«, knurrt Raukel grimmig. Gerhard Gräff also. Endlich hat man einen Namen, endlich etwas Handfestes.

»Kurz nach dem Abitur ging das Gerücht um, dass er eine Jugendstrafe antreten müsste«, erzählt Memmert. »Warum, weiß ich nicht, und ich habe ihn natürlich nach all den Jahren nicht mehr danach gefragt.«

»Was meinen Sie mit *nach all den Jahren?* Ist der Kerl etwa zu Ihrem Klassentreffen gekommen?«

»O ja. Ich hatte, ehrlich gesagt, nicht mit ihm gerechnet. Ich musste die Einladung an die alte Adresse seiner Eltern schicken, weil ich seine nicht herausbekommen habe. Er hatte sich nicht angemeldet, also dachte ich, er hätte die Einladung nicht erhalten oder kein Interesse. Aber er kam. Fuhr im Porsche Cayenne vor und trat auf wie Graf Rotz. Das war typisch für ihn, er war immer schon ein Aufschneider.«

»Hat er gesagt, was er beruflich macht?«, will Raukel wissen.

»Er behauptete, er wäre Unternehmensberater.« Memmert verzieht das Gesicht.

Erwin Raukel beginnt vor lauter Jagdfieber zu schwitzen. »Sagen Sie, haben Sie vielleicht noch Fotos von diesem Klassentreffen?«

»Ja, sicher. Fotos und ein Video, hier, auf dem Rechner.«

»Würden Sie ...?«

»Aber natürlich.« Der Lehrer klickt sich durch seine wohlgeordneten Dateien, während Raukel seinen Stuhl so positioniert, dass er auf den Bildschirm schauen kann.

»Da, das ist er«, sagt Memmert.

Ein Mann, umringt von zwei Damen, die ihn anhimmeln.

»Heiliger Strohsack!«, ruft Raukel, als ihm Gerhard Gräff auf dem Bildschirm süffisant entgegenlächelt.

»Kennen Sie ihn?«

»Nicht persönlich. Aber ich kenne jemanden, der ihn kennt. Danke, Herr Memmert, Sie haben uns sehr geholfen.«

*

»Fernando, zieh dich an, es ist Zeit zum Abendessen«, mahnt Jule, die gerade aus dem Bad kommt und ins Wohnzimmer zurückgeht.

»Ist ja gut«, brummt Fernando, aber dann grinst er. »Nicht schlecht, das neue Sofa, oder?«

»Kann man lassen.«

Er schlüpft in seine Jeans, knöpft sich das Hemd zu und greift sich dann Jules Laptop, der noch immer auf dem Boden liegt.

»Was machst du denn jetzt?«, fragt Jule.

»Dein WLAN einrichten, wie befohlen.«

»Deine Mutter wartet mit dem Essen.«

»Ich habe gesagt, ich mache es, also mache ich es auch. Das geht ganz schnell. Geh mal zum Router und diktiere mir diese ellenlange Nummer, die auf dem Boden steht.«

Jule kommt der Aufforderung nach und beobachtet voller Ungeduld wie Fernando seelenruhig herumtippt. »Komm, mach das später. Sie wird sauer, wenn wir sie so lange warten lassen.«

»Ich hab's doch gleich. – So, schon fertig. Jetzt musst du nur noch das Passwort für dein E-Mailkonto eingeben, dann ist alles eingerichtet.« Er reicht ihr den Laptop. Jule setzt sich damit auf das Sofa und gibt das Passwort ein.

»Super, es funktioniert! Du bist toll!«

»Ich weiß«, antwortet Fernando, der abwartend in der Tür lehnt. »Es stimmt übrigens gar nicht, was die Leute sagen: Der Sex wird nach der Heirat nicht schlechter. Nur etwas seltener ...«

Jule hat ihm nicht zugehört, denn sie öffnet gerade die frisch abgerufene E-Mail von der Bremer Polizeidienststelle. Brigitte Schäfer hat dort endlich das Phantombild ihres Betrügers erstellt. »Das ist nicht zu fassen!«

»Ganz meine Meinung«, pflichtet ihr Fernando bei, ehe er

bemerkt, dass sie gar nicht ihn meint, sondern ein Selbstgespräch führt. »Wer trödelt denn jetzt herum?«, fragt er.

»Ja, sorry. Das ist wichtig. Wir haben tatsächlich schon wieder ein neues Phantombild.«

»Lass sehen.« Fernando beugt sich über die Sofalehne. »Das ist er?«

»Ja«, antwortet Jule. »Das wäre dann also Romeo Nummer vier.«

»Scheiße! Das ist der Kerl, den Oda am Sonntagabend im *Oscar's* angemacht hat.«

Jule bleibt vor Verblüffung der Mund offen stehen.

»Ich muss sie sofort anrufen«, sagt Fernando hektisch. »Nicht, dass sie sich womöglich heute mit ihm trifft.«

»Was? Aber wieso ...?«

»Du kennst doch Oda. Raukel meinte, sie wäre heute recht früh vom Dienst nach Hause gegangen, also könnte es doch sein, dass sie noch ein Rendezvous hat. Sie darf ihn auf keinen Fall treffen, der Kerl könnte unser Mörder sein. Wo ist denn nur mein verdammtes Handy?«

*

Oda wacht wieder auf, als das Badewasser abgekühlt ist und sie zu frieren beginnt. Noch eine kurze, heiße Dusche, dann schlüpft sie in den Hausanzug aus chinesischer Seide, den Tian ihr von seiner letzten Reise aus Peking mitgebracht hat, und öffnet eine Flasche Merlot. Das Bad hat seine Wirkung getan, sie fühlt sich schon wieder etwas besser, und jetzt hat sie auch Appetit bekommen. Aber zuerst will sie auf der Terrasse noch eine Zigarette rauchen.

Auf dem Weg dorthin bemerkt sie den blinkenden Anrufbeantworter. Okay, alles der Reihe nach. Erst die Zigarette rauchen, dann den Anrufbeantworter abhören, das Handy suchen und schließlich etwas essen. Doch kaum sitzt sie, läutet es an der Tür. *Was ist denn nur los?* Seufzend legt Oda die frisch gedrehte Zigarette wieder auf den Tisch und geht öffnen.

Vor ihr steht Frank.

»Guten Abend.« Er mustert sie von oben bis unten und lächelt.

Oda ist zutiefst verwirrt und überrascht. Sie denkt fieberhaft nach, ob sie ihm ihre Adresse genannt hat. Nein, definitiv nicht.

»Wie kommst du hierher?«

»Ich bin dir nachgefahren, letztes Mal.«

Oda wird mulmig. Irgendetwas stimmt nicht mit dem Typen, ein normaler Mensch tut so etwas nicht. Sie schaut ihn stirnrunzelnd an. Dieses Lächeln, das er nun aufgesetzt hat, gefällt ihr nicht. Deshalb wäre es gut, ihn so rasch wie möglich wieder loszuwerden. Soll sie einfach die Tür zuknallen? Aber er steht bereits auf der Schwelle, und Oda möchte es nicht auf eine Rangelei mit ihm ankommen lassen.

»Hör zu, Frank, ich bin müde, und ich schätze es gar nicht, wenn man mich ...«

Das Messer kommt aus dem Nichts. Urplötzlich liegt die Klinge kalt und hart an ihrem Hals. Er steht dicht vor ihr, seine freie Hand umgreift ihr nasses Haar. Sie kann seinen Atem im Gesicht spüren, als er sagt: »Willst du mich nicht reinbitten, Hauptkommissarin Oda Kristensen?«

»Was soll das werden?«, keucht Oda, während er sie in den Wohnungsflur drängt. Er versetzt der Haustür einen Tritt, und sie fällt zu. Das Messer noch immer an ihrer Kehle, bugsiert er sie bis in die Küche.

»Setz dich.« Er drückt sie auf einen Küchenstuhl. »Die Hände hinter den Rücken.«

Wenn er mich fesseln will, muss er das Messer weglegen. Das wäre meine Chance.

Ja, jetzt lässt der Druck am Hals nach, das Messer legt er auf dem Tisch ab. Oda versucht, in diesem Moment aufzuspringen, aber seine Faust trifft sie mitten im Gesicht. Der Schmerz ist überwältigend, ihr wird schwarz vor Augen, doch sie wird nicht ohnmächtig, sondern spürt, wie ihre Handgelenke an die Stuhllehne gebunden werden. Plastik schneidet in ihre Haut. Kabelbinder. Der Mann weiß, was er tut.

Aber warum tut er das?

Wenn er mich töten wollte, bräuchte er mich nicht zu fesseln. Also, was will er?

Blut läuft aus ihrer Nase über die Lippen. Er nimmt den Spüllappen aus dem Becken und wischt ihr damit grob über das Gesicht. »Wir wollen ja den schönen Seidenanzug nicht bekleckern.« Dann setzt er sich auf den Küchentisch. Das Messer liegt griffbereit neben ihm. Oda muss an Dr. Bächles Obduktionsbericht von Frau Pirlo denken. Breite der Klinge: zweieinhalb Zentimeter. Das könnte passen.

Frank trägt Jeans und ein Sweatshirt und hat sich seit ein paar Tagen nicht mehr rasiert. Ist er auf der Flucht? Lässt er sich einen Bart stehen, um sein Äußeres zu verändern?

»Was wollen Sie? Geld? Bei mir ist nichts zu holen.«

»Ach, sind wir jetzt wieder beim Sie?«, fragt er spöttisch und fährt fort: »Geld? Nein, ich habe genug davon, danke für das Angebot.«

»Was wollen Sie dann?«

»Du wolltest mir eine Falle stellen. Das war ziemlich leichtsinnig.«

»Sie war eigentlich für Jochen Scholz gedacht«, antwortet Oda. »Aber als wir beide uns getroffen haben, war der schon längst tot.«

Er wischt ihr erneut das Blut weg.

Sie müsste den Kopf zurücklegen, damit es aufhört zu bluten, aber sie behält ihr Gegenüber lieber im Auge.

»Ich habe einen sechsten Sinn für Bullen. Es war mir sofort klar, was gespielt wird. Auch deine Kollegen habe ich gleich erkannt.«

Er ist eitel und lechzt nach Anerkennung. Vielleicht ist er nur deswegen hier. Damit ich ihm Respekt erweise und seine Schlauheit gebührend bewundere.

»Stimmt, die haben sich aufgeführt wie die Amateure.«

»Ich rede nicht vom Sonntag, sondern von unserer neuen Verabredung. Seehaus am Freitag. Wer hätte mich dort erwartet, das SEK?«

»Nein!«, ruft Oda. »Nein, ich schwöre es. Ich hatte keine Ahnung, wer du in Wirklichkeit bist. Es war keine Falle!«

»Du beleidigst gerade meine Intelligenz.«

»Wie heißen Sie?«, fragt Oda. »Ich nehme an, Frank ist ebenso falsch wie Maria.«

»Dass ihr das immer noch nicht wisst!« Er lacht und schüttelt den Kopf. »Du kannst mich weiter Frank nennen.«

»Sie sind also der Kopf dieses Rings von Betrügern?«

Er lächelt stolz.

»Waren Sie im Gefängnis?« Oda merkt, wie sich seine Haltung bei dieser Frage kurz verspannt. »Ich frage wegen Ihres Gespürs für Polizisten. Oder waren Sie mal selber einer?«

»Ich, ein Bulle? Nie im Leben.«

»Warum waren Sie im Gefängnis?«, fragt Oda.

»Körperverletzung, eine Jugendsünde.«

»Aber eigentlich sind Sie kein primitiver Schläger, habe ich recht? Sie wissen, wie es geht, aber Sie haben es nicht nötig. Sie sind klug. Um dieses System von Betrügereien aufzuziehen, mit allem Drum und Dran – die gefälschten Papiere, die falschen Wohnungen –, dazu gehört ein gewisses Organisationstalent.«

»Willst du mir schmeicheln, Oda? Ist das deine Taktik?«

»Warum musste Scholz sterben?«

»Scholz war ein Idiot.« Er lächelt bitter. »Er hat mich enttäuscht. Gerade von ihm hätte ich mehr Dankbarkeit erwartet. Ihm stand das Wasser bis zum Hals. Sein Laden war pleite, und über kurz oder lang hätte ihn seine Alte sicherlich vor die Tür gesetzt. So ist das nämlich mit den Frauen. Die lieben dich nur, solange du flüssig bist. Ich habe Jochen die rettende Hand gereicht und ihm neue Horizonte eröffnet. Er war mein bester Mann, kam super an bei der Damenwelt.«

»Haben Sie ihn getötet, weil er sich verliebt hatte und aussteigen wollte?«, fragt Oda.

»Das, meine Teuerste, hätte ich ihm vielleicht sogar noch verziehen. Ich bin schließlich kein Sklavenhalter, niemand muss für mich arbeiten, ich zwinge keinen zu seinem Glück. Aber es gibt gewisse Regeln, und die hat Scholz gebrochen.«

»Welche denn?«, fragt Oda.

»Der Kerl wollte mich bescheißen. Er wollte das ganze Geld seines letzten Auftrags behalten und mit seiner kulleräugigen Cellomaus verschwinden.«

»Das hat Sie wütend gemacht.«

Er verzieht nur den Mund.

Er ist ein gekränkter Narzisst. Das sind die schlimmsten, die rasten total aus, wenn sie ihr aufgeblasenes Ego verletzt sehen.

»Mussten Sie ihn denn gleich erschießen? Er hätte Ihnen das Geld doch sicher auch so gegeben.«

»Da irrst du dich. Dieser Gauner war bis zum letzten Augenblick so frech. Er hat behauptet, er hätte das Geld noch gar nicht erhalten. Dabei fand ich es in seinem Hotelzimmer.«

»Welches Hotel?«

»Du stellst zu viele Fragen, Oda.«

»Gut, dann muss ich mir eben was zusammenreimen. Ich glaube, Sie wollten Jochen gar nicht töten. Es kommt mir so vor, als hätten Sie ihn ganz gern gehabt. Aber Ihr Jähzorn ist mit Ihnen durchgegangen. Sie ertragen es nicht, wenn man Sie hintergeht.«

»Jochen hat den Bogen einfach überspannt, er hat nur gekriegt, was er verdient. Genau wie du gerade, ich wäre an deiner Stelle ein bisschen vorsichtiger.«

»Ist doch eigentlich schade«, fährt Oda fort. »Das Geschäft, das so gut lief, ist geplatzt, weil Sie die Kontrolle verloren haben. War das die Sache wert? Wäre es nicht besser gewesen, einen kühlen Kopf zu behalten und notfalls sogar Scholz mit dem Geld ziehen zu lassen? Der hätte bestimmt den Mund gehalten. Aber jetzt fliegt alles auf, das LKA ermittelt in der Betrugssache, wir wegen der Morde. Ihre Komplizen wird man früher oder später identifizieren und Sie auch. Es ist alles zum Teufel.«

»Es ist gar nichts zum Teufel. Ich hatte sowieso genug von diesen dummen alten Weibern. Ich werde mich zur Ruhe zu setzen und schreibe euch dann eine Ansichtskarte.«

»Was war mit Elisa Pirlo? Ein Kollateralschaden?«

Er zuckt mit den Schultern.

»War Jochen so dumm, Ihnen zu sagen, dass er seiner Geliebten von seinen Geschäften erzählt hat, oder wollten Sie einfach auf Nummer sicher gehen?«

»Zu viele Fragen, Oda, zu viele Fragen.«

»Dann fragen Sie mich etwas«, schlägt Oda vor. »Oder sind Sie nur gekommen, weil Sie mal sehen wollten, wie ich wohne?«

»Nicht frech werden.«

»Ach, stimmt ja. Sie haben die Macht und das Messer. Sie müssen sich ganz toll fühlen.«

Er nimmt das Messer in die Hand und streicht vorsichtig über die Klinge, als wolle er dessen Schärfe prüfen. »Was hat euch die Scholz erzählt?«

»Deswegen sind Sie hier?«, ruft Oda erstaunt.

»Nicht nur. Also noch einmal: Was hat sie euch erzählt?«

»Nichts.«

»Lüg mich nicht an!« Eine Zornesfalte erscheint zwischen seinen Augen.

»Ich lüge nicht, warum sollte ich? Die Scholz ist mir egal. Natürlich hat sie die Ahnungslose gespielt. Alles andere wäre doch auch unlogisch, oder? Würde sie zugegeben, dass sie etwas über die Geschäfte ihres Mannes gewusst hat, würden wir sie wegen Beihilfe drankriegen. Die war nur bei uns, weil es auffällig gewesen wäre, nicht zur Polizei zu gehen, nachdem wir das Foto ihres Mannes veröffentlicht hatten.«

»Tja, vielleicht hast du recht, vielleicht auch nicht.«

»Wenn Sie mir sowieso nicht glauben, was soll dann das Theater hier? Der Polizistin ein bisschen Angst einjagen? Und jetzt? Wollen Sie sich noch einen Mord aufladen? Sind Sie schon im fortgeschrittenen Stadium der Verzweiflung, in dem einem alles egal ist?«

»Ich bin nicht verzweifelt!«, fährt er sie an. »Ich hasse nur Bullen und Schlampen, die mich verarschen wollen, so wie du. Also rede nicht mit mir wie mit einem dieser armen Würstchen, mit denen du sonst zu tun hast.«

Er steht vom Tisch auf und macht ein paar Schritte auf den Kühlschrank zu, an dessen Tür diverse Bilder mit Magnetpins angeheftet sind. Mit der Messerspitze deutet er auf eines der Fotos.

»Ist das deine Tochter? Ganz die Mama, das muss man schon sagen.« Das Messer kratzt über das Foto.

Oda wirft ihm einen vernichtenden Blick zu. »Sie lassen auch nichts aus, was? Das ist jetzt wirklich primitiv, Sie enttäuschen mich. Als ich Sie im *Oscar's* kennenlernte, dachte ich, Sie hätten ein gewisses Niveau. Schade, dass Sie nur ein ganz gewöhnlicher ...«

Ein Schuss lässt beide zusammenfahren.

Fernando stürmt in die Küche und stellt sich zwischen den Eindringling und Oda. »Polizei! Umdrehen!«, brüllt er. »Runter mit dem Messer!«

Oda bemerkt zu ihrem Entsetzen, dass Fernando unbewaffnet ist. Aber wer hat dann geschossen? Auch Frank scheint dieser Umstand kurz zu irritieren, aber schon hört man Erwin Raukels Stimme: »Messer fallen lassen, oder ich puste dir den Schädel weg. Und zwar mit dem allergrößten Vergnügen.«

»Wieso habt ihr so lange gewartet?«, fragt Oda, nachdem eine Streife Gerhard Gräff abgeholt hat.

»Wie?«, entgegnet Fernando irritiert. »Du hast gewusst ...«

»Setz dich mal auf den Stuhl.«

Fernando folgt der Anweisung. »Und?«

»Schau in die Scheibe der Mikrowelle, dort oben, auf dem Kühlschrank.«

Fernando kapiert, was Oda meint. »Die Terrassentür spiegelt sich.«

»Kurz nachdem er mich festgebunden hat, habe ich einen Schatten vorbeihuschen sehen und gehofft, dass es einer von euch ist.«

»Wir haben uns ein bisschen Zeit gelassen, weil das Gespräch so interessant war.« Fernando zückt sein Handy. »Ich habe es vorsichtshalber aufgenommen.«

»Wir beide haben uns praktisch vor der Tür getroffen«, erklärt Raukel. Er hat inzwischen die Weinflasche vom Terrassentisch hereingeholt und schenkt drei Gläser ordentlich voll. »Als wir den fremden Wagen im Hof stehen sahen, dachten wir, wir gehen erst mal klammheimlich hintenrum nachsehen.«

»Es hätte peinlich werden können«, meint Oda. »Wenn er nun ein Liebhaber gewesen wäre?«

»Das Risiko mussten wir eingehen«, grinst Fernando.

»Da sieht man es mal wieder: Rauchen rettet Leben«, meint Oda.

»Wieso das denn?«, fragt Fernando.

»Sonst wäre die Terrassentür nicht offen gewesen.«

»Können wir jetzt mal anstoßen?«, fragt Raukel. »Meine Kehle ist schon ganz ausgedörrt.«

Sie heben die Gläser.

»Auf Oda und ihre Liebhaber«, sagt Fernando.

»Auf die Lateinlehrer dieser Welt«, grinst Raukel.

»Auf euch. Ich danke euch beiden.« Oda wischt sich nun doch eine kleine Träne aus den Augenwinkeln. »Gott, ich hatte eine solche Scheißangst ...«

»Dafür hast du aber eine recht dicke Lippe riskiert«, stellt Raukel fest.

»Weil ich so wütend war. Auf den Kerl und auf mich. Ich wollte nicht, dass er sieht, wie viel Angst ich habe. Ich dachte, wenn ich schon sterben muss, dann lieber wütend und nicht als wimmerndes Elend.«

»Das ist unsere Oda Kristensen!« Raukel haut Oda anerkennend auf die Schulter und nimmt dann einen großen Schluck aus seinem Glas.

Oda deutet auf das Einschussloch neben ihrer Dunstabzugshaube. »Das würde ich ja gerne dort lassen, als Andenken, aber wenn Veronika und Tian das sehen ...«

»Ich kann dir das fachmännisch zuspachteln«, bietet Fernando an.

»Danke«, sagt Oda und fährt fort: »Und ins Protokoll schreiben wir Folgendes: Hauptkommissar Raukel hat den Täter vorschriftsmäßig verwarnt, ehe er von der Schusswaffe Gebrauch gemacht hat.«

»Natürlich, genau so war es«, bestätigt Fernando, und Raukel nickt.

Es klingelt an der Tür.

»Ich gehe«, sagt Fernando und steht auf.

Aus dem Flur hört man aufgeregtes Geschnatter, das sich nach Jule anhört, dann Völxens Bass, der wissen will, ob alles in Ordnung ist, und schließlich die Stimme von Rifkin, die feststellt, dass sie wohl zu spät kommt.

»Wie, das wird jetzt eine Art Party hier?«, fragt Oda, als alle ihre Kollegen sich in ihrer Küche versammeln.

»Fein«, meint Erwin Raukel und reibt sich die Hände. »Hoffentlich hast du genug von diesem Merlot im Haus.«

Montag, 14. Mai

»Hey, Rifkin, du siehst schon wieder so fertig aus. Hartes Wochenende gehabt? Wie läuft es denn so mit Bronski?«

»Rodriguez! Woher weißt du ...«

»Ich bin bei der Kripo. Also?«

»Es läuft gut.«

»Hast du die Tochter inzwischen kennengelernt?«

»Ja. Sie ist fünf.«

»Und? Wie ist sie so?«

»Okay.«

»*Okay?*«

»Was soll ich sagen? Ich kenne sie noch zu wenig für eine genaue Charakteranalyse. Sie trägt für meinen Geschmack zu viele rosa Sachen, aber sie ist gut erzogen.«

Fernando grinst. »Ich wette, nach einem halben Jahr unter deinem Einfluss wird die Kleine wissen, wie man schießt, und den ersten Gürtel in irgendeiner fiesen Kampfsportart haben.«

»Das klingt nach einem vernünftigen Plan«, meint Rifkin anerkennend. »Ich wusste gar nicht, dass du dich so gut auf Kindererziehung verstehst, Rodriguez.«

»Und er? Ist er über den Tod seiner Frau einigermaßen hinweg?«

»Es geht dich zwar überhaupt nichts an, aber ja, das ist er. Sie war nämlich gar nicht seine Frau, sie waren nicht einmal zusammen. Es war ein One-Night-Stand mit Folgen, sozusagen. Bist du jetzt zufrieden?«

»Wenn du es bist.«

»Ist eure Wohnung endlich fertig?«, wechselt sie das Thema.

»Ja. Sie ist wunderschön geworden, demnächst gibt's die Einweihungsparty. Jule hat gestern Lasagne gemacht, in der neuen Küche.«

»Hat's geschmeckt?«

»Sagen wir so: Da ist noch Luft nach oben.«

»Also bist du heute richtig gut ausgeschlafen und fit.«

»Wie ein Turnschuh.«

»Dann hol mir doch bitte mal einen schwarzen Tee. Ich bin nämlich wirklich ganz schön müde. Du weißt ja, wie das so ist ...«

»Du bist echt gemein, Rifkin. So was sagt man nicht zu einem soliden, altgedienten Ehemann.«

Rifkin lächelt, gähnt und fährt ihren Computer hoch. Sie ist tatsächlich noch ziemlich geschafft, obwohl sie gestern Abend zeitig schlafen gegangen ist. Allein. Aber ein sonntäglicher Zoobesuch mit einer Fünfjährigen ist Neuland für sie und ganz schön anstrengend.

*

»Guten Morgen, Herr Hauptkommissar. Wie war Ihr Wochenende?«

»Gut, danke«, sagt Völxen ohne den Blick vom Bildschirm zu wenden, aber dann fällt ihm sein guter Vorsatz wieder ein, sich gegenüber Frau Cebulla etwas verbindlicher zu zeigen, und er setzt hinzu: »Sabine und ich waren auf einer Alpaka-Farm.«

»Alpakas! Die sind sehr niedlich.«

»Das findet meine Frau auch. Aber sie ist hauptsächlich scharf auf die Wolle. Doch mir sind die Viecher zu groß und zu teuer. Ich habe ihr gesagt, es kommen mir keine Alpakas in den Garten, die Schafe müssen reichen.«

Frau Cebulla lächelt. »Herr Hauptkommissar, das sind die Urlaubsanträge für den Sommer.« Sie legt eine Mappe auf Völxens Schreibtisch. »Ich würde gerne im September für zwei Wochen zum Wandern nach Südtirol fahren.«

»Kein Problem.«

»Meine Freundin Silvia ist wieder solo, also werden wir zusammen fahren, so wie früher.«

»Schön für Sie, Frau Cebulla. Ach, übrigens ...«

»Ja?«

»Gerade kam eine E-Mail vom LKA. Sie haben auch die anderen

beiden Männer festgenommen, die zu Gräffs Betrügerbande gehörten, und die sind geständig und packen bereitwillig aus. Spekulieren wohl auf die Kronzeugenregelungen.«

»Das ist gut«, nickt sie. »Hat dieser Gräff denn auch gestanden?«

»Bis jetzt nicht, aber das kommt schon noch, der Staatsanwalt ist zuversichtlich. Die Indizien sind ja auch überwältigend. Man fand in Gräffs Wagen Spuren von ...« Völxen bremst sich im letzten Moment und formuliert es ein wenig um: »Die Spurensicherung konnte nachweisen, dass Scholz in Gräffs Wagen erschossen wurde, das Reifenprofil seines Wagens passt zu dem, das an der Fundstelle der Leiche sichergestellt wurde, und man fand die Schusswaffe in seiner Wohnung in Braunschweig. Außerdem lag dort der Schlüssel zu einem Schließfach mit einem Haufen Geld und falschen Papieren. Die Herren, die für ihn arbeiteten, mussten an Gräff die Hälfte ihrer Beute abgeben.«

»Wie Prostituierte ihrem Zuhälter«, platzt Frau Cebulla heraus.

»Das haben jetzt Sie gesagt«, meint Völxen und fährt fort: »Gräff hat eine knappe Million vergaunert, und er war kurz davor, sich in die Karibik abzusetzen, das Flugticket hatte er schon. Beinahe wäre es ihm gelungen. Sein Fehler war, dass er glaubte, am Vorabend seines geplanten Verschwindens mit Oda noch ein Hühnchen rupfen zu müssen. Ja, Eitelkeit und gekränkter Stolz sind schon so manchem zum Verhängnis geworden.«

»Was ist mit dieser Cellistin, hat er die auch umgebracht?«

»Wir gehen davon aus. Das Messer, mit dem er Oda Kristensen bedroht hat, ist noch in der Forensik, und die finden immer was, selbst wenn er das Ding abgewaschen hat. Sein Schuhabdruck passt zu dem in der Küche von Frau Pirlo und der Fingerabdruck vom Schreibtisch auch.«

»Reicht das als Beweis?«

»Wir werden sehen. Aber für Scholz kriegen wir ihn auf jeden Fall dran.«

»Danke«, sagt sie und knetet verlegen ihre Hände.

»Wofür?«

»Dass Sie sich um meinen ... Fall gekümmert haben.«

»Das war doch selbstverständlich«, winkt Völxen ab. »Sie sollten sich von einem Anwalt beraten lassen. Womöglich könnten Sie etwas von Ihrem verlorenen Geld wiederbekommen. Entweder von Gräff oder von Dorothea Scholz.«

»Meinen Sie?«

»Einen Versuch ist es wert.«

Kaum ist Frau Cebulla gegangen, klopft es erneut an der Tür. Sie ist es noch mal.

»Da ist eine Frau Renneisen, die möchte Sie sprechen.« Sie senkt die Stimme. »Sie ist die Schwester von Gerhard Gräff.«

»Soll reinkommen«, sagt Völxen, neugierig geworden.

Eine schlanke, brünette Frau in den Vierzigern kommt in sein Büro und wirft einen erstaunten Blick auf Oscar, der sich in seinem Korb aufgesetzt hat.

»Frau Renneisen, was kann ich für Sie tun?«, lenkt Völxen die Aufmerksamkeit der Besucherin auf sich.

»Ich möchte das hier zurückgeben.« Sie wuchtet einen Geigenkasten auf Völxens Schreibtisch. Der bittet die Frau, Platz zu nehmen, und wirft einen Blick in den Kasten. »Woher haben Sie die?«

»Mein Bruder hat uns am ersten Mai besucht und sie meiner Tochter geschenkt, als verspätetes Geschenk zu ihrem zehnten Geburtstag, der allerdings schon im März war. Er meinte, er habe sie günstig von einem Bekannten bekommen, der ihm einen Gefallen schuldete. Aber jetzt, nachdem er verhaftet wurde und unter Mordverdacht steht, möchte ich dieses Instrument nicht länger im Haus haben. Es klebt vielleicht Blut daran.«

»Das kann ich verstehen«, sagt Völxen. »Danke sehr. Wir werden überprüfen, ob es die Geige ist, die aus der Wohnung des Mordopfers verschwunden ist.«

»Gut. Das war's dann schon.« Sie steht auf.

»Warten Sie, einen Augenblick noch«, bittet Völxen. »Darf ich Sie fragen, wie Sie zu Ihrem Bruder standen?«

»Wir hatten wenig Kontakt. An Weihnachten, Geburtstagen, das war's. Selbst das war nicht regelmäßig.«

»Und früher? Als Sie Kinder waren?«

Sie setzt sich wieder auf die Kante des Stuhls. »Früher war er mein Held. Er ist neun Jahre älter als ich, er war mein toller großer Bruder, mein Beschützer. Wir stammen aus einem nicht sehr harmonischen Elternhaus, um es vorsichtig auszudrücken. Unsere Eltern hatten eine gut gehende Metzgerei, materiell fehlte es uns an nichts. Aber unser Vater neigte zu Gewaltausbrüchen, und unsere Mutter hat die Augen davor verschlossen, sich verprügeln lassen, und manchmal bekamen auch Gerhard und ich etwas ab. Das soll aber keine Entschuldigung sein für das, was er getan hat. Ich bin schließlich auch nicht kriminell geworden. Gerhard war intelligent, er hatte ein super Abitur, er hätte studieren können, was er wollte. Aber das war ihm nicht genug, er wollte mehr, und das möglichst sofort. Er war immer schon schrecklich geltungssüchtig. Fuhr in Angeberkisten durch die Gegend und hatte seltsame Freundinnen.«

»Seltsam inwiefern?«

»Labile junge Dinger, die ihn anhimmelten. Manchmal hatte ich den Verdacht, dass er sie mit Drogen versorgte und sie deshalb mit ihm zusammen waren. Nur einmal hatte er eine ältere Frau. Also, älter als er, deutlich älter. Es war offensichtlich, dass sie reich war und er ihr Gigolo. Das fand ich erst recht nicht angebracht. Damals habe ich das letzte bisschen Achtung vor ihm verloren, und das habe ich ihm auch gesagt.«

»Wie hat er das aufgenommen?«

»Schlecht. Er hatte mich sehr gern, ich war im Grunde seine einzige Bezugsperson innerhalb der Familie. Aber ich wollte ihn nicht mehr in meinem Leben haben. Ein paar Jahre lang war Funkstille. Erst vor acht Jahren, bei der Beerdigung unseres Vaters, haben wir uns wiedergesehen. Danach habe ich versucht, den Kontakt mit ihm auf ein Minimum zu beschränken, aber gelegentlich tauchte er trotzdem bei uns zu Hause auf und benahm sich großspurig wie eh und je. Ich bin jedes Mal erschrocken, wenn er vor der Tür stand. Ich dachte immer, irgendwann geraten er und mein Mann aneinander. Dabei ist das Unsinn, mein Mann ist der liebste Mensch, den man sich vorstellen kann, er blieb immer ruhig, selbst wenn Gerhard ihn provoziert hat. Das ist wohl noch die alte Angst aus meiner Kindheit, wo man zu Hause jede Minute mit Streit rechnen musste.«

»Womit hat er Sie und Ihren Mann provoziert?«

»Er hat unser Reihenhaus als spießig bezeichnet und die Nase gerümpft über unser Auto und unsere Jobs. Ich bin Lehrerin für Kunst und Werken, mein Mann ist Physiotherapeut, und wir leben in Wettbergen. Das alles war Gerhard natürlich viel zu wenig glamourös, und mit dieser Ansicht hat er leider nicht hinterm Berg gehalten, obwohl ich ihm deutlich zu verstehen gab, dass mich seine Meinung nicht die Bohne interessiert.«

»Lebt Ihre Mutter noch?«

»Nein, sie ... sie hat Tabletten genommen. Ist schon zwanzig Jahre her.«

»Das tut mir leid«, sagt Völxen. »Wovon hat Ihr Bruder gelebt, wissen Sie das?«

Sie schüttelt den Kopf. »Ich wusste nie, wovon Gerhard eigentlich lebte, und ich wollte es auch nicht wissen. Aber es sollte mich wundern, wenn es mit ehrlicher Arbeit zu tun gehabt hätte. Ist es wahr, was die Presse schreibt? Hat er wirklich einen Ring von Heiratsschwindlern betrieben und zwei Menschen ermordet?«

»Es besteht dringender Tatverdacht in all diesen Punkten«, gibt Völxen die juristisch korrekte Auskunft.

»O Gott! Wissen Sie, ich kannte ihn in den letzten Jahren nur als angeberischen Kotzbrocken. Aber ich weiß, dass er unheimlich charmant sein kann. Das mit dem Betrug wundert mich gar nicht. Dafür war er sozusagen prädestiniert. Er sieht gut aus, und er konnte so eine verbindliche, nette Art an den Tag legen, dass die Leute ihm unweigerlich vertraut haben. Aber die Morde ...« Sie sieht Völxen groß an und schüttelt den Kopf. »Unfassbar. Und dass er unserer Nina die Geige einer Frau geschenkt hat, die er ermordet hat, und ich ihr jetzt erklären muss, warum sie das tolle Instrument nicht behalten darf, das werde ich ihm nie verzeihen!«

Sie ist wieder aufgestanden. »Mehr habe ich zu meinem Bruder nicht zu sagen. Auf Wiedersehen, Herr Kommissar.« Sie nickt Völxen zu und geht hinaus.

»Hat mich gefreut«, seufzt Völxen.

Eine Weile sitzt Völxen nachdenklich da und betrachtet den schlafenden Oscar, dann schnappt er sich den Geigenkasten und geht damit zu Oda. Doch ihr Büro ist leer.

»Die bummelt heute ihre Überstunden ab«, informiert ihn Raukel.

»Warum weiß ich davon nichts?«

»Das musst du sie fragen, oder die Cebulla. Was hast du denn da, eine Geige?«

»Ein Beweisstück. Man sollte nachprüfen, ob das die Geige von Frau Pirlo ist. Danke sehr.« Völxen drückt dem verblüfften Raukel den Kasten in die Arme.

»Aber woher ...?«

»Erkläre ich euch später, im Meeting. Übrigens, Erwin ... aus meinem Posten beim Ministerium ist doch nichts geworden, leider.«

»Ach. Sag bloß.«

»Ich bleibe euch also wohl oder übel erhalten bis zu meiner Pensionierung.«

»Oh, das ist ... gut. Ich meine, für uns. Für dich tut's mir leid, alter Freund. Aber weißt du, Erfolg im Beruf ist nicht alles. Du hast ein harmonisches Privatleben, eine tolle Ehefrau, also sei dankbar und nimm es so an.«

»Danke, Erwin. Ich versuch's.«

*

Oda wartet in der Ankunftshalle des Flughafens Hannover-Langenhagen und mustert die Passagiere, die aus der Glastür heraustreten. Einige schauen sich suchend um, andere hasten gleich davon. Als sie Tian mit seinem Überseekoffer erblickt, sieht er müde aus. Kein Wunder, er ist seit vielen Stunden unterwegs, er musste ja noch in Amsterdam umsteigen. Sie stellt sich auf die Zehenspitzen und winkt ihm zu. Er erwartet sie nicht, weshalb es etwas dauert, bis er sie überhaupt bemerkt und sich seine Miene aufhellt.

Sie umarmen sich. Oda atmet seinen vertrauten Duft ein.

»Was machst du hier?«, fragt er.

»Ich hab noch so viele Überstunden, also habe ich freigenommen, um dich abzuholen.«

»Ich freue mich«, lächelt er.

»Dann komm mit.«

»Ist wirklich nichts passiert?«, fragt er, als sie in Odas Wagen sitzen und über die Dörfer in Richtung Isernhagen fahren.

»Wir haben einen Doppelmörder gefasst, sonst war alles wie immer.«

»Gratuliere.«

»Tian, was hältst du davon, wenn wir heiraten?«

Tian war eben dabei, einzudösen, aber jetzt richtet er sich im Sitz auf. »Wie bitte?«

Oda läuft knallrot an. »Entschuldige. Ich bin etwas ... ich hab's nicht so mit der Romantik.«

»Das merke ich«, sagt er. »Und wenn ich jetzt Nein sage, fährst du dann gegen einen Baum?«

»Sicher nicht.«

»Das muss ich mir überlegen.«

»Natürlich«, sagt Oda und merkt, wie sich etwas in ihrem Magen zusammenzieht.

»Okay, halt an.«

»Was ist? Du bist so blass.«

»Oda, bitte, schau auf die Straße!«

»Ist dir schlecht? Vergiss einfach, was ich gerade gesagt habe. Es war ... vergiss es einfach.«

»Anhalten!«

Oda biegt mit Karacho in einen Feldweg und macht eine Vollbremsung.

Tian Tang seufzt erleichtert auf. Dann fischt er sein Sakko vom

Rücksitz und nimmt eine kleine Schachtel aus der Tasche. Er öffnet sie. Auf einem roten Seidenkissen liegt ein Ring, Silber, oder nein, eher Platin, wenn man Tian kennt, mit einem hellblauen Stein, der genau die Farbe ihrer Augen hat.

»Was ist das?«, fragt Oda.

»Ich würde sagen: zwei Idioten, ein Gedanke.«

»Was?«

»Okay, Oda, da du ohnehin schon alles versaut hast, was ich geplant habe, werde ich mich jetzt auch nicht hinknien, aber trotzdem: Oda Kristensen, möchtest du meine Frau werden?«

»Klar«, grinst Oda. »Klar will ich das!«

*

»Das hat man nun davon«, meint Köpcke und nimmt einen ausgiebigen Schluck aus der Flasche.

»Was hat man wovon?«, fragt Völxen, nachdem er abgewartet hat und scheinbar nichts mehr kommt. Sie stehen am Zaun der Schafweide, trinken ein Feierabendbier, sehen den Schafen beim Grasen und der Sonne beim Untergehen zu.

»Seit dieser Gaul da war, liegt mir meine Hanne in den Ohren, sie will auch ein Pferd.«

»Platz dafür habt ihr ja.«

Köpcke murmelt etwas von nutzlosem Viehzeug, was Völxen lieber nicht kommentiert. Er versucht, sich am Rücken zu kratzen, was aber misslingt, zumindest erreicht er nicht die Stelle, die am meisten juckt.

»Schicker Pullover, übrigens«, setzt der Hühnerbaron grinsend hinzu. »Siehst ein bisschen öko aus, aber wirklich, der steht dir.«

»Du hast ja keine Ahnung, Jens!«

Vorhin, als Völxen vom Dienst nach Hause kam, empfing ihn Sabine mit dem freudigen Ausruf: »Er ist fertig!« Stolz überreichte sie ihm ihr neuestes Machwerk. »Dein erster Pullover aus der Wolle deiner eigenen Schafe.«

Die Wolle ist nicht gefärbt, aber Sabine hat ein aufwendiges

Zopfmuster eingestrickt. Der Pullover passt auch genau, wie Völxen anerkennend zugeben musste.

»Der kratzt wie ein Putzschwamm, ich leide Höllenqualen«, jammert Völxen jetzt seinem Nachbarn vor.

»Aber du hast doch noch ein Hemd drunter.«

»Das nützt gar nichts.«

Amadeus schlendert vorbei und wirft Völxen einen hämischen Blick zu, so kommt es diesem jedenfalls vor. Dann senkt der Bock sein Haupt, um friedlich und gleichgültig vor sich hin zu grasen.

»Ich werde ihn *Amadeus' Rache* nennen«, beschließt Völxen und ruft seinem Schafbock zu: »Vielleicht werde ich doch auf Alpakas umsteigen. Die Wolle soll ja wirklich ganz weich sein, und die Tiere sind viel freundlicher.«

Der Schafbock reagiert nicht.

Völxen geht in die Knie und scheuert sich den Rücken an einem Zaunpfahl.

Köpcke lacht aus vollem Hals. »Du solltest dich mal sehen, Kommissar Weichei!«

»Lach du nur! Wir sprechen uns wieder, wenn deiner fertig ist«, erwidert Völxen.

»Hanne strickt keine Pullover, die kann nur Socken und Schals.«

Völxen richtet sich wieder auf, trinkt von seinem Bier und meint dann mit einem tückischen Lächeln: »Tja, Pech, mein Bester. Sabine hat einen für dich in der Mache. Als Dank für die Eier, die du uns jahraus, jahrein gibst.«

»Verdammt, ich wusste es«, knurrt der Hühnerbaron. »Gutmütigkeit rächt sich immer.«

Dein Wort bringt den Tod

»Cover- und Preisänderungen vorbehalten«

Susanne Mischke

Hättest du geschwiegen

Kriminalroman

Piper Taschenbuch, 320 Seiten
ISBN 978-3-492-31683-5

Die Leiche des bekannten Journalisten Boris Markstein wird auf einem rostigen Industriegleis in Hannover-Linden entdeckt. Die Liste der Verdächtigen ist lang: Markstein hatte brisante Kontakte und seine Nase in allen möglichen sensiblen Bereichen. Kommissar Völxens Team tut alles, um schnellstmöglich Licht ins Dunkel zu bringen, doch das ist dieses Mal alles andere als leicht: Völxen erhält Drohungen von der Mafia, und das LKA behindert die Ermittlungen. Schnell wird klar: In diesem Fall ist nichts, wie es scheint …

PIPER

Leseproben, E-Books und mehr unter **www.piper.de**

Die Stille nach dem Tod

Wolfgang Burger
Heidelberger Requiem
Kriminalroman

Piper Taschenbuch, 256 Seiten
ISBN 978-3-492-24217-2

Alexander Gerlach glaubt, mit seiner Beförderung zum Chef der Heidelberger Kriminalpolizei einen ruhigen Posten bekommen zu haben. Doch schon am ersten Tag wird die Leiche eines Chemiestudenten gefunden. Die Lösung des Falls scheint einfach, denn der junge Mann hatte synthetische Drogen hergestellt, um sein Budget aufzubessern. Doch ein weiterer Mord wirft alle bisherigen Vermutungen über den Haufen. Als Gerlach beginnt, das grausame Spiel zu durchschauen, ist es fast zu spät …

PIPER

Leseproben, E-Books und mehr unter www.piper.de

Ein brisanter Fall um Antisemitismus, Angst und Gewalt

*Cover- und Preisänderungen vorbehalten

Michael Wallner
Shalom Berlin
Kriminalroman

Piper Taschenbuch, 288 Seiten
ISBN 978-3-492-06191-9

Nach Veröffentlichung eines Artikels über die Schändung eines jüdischen Berliner Friedhofs wird die Journalistin Hanna Golden anonym per Mail mit dem Tod bedroht. Den Fall übernimmt Alain Liebermann, Mitglied des Mobilen Einsatzkommandos Staatsschutz und Spezialist für Terrorbekämpfung. Erscheint der Fall zunächst beinahe harmlos, eskaliert er doch bald. Aus Worten werden brutale, mysteriöse Taten ... »Wallner hat einen packenden Politthriller mit bedrohlicher Atmosphäre geschrieben. Es geht um Macht und Einschüchterungen, um Verführbarkeit und Rechtsradikale.« WDR 4 Bücher

PIPER

Leseproben, E-Books und mehr unter **www.piper.de**